Herbert Schauer · Otto Bonhoff

Schatten über Notre-Dame

Militärverlag
der Deutschen Demokratischen
Republik

ISBN 3-327-00645-8

6. Auflage, 1988

Lizenz-Nr. 5
Printed in the German Democratic Republic
Gesamtherstellung: Druckerei des Ministeriums für Nationale Verteidigung (VEB) – Berlin – 30354-8
Gesamtgestaltung: Martina Schwarz
LSV: 0239
Bestellnummer: 746 609 4
00630

Dieses Buch wirft ein Licht auf die berüchtigte französische Geheimorganisation La Cagoul, die sogenannten Kapuzenmänner, ihre Verbrechen vor und ihr Paktieren mit den deutschen Faschisten während des zweiten Weltkrieges. Jacques Batissier, ein Pariser Kriminalreporter, gerät bei der Aufdeckung eines Mordes auf ihre Spur und verfolgt sie hartnäckig.

Dabei macht er sich die mächtige Geheimorganisation zum Feind, gewinnt aber auch Freunde, an deren Seite er seinen Weg fortsetzt.

1

Um die Türme der Kathedrale pfeift der Sturm. Er gewinnt zunehmend an Heftigkeit. Die Wellen klatschen stärker an die befestigten Ufer der Seine. die Straßenlaternen schaukeln. Vom Westen her zieht eine Gewitterwand über Paris. Es wetterleuchtet schon. Der Donner grollt erst in der Ferne. Aber die Sterne haben sich bereits verhüllt.

Mit der ersten Regenbö ist es Mitternacht. Die Glockenschläge der Turmuhr von Notre-Dame reißt der Wind weg. Die Boulevards sind leer. früher verlassen als sonst. Nur der Autoverkehr fließt unbeirrt weiter. Wagen aus ganz Europa schieben ihre gelben Lichtbündel vor sich her. Auf den Parkplätzen und vor den Vergnügungszentren der heiteren Metropole ballen sie sich. Die Portiers der Nachtkabaretts stehen mit großen Regenschirmen bereit. ankommende Gäste trocken vom Wagenschlag zur Kasse zu geleiten. In Hauseingängen und unter überhängenden Balkons suchen die Taxigirls der Liebe Schutz vor dem Unwetter. Und die Flics. die Streifenpolizisten. schlagen fröstelnd die Kragen ihrer Pelerinen hoch. Der nasse Asphalt spiegelt die bunten Farben der Lichtreklamen wider.

Die Bar »Tabarin« ist eine von vielen – nicht besonders exklusiv. nicht besonders groß und nicht besonders anziehend für Fremde. Dafür weiß Michèle, die Bardame, ihre Gäste fast ausnahmslos beim Namen zu nennen, dafür herrscht hier ein beinahe familiärer Ton, und dafür weckt es Befremden, wenn sich ein Stammgast tagelang nicht sehen läßt und seinen Aperitif anderswo einnimmt. Heute sind auch viele Fremde da; der Regen trieb sie von der Straße herein. Die kleine Tanzfläche ist überfüllt.

Der Chef der Pariser Kriminalpolizei, Unterpräfekt Gaston Blanchard, tanzt nicht. Ein Mann Ende vierzig, das schüttere Haar ergraut, hebt er den eben gefüllten Sektkelch werbend gegen seine schöne Begleiterin. »Versöhnung, Manon«, bittet er lächelnd. »Ich wollte dich gestern nicht warten lassen. Wirklich nicht! Es ist etwas Dienstliches dazwischen gekommen. Das mußt du verstehen.« Und wie abschließend wiederholt er: »Versöhnung, Manon!«

Die schwarzhaarige Manon lehnt sich zurück und spielt mit dem Kelch. Aber die ablehnende Geste ist nur Koketterie. »Zum letzten Male, Gaston«, sagt sie. »Ich habe mich furchtbar gelangweilt.« – Die Gläser klingen aneinander.

Durch die Reihen der Tanzenden drängt sich Henri. Er ist immer hier und fotografiert gegen mäßiges Entgelt Erinnerungsbilder – Gäste an der Bar und Arm in Arm mit der flüchtigen Eroberung eines Abends. Henri mit dem schmalen Bärtchen auf der Oberlippe, ein unverkennbarer Südfranzose, ist in der Bar beliebt: Michèle mag ihn. Sie hat ihn auf den Unterpräfekten und seine Freundin hingewiesen.

»Lassen Sie das«, wehrt Blanchard unwirsch ab, als Henri seine Kamera mit dem spiegelnden Blitzlichtreflektor hebt. Unbeeindruckt läßt der Fotograf den Apparat sinken. Das erlebt er jeden Tag unzählige Male. »Wie Sie wünschen, Monsieur Präfekt.«

Nun jedoch bereitet es Manon Vergnügen, anderer Ansicht zu sein als ihr Begleiter. »Warten Sie«, ruft sie Henri zu und wendet sich an Blanchard: »Ich möchte, daß er ein Bild macht von unserer Versöhnung.« Und leiser fügt sie hinzu: »Er will doch auch leben . . .« Sie wartet die Antwort nicht erst ab; sie hebt ihr Glas. Ein Vakublitz flammt auf. Henri erhält einen Geldschein und die Anweisung, die Bilder an Madame zu schicken. Auch dieser Wunsch ist Henri geläufig. Er nimmt ihn mit unbewegter Miene entgegen und zieht sich zurück.

Manon möchte tanzen; die Kapelle hat zu einem zärtlichen Musettewalzer eingesetzt. Der Unterpräfekt fügt sich und geleitet Manon zur Tanzfläche. Sie ist kein ganz junges Mädchen mehr, aber wie sie sich in den Arm des breitschultrigen Mannes schmiegt, verrät sie frauliche Reife und natürliche Anmut. Manon tanzt besser als Gaston Blanchard.

Michèle leert die Aschenbecher, die auf dem Bartisch überzulaufen drohen. Sie hat viel zu tun, sie arbeitet schnell und geschickt, und sie hat bei alledem noch Zeit, mit ihren Gästen belanglose Gespräche zu führen, ihnen zuzulächeln und mit ihnen anzustoßen, wenn sie das wünschen. Daß sie nur Soda trinkt, merken die wenigsten. Die Stammgäste haben Verständnis dafür.

An der Bar herrscht ständiges Kommen und Gehen. Nur ganz zur Seite hin, mit dem Rücken zum Münztelefon, sitzt seit zwei Stunden ein hartnäckiger Trinker. Die Flasche Hennessy, die er bestellte, ist schon halb geleert, jedoch der Mann zeigt dessenungeachtet noch keine Spur von Trunkenheit. Er versucht nicht, sich zu unterhalten; der grazilen Michèle schenkt er keinen Blick; er zündet eine Gauloise an der anderen an; er hat nur Augen für sein Glas. Michèle stört ihn nicht. Sie kennt diese Art Gäste, die kommen, um eine Erinnerung auszulöschen, einen bitteren Geschmack wegzuspülen, die etwas vergessen wollen. Der Mann ist zum ersten Male hier.

Es ist heiß im »Tabarin«. Dem Manne stehen Schweißperlen auf der Stirn. Er wischt sie mit dem Handrücken weg. Seine Hände sind ungepflegt, die Manschetten angeschmutzt. Offenbar hat er das Hemd seit Tagen nicht gewechselt, der Kragen ist zerdrückt. Michèle sieht in das Gesicht des Trinkers und denkt: brutal, aber ohne Energie; massig, aber ohne Klugheit ...

Da stellt er zum erstenmal eine Frage: »Haben Sie denn keine Nachtausgaben hier?«

»Noch nicht, Monsieur«, erwidert Michèle. »Sie müßten jeden Augenblick kommen. Vielleicht hält das Wetter die Händler auf.«

Der Mann nickt und füllt sein Glas von neuem. Seine Hand zittert nicht. An ihm vorüber winkt Michèle einem eben eintretenden Gast fröhlich zu. Der nickt zurück und drängt sich mit der Zielstrebigkeit eines Stammgastes durch die Menge der Tanzenden zur Bar. Der Hocker neben dem Trinker ist frei geworden; der neue Gast schwingt sich hinauf. Er hat einen Hauch von Frische in die Bar mitgebracht, sein Gesicht ist regennaß. Die hellen grauen Augen verraten einen Hang zum Spott, der Mund ist schmal, das Kinn energisch. Mit einer Gewohnheitsbewegung streicht der Ankömmling das kurz geschorene schwarze Haar nach hinten und öffnet den Hemdkragen. »Guten Abend, Michèle«, grüßt er.

»Guten Abend, Monsieur Batissier«, erwidert sie. »Heute noch so spät? – Wie immer?«

»Wie immer, Michèle«, bestätigt er vergnügt und dreht sich beobachtend zur Tanzfläche um. Von der anderen Seite her tippt ihm Henri, der Fotograf, auf die Schulter. »Hallo, Jacques! Auch wieder mal da?« fragt er und schüttelt Batissier freundschaftlich die Hand. »Du, ich habe alle deine Reportagen über den Fall Eunice gelesen. Großartig! – Hast du 'ne Zigarette für mich?«

Jacques Batissier greift wortlos in die Tasche des grobgemusterten Homespun-Sakkos, holt eine Tafel Schokolade heraus und bietet sie an. »Abgewöhnt, Henri! Magst du?«

Der Fotograf rümpft die Nase. »Nee«, sagt er. »Da rauche ich lieber meine eigenen.« Er trägt sie unter dem Revers, mit einer Gummischlaufe befestigt.

»Wie gehen die Geschäfte, Henri?« erkundigt sich Batissier.

Der Fotograf hebt die Schultern. »Es könnte besser sein, Jacques.«

»Willst du nicht etwas anderes machen?«

Henri wiegt den Kopf. »Ich will schon ... Brauchst du nicht jemanden von meiner Fakultät für dein Nachrichtenbüro? Ich bin nicht unerfahren mit Pressefotos ...«

Batissier kaut Schokolade. »Vielleicht später, Henri. Jetzt habe ich kaum für Madeleine genug zu tun. Der Fall Eunice ist abgekocht. Ich könnte eine neue Sache gebrauchen, die sich groß aufziehen läßt ...«

Der Fotograf kann es sich nicht verkneifen, vielsagend zu schmunzeln. »Madeleine ist immer noch bei dir, Jacques?« fragt er ungläubig. »Das hält aber lange mit euch!«

Batissiers buschige Augenbrauen ziehen sich zusammen. Diese Wendung des Gesprächs berührt ihn unangenehm. Kurz angebunden, beschränkt er sich auf die Feststellung: »Madeleine ist keine Bekanntschaft aus der Bar.«

Henri hat verstanden. »Ach so«, sagt er verlegen und geht von sich aus zu einem anderen Thema über: »Suchst du jemand? Vielleicht kann ich dir helfen ...«

»Ich wollte den Unterpräfekten ein bißchen anzapfen. Kann sein, er hat eine neue Geschichte für mich. Und wenn es nur ein Tip wäre ...«

Henri deutet mit einer Kopfbewegung zur Tanzfläche. »Dort ist er.«

Gerade geleitet der Chef der Kriminalpolizei Manon an den Tisch zurück. Die Tanzfläche leert sich: es wird nach Champagner gerufen. Batissier ist schon vom Barhocker heruntergerutscht und geht zielstrebig auf den Unterpräfekten zu. Seine Verbeugung vor Manon ist formvollendet. »Guten Abend, Monsieur Präfekt. Das ist ja ein tolles Gedränge heute.«

Blanchard blickt ohne Überraschung hoch. »Monsieur Batissier! Ich habe Ihre Artikel zum Fall Eunice mit großem Interesse gelesen. – Manon, das ist Monsieur Batissier. Er schreibt sehr geschickt über unsere Arbeit. Wir haben gelegentlich miteinander zu tun.«

Manon lächelt zu dem Journalisten hinauf und quittiert seinen bewundernden Blick mit einem verspielten Neigen des Kopfes.

Batissier beugt sich zu Blanchard. »Ich hatte gehofft, Sie im ‚Tabarin' zu treffen, Monsieur Präfekt. Ich dachte mir, daß Sie sicher ein paar Neuigkeiten für mich haben ...«

Noch ehe der Chef der Kriminalpolizei darauf zu antworten vermag, beginnt die Kapelle wieder zu spielen. und Manon berührt Blanchards Arm mit dem Hinweis, daß sie tanzen möchte. Der Unterpräfekt erhebt sich sofort. Batissier rückt zuvorkommend Manons Stuhl. Über die Schulter hinweg sagt

Blanchard, während er seine Begleiterin zur Tanzfläche führt: »Besuchen Sie mich morgen gegen Mittag in der Präfektur. – Es war mir ein Vergnügen, Monsieur Batissier.«

Der Journalist sieht ihm nach, holt gedankenlos erneut seine Schokolade heraus und beißt davon ab. Jetzt ist ein Zeitungsverkäufer in der Bar und ruft seine Schlagzeilen aus: »La Dépêche! – Tumult im Kabinett! Rätselhafter Mord in der Normandie! Drillinge in der Metro geboren! La Dépêche!«

Batissier kauft eine Zeitung und kehrt an die Bar zurück. Michèle hat ihm den Platz reserviert und stellt ihm nun lächelnd sein Glas hin. Für einen Augenblick gibt es Ruhe für sie; sie greift selbst nach »La Dépêche«. Neben dem Journalisten füllt der schweigsame Trinker abermals sein Glas.

Auf der Tanzfläche wiegen sich inmitten anderer Paare Manon und Blanchard im Foxtrottrhythmus. Sie kommen dicht an Batissier vorüber. Manon sieht zu ihm hin. »Du solltest ihm wirklich etwas erzählen, Gaston. Er macht einen netten Eindruck, dieser Batissier. Und wenn du nichts weißt... Ich bin sehr stolz auf dich, Gaston. Sehr!« – Er berührt mit den Lippen ihre entblößte Schulter.

Michèle faltet die Zeitung zusammen und beugt sich über den Bartisch zu Batissier. Sie ist schmalschultrig und schlank; die sorgfältig nachgezogenen Brauen unterstreichen ihre großen, dunklen Augen. Die Barbeleuchtung spiegelt sich in ihren Pupillen.

»Ist das nicht ein neuer Fall für Sie, Monsieur Batissier?« fängt sie ein Gespräch an. »Dieser ‚rätselhafte Mord in der Normandie'?« Und weil er zögert, nimmt sie »La Dépêche« wieder zur Hand und liest vor: »Unbekannte Täter haben, wie wir bei Redaktionsschluß erfahren, den in Emigrantenkreisen bekannten Verleger Professor Carlo Sonelli in einem Waldstück in der Nähe des Kurortes Bagnoles-de-l'Orne ermordet. Forstarbeiter fanden in den frühen Morgenstunden den Wagen des Toten. Offensichtlich rührten die tödlichen Verletzungen von Dolchstößen her. Die Gendarmerie konnte nach ersten Angaben noch keine Täterspuren sichern. Sie vermutet, wie unser Korrespondent berichtet, daß der Mord in den gestrigen Abendstunden verübt worden ist.« Michèle legt die Zeitung aus der Hand. »Das ist doch unheimlich... Vielleicht würden Sie das ebenso aufklären wie den Fall Eunice. Fahren Sie hin?«

Batissier hat aufmerksam zugehört. Statt seiner Schokolade knabbert er jetzt Salzmandeln aus einer Schale auf dem Bartisch. Er winkt ab. »Zu weit, Michèle! Was wird da auch schon groß dran sein? – Eine hübsche Meldung, mehr nicht...«

Der Mann neben dem Journalisten räuspert sich plötzlich. So überraschend ist das, daß Michèle zusammenzuckt und Batissier sich verwundert zur Seite wendet. Mit alkoholschwerer Zunge sagt der Trinker: »Merkwürdige Berufsauffassung für einen Kriminalisten! Das sind Sie doch, wie?«

Der Journalist schüttelt den Kopf. »Keine Spur! Lassen Sie mich zufrieden.« Die Bardame fügt hinzu: »Wo denken Sie hin, Monsieur! Monsieur Batissier ist ein berühmter Kriminalreporter.« In ihren Worten ist so viel unverhohlene Bewunderung, daß der Journalist sie anstrahlen und einschränken muß: »Sie übertreiben charmant, Michèle.«

Der Unbekannte hält beharrlich an der einmal aufgenommenen Unterhaltung fest. Ebenso verbissen, wie er vorhin schwieg, redet er jetzt. Der Alkohol hat doch seine Wirkung getan, obwohl der Mann nach wie vor nicht die Kontrolle über sich verloren zu haben scheint. »Sie sollten trotzdem hinfahren, Monsieur«, sagt er. »Das ist bestimmt etwas für Sie!«

Batissier wendet sich demonstrativ ab und wiederholt: »Lassen Sie mich in Ruhe!«

Hartnäckig schüttelt der Trinker den Kopf. »Und Sie wollen ein Kriminalreporter sein? – Wie spät ist es eigentlich, Monsieur? Meine Uhr muß stehengeblieben sein . . .«

Seine Armbanduhr geht tatsächlich nicht. Die Zeiger weisen unverrückbar auf sechs Minuten nach sechs. Batissier sieht es mit einem flüchtigen Blick und antwortet unwirsch: »Es ist null Uhr vierzig . . .«

Der Fremde sieht ihn prüfend an und senkt dann die Lider. »Vielen Dank, Monsieur. – Um noch einmal darauf zurückzukommen – mich zum Beispiel würde das interessieren. So ein Mord hat doch seine Geschichte . . .«

Die Zähigkeit, mit der der Unbekannte das unergiebige Gespräch fortsetzen will, belustigt den Journalisten. »Diese Mordgeschichte fesselt Sie wohl sehr?« fragt er spöttisch.

Der Fremde antwortet nicht gleich. Er leert sein Glas. »Ich kenne nämlich die Gegend, wissen Sie . . . Eine romantische Landschaft.«

Das ist nun doch ein Umstand, an dem Batissier nicht vorübergehen kann. »Sie waren schon dort?«

»Gestern . . .« Der Unbekannte schenkt sich neu ein und hebt das Glas. »Ihre Gesundheit, Monsieur!«

Der Kriminalreporter dreht sich zu ihm. Jetzt erwacht seine Neugier. »Ich heiße Batissier.«

Der Mann nickt und stellt sich seinerseits vor: »Sourgot.«

»Sie sind auf der Straße von Bagnoles-de-l'Orne nach Paris gefahren?«

»Ja.«

»Wann?«

»Vielleicht so zwischen acht und neun Uhr abends.«

»Aber den Toten haben Sie nicht gesehen?«

»Ich habe nichts gesehen, Monsieur.«

»Schade.« Batissier ist enttäuscht und wendet sich an Michèle, die gespannt zugehört hat: »Schenken Sie nach, Michèle. – Sie wohnen in Paris, Monsieur?«

»Ja.«

Der Journalist sieht ihn abwägend an. »Ein Jammer, daß Sie nicht später von Bagnoles-de-l'Orne aufgebrochen sind. Dann hätten Sie vielleicht den Mord entdeckt und könnten mir einen erstklassigen Augenzeugenbericht geben. – Ihre Gesundheit!«

Sie trinken. Der Unbekannte starrt wieder in sein Glas. »Ich glaube kaum, daß ich etwas gesehen hätte, Monsieur . . .«

»Das verstehe ich nicht.«

Der Fremde liegt mit den Ellenbogen schwer auf dem Bartisch. Die Kapelle spielt Tango. Ganz in der Nähe lacht die schwarzhaarige Manon. Gäste rufen nach Michèle. Nur widerstrebend entfernt sie sich. Der Mann, der Sourgot heißt, erklärt: »Überlegen Sie doch mal! Ein Mann wie dieser Professor geht doch nicht zu Fuß nach Bagnoles-de-l'Orne. Er wurde nahe der Chaussee gefunden, im Wald, mit seinem Wagen . . .«

»Worauf wollen Sie hinaus?«

»Ich kann mir das alles sehr genau vorstellen, wie das geschehen ist . . . Wenn ich der Mörder gewesen wäre, hätte ich es so gemacht: Ich hätte – rein theoretisch, Monsieur! – den Wagen Sonellis überholt, auf der Chaussee gehalten und die Hinterachse hochgebockt. Dann hätte ich mich ratlos neben mein Auto gestellt und den anderen Wagen angehalten. ‚Helfen Sie mir', hätte ich gesagt. ‚Mir fehlt ein Schraubenschlüssel, Monsieur!' Er wäre ausgestiegen und hätte den Kofferraum geöffnet, um sein Werkzeug herauszuholen. In diesem Augenblick hätte ich von hinten zugestoßen. Der Mann wäre vornüber in den Kofferraum gefallen – Arbeit von Sekunden.«

Wider Willen ist Batissier gefesselt. »Und weiter?«

Sourgot hebt die Schultern. »Nichts weiter. Ich hätte den Wagen in den Wald gefahren und – Schluß. Später finden Forstarbeiter die Leiche. Leute, die auf der Chaussee blieben, hätten sie gar nicht wahrnehmen können.«

Batissier greift nach seiner Schokolade. »Nicht schlecht! Bloß – sehr theoretisch, Monsieur. Ein reines Phantasieprodukt.«

Der Mann entzündet eine neue Gauloise. »Warum soll der Wagen Sonellis nicht wirklich neben einem Transformatorenhaus gefunden worden sein? In meiner Phantasie steht er nämlich neben einem solchen Ding.«

Der Journalist schüttelt den Kopf. »Es wird dort kein Transformatorenhaus geben, fürchte ich«, sagt er trocken. »Immerhin – ich gestehe, daß Sie mich neugierig gemacht haben. Ich hätte beinahe Lust, mir Ihre ‚romantische Gegend' einmal anzuschauen.«

Sourgot nickt gelassen und murmelt, das werde sich bestimmt lohnen. Er ist auf einmal sehr müde und hält sich nur mit Anstrengung wach. Die Flasche, die vor ihm steht, ist leer. Batissier springt elastisch vom Barhocker. »Abwarten, Monsieur Sourgot! Wenn Sie es wünschen, können wir uns gern über meine Eindrücke unterhalten. Wo finde ich Sie?«

Der Fremde antwortet mit Anstrengung: »Rue du Faubourg, Saint Honoré, Nummer sechsundzwanzig.«

Batissier hat Drehbleistift und Notizbuch zur Hand und notiert. Dann verabschiedet er sich mit dem Hinweis darauf, daß er morgen viel zu tun habe. »Es war mir ein Vergnügen.«

Sourgot antwortet ganz leise: »Meinerseits, ganz meinerseits . . .«

Der Journalist legt Geld auf den Bartisch, winkt Michèle zum Abschied zu und geht. An der Tür tritt ihm Henri in den Weg. »Na, Jacques?« fragt er. »Hat es sich gelohnt?«

Batissier verzieht die Lippen. »Eine taube Nuß, Henri. Es hat sich nicht gelohnt. Ein Mann, der sich wichtig macht und eine blühende Phantasie besitzt.«

Henri klopft mit dem Fingerknöchel auf seine Kamera. »Du brauchst nicht zufällig eine Aufnahme von ihm?«

»Was soll ich damit? – Aber vielleicht will er ein Andenken? Er scheint sich zu langweilen.«

Der Fotograf sieht zur Bar und schmunzelt. »Die Langeweile ist beendet, Jacques. Yvette nimmt sich seiner an. Da gibt es für mich zu tun. Mach's gut.«

Der Journalist gibt ihm die Hand. »Adieu, alter Junge! Mir reicht's!« Damit geht er hinaus zur Garderobe, seinen Trenchcoat zu holen.

Henri wendet sich zur Bar. Auf dem Hocker, auf dem vorhin Batissier saß, hat ein sehr blondes Mädchen Platz genommen. Sie erweckt sofort die Aufmerksamkeit Sourgots und hat Übung darin, Bekanntschaft zu schließen. Henri hebt seine Kamera . . .

Jacques Batissier tritt auf die Straße hinaus und stellt den Mantelkragen hoch. Der Wind treibt den Regen schräg vor sich her und trifft das Gesicht des Journalisten wie mit Nadelstichen. Ihn stört das nicht. Er genießt die frische Luft und macht sich auf dem Heimweg einen Spaß daraus, die breiten Rinnsale zu überspringen, die sich in den letzten Stunden auf den Straßen gebildet haben. Um diese Zeit ist auch der Strom der Autos versiegt.

2

Madeleine Labisse drückt ihre grüne Wildlederkappe tiefer in die Stirn. Es regnet noch immer; die Treppen der Metrostation glänzen. Die Bildreporterin nimmt zwei, drei Stufen auf einmal. Die große Tasche mit ihren Apparaten fest an sich drückend, rennt sie die Straße hinunter. Sie trieft von Nässe, ihr Wettermantel hat keinen trockenen Faden mehr, aber dennoch sind Madeleine die Anstrengungen des Vormittags nicht anzumerken. In dem alten Mietshaus unmittelbar an der Kreuzung stürmt sie die Treppen bis zum fünften Stock ohne Halt empor. Hier steht an der Tür zum ausgebauten Dachgeschoß auf einem Glasschild zu lesen: »Nachrichtenbüro Jacques Batissier«.

Für einen Augenblick verhält Madeleine den Schritt. Sie ordnet ihr Haar, dessen Kupferton einen hübschen Kontrast zu der grünen Kappe bildet, zieht den Gürtel des Trenchcoats noch enger und schiebt die Falten des regenschweren Mantels nach hinten. Dann schließt sie auf und tritt leise ein.

Batissier hat Geschmack entwickelt, als er sich dieses Dachgeschoß ausbauen ließ. Vom Flur aus, in den Küche und Bad münden, führen drei Stufen in den großen Wohnraum, dessen schräg gestellte Fensterwand den Eindruck eines Künstlerateliers erweckt. An den Wänden hängen Zeitungsausschnitte und Pressefotos; Bücherregale und Karteikästen sind da, und die Unordnung auf dem mitten ins Zimmer gestellten Schreibtisch verrät, daß hier gearbeitet wird. Wenn dieses Junggesellenheim trotzdem anheimelnd und gepflegt wirkt, dann ist das im wesentlichen das Verdienst Madeleines.

Sie hört Jacques Batissier in der Bettnische, die ein bunter Vorhang vom Wohnraum trennt, reden; er nörgelt mit irgendwem herum, und Madeleine legt leise ab und schleicht auf Zehenspitzen zur Nische hin. Ihr Freund hat sich rücklings auf der Bettcouch ausgestreckt. Er hält die Plüschkatze, die sie ihm vor fast einem Jahr in zärtlicher Laune schenkte, auf dem Bauch, zerrt sie am Bart und beschimpft sie mit drolliger Ernsthaftigkeit: »Nein, ich habe das nicht um Sie verdient, Madame Lou! Ich nicht! Wir haben den Fall Eunice gelöst und damit auch Ihre Existenz gesichert. Haben Sie den Bückling vergessen, den ich gestern abend in Ihrem Namen verzehrte? Ich muß es beinahe annehmen, und es betrübt mich zutiefst.«

Es fällt Madeleine schwer, das Lachen zu verbeißen. In ihren hellen Augen ist viel Glück, während sie Jacques beobachtet. Er nörgelt weiter: »Sie tun nichts, gar nichts für mich, Madame Lou! Wenn Sie wenigstens so viel«, er schnippt mit den Fingern, »versuchen würden, um mir zu einer neuen Story und sich zu Bücklingen zu verhelfen, die ich wahrhaft aufopfernd für Sie mitesse ... Aber nein – nichts! Können Sie etwas zu Ihrer Rechtfertigung sagen?«

»Miau«, macht Madeleine, und weil er im gleichen Augenblick die Katze zur Seite legt und sich auf den Bauch dreht, hockt sie sich zu ihm und spitzt die Lippen. Jacques nimmt ihren Kopf in beide Hände und küßt sie. »Schön, daß du da bist«, sagt er. »Wo kommst du her? Erfolg gehabt?«

Madeleine nickt. »Ich habe sechs Bilder verkauft«, berichtet sie eifrig. »Aber es war eine Schinderei. Dreihundert Kilometer bei solchem Wetter auf einem Motorrad mitzufahren ... du, das macht keinen Spaß. – Ich möchte duschen.«

»Genehmigt!« Er läßt sie los und steht auf. »Ich werde uns einen Kaffee kochen.«

»Das ist lieb von dir«, ruft sie ihm zu und geht bereits zum Badezimmer.

Die Tür läßt sie offen. Gegenüber in der Küche macht es Jacques ebenso. Drüben rauscht die Dusche.

»Jacques?« sagt Madeleine laut, um das Geräusch des fließenden Wassers zu übertönen. »Das wäre eine Geschichte für dich gewesen ...«

Batissier sitzt auf einem Schemel und mahlt Kaffee. Wasser hat er schon aufgesetzt. Die Gasflamme zischt. »So?«, fragt er zurück. »Wo warst du denn?«

»Carlé vom ‚Journal de Paris' hat mich in aller Frühe abgeholt. Er fährt übrigens etwas vorsichtiger Motorrad als du ... Wir sind in die Normandie gefahren, in ein kleines Nest. Bagnoles-de-l'Orne ... Dort ist Professor Sonelli ermordet worden. Scheußlich.«

Jacques hört auf zu mahlen. Er beugt sich sogar vor, um ins Badezimmer sehen zu können. Madeleine steht noch unter der Dusche und genießt wohlig den warmen Wasserstrahl. »Sie wollen die Sache groß bringen«, erzählt sie weiter. »‚La Dépêche' hat gestern schon eine kurze Meldung gehabt.«

Der Journalist setzt die Kaffeemühle wieder in Betrieb. »Die habe ich gelesen. Außerdem bin ich überrascht, daß sich ein Parteiblatt auf Mordgeschichten stürzt. Das ist sonst nicht die Art vom ‚Journal'. – Gab es überhaupt noch etwas zu sehen?«

Zunächst unterbricht der Pfeifkessel die Unterhaltung. Batissier gibt Kaffee in die bereitgestellte Kanne und brüht ihn auf. Drüben hüllt sich Madeleine in ihren Bademantel, trocknet ihr Haar und kämmt es dann sorgfältig.

»Die Gendarmerie hatte den Tatort noch abgesperrt«, berichtet sie lebhaft. »Ein Haufen Detektive aus Paris stand auch herum. Die Untersuchung wird von einem Kommissar Rochambeaux geleitet. Er redet wenig und nimmt die Hände kaum aus den Taschen. Kennst du ihn?«

Jetzt begegnen sie sich auf dem Flur – Jacques hält ein Tablett mit Kaffeegeschirr in den Händen, Madeleine knotet kunstvoll ihren Gürtel. Gemeinsam gehen sie ins Zimmer und decken den Tisch. Batissier schüttelt den Kopf. »Rochambeaux? Den Namen habe ich nie gehört. Er muß bei der Mordkommission neu sein. Wie sieht er denn aus?«

»Schlank. Groß. Er trägt einen Bart und wirkt unnahbar. Er könnte ein Kolonialoffizier sein, der Zivil trägt und sich nicht wohl darin fühlt. – Ich kann dir die Bilder zeigen. Sie mußten gleich im Labor des ‚Journal' fertiggemacht werden. Natürlich habe ich ein paar Vergrößerungen für dich ...«

Sie sitzen sich gegenüber. Es ist für Sekunden ganz still im Zimmer, und dann sagt Jacques auf einmal: »Komisch! Gestern erzählte einer im ‚Tabarin' diese Sonelli-Geschichte. Jetzt fängst du auch damit an. Ich sah gar nichts Besonderes darin. – Zeig mal die Bilder.«

Madeleine steht bereitwillig auf und geht zu ihrer im Flur abgestellten Ledertasche, der sie einen Stoß großformatiger Fotos entnimmt. »Du hast davon gehört und bist nicht gleich hingefahren?« fragt sie verwundert. »Ich verstehe dich nicht.«

»Ein italienischer Emigrant wurde umgebracht; wen interessiert das schon? Wenn es ein Professor der Sorbonne gewesen wäre, ein bekannter Mann ...«

Jetzt setzt sie sich neben ihn. »Sonelli ist doch nicht irgendwer«, erwidert sie mit leisem Vorwurf. »Meinst du, sonst hätte ‚Journal de Paris' ... Hier, sieh!« Damit breitet sie die Aufnahmen vor ihm aus. »Das ist der Tatort. Links neben dem Citroën steht dieser Kommissar Rochambeaux. Er hatte schon herausgefunden, daß der Professor nicht da ermordet wurde, wo ihn die Forstarbeiter fanden.«

Merkwürdigerweise hat Jacques Batissier zunächst keinen Blick für den Kommissar. Auch den Wagen betrachtet er nur flüchtig. Etwas anderes fasziniert ihn: Das Fahrzeug steht unmittelbar neben einem unansehnlichen grauen Transformatorenhaus! Mit einem Male hat der Journalist deutlich das Bild des Mannes vor Augen, der gestern im »Tabarin« neben ihm saß und so viel Phantasie aufbrachte ... »Wo ist Sonelli denn getötet worden?« hört er sich fragen.

»Auf der Chaussee«, erklärt Madeleine bereitwillig. »Die Detektive hatten einen Fährtenhund bei sich. Den haben sie am Wagen des Professors Witterung nehmen lassen. Er hat sie daraufhin bis zur Straße geführt. Die Mordkommission untersuchte den Weg ganz genau und fand auf seiner vollen Länge Blutspuren. Der Kriminalist, der den Hund geführt hat, war so stolz auf seinen Hector, daß er die Suche vor der Kamera wiederholte. Hier!« Sie deutet auf das Bild des Hundes und deckt es dann mit einer anderen Aufnahme ab. »Das ist der richtige Tatort, Jacques.«

Batissier beugt sich gespannt über das Foto. Es zeigt einen Teil der Straße und den Sommerweg daneben. Auf diesem war ein Doppelkreuz markiert, ziemlich in der Tiefe des Bildes. Etwa eine Wagenlänge davor ist, gleichfalls auf dem Sommerweg, noch ein einfaches Kreuz eingezeichnet worden. Zu beiden Punkten – zu dem einfachen ebenso wie zu dem Doppelkreuz – führen je zwei Linien. Das eine Paar ist gestrichelt, das andere punktiert. Madeleine tippt auf das einfache Kreuz und erläutert: »Hier starb der Professor. Die Linien, die du da siehst, stellen die Bremsspur seines Autos dar. Im offenen Kofferraum stand der Werkzeugkasten. Er war blutig. Sonelli muß sich gerade darüber gebeugt haben, als ihn die Dolchstöße trafen. Er ist nach vorn gefallen, in den Kofferraum. – Kommissar Rochambeaux ließ die Umgebung nochmals genau untersuchen. Die Gendarmerie hatte gestern nichts gefunden, aber die Mordkommission entdeckte, daß wenige Schritte vor Sonellis Citroën ein zweites Auto gestanden haben muß.« – Sie weist auf das zweite Linienpaar und das Doppelkreuz: »Dort zeichnete sich auf dem Sommerweg deutlich die Eindruckstelle eines Wagenhebers ab. Die Hinterachse des zweiten Wagens muß aufgebockt gewesen sein. Vermutlich stand das Auto schon da, als Sonelli gefahren kam. Aller Wahrscheinlichkeit nach hielt der Professor an und fragte, ob er helfen könne. Der Unbekannte trat daraufhin mit Sonelli an dessen Wagen heran und stach ihn nieder, als er sich nichtsahnend über den Werkzeugkasten beugte. Dann fuhr er den Wagen etwa dreißig Meter in den Wald. Der Tote, der halb im Kofferraum lag. wurde mitgeschleift... Gräßlich, nicht?«

Der Journalist steht plötzlich auf und geht, die Hände in den Hosentaschen, zum Fenster. Er starrt hinaus. Vor den Wasserbächen. die über die großen Scheiben rinnen, breitet sich eine bizarre Landschaft von Dächern und Schornsteinen aus. Der Himmel ist verhangen; es wird heute nicht richtig hell. Batissier nimmt den vertrauten Anblick kaum wahr. Ohne sich umzuwenden, fragt er: »Und das hat dieser Rochambeaux erst heute morgen festgestellt?«

»Ja Was wundert dich daran?« Sie trinkt mit Genuß. Der Kaffee ist heiß und sehr stark. »Es tut dir leid, daß du nicht hingefahren bist, wie?«

Er wendet sich um und lehnt sich an das Fensterbrett, auf dem viele Blumen stehen. »Du wirst es mir nicht glauben«, fängt er erregt an, »aber Punkt für Punkt hat mir gestern nacht im ‚Tabarin' einer diese Geschichte erzählt – genau, mit allen Details. Gestern, als noch kein Mensch wußte, wie es geschah. Keiner – außer dem Mörder!«

»Deine Phantasie geht mit dir durch.«

Batissier stößt sich vom Fensterbrett ab und geht mit langen Schritten durchs Zimmer. »Genau dasselbe habe ich zu dem Mann gesagt.« Er klatscht sich mit der flachen Hand an die Stirn. »Und ich habe ihn laufen lassen!« – Noch einmal nimmt er das Foto zur Hand, auf dem der Citroën Professor Sonellis und Kommissar Rochambeaux neben dem Transformatorenhaus stehen. »Es muß der Mörder gewesen sein! Sogar das Transformatorenhaus hat er genannt! So etwas kann man nicht erfinden; soweit reicht der Zufall nicht!«

Er nimmt seinen Kaffee vom Tisch, betrachtet ihn einen Augenblick lang grüblerisch und trinkt ihn mit einem Zuge aus. Als er die Tasse zurückstellt, ist er wie umgewandelt. Mit wenigen Schritten ist er am Schreibtisch und spannt einen Bogen in die Maschine. Voller Tatendrang ruft er Madeleine zu: »Der mir diese Nachricht nicht abkauft, den möchte ich sehen! ‚Nachrichtenbüro Batissier bringt als erster Pressedienst der Welt: Tatverlaufschilderung eines Mordes durch den Mörder, den die Polizei noch nicht kennt!' Madeleine, das ist die Sensation, die ich suche!«

Madeleine runzelt die Stirn. Sie rührt in ihrer Tasse und sagt leise, ohne den Blick zu heben: »Du bist unausstehlich, Jacques! Sensation – weiter interessiert dich nichts.«

»Fängst du schon wieder an?«

Sie setzt behutsam. zu behutsam fast, die Tasse auf den Tisch und steht auf.

Um den Tisch und das Sofa herumgehend, erwidert sie: »Das soll ja veröffentlicht werden! Aber noch wichtiger als deine Begegnung mit dem Mörder ist es zu sagen, daß Sonelli, ein italienischer Emigrant, für Frankreich starb...«

Batissier sieht sie spöttisch an: »Ist das der Kommentar des ‚Journal de Paris' dazu?«

»Ja!«

Jacques beginnt zu tippen. »Ich habe nichts dagegen, Madeleine. Sie können schreiben, was sie wollen, aber ich schreibe auch, was ich will.« Er unterbricht sich, nimmt den Telefonhörer ab und wählt. »Du wirst es sehen: Sämtliche Abendzeitungen veröffentlichen meinen Bericht!«

Madeleine tritt zu ihm und drückt mit einer ruhigen Geste, die sehr gelassen wirkt, die Gabel des Telefons nieder. Sie setzt sich auf die Seitenlehne des Schreibtischsessels und legt dem Journalisten die Arme um den Hals. »Jacques«, bittet sie. »Du weißt doch noch gar nicht alles. Hör mir mal zu!«

Er bringt es nicht fertig, sie beiseite zu schieben. Mit komischer Verzweiflung sagt er nur: »Bloß keinen Leitartikel vom ‚Journal'!«

Sie schüttelt den Kopf. »Nur Tatsachen, Jacques! – Carlé, mit dem ich heute früh gefahren bin, hat mir erzählt, daß Professor Sonelli Italien verlassen mußte, als Mussolini an die Macht kam. Hier in Paris hat er eine Zeitschrift herausgegeben, monatlich. In der neuesten Nummer stand etwas über Hitlers Fünfte Kolonne in Frankreich. Aufschlußreiche Enthüllungen, Jacques! Sagt Carlé. Es sollten noch Fortsetzungen erscheinen – über rätselhafte Morde an Antifaschisten. Über die Ermordung der Privatdetektivin Laetitia Toureaux in der Metro. Das war am Pfingstmontag neunzehnhundertsiebenunddreißig – du hast damals selbst vergeblich versucht, diesen Fall aufzuklären. Sonelli hatte eine Untersuchung darüber angekündigt, wer den Nachschub für die Internationalen Brigaden sabotierte, die vor Madrid gegen Franco kämpften. Und nun ist er selbst tot. Ermordet. Nachdem sein Bericht eben erst angelaufen ist. – Sollte es da keine Zusammenhänge geben, Jacques?«

Er sieht sie überrascht an und spitzt die Lippen, als ob er pfeifen wolle. Sie hat ihn zum Nachdenken gebracht, ihn angerührt. Er schiebt sogar die Schreibmaschine zurück und wirft ein paar flüchtige Notizen auf einen Block, Stichworte. Die Zeitung Sonellis wird er sich ansehen; er wird auch die alten Berichte über den mysteriösen Tod der hübschen Privatdetektivin vor zwei Jahren wieder hervorsuchen; vielleicht finden sich neue Anhaltspunkte, eine unerwartete Lösung... Madeleine hat recht. Natürlich sagt er ihr das nicht, er drückt sie jedoch zärtlich an sich. Sie versteht ihn auch ohne Worte; sie lacht und zaust seine schwarze Haarbürste.

Dann sieht er auf die Uhr. »Höchste Zeit! Sonst haben die Abendzeitungen Redaktionsschluß. Und morgen ist das Interview mit dem Mörder nicht mehr so aktuell. Das andere – später!«

3

Die Hand des Chefs der Kriminalpolizei fällt schwer auf den Stoß Abendzeitungen. Unterpräfekt Gaston Blanchard hebt den Kopf und sieht sein Gegenüber böse an. »Unerhört!« sagt er gefährlich leise. »Es ist ein Skandal! Sie tappen im Dunkeln herum, und dieser Batissier kennt den Mörder. Er macht mit ihm ein Interview wie mit einer Diva.«

Der Leiter der Mordkommission M 2, Kriminalkommissar Pierre Rochambeaux, schweigt. In seinem hageren, ein wenig kantigen Gesicht zuckt kein Muskel. Sehr beherrscht nimmt Rochambeaux die Vorwürfe zur Kenntnis. Das einfallende Morgenlicht setzt Glanzlichter auf sein straff nach hinten gebürstetes, soldatisch kurz geschnittenes Haar.

Unterpräfekt Blanchard spricht weiter. »Ich hatte mehr von Ihnen erwartet, Monsieur Rochambeaux. Das Innenministerium hat mir einen begabten Kriminalisten angekündigt. Und nun machen Sie die Pariser Kriminalpolizei zum Gespött der Leute! Wir müssen unsere Informationen aus der Presse beziehen – das ist der Gipfel! Was haben Sie dazu zu sagen, Kommissar?«

Rochambeaux wirkt gänzlich unbeeindruckt. Leidenschaftslos entgegnet er: »Dieser Batissier wird gerade geholt. Daß er den Mann traf, war reiner Zufall. Gefunden hätten wir ihn auch, wenn nicht heute, dann morgen.«

Der Chef der Kriminalpolizei winkt ab. »Lassen Sie Batissier hierher bringen, wenn er kommt.«

Der Kommissar greift augenblicklich zum Telefonhörer und gibt die Anweisung an seine Abteilung weiter. Anschließend blättert er sein Merkbuch auf und schaut Blanchard ruhig und selbstsicher an. »Es gibt bereits eine Reihe von Anhaltspunkten, Monsieur Präfekt«, berichtet er, als wäre von Batissier gar nicht die Rede gewesen. »Wir haben an Hand der Bremsspuren des Wagens, mit dem der Täter vermutlich kam, Radstand und vordere und hintere Spur genau feststellen können. Der fragliche Wagen ist ein nach neunzehnhundertsechsunddreißig gebauter Renault. Der hintere Radstand betrug in Millimeter ...«

Der Unterpräfekt schlägt mit der Faust auf den Tisch. »Verschonen Sie mich mit dem Kleinkram! Mich interessieren die Ergebnisse.«

Rochambeaux läßt das kalt. Er referiert sachlich weiter: »Nachforschungen in Bagnoles-de-l'Orne haben ergeben, daß am fraglichen Tage ein gelber Renault im Ort gesehen wurde – eine ungewöhnliche Lackierung; das erleichtert die Sache.« – »Na und?«

»Ich rechne jede Stunde mit dem Auffinden des gelben Wagens.«

Die düstere Miene des Chefs der Kriminalpolizei hellt sich ein wenig auf. Seine Haltung lockert sich; er beginnt seine Pfeife zu stopfen. Eben steigen die ersten Rauchschwaden auf, als der Adjutant, Lieutenant Coste, eintritt und meldet, Kriminalassistent Decourt sei mit dem Journalisten Batissier eingetroffen. »Sie sollen 'reinkommen!«

Der Adjutant öffnet die Tür weit. Der hünenhafte Assistent nimmt – obwohl in Zivil – Haltung an und wiederholt: »Kriminalassistent Decourt befehlsgemäß mit Monsieur Batissier zur Stelle.« Er macht eine sehr vorschriftsmäßige Kehrtwendung, als ihn der Unterpräfekt gehen heißt.

Gaston Blanchard kommt um den Schreibtisch herum auf Batissier zu und begrüßt ihn verbindlich als einen alten Bekannten. »Guten Morgen, Monsieur«, sagt er gewinnend. »Ich hoffe, daß man Sie nicht allzu unsanft aus dem Bett geholt hat. Sie haben uns in eine verteufelte Lage gebracht.«

»Das freut mich«, wirft der Journalist im Vollgefühl seiner gelungenen Überraschung hin.

Der Unterpräfekt überhört es. »Das ist Kommissar Rochambeaux«, stellt er vor. Der Kommissar verbeugt sich kühl. Jacques verfährt ebenso. Dieser neue Leiter der Mordkommission M 2 gefällt ihm nicht; er macht den Eindruck eines verknöcherten Pedanten. Blanchard erläutert: »Kommissar Rochambeaux ist mir unmittelbar nach dem Mord an Sonelli vom Innenministerium zugeteilt worden. Er vertritt Hauptkommissar Laroché, der, wie Sie wissen, bei der Aufklärung des Falles Eunice angeschossen wurde.« Der Unterpräfekt strafft sich. »Monsieur Batissier, ich kann nicht umhin, Sie über Einzelheiten Ihres Interviews mit dem Mörder dienstlich vernehmen zu lassen.«

»Bitte!«

Kommissar Rochambeaux fordert den Journalisten mit einer Handbewegung auf, sich zu setzen. Er selbst lehnt sich ihm gegenüber an die Schreibtischkante und hält Merkbuch und Bleistift bereit. »Haben Sie eine weitere Zusammenkunft mit diesem Mann, der sich Sourgot nannte, vereinbart?«

Batissier schüttelt den Kopf. »Nicht direkt. Ich hatte schließlich keine Ahnung, daß er den wirklichen Vorfall beschrieb. Trotzdem habe ich mir seine Adresse geben lassen.«

Jetzt schnellt selbst der Unterpräfekt herum. »Wo wohnt er?«

Der Journalist holt sein Notizbuch heraus und liest in einem Tone vor, der solche Kenntnisse als selbstverständlich darstellt: »Rue du Faubourg, Saint Honoré, Nummer sechsundzwanzig.«

»Das hat er Ihnen gesagt?« Blanchard wundert sich.

Kommissar Rochambeaux hat schon den Telefonhörer am Ohr und die Rufnummer seiner Abteilung gewählt. »Rochambeaux hier. Zehn Mann Rue du Faubourg, Saint Honoré, Nummer sechsundzwanzig. Das Gebäude sichern. Niemand verläßt das Haus, bis ich komme. Ende.« Er legt auf und wendet sich an den Chef. »Monsieur Präfekt, ich bitte, mich entfernen zu dürfen.«

Gaston Blanchard nickt sein Einverständnis. »Ich erwarte umgehend Ihren Bericht.« Der Kommissar steht bereits an der Tür.

Batissier springt auf. »Ich fahre natürlich mit, Monsieur!«

Rochambeaux sieht ihn eisig an. »Es ist nicht gestattet, zu polizeilichen Amtshandlungen . . .«

Der Journalist blickt herausfordernd zu Blanchard, der Rochambeaux mit einer Handbewegung unterbricht. »Nehmen Sie ihn in Gottes Namen mit, Kommissar«, ordnet er an. »Wenn es eine Blamage gibt, geht sie sowieso auf seine Rechnung.«

Batissier strahlt ihn an. Er nickt dem Chef der Kriminalpolizei dankbar zu. Wir kennen uns doch, wir beide, soll das heißen.

Blanchard lächelt.

»Kommen Sie«, sagt Rochambeaux verärgert und geht als erster hinaus.

4

Der Dienstwagen biegt mit Blaulicht und heulendem Martinshorn in die Rue du Faubourg ein und hält unmittelbar vor dem Haus Nummer 26. Aus einem benachbarten Hausflur lösen sich zwei jüngere Männer in Zivil und treten auf Kommissar Rochambeaux zu. »Keine besonderen Vorkommnisse, Herr Kommissar«, meldet der eine. »Das Haus ist umstellt. Bisher hat niemand versucht, es zu verlassen.«

Im halbdunklen Treppenschacht, in dem es penetrant nach gebratenen Zwiebeln riecht, steht der hünenhafte Assistent. »Alles ruhig, Herr Kommissar«, sagt er mit tiefer Stimme. Rochambeaux umfängt das Treppenhaus mit einem Blick. Es ist wenig gepflegt, die ehemals weißen Wände sind grau und fleckig. Da und dort läuft ein Riß durch den Putz. Die Stuckverzierungen der Decke weisen Schäden auf.

»Wo wohnt Sourgot?«

»Zweiter Stock, links«, antwortet Decourt sofort.

Der Kommissar winkt ihm zu, mitzukommen, und geht die Treppe hinauf. Batissier bleibt ihm unaufgefordert dicht auf den Fersen. Die ausgetretenen Stufen knarren; hinter einer der Türen greint ein Kind; irgendwo spielt ein Radio; eine muntere Frauenstimme kommandiert die Morgengymnastik.

Im zweiten Stock ist ein Schild: »Sourgot«. Pierre Rochambeaux zieht ohne Hast seinen Browning aus dem Schulterhalfter und lädt durch. Die ruhige Gelassenheit der Bewegung beeindruckt Batissier wider Willen. Decourt hat die Pistole bereits in der Manteltasche. Jetzt nimmt auch er sie heraus. Der Kommissar sieht den Journalisten tadelnd an. »Treten Sie zur Seite, Monsieur. Man stellt sich nicht vor eine Tür, die jede Kugel durchläßt.« Dann klingelt er.

In der Wohnung bleibt es still. Trotz wiederholten Läutens. Lange. Endlich.

viel Zeit scheint vergangen zu sein, schlurfen Schritte heran, und eine mürrische Männerstimme sagt: »Ja, ja. Ich komme ja schon.«

Batissier hält den Atem an. Der Assistent bewegt ein wenig die breiten Schultern. Rochambeaux verzieht keine Miene. Hinter der Tür klirren Schlüssel mißtönend aneinander. Wieder ist die mürrische Stimme zu hören: »Wer ist denn da? Können Sie nicht um zehn Uhr ins Büro kommen?«

»Öffnen Sie! Polizei«, befiehlt der Kommissar scharf.

Ein Schlüssel dreht im Schloß, die Klinke bewegt sich. Im Türrahmen steht ein untersetzter, unausgeschlafener Mann mit einem Handtuch um den Hals, in einem schäbigen Bademantel und abgetretenen Pantoffeln. Erschrocken blickt er auf die Pistolen.

Decourt kommandiert: »Hände hoch!«

Der Mann gehorcht überstürzt. Er würgt hervor: »Messieurs, ich bitte Sie... Ich habe Familie.«

Batissier starrt ihn an. »Das ist er nicht«, sagt er tonlos. Rochambeaux wirft ihm einen prüfenden Blick zu. Dann stößt er die Tür ganz auf und geht mit vorgehaltener Pistole in die Wohnung hinein. In einem der Zimmer schreit eine Frau erschrocken auf. Jacques wäre gern mitgegangen, aber der Kommissar hat ihn mit einer Handbewegung bestimmt, zurückzubleiben.

»Sie können die Hände herunternehmen. Treten Sie neben die Tür, und verhalten Sie sich ruhig. Bei Fluchtversuch wird geschossen«, sagt Decourt zu dem Mann mit dem Handtuch um den Hals.

Der lauscht in seine Wohnung hinein. »Ist denn in Paris der Teufel los?« murrt er. »Sind Sie wirklich von der Polizei? Es passiert so viel...«

Der Assistent weist wortlos seine Dienstmarke vor. Jetzt kehrt Rochambeaux zurück, sichert den Browning wieder und versenkt ihn ins Schulterhalfter. »Sie heißen?« fragt er.

»Maurice Sourgot. Ich hatte nie mit der Polizei zu tun, nie! Es reicht mir, Monsieur, und gründlich! Ich werde mich beschweren.«

Auch Decourt steckt die Pistole ein. Der Kommissar fragt unbeeindruckt weiter: »Sie wohnen hier mit Ihrer Frau oder...?«

»Wir beide allein, jawohl«, entgegnet Sourgot und beobachtet neugierig, daß der Assistent des bärtigen Kriminalisten seine Worte mitstenografiert.

Rochambeaux fährt fort: »Besitzen Sie einen gelben Renault?«

Der Mann sieht ihn verwundert an. »Einen gelben Renault? Ja. Ich habe auch noch einen schwarzen Arista und einen grünen Peugeot; ich betreibe nämlich einen Mietwagenverleih.«

»An wen hatten Sie den gelben Renault am Dienstag verliehen?«

»Am Dienstag?« Sourgot klopft nachdenklich mit einem Schlüssel gegen seine Zähne. Dabei entsteht ein scheußliches Geräusch. »Warten Sie mal... Das war einer mit 'nem unsympathischen Gesicht. Ich hätte keinen Streit mit ihm anfangen mögen. Er kam zum erstenmal.«

»Sein Name?«

»Name? Ich frage meine Kunden nie nach dem Namen. Ich verlasse mich auf meine Menschenkenntnis und die Kaution. Entweder können sie eine Kaution hinterlegen – dann gebe ich ihnen einen Wagen. Können sie es nicht – dann sollen sie sich ein Fahrrad kaufen. – Nein, Namen weiß ich nicht.«

Das klingt unerwartet selbstsicher und endgültig, und vielleicht ist das der Grund dafür, daß sich der Kommissar zu der Erklärung bemüßigt fühlt: »Jener Mann mit dem unsympathischen Gesicht nannte sich Sourgot, und er gab Ihre Adresse als seine eigene an, Monsieur. Er ist ein Mörder. Wir mußten Sie für ihn halten. Jetzt wissen Sie Bescheid.«

Der Mann mit dem Handtuch um den Hals schluckt. »Das ist... Das ist ja furchtbar«, stammelt er. »Meinen ehrlichen Namen...« Aufgeregt fragt er: »Und wo ist der Renault, Monsieur?«

»Er steht in Fahndung«, bemerkt Rochambeaux. »Guten Morgen.« Er wendet sich zur Treppe.

Jacques Batissier und der Kriminalassistent folgen ihm schweigend.

5

Michèle schaut Jacques Batissier prüfend an, während sie die leere Salzmandelschale durch eine gefüllte ersetzt. Die erste hat der Journalist beinahe allein ausgegessen, und nun greift er in die zweite, ohne den Wechsel recht zu bemerken. Außer ihm sitzt niemand an der Bar. Die Musiker packen eben erst die Instrumente aus; die Tische sind spärlich besetzt. Michèle putzt Gläser. Nebenher beobachtet sie den Kriminalreporter, der heute entgegen seiner Gewohnheit Mokka trinkt. Eben bestellt er ein neues Kännchen. Das macht Michèle neugierig. Am liebsten möchte sie ihn fragen, worüber er seit einer Stunde grübelt und was die steile Falte über seiner Nasenwurzel zu bedeuten hat. Wenn sie das könnte – sie würde ihm gern helfen. Doch er legt wohl keinen Wert auf Vertraulichkeit mit ihr. Leider. So beschränkt sie sich darauf, ihm aufmunternd zuzulächeln, als sie ihm den Mokka hinstellt. Batissier nickt gleichgültig. Er hat seinen silbernen Drehbleistift in der Hand und kritzelt Männchen auf eine Papierserviette. Sie marschieren da schon in langen Kolonnen.

Einige haben Bärte wie der Kriminalkommissar Rochambeaux, der Leiter der Mordkommission M 2. An ihn denkt der Kriminalreporter mit großem Unbehagen. Gewiß, Rochambeaux hat Batissier nach der mißglückten Festnahme des Mörders keinen Vorwurf gemacht, aber sein halb spöttisches, halb verächtliches Lächeln beim Abschied war schlimmer; es hat getroffen und beleidigt. Jacques macht einen Strich durch die bärtige Kolonne. Was bildet sich dieser Rochambeaux ein ? Er, Batissier, hat die Lösung des Falls Eunice gefunden – schneller als die Kriminalpolizei ... Und haben nicht dieser Kommissar selbst und sogar Blanchard anfangs auch an die Stichhaltigkeit der Adresse geglaubt? Jacques zeichnet Männchen, die Pfeife rauchen: der Unterpräfekt ...

Er greift wieder nach den Salzmandeln. Natürlich wird er diesen Fall Sonelli jetzt weiterverfolgen. Er denkt nicht daran, sich mit der Niederlage zufrieden zu geben. Sie ist eigentlich nur der letzte Anstoß gewesen, auf eigene Faust in dieser Sache zu recherchieren. Jacques Batissier hat den Tag nicht ungenutzt verstreichen lassen. Auf seinem Schreibtisch liegen bereits in Bündeln die Schriften des toten Professors, aus allen möglichen Bibliotheken zusammengeholt. Es stapeln sich dort ferner Darstellungen der Haltung Frankreichs im spanischen Krieg und auch entsprechende Äußerungen der italienischen und deutschen Faschisten. Aus dem eigenen Archiv hat der Kriminalreporter die Zeitungsausschnitte mit seinen Berichten über die Ermordung der Privatdetektivin Laetitia Toureaux wieder hervorgesucht.

Abermals skizziert der Drehbleistift bärtige Kriminalkommissare. Diesen Spitzbärten wird Jacques Batissier beweisen, daß er nicht auf Zufallsbegegnungen angewiesen ist, wenn er eine Spur aufnimmt, sondern daß er durchaus in der Lage ist, den Weg eines Mörders logisch zu verfolgen. Hier im »Tabarin« haben sich seine und die Wege des falschen Sourgot gekreuzt; hier muß er beginnen.

Energisch knüllt der Kriminalreporter die Serviette zusammen und wirft sie Michèle zu. Sie fängt das Papier geschickt auf. Für Sekunden ist doch Gemeinsamkeit zwischen ihnen. »Und nun wie immer?« fragt sie.

»Ja«, sagt er. »Aber zweimal.« Bei dieser Einladung trinkt Michèle kein Sodawasser. Auf einmal hat sie sogar den kindlichen Wunsch zu tanzen – die Kapelle beginnt gerade zu spielen –, aber natürlich weiß der Journalist, daß das den Angestellten des Hauses verboten ist. Außerdem: Ob er sie überhaupt auffordern würde? Gäste treten an die Bar. Sie muß bedienen.

»Hallo, Jacques!« ruft Henri, der Fotograf, vergnügt und schlägt Batissier auf die Schulter. »Schon hier? Um diese Zeit ist doch noch gar nichts los ...« Er öffnet die Rückwand seiner Kamera und legt einen Film ein. Für ihn beginnt jetzt die Arbeit.

»Ich habe auf dich gewartet«, sagt der Kriminalreporter und bietet Henri vergeblich Schokolade an. »Ich will ein Foto von dir haben. Vorgestern, als ich ging, bist du gerade auf einen Mann losgegangen, der an der Bar saß. Er trank allein eine ganze Flasche aus und fand dann Anschluß. Blonden Anschluß.«

Der Fotograf klappt die Kamera zu und dreht den Film vor.

»Du meinst den Mörder. nicht?« fragt er, ohne vom Bildfenster aufzusehen. »Ich hab's gelesen. Großartig – wie immer. Jacques! Er ließ wirklich eine Aufnahme von sich machen. Das war ein guter Tip von dir. Yvette sammelt nämlich Bilder ihrer Freier. Eine Marotte von ihr. Sie muß schon ganze Koffer damit füllen können.«

»Von diesem Bild brauche ich sofort einen Abzug.«

Henri schneidet eine Grimasse. »Da bitte ich dich so oft, mir eine Chance zu geben, und wenn es soweit ist... Ich hebe diese Negative nicht auf. Aber wende dich doch an Yvette! Sie hat ja das Foto.«

»Ist sie hier?« Jacques Batissier blickt sich suchend um. Das »Tabarin« ist wenig übersichtlich mit seinen Nischen und Säulen. Von der Bar aus kann man nur einen geringen Teil einsehen. Überdies hat sich das »Tabarin« in der letzten halben Stunde gefüllt. Auch der Kommissar Rochambeaux und sein Assistent sind eingetroffen und sitzen unbemerkt in einer Nische. Der Kriminalreporter nimmt sie nicht wahr, und sie legen offensichtlich keinen Wert darauf, ihn auf sich aufmerksam zu machen.

»Ich habe sie schon gesehen«, erwiderte Henri. »Ja! Dort drüben, hinter der Säule sitzt sie. Soll ich sie dir holen?«

Batissier springt vom Barhocker. »Na, hör mal! Ich gehe natürlich hin.« Er zwängt sich zwischen Tanzenden hindurch zu Yvettes Tisch. Wieder bemerkt er den Kommissar nicht, den der breite Rücken seines hünenhaften Assistenten weitgehend verdeckt. Henri läßt es sich nicht nehmen, den Journalisten zu begleiten und ihm das blonde Mädchen mit dem auffallenden Ausschnitt vorzustellen.

»Das ist Yvette«, sagt er. »Mein Freund Jacques möchte Sie gern kennenlernen.« Damit nickt er Batissier zu und geht.

Der Kriminalreporter verbeugt sich sehr charmant, nennt seinen Namen und wartet auf die Einladung, sich zu setzen. Das ist Yvette nicht gewohnt, aber es gefällt ihr.

»Nehmen Sie einen Drink mit mir?« fängt er an.

»Warum nicht?« fragt sie zurück. Es schmeichelt ihr, daß er sie wie eine Dame behandelt. Er erkundigt sich sogar. was er für sie bestellen dürfe. Sie entscheidet sich für Martini. Der befrackte Kellner, nicht mehr jung, nimmt die Bestellung beflissen entgegen. An der Bar schüttelt Michèle verwundert den Kopf.

Batissier zieht die Schokolade aus einer Seitentasche seines Sakkos und bietet sie mit entwaffnender Selbstverständlichkeit an. Yvette drückt ihre Zigarette aus und greift zu. Wenn dieser nette Junge Nichtraucher ist... Sie vermag sich auch darauf einzustellen. Fremd ist er ihr nicht; sie hat ihn öfter im »Tabarin« gesehen.

»Heute bin ich Ihretwegen hier«, sagt er, und weil sie ihn ungläubig betrachtet, fügt er hinzu: »Reine Wahrheit! Gut, daß Henri Sie kennt.«

Sie beugt sich vor und sieht ihm in die Augen. »Brauchen Sie denn Vermittlung?« fragt sie leise. »Wollen wir gleich gehen? Es wird Ihnen bei mir bestimmt gefallen.«

»Darüber reden wir später«, weicht der Kriminalreporter aus.

Der Kellner serviert eben. Jacques reicht Yvette ein Glas und hebt das andere. »Auf Ihre Gesundheit, Madame!« Sie trinken. Anschließend sagt Batissier ganz unvermittelt: »Als ich das letztemal hier war, habe ich Sie mit einem alten Freund von mir sitzen sehen – so ein Breitschultriger, mit einem harten Gesicht. Er hatte ziemlich viel getrunken, an der Bar. Vorgestern war es. Erinnern Sie sich?«

Und ob sich Yvette erinnert! Sie legt sich zurück und schlägt graziös die Beine übereinander. »Hat er Ihnen etwa von mir erzählt? Ihm hat es auch bei mir gefallen. Und geizig war er ganz und gar nicht. Kommt er mal wieder her?«

Am Nebentisch, hinter dem Rücken Batissiers, wird ein Stuhl gerückt. Ein hünenhaft gewachsener junger Mann setzt sich bequemer, weiter nach hinten. Auf diese Weise kann Kriminalassistent Decourt beinahe jedes Wort der Unterhaltung verstehen.

Jacques hebt die Schultern. »Wenn ich das wüßte ... Ich suche ihn selbst. Neulich mußte ich so schnell weg, daß ich nicht einmal dazu kam, ihn nach seiner neuen Adresse zu fragen. Schade.« Er nippt an seinem Glas. »Yvette, können Sie mir nicht helfen? Wissen Sie nicht, wohin er von hier aus gefahren ist?«

Yvette lächelt erstaunt. »Zu mir natürlich. Wir sind mit einer Taxe gefahren, und er hat den Wagen einfach unten warten lassen.«

»Können Sie sich an die Taxe erinnern?« Und noch: »Was war das für ein Wagen?« Er erklärt: »Mir liegt sehr viel daran, Maurice wiederzufinden.«

Plötzlich ist Yvette mißtrauisch. Sie richtet sich auf. »Da ist doch was nicht sauber«, antwortet sie gedehnt. »Er hieß gar nicht Maurice. Er hat sich Gérard genannt.«

Batissier lenkt sofort ein. »Richtig, Gérard! Mein Gedächtnis ist manchmal wie ein Sieb.«

Yvette wird böse. »Ich lasse mich nicht auf den Arm nehmen«, zischt sie »Er hieß auch nicht Gérard. Darauf sind Sie 'reingefallen. Und wenn Sie etwa ein Schnüffler sind ...«

Batissier strahlt sie an. Er fühlt sich überhaupt nicht getroffen. Ganz unschuldig fragt er: »Sehe ich so aus?«

Yvette besitzt Erfahrung mit Kriminalbeamten und den Privatdetektiven eifersüchtiger Ehefrauen. So wie ihr Gegenüber hat noch keiner von jener

Sorte reagiert. »Nein«, räumt sie ein und lächelt wieder. »Die haben immer abgewetzte Hosen an, und ihre Sakkos sind auch Konfektion.«

Der Hüne am Nebentisch blickt betroffen an sich herunter.

Batissier spielt den Hilflosen. »Ich weiß tatsächlich nicht mehr, wie er heißt, Yvette. Sie kennen das doch: Man freut sich, jemanden wiederzusehen, aber man kann machen, was man will – der Name ist weg, einfach weg!«

Das sehr blonde Mädchen mit dem auffallenden Ausschnitt scheint versöhnt zu sein. Sie legt ihre Finger auf Batissiers Hand. »Er hieß Jean«, verrät sie. »Und weil Sie mir gefallen, sage ich Ihnen auch die Taxe. Monsieur Ariste steht jede Nacht mit seinem Wagen vor dem ‚Tabarin'. Er erinnert sich bestimmt!«

Batissier steht rasch auf. Mit einer schnellen, dankbaren Geste streicht er ihr übers Haar und flüstert ihr ins Ohr: »Sie sind wirklich ein großartiges Mädchen.« Er legt einen Geldschein auf den Tisch. »Bitte, zahlen Sie für mich mit! Vielleicht sehen wir uns mal wieder hier.«

»Monsieur!« ruft sie ihm nach. »Das ist viel zu viel!«

Batissier dreht sich halb um. »Den Rest ist mir die Auskunft wert! Schönen Dank, Yvette!« Er stürmt zum Ausgang.

»Und?« fragt hinter der Säule Kommissar Rochambeaux knapp.

»Wie Sie erwartet haben«, entgegnet Decourt. »Er hat dieselbe Spur aufgenommen wie wir – nur schneller. Das Mädchen weiß den Namen des Taxifahrers, mit dem der Mann erst zu ihr und dann weitergefahren ist. Monsieur Ariste. Außerdem besitzt sie Bilder.«

Der Kommissar steht schon und schließt den Gürtel seiner sportlichen Jacke. »Besorgen Sie die Fotos«, befiehlt er. »Ich folge Batissier. Er ist auf dem besten Wege, eine Dummheit zu machen.«

6

Die Straße vor dem »Tabarin« ist belebt. Der warme Sommerabend lockt zum Bummeln, zu einem Schwatz vor der Haustür, zu einem Ausflug von Schaufenster zu Schaufenster. Junge Leute auf Fahrrädern veranstalten eine private »Tour de France«. Von offenen Fenstern aus betrachten ältere Leute geruhsam das abendliche Treiben.

Am Bordstein halten Taxen, Lieferwagen und Motorräder. Jacques Batissier kommt aus der Bar und läßt sich von dem operettenhaft uniformierten Portier das Auto des Monsieur Ariste zeigen. Dort sieht ihn Kommissar Rochambeaux stehen, als er aus dem Hause tritt. Der Kriminalist hat es nicht eilig. Er beobachtet, wie der Fahrer, ein alter Mann mit einer Ledermütze, in eine bestimmte Richtung weist, mit der Hand Kurven malt und auf Zwischenfragen bejahend mit dem Kopfe nickt. Schließlich drückt ihm der Journalist ein Geldstück in die Finger und rennt mehr, als er geht, zu seinem in geringer Entfernung geparkten Motorrad. Die schwere, nicht mehr neue Indian mit vier Zylindern und wuchtigem Beiwagen springt donnernd an; Jacques schwingt sich in den Sattel und fährt davon. Die starke Maschine mit ihrer Achtundzwanzig-PS-Leistung beschleunigt schnell. Überdies schont sie der Kriminalreporter heute nicht.

Nun wird auch der Kommissar sehr lebendig. Er rennt zum Taxi, mit dessen Fahrer sich Batissier gerade unterhalten hat, und steigt ein. »Rasch, Monsieur! Fahren Sie«, ruft er.

Der alte Mann schüttelt den Kopf. »Ich bin noch gar nicht dran«, erklärt er bedächtig. »Die Kollegen vor mir ...«

»Folgen Sie dem Kradfahrer dort! Schnell«, drängt Rochambeaux.

Ariste rückt an der Mütze. »So etwas tue ich nun überhaupt nicht gern«, brummt er. »Ich habe ...«

Der Kommissar weist seine Dienstmarke vor: »Kriminalpolizei! Fahren Sie schon!«

Da erst startet der Fahrer seinen Wagen. »Wenn es so ist ...«

Monsieur Ariste muß sich anstrengen, Batissier nicht aus den Augen zu verlieren. Der Journalist steuert mit Schneid. »Immer diese jungen Burschen«, murrt der Taxifahrer, jedoch dann hat er selbst Spaß daran, sich nicht »abhängen« zu lassen. Die abendliche Jagd geht durch immer mehr abgelegene Straßen und endet schließlich in einem der Vororte. Hier schaltet der Kriminalreporter auf den zweiten Gang hinunter und passiert die Häuserzeile sehr langsam. Einmal hält er an und richtet seinen Suchscheinwerfer auf die Nummern an den Fassaden Er fährt noch ein Stück, stoppt und schaltet den Motor aus. Gleich darauf ist er durch eine Haustür verschwunden.

Das Taxi hält hinter der Indian. Rochambeaux reißt den Schlag auf, ruft dem Fahrer zu, er möge warten, und hetzt in einen dunklen Treppenflur. Auf den Stiegen hört er die Schritte eines aufwärts gehenden Mannes. Er sieht auch eine Hand, die weiter oben das Geländer berührt – Batissier. Im zweiten Stock biegt er ab. Der Kommissar nimmt die vielen Stufen mit langen Sprüngen. Dabei gelingt es ihm sogar, kein Geräusch zu verursachen. Der Journalist fährt erschrocken herum, als ihm Rochambeaux plötzlich die Hand auf den Arm legt. Der Kommissar atmet schwer, aber seine Stimme verrät keine Anstrengung, als er ruhig sagt: »Warten Sie!«

»Zum Teufel, wie kommen Sie hierher?« bringt Jacques nur heraus.

Rochambeaux winkt ab. »Später«, flüstert er. »Sind Sie sicher, daß das das richtige Zimmer ist?«

»Der Taxifahrer hat hier Licht angehen sehen, nachdem der Mann im Haus war. ‚Das vierte Fenster von rechts', hat er gesagt.«

Der Kommissar nickt und zieht seinen Browning aus dem Halfter. »Gut! Treten Sie zur Seite. Das ist mein Geschäft, das hier.«

Mit der Linken holt er eine Stablampe hervor und schaltet sie ein. Sein rechter Ellenbogen drückt die Klinke nieder. Die Tür ist nicht verschlossen. Mit einem Fußtritt öffnet sie Rochambeaux ganz. Batissier tritt hinter ihn.

Es brennt kein Licht. Aus dem Dunkel des Zimmers heben sich in matter Helligkeit die Fenster silhouettenhaft hervor. Der Lichtkegel der Stablampe fällt auf das unberührte Bett, verweilt dort sekundenlang, wandert weiter zum Tisch, auf dem Geschirr steht, und über leere Stühle. Dann tastet das Licht über den Fußboden und verharrt: Neben dem Tisch liegt, seltsam zusammengekrümmt, reglos der Mann aus der Bar.

»Die Lampe . . .«, sagt der Kommissar. »Suchen Sie den Schalter.«

Er befindet sich neben der Tür. Die Deckenbeleuchtung flammt auf. Nun wirkt das Zimmer noch trostloser. Rochambeaux geht auf die zugezogenen Fenstervorhänge zu und reißt sie mit einem Ruck auf. Nichts . . . Der Kommissar sichert den Browning und steckt ihn ein. Batissier beugt sich über den Toten. An seiner Identität besteht kein Zweifel. Sogar die Zeiger der Armbanduhr stehen noch, wie an dem Abend im »Tabarin«, auf sechs Uhr sechs Minuten.

Ganz überflüssigerweise bemerkt der Journalist: »Das ist der Mann. Zu spät . . .«

7

Noch werfen die Häuser lange Schatten. Die Straßenschluchten liegen im Dunkeln; nur die Dächer haben schon Licht. Die Türme der Kathedrale beginnen zu gleißen. Um diese Stunde fährt die Metro fast leer. Die Seine glänzt silbrig; wie unberührt windet sie sich durch die Vielzahl der Brücken. Auf den Fenstern der parkenden Autos glitzert Morgentau. Geschäfte träumen hinter geschlossenen Jalousien. Bisher ist Paris nicht erwacht. In den Tuilerien beherrschen die Großstadtspatzen das Feld.

Dennoch – die Metropole arbeitet schon. Straßenfeger drehen Hydranten auf und waschen ihrer Stadt den Schlaf aus den Augen. Die Tore der Zeitungsdruckereien öffnen sich und entlassen Schwärme von Radfahrern in die zwanzig Bezirke. Auf hochbepackten Gepäckträgern stapeln sich druckfeuchte Blätter – Nachrichten und Fotos aus aller Welt unter knalligen Schlagzeilen. Während die Ritter der Pedale von Händler zu Händler eilen, gehen Rotationsarbeiter und müde Nachtredakteure nach Hause. Da und dort lockt schon ein früh geöffnetes Bistro mit Zwiebelsuppe und starkem Kaffee.

Auch im »Bauch von Paris« kehrt Ruhe ein. Nacht für Nacht laden hier Tausende von Lastwagen die Nahrung für fünf Millionen Hauptstädter ab, Nacht für Nacht bringen sie von hier aus andere Waren zu den Märkten und Läden außerhalb der Hallen, damit alles bereit ist, wenn die Hausfrauen ihre Einkäufe machen. Fleisch, Obst, Gemüse, Butter, Quark und Milch – das alles nimmt seinen Weg durch die Hallen. Herden von Schlachtvieh treffen hier ein und sind am Morgen zu Beefsteaks und Koteletts geworden; wenn die Nacht vorüber ist, haben die Schlächter ihr Tagwerk vollbracht.

Um diese Stunde etwa sendet die Polizeifunkzentrale Paris per Hell-Schreiben »An alle Polizeidienststellen der Republik und der Kolonien« das exakte Signalement des toten Mörders, der sich im »Tabarin« Sourgot nannte. In der Hauptstadt war es unmöglich, ihn einwandfrei zu identifizieren. Nun wird überall nach seinen Spuren gesucht, wo französische Polizisten Dienst tun. Gleichzeitig drehen sich die Walzen der Bildtelegrafen. Zwei Fotos werden übertragen: eine Aufnahme, auf der ein Mann mit brutalem Gesicht lachend den Arm um ein sehr blondes Mädchen legt, und eine andere, auf der derselbe Mann in einem trostlosen Pensionszimmer tot auf dem ausgeblichenen Teppich liegt. Die Beamten des Polizeinachrichtendienstes, die die Übermittlung durchführen, haben die Uniformröcke aufgeknöpft und erzählen sich Witze ...

Radio Paris strahlt das Frühprogramm aus, Tanzmusik von Schallplatten und alle zwei Minuten die Zeitansage. Eine junge Sprecherin, selbst gegen die Müdigkeit kämpfend, denn sie ist seit Mitternacht im Funkhaus, bemüht sich tapfer, ihre Hörer zum Aufstehen zu bewegen – teils mit Zärtlichkeit, teils burschikos. Zwei Etagen über ihr, in den Räumen der Nachrichtenredaktion, stricheln die Hell-Schreiber Meldungen; in den Funkkabinen unter dem Dach schwitzen Stenografen bei der Niederschrift der Pressefunknachrichten. DNB Berlin, Reuters Telegram Company London, United Press New York, TASS Moskau, Norsk Telegrambyra Oslo, Agence Télégraphique Suisse Bern, Havas Paris ... Die Unruhe der Welt findet hier ihren Niederschlag. Schreibmaschinen klappern die Texte für die nächste Informationssendung; Kolumnisten der Ätherwellen brüten schon über Kommentaren zu jüngsten Ereignissen.

In diesen Maitagen des Jahres 1939 feiern Italien und Deutschland ihr Militärbündnis als unbesiegbaren »Stahlpakt«. Großbritannien proklamiert die Einführung der allgemeinen Wehrpflicht. Francospanien tritt aus dem Völkerbund aus. In Deutschland hat die Hitlerrede vom 28. April einen nationalistischen Taumel geweckt: »Der Führer« forderte die Einverleibung Elsaß-Lothringens und Danzigs, er schrie nach Kolonien und rief »die Vorsehung« zum Zeugen seiner Friedensliebe an. In Frankreich verlangt Maurice Thorez auf einer Tagung des Zentralkomitees der Kommunistischen Partei in Ivry die Sammlung der nationalen Kräfte in einer Volksfront und kollektive Sicherheitsmaßnahmen im Bunde mit der Union der Sozialistischen Sowjetrepubliken, um einen von Deutschland drohenden Krieg zu verhindern ...

Madeleine schläft. Die flachen Strahlen der Morgensonne treffen sie und machen sie unruhig. Ihre Füße sind unter der Decke hervorgerutscht und frieren. Sie reibt die eine Fußsohle mit den Zehen und strampelt, das Federbett wieder nach unten zu ziehen. Madeleines Schlaf ist nicht mehr fest. Sie wälzt sich auf den Leib, und noch mit geschlossenen Augen streckt sie die Hand nach der anderen Couch aus, um Jacques zu finden. Ihre Finger streichen über unberührte Kissen; sie entdecken Madame Lou, die Plüschkatze, und stoßen sie weg, und ihre ergebnislose Suche wird der Schlafenden schließlich bewußt und weckt sie auf. Madeleine öffnet die Augen. Erst liegt sie ganz ruhig und lauscht dem rhythmischen Klappern und Klingeln der Schreibmaschine, dann dreht sie sich auf die Seite und schaut in den Wohnraum hinein. Obwohl es schon hell ist, brennt die Lampe. Jacques hat den Hemdkragen offen und tippt. Dabei stopft er sich unentwegt winzige Schokoladenstückchen in den Mund. Er schreibt, ohne aufzublicken. Dieses Bild gibt Madeleine ein gutes Gefühl der Geborgenheit, des Zuhauseseins.

Sie kostet es aus, sie genießt es glücklich, bis sie sich behaglich dehnt, die Beine aus dem Bett schwenkt und die Arme reckt. Madeleine blinzelt ins Sonnenlicht. »Guten Morgen, Jacques«, sagt sie verhalten. »Warum bist du so spät gekommen? Ich habe dich gar nicht gehört. Und geschlafen hast du auch noch nicht...«

Er hebt überrascht den Kopf. So sehr war er in seine Arbeit vertieft, daß ihm Madeleines Erwachen verborgen blieb. Der Kriminalreporter hat die Vorfälle des gestrigen Abends – die Entdeckung des toten Mörders durch Rochambeaux und ihn, die anschließende aufwendige Tatortuntersuchung der Kriminalpolizei und die ergebnislosen stundenlangen Verhöre der Pensionsnachbarn des Toten – mit großer Genauigkeit zu Papier gebracht. Ursprünglich wollte es Batissier bei der glänzend geschriebenen, bildhaften Schilderung seiner Erlebnisse bewenden lassen. Dann aber hat er das Manuskript doch noch einmal überarbeitet, hat zu reißerische Beschreibungen gemildert und der bloßen Wiedergabe von Beobachtungen eigene Gedanken hinzugefügt. Nun wirft sein Text auch die Frage »Cui bono?« auf – »Wem nutzt es?« Er weiß, daß er diese Frage beim augenblicklichen Stand der Ermittlungen noch nicht erschöpfend beantworten kann. Immerhin – gibt es wirklich keinen Hinweis auf das Tatmotiv?

Als der Journalist bis zu diesem Punkt gekommen war, fing er an, in den Schriften Sonellis zu blättern. Glaubte er anfangs, ausschließlich theoretische weltanschauliche Thesen und Maximen zu finden, so sah er sich bald einer Fülle nachprüfbarer Fakten gegenüber, einer logischen Beweiskette von bewegender Eindringlichkeit. Der Kriminalreporter ist ihr zunächst mit großen

Vorbehalten gefolgt. Politische Publizistik, wie sie der Professor pflegte, ist keineswegs Batissiers Gebiet, er bezeichnet sich selbst als einen Mann der Boulevardpresse. Dennoch: Der Professor erwähnte einen Vorgang, über den Jacques selbst berichtet hat; die Schilderung dieses Falles ist exakt und spricht damit für die Glaubhaftigkeit auch der übrigen Angaben. Sonelli nahm in einer früheren Veröffentlichung schon einmal Bezug auf die Ermordung der Angestellten einer Pariser Detektei, Laetitia Toureaux. Sie wurde am Pfingstmontag des Jahres 1937 mit einem Dolch in der Brust in einem Wagen erster Klasse der Metro aufgefunden. Der Inhaber des privaten Detektivbüros verweigerte seinerzeit gegenüber Batissier jede Auskunft über die Art der Nachforschungen, mit denen Laetitia Toureaux am fraglichen Tage beauftragt war; er hatte nur feststellen können, als er die Intimsphäre der Detektivin näher untersuchte, daß sie mit einem gewissen Gabriel Jeantet in enger Verbindung stand. Dieser Jeantet besaß übrigens damals, auch nach den Ermittlungen der Kriminalpolizei, ein unantastbares Alibi. Es berührte den Journalisten eigenartig, daß Sonelli das Verhältnis Toureaux-Jeantet ebenfalls erwähnte. jedoch darüber hinausging und Jeantet enger Beziehungen zu faschistischen Geheimorganisationen in Frankreich beschuldigte. Der Professor zählte deren fünfzehn auf und nannte als die gefährlichsten »La Croix de Feu« (Die Feuerkreuzler), »La Cagoule« (Die Kapuze) und »Les Camelots du Roi« (Die Straßenwerber des Königs). Sie alle, wies Sonelli nach, standen in dauernder Verbindung mit den Auslandsspionagediensten in Rom und Berlin und arbeiteten darauf hin, nach dem Sturz der Republik eine faschistische Diktatur nach deutschem und italienischem Muster zu errichten. Das war ihnen übrigens, gleichfalls vor zwei Jahren, in einem Prozeß wegen unerlaubten Waffenbesitzes in aller Öffentlichkeit vorgeworfen worden. Die damals Angeklagten verteidigten sich mit der Behauptung, Abwehrverbände gegen eine drohende kommunistische Gefahr formiert zu haben. Der Prozeß verlief im Sande, die Verschwörer tauchten unter. Lange war es still um sie. Bis Professor Carlo Sonelli kurz vor seiner Ermordung publizierte, die Geheimorganisationen seien nach wie vor am Werke, ja, sie entwickelten eine Aktivität wie noch nie...

Als der Kriminalreporter so weit gelesen hatte, fiel ihm ein Umstand auf, der in bestürzender Weise Beziehungen zwischen mehreren Mordfällen herstellte. Laetitia Toureaux war erdolcht worden. Dolchstöße hatten Professor Carlo Sonelli getötet. Ein Dolch setzte dem Leben des Mannes aus der Bar ein jähes Ende... Kann das ein Zufall sein? Diese Verbindung zwischen drei Mordfällen ist so merkwürdig. daß Batissier sie seinen Lesern nicht vorenthalten mag. Er hat sich dabei sehr objektiv auf den Professor berufen und überläßt dem Leser die Schlußfolgerung, daß, wenn die Ermordung des Emigranten ein Racheakt der von ihm angegriffenen Geheimorganisationen gewesen ist, die Täter der beiden anderen Fälle vermutlich in denselben Kreisen zu suchen sind. – Jetzt ist der Journalist damit beschäftigt, das umgearbeitete Manuskript noch einmal abzuschreiben.

Madeleine sitzt auf dem Bettrand und blinzelt in die Morgensonne. Sie sieht, wie müde und wie unrasiert Jacques ausschaut, und da läuft sie zu ihm hin, umfängt ihn von hinten und sagt ihm ins Ohr: »Laß dich nicht stören! Ich mache uns Frühstück.«

Er ruft ihr nach: »Ich bin gleich fertig!« Die Schreibmaschine klappert weiter, schneller jetzt und schweigt dann. Der Kriminalreporter schiebt sie beiseite und lehnt sich aufatmend zurück. Batissier gähnt und beginnt aufzuräumen; er ordnet seine Notizen, überfliegt sie noch einmal und feuert sie in den Papierkorb – er hat nichts Wichtiges ausgelassen. Die Zeitschriften Sonellis werden zu einem Stapel getürmt, die Manuskriptseiten zusammengeheftet.

Als Madeleine zurückkehrt, telefoniert Jacques gerade mit einer mittags erscheinenden Zeitung, in deren Redaktion am frühen Morgen Hochbetrieb herrscht. Der Chef vom Dienst zeigt sich begeistert. Er kündigt einen Radfahrer an, der das Manuskript umgehend abholen wird. »Das geht heute noch mit. Auf Seite eins, versteht sich – mit Umlauf ...« Sowohl Batissier als auch sein Gesprächspartner hängen befriedigt auf. Jacques geht zum Fenster und öffnet es. Die Straße ist laut geworden.

Der aromatische Duft frisch gebrühten Kaffees füllt das ganze Zimmer. Jacques Batissier trinkt mit Genuß und ohne Hast. Er läßt sich gern verwöhnen; er hat auch Hunger und greift gierig nach den appetitlich zurechtgemachten Weißbrotscheiben. »Weißt du«, sagt er kauend, »das ist die Überraschung Nummer zwei: Der ermordete Mörder! Und ich werde auch noch herausbekommen, wer ihn umgebracht hat. Verlaß dich darauf!«

Madeleine steht auf, geht ein paar Schritte und bleibt am Schreibtisch. Sie ist noch im Pyjama; ihr sorgfältig gescheiteltes kupferfarbenes Haar leuchtet im Sonnenschein. Das Mädchen nimmt eine von den Zigaretten, die Jacques stehen ließ, um sich bei ihrem Anblick täglich Willenskraft beweisen zu müssen. Streichhölzer liegen daneben. Madeleine bläst einen dünnen Rauchstrahl in die Luft. »Hoffentlich hast du noch Zeit dazu« wirft sie hin und ist unvermittelt sehr ernst.

Batissier wendet sich erstaunt zu ihr um. »Wie meinst du das?«

Sie setzt sich neben ihn und legt ihm den Arm um den Hals. »Fürchtest du nicht, daß du der nächste sein könntest? Ich habe Angst um dich, Jacques.« Sie neigt den Kopf und reibt ihre Stirn an seiner Schulter. »Vernon sagt, daß diese Leute noch viel gefährlicher sind, als sie Sonelli beschrieben hat. Hast du dir seine Zeitschrift angesehen?«

Zunächst hat der Kriminalreporter eine Unmutsfalte auf der Nasenwurzel. Sie tritt immer auf, wenn der Name Vernon fällt – Gaston Vernon, der junge

Leitartikler des »Journal de Paris«, wird von Madeleine so oft zitiert, daß Jacques gelegentlich eine echte Wut auf ihn hat. Sie ist nicht frei von Eifersucht, obwohl die Bildreporterin nicht müde wird, von dem guten, kameradschaftlichen Verhältnis zwischen ihr und den Redakteuren des »Journal« zu erzählen. Batissier bezwingt seine Abneigung und erwidert nur: »Ich habe Sonellis Veröffentlichungen gründlich gelesen.«

»Und?« forscht sie.

»Ich verstehe den Professor in manchem. Natürlich ist es nicht einfach für ihn gewesen, seine Heimat verlassen zu müssen, weil Mussolini ... Aber ich denke, daß ihn seine Verbitterung dazu gebracht hat zu überspitzen. Er sah schon überall Faschisten. Nach seinen Artikeln müßte man glauben, daß es in Frankreich davon nur so wimmelt. Er bringt viele Beispiele, doch darf man sie so verallgemeinern? Da schießt er übers Ziel hinaus.«

»Aber der Mann ist ermordet worden, weil er die faschistische Gefahr gezeigt hat ...«

»Sagt Vernon, nicht wahr?« braust Jacques unbeherrscht auf.

Madeleine sieht ihn ruhig an. »Ja. Hat er nicht recht?«

»Nein«, entgegnet der Journalist schroff. »Es gibt Tausende Emigranten in Frankreich. Da müßten sie ja alle umgebracht werden! Der Fall hat ganz andere Hintergründe.«

»Und welche – nach deiner Meinung?«

Der Kriminalreporter weicht einer Antwort aus, um sich nicht selbst widerlegen zu müssen – er ist ja vorhin der Beweisführung Sonellis mit Interesse gefolgt. So schiebt er den letzten Bissen in den Mund, nimmt Madeleine in die Arme und verkündet: »Das Nachrichtenbüro Batissier wird es herausfinden!«

Er muß sie gleich wieder loslassen. Die Wohnungsklingel läutet. Draußen steht in Kniehosen, Rollkragenpullover und Baskenmütze ein Fahrradbote, um das in den Nachtstunden entstandene Manuskript abzuholen. Er war schon oft hier, der Name Batissier ist ihm ein Begriff.

8

Blanchard, der Chef der Pariser Kriminalpolizei, telefoniert stehend und in achtungsvoller Haltung. Würde jemand eintreten, der ihn kennt, wüßte er sofort, daß am anderen Ende der Leitung ein noch höherer Vorgesetzter als der Präfekt der Polizei des Departements Seine spricht.

»Jawohl, Herr Minister! Ich habe verstanden«, erklärt der Unterpräfekt eben. »Der Fall Sonelli ist mit äußerstem Fingerspitzengefühl zu behandeln. Ich werde meine Herren dahingehend unterrichten, daß zum gegenwärtigen

Zeitpunkt außenpolitische Rücksichten genommen werden müssen. Das ist zwar scheußlich, aber nicht zu vermeiden. Ich verstehe. Selbstverständlich, die Deutschen könnten es als einen Affront betrachten, wenn wir die Ermordung dieses italienischen Emigranten überbewerten würden... Dennoch möchte ich zu bedenken geben, Herr Minister, daß die Geschichte im Lande selbst schon großes Aufsehen erregt hat. Die gesamte Linkspresse hat sie ausgeschlachtet – tendenziös natürlich... Ich habe nicht verstanden... Die Rechtspresse?... Ja, die auch. Eine Fülle der knalligsten Schlagzeilen, die Sensation des Tages... Ohne politisches Engagement selbstredend, doch immerhin – der Name Sonelli ist dadurch bekannter geworden, als er jemals war. Peinlich! – Ich bin ganz Ihrer Meinung. Die Ermittlungen müssen weitergeführt werden: das verlangt die Öffentlichkeit gebieterisch. Vielleicht wäre es ratsam, die M zwei von dieser Untersuchung zu entlasten und die notwendigen Recherchen dem Politischen Dezernat zu übertragen. Die Herren dort haben doch größere Möglichkeiten zur Bearbeitung so delikater Vorgänge und eine bessere Übersicht... Wie Sie meinen, Herr Minister. Allerdings könnte die Übergabe dieses Falles an die Politische Polizei tatsächlich gerade zu unerwünschten Schlußfolgerungen führen... Dann verbleibt er also bei der M zwei und wird wie ein gewöhnliches Kapitalverbrechen behandelt. – Kriminalkommissar Rochambeaux leitet die Untersuchung. Nein, ich kenne ihn nicht näher, er wurde mir erst vor ein paar Tagen von Ihrem Ministerium überstellt. Nimmt seine Aufgabe ernst... Ich werde ihn in Ihrem Sinne instruieren. – Ich danke für den Anruf. Herr Minister.«

Gaston Blanchard legt den Hörer auf, nimmt Pfeife und Tabaksbeutel vom Schreibtisch und tritt zum Fenster. Unten auf der Straße gehen die üblichen Posten gemessen auf und ab. Gelegentlich machen sie Front zum Portal und erweisen die Ehrenbezeigung, wenn uniformierte Offiziere kommen oder gehen. Die Mitarbeiter der kriminalistischen Dezernate werden gewöhnlich mit einem vertraulichen Kopfnicken gegrüßt. Im Hof rennen drei Männer hastig zu einem vorfahrenden Dienstwagen. Der Unterpräfekt kennt sie – Kommissar Bernard vom Rauschgiftdezernat mit den Inspektoren Riche und Breton. Bald wird er über das Ergebnis dieses Einsatzes unterrichtet werden...

Der Chef der Kriminalpolizei zündet seine Pfeife an, kehrt nachdenklich an den Schreibtisch zurück, auf dem ein gerahmtes Foto der schwarzhaarigen Manon steht, und öffnet plötzlich die Tür zum Vorzimmer. Der Adjutant, Lieutenant Coste, springt auf und klappt die Hacken zusammen. Blanchard fordert ihn mit einer Handbewegung auf, bequem zu stehen.

»Sagen Sie mal, Lieutenant«, fragt er, »dieser Kommissar Rochambeaux, den uns das Innenministerium geschickt hat, wissen Sie etwas über ihn? Hat er schon einmal von sich reden gemacht?«

»Nicht, daß ich wüßte, Herr Präfekt.«

Blanchard nickt. »Na gut«, bedankt er sich seufzend. Er schließt die Tür von innen.

9

Jacques Batissier ist allein. Als er nach tiefem und traumlosem Schlaf erwacht war, lag ein Zettel da – Madeleine macht Modellaufnahmen für eine kleine Friseurzeitung und will gegen Abend zurückkommen. Sie hoffe, schrieb sie, daß er heute Zeit für sie habe. Auf das Blatt hat sie Madame Lou gesetzt, die Plüschkatze.

Der Kriminalreporter rasiert sich gerade, als er den Briefschlitz der Wohnungstür klappen hört. »Ein Telegramm«, denkt er, denn zu dieser Zeit kommt kein Briefzusteller, aber er wischt sich erst den restlichen Schaum aus dem Gesicht und wäscht scharf nach, ehe er in den Flur tritt. Es ist ganz still in der Wohnung unter dem Dach, in der Küche tropft der Wasserhahn, und im Flur liegt bereits die Mittagszeitung mit seinem Bericht. Der springt sofort ins Auge. Er wurde unter einer Balkenüberschrift – fünf Cicero groß – und noch oberhalb des Bruches plaziert. Der Journalist ist zufrieden.

Auf das Blatt ist soeben ein Brief gefallen, eine Sendung ohne Marken und ohne Absender. Auch die volle Anschrift des Empfängers wurde nicht vermerkt. Der Umschlag zeigt nur den Namen, und dieser ist aus einer Zeitung ausgeschnitten worden. Dazu könnte eine Ausgabe eben des Blattes gedient haben, das unter der eigenartigen Zuschrift liegt. Es sind derselbe Schrifttyp, Didot-Antiqua, und die gleiche Größe, Tertia, die die Mittagszeitung zum Satz der Namen prominenter Autoren benutzt. Einen Augenblick lang wiegt Jacques den Umschlag neugierig auf der Hand. Dann reißt er ihn kurzentschlossen auf.

Ein einziges Blatt... Ein kurzer Text, unpersönlich, lakonisch. Auch er ist Wort für Wort aus einer Zeitung ausgeschnitten und zusammengeklebt worden:

»PERSONEN, DIE IHNEN AUSKUNFT ÜBER DIE HINTERGRÜNDE DES FALLES SONELLI GEBEN KÖNNEN, ERWARTEN SIE HEUTE ABEND, ZWEIUNDZWANZIG UHR, IN DER HALLE DES SCHLOSSHOTELS BAGNOLES-DE-L'ORNE.«

Keine Anrede, keine Unterschrift.

Batissier bricht eine Tafel Schokolade an, die Madeleine noch geholt haben muß, ehe sie ging – sie liegt neben Madame Lou, der Plüschkatze. Er liest den Brief zweimal, dreimal; er wendet ihn hin und her, hält ihn gegen das Licht und studiert ihn erneut. Jetzt ärgert er sich, daß er nicht sofort die Tür aufgerissen hat, als der Briefschlitz klappte. Jacques überlegt. Ganz abrupt fällt ihm Madeleines Warnung wieder ein. »Fürchtest du nicht, daß du der Nächste sein könntest?« hatte sie gesagt. Er wirft einen Blick zum Telefon. Von dieser mysteriösen Einladung einfach keine Notiz zu nehmen – das kommt nicht in Frage! Aber er könnte Blanchard anrufen, und der würde sicherlich veranlassen, daß es um zweiundzwanzig Uhr im Schloßhotel Bagnoles-de-l'Orne von Detektiven wimmelt. So abgesichert, dürfte er, Batissier, sorglos zu diesem geheimnisvollen Rendezvous gehen.

Noch während er das denkt, weiß der Kriminalreporter, daß er nicht telefonieren wird. Wer immer der Einladende sein mag – Jacques Batissier wird allein fahren und morgen vielleicht abermals in der Lage sein, Paris und seine Kriminalpolizei mit neuen Enthüllungen zu verblüffen. Das ist er seinem Reporterehrgeiz schuldig; diese Aussicht lockt ihn, und es locken auch das Abenteuer, die Verheißungen des Briefes und die Neugier auf die angekündigten Informanten, die bisher so argwöhnisch ihre Anonymität wahren. Was mag sie dazu bewegen, aus dem Dunkel zu treten? Was veranlaßt sie, die ihnen bekannten Hintergründe gerade ihm preiszugeben?

Und wenn Madeleines Befürchtungen doch . . .? Jacques wischt die Bedenken mit einer Handbewegung fort. »Berufsrisiko!« sagt er laut und läßt den Brief auf den Schreibtisch fliegen. Er sieht auf die Uhr – er kann noch pünktlich sein. Gut gelaunt, vertauscht er den Straßenanzug mit der derben Sporthose, die er für lange Motorradfahrten bevorzugt, nimmt Schal und Lederjoppe und greift nach den Stulphandschuhen. Die hat er seit Monaten nicht gebraucht – sie liegen im Schrank unter seinem Trainingszeug. Der Kriminalreporter hat jahrelang geboxt; er fing auf dem Gymnasium damit an, und obwohl er im Ring keine großen Erfolge erzielte, blieb er dieser Sportart treu – einfach, um körperlich leistungsfähig und auf der Höhe zu sein.

Als er die Wohnungstür schwungvoll zuschlägt, entsteht ein Windzug. Er erreicht den zusammengeklebten Brief und weht ihn vom Schreibtisch Die seltsame Einladung schwebt zu Boden und landet halb unter einem der Sessel.

Unten grüßen ein paar Nachbarn freundlich zu Jacques Batissier hinüber, der seine Indian antritt und erst einmal zur Tankstelle steuert. »Das ist auch kein leichter Beruf«, sagen sie zueinander. »Immer unterwegs . . .«

10

»Jacques?« sagt Madeleine vom Flur her und legt Mütze und Mantel ab. »Ich muß das Bad beschlagnahmen. Die Redaktion will die Bilder morgen früh schon haben. Stellst du den Vergrößerungsapparat auf? Mir ist er doch viel zu schwer.« Ihre Worte wecken keine Antwort. Sie stützt die Hände auf die Balustrade, die den Flur gegen das Zimmer abgrenzt, und blickt in den Wohnraum. »Schläfst du noch?« will sie fragen, aber da sieht sie schon seine Kleidungsstücke, unordentlich hingeworfen, einen eiligen Aufbruch verratend. Kopfschüttelnd faltet sie die Sachen zusammen und legt sie in den Schrank. Daß die Lederjoppe fehlt, überrascht die Bildreporterin nicht mehr. Jacques ist beruflich weggefahren – weder der silberne Drehbleistift noch das Notizbuch blieben auf dem Schreibtisch. Auch die Schokolade ist verschwunden. Das macht ihr Spaß.

Geschäftig baut Madeleine ihre Dunkelkammer auf, holt die braunen Flaschen aus dem Schrank, die Schalen und Entwicklerrahmen und die Laborleuchte. Mit dem Vergrößerungsapparat müht sie sich sehr, bis er auf der Holzplatte steht, die einen Teil der Badewanne in einen Tisch verwandelt. Dann arbeitet sie. Im Entwickler erscheint auf den Platten – alle Bildredakteure verlangen großformatige Aufnahmen, die ohne Korn sind – eine Reihe von Mädchenköpfen sowohl mit gefälligen als auch mit übertrieben getürmten Frisuren. Madeleine wässert und fixiert, und während sie die Schalen hin und her bewegt, muß sie plötzlich an Jacques denken. Sie kennt ihn lange genug, um zu wissen, daß ihn jetzt der Fall Sonelli nicht mehr losläßt. Gewiß wird er auch jetzt in dieser Sache unterwegs sein. Dieser Gedanke beunruhigt das Mädchen. Weiß Jacques eigentlich, worauf er sich da einläßt?

Sie hat unvermittelt die ein wenig lichtlosen, engen Arbeitszimmer des »Journal de Paris« vor Augen und hört Vernon, Carlé und einige andere Mitarbeiter ihre Gedanken über die Hintergründe des Mordes bei Bagnoles-de-l'Orne austauschen. Bei »Journal de Paris« ist es üblich, zu wichtigen Fragen einen gemeinsamen Standpunkt zu erarbeiten. Bei dieser Gelegenheit hatte Vernon darauf hingewiesen, daß die Geheimorganisationen in letzter Zeit ihre Wühltätigkeit merklich verstärkten und skrupelloser und frecher denn je in Erscheinung traten. Aus den Gewerkschaften kamen Mitteilungen, daß es in verschiedenen kleineren Städten bereits zu offenen Zusammenstößen zwischen Anhängern der Volksfront und organisierten faschistischen Elementen gekommen war. Die Ansicht der Redakteure, daß ein ursächlicher Zusammenhang bestehen müsse zwischen der gesteigerten Aggressivität der Hitlerregierung in Berlin, dem expansionistischen Kurs des »Duce« in Rom und den zunehmenden Aktionen der Geheimgesellschaften hier in Frankreich, überzeugte Madeleine. So betrachtet, ist die Ermordung Professor Sonellis eine Herausforderung, hinter der Gruppen stehen, die sich schon jetzt stark genug fühlen, die demokratischen Kräfte Frankreichs zu provozieren. – Madeleine bezweifelt, daß sich Batissier darüber im klaren ist. Wenn sie wenigstens wüßte, wohin er die klobige Indian steuert ... Konnte er nicht zumindest eine Nachricht hinterlassen?

Die Bildreporterin stellt die Entwicklerrahmen in die Badewanne und dreht den Wasserhahn auf. Bei der Schlußwässerung braucht sie nicht dabei zu sein; sie geht ins Zimmer hinüber und raucht eine Zigarette. Ihr Blick schweift vom Sessel aus gedankenlos durch den Raum, verweilt auf den Blumen an der Fensterwand und wandert ziellos weiter. Er trifft auf ein offensichtlich heruntergefallenes Blatt Papier. Madeleine hebt es gleichgültig auf und stutzt. Der Bogen enthält nur einen kurzen, aus Zeitungsausschnitten zusammengeklebten Text:

»PERSONEN, DIE IHNEN AUSKUNFT ÜBER DIE HINTERGRÜNDE DES FALLES SONELLI GEBEN KÖNNEN, ERWARTEN SIE HEUTE ABEND, ZWEIUNDZWANZIG UHR, IN DER HALLE DES SCHLOSSHOTELS BAGNOLES-DE-L'ORNE.«

Keine Anrede, keine Unterschrift.

Madeleine hat das Gefühl, daß ihr Herzschlag unnatürlich laut ist. Sie starrt auf die wenigen Worte wie gelähmt: ihr Gaumen wird trocken. Wieder Bagnoles-de-l'Orne... Und Jacques ist gefahren... Sie sieht auf die Uhr. Selbst, wenn er erst kurz vor ihrem Eintreffen gegangen sein sollte, muß er Paris bereits weit hinter sich gelassen haben... Sie kann ihn nicht mehr erreichen. Er fährt derselben Straße entgegen, auf der Professor Carlo Sonelli in der Nähe eines grauen Transformatorenhäuschens eines unnatürlichen Todes starb...

Vergessen sind die Fotos der lächelnden Mädchen mit den gepflegten Frisuren – was gehen sie jetzt diese dümmlichen Modemodelle an! Die Bildreporterin steht hastig auf und geht zum Telefon. Ihr Zeigefinger dreht die Rufnummer des »Journal de Paris«. Gleichmütig meldet sich die Zentrale.

»Monsieur Vernon, bitte... Gaston? Hier ist Madeleine Labisse. Ich muß dich unbedingt sofort sprechen. Es ist sehr wichtig... Danke. Ich bin in zehn Minuten bei dir!«

11

Die Indian hat den Gasgriff links. Batissier dreht ihn noch weiter auf. Das Geräusch des Motors schwillt an. Es ist dunkel und kraftvoll, gleichmäßig. Die gepflegte Chaussee gestattet es, mit hoher Geschwindigkeit zu fahren, und das tut der Kriminalreporter ohnehin gern. Vor ihm tanzt die Tachometernadel um die Hundert-Kilometer-Marke; die Ziffern des Zählwerks klettern ständig. Die Blattfedern spielen im Rhythmus der wenigen Unebenheiten der Straße.

Verneuil liegt hinter ihm. Die Türme der alten Magdalenenkirche blieben zurück. Er hat auch Laigle schon passiert, das von fetten Weiden und Wald umgeben ist, und rast auf der N 24 B weiter auf Argentan zu. Damit fährt er eigentlich einen Umweg, aber er überlegte sich, daß erstens die Fernverkehrsstraße höheres Tempo gestattet und es zweitens vielleicht ratsam wäre, nicht genau denselben Weg nach Bagnoles-de-l'Orne zu nehmen, den Professor Sonelli benutzte. Der Italiener hatte seinerzeit die Strecke Paris–Verneuil–Alençon–Lentillère–Bagnoles-de-l'Orne gewählt. Jacques Batissier biegt etwa dreißig Kilometer vor Argentan nach links ab. Die Landstraße, auf der er seine Reise fortsetzt, zwingt ihn, die Geschwindigkeit stark zu vermindern. Die eingeschlagene Route birgt jedoch den Vorteil, daß er Bagnoles-de-l'Orne von einer Seite erreicht, die der genau entgegengesetzt ist, aus der der Professor kam.

In Sées kreuzt er die Fernverkehrsstraße N 138. Es ist inzwischen Abend geworden; jäh setzt die Dämmerung ein. Am Himmel steht Abendrot, der morgige Tag wird schön werden. Fenster widerspiegeln das Karmesin des Horizonts. Die ehrwürdige Abtei von Saint-Martin und das Bischöfliche Palais verlieren in diesem Licht viel von ihrer Strenge.

Ein flüchtiger Blick auf die Uhr verrät dem Kriminalreporter, daß ihm noch Zeit bleibt. Er kann es sich erlauben anzuhalten, einen Mokka zu trinken und sich die Beine zu vertreten. Ein kleines Café an der Hauptstraße hat Stühle und Tische herausgestellt; hier rastet er und schiebt ein Stück Schokolade zwischen die Zähne. Im Kino nebenan läuft ein ganz neuer Film – »Der Tag beginnt« des berühmten Regisseurs Carné. Aus den geöffneten Fenstern des Vorführraums klingen Dialogfetzen auf die Straße. Die Hauptrolle spielt Jean Gabin, hier ein von der Polizei gehetzter und schon eingekreister Verbrecher...

12

Glaswände trennen das Arbeitszimmer Gaston Vernons von der Nachrichtenredaktion des »Journal de Paris«. In beiden Räumen stapeln sich auf eng aneinandergerückten Schreibtischen Korrekturfahnen, Manuskripte, Umbruchspiegel und Fotos. Es riecht nach Papier und geölten Dielen, nach Druckerschwärze und Leim.

Vernon hat die Hände in den Taschen und wandert langsam um den Schreibmaschinentisch der Stenotypistin herum, der er eine Betrachtung zur Lage diktiert. Das Mädchen wird nicht ungeduldig, wenn er lange Pausen einlegt, nach treffenden Formulierungen, nach überzeugenden Argumenten sucht. Sie kennt das, sie kann warten, und es macht sie auch nicht unruhig, daß die Reporter des Nachrichtendienstes nebenan – vorwiegend junge Leute in Windjacken oder hemdsärmlig – längst abschiednehmend an die Glasscheiben geklopft haben. Die Presse hat ihre eigenen Zeitbegriffe, und das Mädchen arbeitet gern hier.

Der Leitartikler sagt weiter an: »Die Grundlage für den Zusammenschluß der nationalen Kräfte in einer französischen Front kann nur die Volksfront sein, der sich die werktätigen Massen unseres Landes trotz der Angriffe der Reaktion, trotz aller Spaltungsmanöver und sogar trotz allen Verrats fest verbunden fühlen. Je erbitterter sich die Reaktion gegen die Volksfront wendet, desto klarer sind sich die Massen über die Verdienste der Volksfront. Die Voraussetzung für den Sieg der Volksfront ist jedoch ihre Einheit, die Einheit der Arbeiterklasse ... Entschuldigung.« Es hat geklopft. »Herein.«

Madeleine tritt hastig ein. Enttäuscht bleibt sie stehen. »Du hast zu tun?«

»Das eilt nicht«, sagt er beruhigend und wendet sich an die Stenotypistin mit den Worten: »Wir machen morgen weiter. Es ist schon wieder spät geworden ...«

Das Mädchen nimmt den Bogen aus der Maschine, verabschiedet sich und geht aus dem Zimmer.

»Ich glaube, Jacques ist in Gefahr«, stößt die Bildreporterin hervor. »In großer Gefahr! Er hat heute Nachmittag einen anonymen Brief erhalten, Gaston, mit dem ihn irgendwelche Leute nach Bagnoles-de-l'Orne gelockt haben. Hier, lies!«

Sie zerrt den aus Zeitungsausschnitten zusammengeklebten Brief aus einer Tasche ihres Trenchcoats und hält ihn Vernon hin. Er bringt ihn nahe an die Augen; er wird bald eine Brille brauchen.

»PERSONEN, DIE IHNEN AUSKUNFT ÜBER DIE HINTERGRÜNDE DES FALLES SONELLI GEBEN KÖNNEN, ERWARTEN SIE HEUTE ABEND, ZWEIUNDZWANZIG UHR, IN DER HALLE DES SCHLOSSHOTELS BAGNOLES-DE-L'ORNE.«

Keine Anrede, keine Unterschrift.

Mit einer beinahe behutsamen Gebärde legt der Leitartikler den Bogen auf den Schreibtisch. »Natürlich ist er gefahren«, stellt er mehr fest, als er fragt.

Madeleine nickt bloß. »Du kennst ihn doch ...« Jäh bricht es aus ihr heraus: »Hilf ihm!«

Gaston Vernon nimmt seine Wanderung wieder auf. Nachdenklich, den Kopf gesenkt, durchmißt er den engen Raum. Er ist etwa gleichaltrig mit Batissier, fünfunddreißig Jahre alt, doch er wirkt reifer, gesetzter, nicht so jungenhaft unbekümmert wie der Kriminalreporter. Die beiden ähneln sich nicht. Während der mittelgroße Jacques breite Schultern besitzt und sportlich trainiert wirkt, ist der größere Vernon schmal, zarter, ein ausgemacht intellektueller Typ. Seine Gesten sind beherrscht, wohlabgewogen, sparsam. Von dem burschikosen Selbstvertrauen Batissiers haben sie nichts.

»Darauf hätte er sich nicht einlassen sollen«, bemerkt Vernon tadelnd. »Wann ist er gefahren?«

»Als ich nach Hause kam, war er schon weg. Ich mußte Modeaufnahmen machen, und als ich zurückkehrte ... Alles leer.«

»Setz dich doch«, bittet er unvermittelt. »Er ist nicht mehr rechtzeitig einzuholen. Ich sehe wirklich keine Möglichkeit ...«

Madeleine schaut ihn hilflos an. »Bitte!« sagt sie leise. »Auch wenn dir seine Art nicht gefällt ... Er hat doch gar keine Ahnung!«

Vernon bleibt stehen und massiert sein Kinn. »Das ist es ja eben.« Er hebt die Schultern. »Erreichen könnte deinen leichtsinnigen Jacques nur noch die Polizei. Sie hat Funk. Wenn sie eine Anweisung an ihre Dienststelle in Bagnoles-de-l'Orne geben würde ...« Vernon geht lebhaft auf die Bildreporterin zu. »Natürlich! Dieser Kommissar Rochambeaux – so hieß er doch? – müßte ...«

»Am meisten spricht er von Blanchard«, wirft Madeleine ein.

»Noch besser! Rufe ihn an. Gleich!«

Die Bildreporterin zieht das Telefon näher an sich heran und dreht die Scheibe. Die Polizeipräfektur meldet sich sofort. »Guten Abend«, sagt Madeleine. »Verbinden Sie mich bitte mit Monsieur Blanchard von der Kriminalpolizei persönlich. Ja, mit dem Unterpräfekten. Hier ist Madeleine Labisse. Ich warte.« Vernon tritt neben sie und nimmt den zweiten Hörer ab. Es erklingt eine Männerstimme, die zu jung ist, um die des Chefs der Kriminalpolizei des Departements Seine zu sein. »Büro Blanchard. Lieutenant Coste als Adjutant. Guten Abend«, sagt die Stimme.

Madeleine nennt wieder ihren Namen und wünscht dringend, mit dem Unterpräfekten verbunden zu werden. »Ich bedaure außerordentlich, Madame«, tönt es zurück. »Ich kann Monsieur Blanchard im Augenblick nicht erreichen; er ist nicht im Hause. Darf ich ihm später etwas ausrichten?«

Madeleine sieht unschlüssig zu Vernon auf. Der nickt. Daraufhin gibt sie in wenigen Sätzen eine Darstellung der anonymen Einladung und ihrer Besorgnis um Batissier. Durch das Telefon ist deutlich das schleifende Geräusch eines schreibenden Füllfederhalters zu hören – der Adjutant macht Notizen. Jetzt bricht das Schleifen der Feder ab. »Ich verstehe«, sagt der Lieutenant. »Das wird Monsieur Blanchard ganz besonders interessieren. Ich werde versuchen, ihn zu erreichen. Er wird Sie dann umgehend anrufen. – Ihren Anschluß, bitte?«

Die Bildreporterin nennt die Telefonnummer der Redaktion »Journal de Paris« und den Hausanschluß Vernons. Der Adjutant wird eine Spur zuvorkommender, als der Name einer Zeitung fällt. »Danke, Madame«, schließt er. »Ich bin jetzt im Bilde. Bitte, warten Sie auf Bescheid ...«

Es ist Abend. Die Redaktion liegt in tiefer Stille. Für einen Augenblick steckt Carlé den Kopf herein. Er hat heute den Nachtdienst: »Wir drucken die erste Ausgabe an«, ruft er. »Ist noch 'ne ‚Letzte Meldung' in Sicht?«

»Für diesen Teil der Auflage bisher nicht«, erwidert Vernon. Vielleicht will es nur der Zufall, daß er dabei Madeleine ansieht, aber sie zuckt dennoch zusammen.

»Ob ihn der Brief in eine Falle locken soll?« fragt sie tonlos.

Vernon setzt sich auf den Schreibtisch. »Ich fürchte es beinahe«, sagt er bedrückt. »Sonelli wurde getötet, damit er seine Enthüllungen nicht fortsetzt. Der Mörder wurde umgebracht, weil er sich durch sein Gerede in der Bar verriet. Das bedeutet aber, daß hinter der ganzen Sache eine Organisation stehen muß, die ihre eigenen Leute überwacht. Sonelli hat im wesentlichen eine Organisation konkret angegriffen – die Cagoulards. Er hat nachgewiesen, daß diese Kapuzenmänner ...«

Das Telefon unterbricht ihn. Vernon hebt eilig ab. »‚Journal de Paris', Vernon.« Auf seinem Gesicht malt sich Enttäuschung. »Ach, du bist es, Carlé. – Welche Zahl stimmt nicht? – Nein, nicht ändern. Schlagt mit dem Hammer darauf; macht sie unkenntlich ...«

Und zu Madeleine: »Noch nichts ...«

Jacques Batissier knöpft die Lederjoppe zu und geht zu seinem Motorrad. Er ist länger sitzen geblieben. als er ursprünglich wollte, hat sich ein wenig vertrödelt. Das bedeutet jedoch noch keinen Zeitverlust. Bagnoles-de-l'Orne ist nicht mehr fern. Höchstens vierzig Kilometer. Dennoch wird er vor der Weiterfahrt erst einmal tanken – die vier Zylinder schlucken viel Benzin. Ein freundlicher Alter beschreibt den Weg umständlich und genau. Der Kriminalreporter tritt die Maschine an und schaltet den Scheinwerfer ein.

Er fährt.

Vernon hat für Madeleine und sich Tee zubereitet. Er wird kalt. Beide sprechen nicht. Sie warten. Die Bildreporterin ist näher an den Schreibtisch gerückt, ganz dicht an das Telefon. Sie raucht heute eine Zigarette nach der anderen und zeichnet mit nervösen Fingern die Maserung der Tischplatte nach. Vernon wollte ausländische Zeitungen durchsehen. Er hat es aufgegeben und die Blätter wieder beiseite geschoben.

Als die Telefonklingel endlich anschlägt, zuckt Madeleine erschrocken zusammen, so überraschend ist das nun. Sie nimmt hastig den Hörer ab. Vernon hört mit.

Die Stimme des Chefs der Kriminalpolizei klingt sehr verzerrt, ist aber unverwechselbar. »Ich bedaure, daß ich Sie warten lassen mußte, Mademoiselle Labisse«, sagt Blanchard in seiner üblichen vornehmen Art. »Sie sind noch bei ‚Journal de Paris', nicht wahr?«

Die Bildreporterin bejaht. »Es war der Vorschlag der Redaktion, Sie zu verständigen, Monsieur Präfekt. Ich weiß mir keinen Rat mehr, ich habe Angst ... Nur Sie können helfen ...«

Eine Sekunde lang bleibt die Leitung stumm. Dann ist Blanchards Stimme wieder da: »Es ist jetzt zwanzig Uhr vierunddreißig ...« – Sowohl Madeleine als auch Vernon vergleichen die Zeitangabe. Sie trifft zu. – »Machen Sie sich keine Sorge, Madame. Lieutenant Coste hat mich hinlänglich unterrichtet. Ich tue das Menschenmögliche ...«

»Es ist nicht zu schaffen«, souffliert Vernon. »Rund zweihundert Kilometer ...«

»Unter anderem«, erwidert der Chef der Kriminalpolizei beruhigend, »verfügt die Präfektur über eine Fliegerstaffel. Notfalls befehle ich einen Alarmstart. Glauben Sie mir, bitte, daß mir persönlich sehr viel daran liegt, die Hintergründe des Vorgangs Sonelli so schnell wie möglich aufzuklären.«

Madeleine atmet erleichtert auf. »Ich kann Ihnen nicht sagen, wie dankbar ich Ihnen bin, Monsieur Präfekt«, sagt sie glücklich.

»Ich bitte Sie! Ich tue nur meine Pflicht. Ich glaube, Ihnen versichern zu können, daß unserem gemeinsamen Freunde kein Unheil widerfahren wird. – Entschuldigen Sie mich jetzt, bitte, Madame. Guten Abend.« Es knackt in der Leitung.

Vernon schüttelt verwundert den Kopf. »Wie man sich in Menschen irren kann«, murmelt er betroffen. »Für mich ist dieser Blanchard eigentlich immer der Prototyp jener Offiziere gewesen, die insgeheim der Glorie des Kaiserreichs nachtrauern und die Republik für lebensuntüchtig halten ...«

13

Bagnoles-de-l'Orne ...

Der Scheinwerfer des Indiangespanns hebt das Ortsschild aus der Nacht. Sein Licht gleitet über gepflegte Gärten, über die sauberen Fassaden kleiner Pensionen und prunkvoller Hotels, über Kurpromenaden und die Reklamen der Spielsäle. Die Straßen sind sehr belebt; in Bagnoles-de-l'Orne hat die Saison schon begonnen. Die Quellen des Ortes genießen guten Ruf; Ärzte empfehlen sie zur Behandlung von Kreislaufstörungen. Und die Stadt verdient. Ihr Gesicht verrät Wohlstand.

Jacques Batissier hält sich nicht auf und fährt sofort zu dem im sechzehnten Jahrhundert erbauten Schloß, dessen hell erleuchtete Fensterfront weithin zu sehen ist. Das Bild atmet Romantik. Der Kriminalreporter kann sich ihr nicht hingeben. Die Straße beschreibt hier zahlreiche Windungen. Sie verläuft zwischen tannenbestandenen Granitfelsen und weist plötzlich starkes Gefälle auf, um im nächsten Augenblick ebenso jäh wieder anzusteigen. Batissier muß viel kuppeln und schalten, bis er nach einer scharfen Kurve den gedrungenen, massigen Schloßbau ganz vor sich sieht. Davor ist ein Parkplatz eingerichtet worden – die Indian ist das einzige Motorrad unter langgestreckten Luxuslimousinen, in deren Reihe der Rolls Royce so wenig fehlt wie der Chevrolet oder der Maybach. Demonstrativ klopft Batissier nach dem Absteigen auf den Sattel seiner Maschine – das ist so, als ob ein Reiter sein Pferd liebkost.

Ein Blick auf die Uhr belehrt den Journalisten, daß noch zwanzig Minuten an zweiundzwanzig Uhr fehlen. Die Hände leger in den Seitentaschen der Lederjoppe, geht er gemächlich auf das Schloßhotel zu. Er hält sich im Schatten des Weges am Waldrand. Seine Augen prüfen die Umgebung sehr sorgfältig. Weit und breit regt sich nichts; nur zwischen den Bäumen wird einmal das erregte Lachen eines Mädchens hörbar. Eine Männerstimme flüstert drängend.

Aus dem Schloß klingt gedämpft Tanzmusik. Über die erleuchteten Fenster huschen Schatten. Jacques Batissier tritt an die Mauer heran, die unmittelbar an das alte Bauwerk anschließt. Früher begrenzte sie den Schloßhof. Jenseits davon scheinen die Baumwipfel in uferlose Tiefe zu sinken, bis hinunter zur Straße, auf der, Leuchtkäfern gleich, Kraftwagen wahrzunehmen sind. Das ist die Chaussee, die nach Lentillère führt und auf der vor wenigen Tagen Professor Carlo Sonelli ermordet wurde. Der Kriminalreporter beschließt, auf ihr die Rückfahrt anzutreten. Vorerst aber lehnt er sich an die Mauer und prägt sich die Lage des Schlosses ein. Es gibt nur einen Zugang – die Straße, auf der er von der Stadt aus hierhergekommen ist. Von allen anderen Seiten her ist das Schloß unzugänglich – das Mauerwerk erhebt sich unmittelbar auf den steil abfallenden Granitfelsen. Unter den Gesichtspunkten mittelalterlicher Kriegstechnik betrachtet, wurde der Bau sehr geschickt angelegt.

Batissier stopft die Schokolade in die Tasche, streicht sich glättend übers Haar und geht rasch auf das erleuchtete Portal zu. In ihm prickelt die Spannung, er ist voller Erwartungen, auf jede Überraschung gefaßt und sehr wach.

Ein goldbetreßter Portier mustert mißbilligend seine Kleidung, aber Jacques vermag so hochmütig über ihn hinwegzusehen, daß er dennoch beflissen die Schwingtür aufreißt.

Der Kriminalreporter kneift geblendet die Augen zusammen. Die kleine Halle des Schloßhotels ist hell erleuchtet. Die Spiegelwände reflektieren das Licht. Sie geben der Halle eine Tiefe, die sie nicht besitzt. Die mittelalterlichen Harnische an den Wänden erscheinen vervielfacht, ebenso die staubigen Palmen in hohen Kübeln. Die kristallbehangenen Kronleuchter sehen auf schwere Ledersessel um Tische mit Messingplatten herab. Ein purpurner Läufer führt über geschliffenen Marmor zur Flügeltür des Hotelrestaurants. Dort wird getanzt. Ein Vorhang verbirgt seitlich den Zugang zu den Gastzimmern. Neben ihm befindet sich die Rezeption. Vor Schlüsselbrettern thront ein livrierter Angestellter mit der Würde eines englischen Kammerdieners, nicht einmal der Backenbart fehlt.

Jacques Batissier gibt an der Garderobe neben der Schwingtür seine Lederjoppe ab und blickt sich suchend um. Die Uhr über der Rezeption zeigt drei Minuten vor zweiundzwanzig Uhr. Die Halle ist spärlich besetzt. An einem der Tische warten zwei Herren in Abendanzügen – sie verzehren nichts, sie rauchen nur und wechseln hin und wieder träge einige Worte. Daneben schreibt eine alte Dame Ansichtspostkarten. Auf der Messingplatte vor ihr türmen sich zwei Häufchen – die Schreiberin trennt die bereits adressierten Bildgrüße säuberlich von den noch leeren Schloßansichten. Ein junges Paar führt ein offensichtlich inhaltsschweres Gespräch; das Mädchen schüttelt mehrfach hartnäckig den Kopf. Ein Mann hat ein Glas Zitronensaft vor sich und ist in eine Illustrierte vertieft. Sein Gesicht ist dadurch verborgen. Ganz nahe dem Eingang sitzen drei Gäste, die wohl zufällig hier hereingekommen sind, mittleren Alters, sonnengebräunt, kräftig, in Konfektionsanzügen. Sie nehmen viel Wasser zum Rotwein und betrachten die Halle mit spürbarer Neugier.

Der Journalist wählt einen freien Tisch. Er hätte jetzt gern ein Stückchen Schokolade, aber die Tafel steckt in der Joppe. Jacques legt Notizbuch und Drehbleistift vor sich hin, gleichsam als Erkennungszeichen. Die Zeiger über der Rezeption rücken auf zweiundzwanzig Uhr.

Die beiden Herren in Abendanzügen stehen auf. Sie gehen auf zwei elegante junge Frauen zu, die in diesem Augenblick durch den Vorhang treten und wortlos Zimmerschlüssel auf den Tisch der Rezeption legen. Gemeinsam verlassen sie die Halle. Wenig später springt draußen ein schwerer Wagen an. Es ist eine Minute über die Zeit . . .

Batissier lehnt sich betont entspannt zurück und mustert aus den Augenwinkeln heraus seine Umgebung. Die alte Dame schreibt immer noch Postkarten; das Paar streitet. Der Illustriertenleser ist nach wie vor in sein Blatt vertieft. Einer der drei Gäste mittleren Alters erhebt sich und geht vor die Tür. Als er zurückkommt, ist es zweiundzwanzig Uhr fünf Minuten. Im Saal macht die Kapelle Pause, das Durcheinander vieler Stimmen ist zu hören; die Flügeltür bleibt geschlossen. Jacques steht gelassen auf und begibt sich zur Rezeption. Der livrierte Angestellte, der wie ein englischer Kammerdiener wirkt, hört sogleich auf, im Gästebuch zu blättern.

»Mein Name ist Batissier. Ist bei Ihnen eine Nachricht für mich hinterlegt worden?«

Bedauerndes Kopfschütteln. »Nein, mein Herr. Ich bedaure.«

Der Kriminalreporter kehrt an seinen Tisch zurück. Es ist zweiundzwanzig Uhr zehn Minuten. Er hätte größte Lust, sich jetzt Zigaretten bringen zu lassen – von Zeit zu Zeit geht ein Mädchen mit einem Tablett voller Tabakwaren durch die Halle –, aber er bezwingt sich. Stattdessen greift er in die Dose mit Würfelzucker, die vor ihm steht. Er läßt den Zucker nicht zergehen, er zerbeißt ihn. Die Zeiger rücken auf zweiundzwanzig Uhr zwölf. Batissier ist geneigt, in der verheißungsvollen Einladung nur mehr einen Dummenjungenstreich zu sehen, den ihm irgendein Leser seiner Artikel gespielt hat. So etwas kommt vor.

Es ist zweiundzwanzig Uhr fünfzehn. Da legt sich eine Hand auf seine Schulter; die drei Gäste neben dem Eingang schauen herüber. Jacques Batissier fährt herum und schnellt hoch. Vor ihm steht, die zusammengefaltete Illustrierte unter dem Arm, der Chef der Pariser Kriminalpolizei, Unterpräfekt Gaston Blanchard. Er lächelt amüsiert, als er die Überraschung des Kriminalreporters sieht. »Ihre Gesprächspartner scheinen sich zu verspäten, Monsieur«, bemerkt er ruhig.

Jacques schluckt. Er ist sprachlos.

»Sie gestatten?« fragt Blanchard erheitert und setzt sich. »Mich hatten Sie wohl nicht erwartet?«

»Nein, Monsieur Präfekt.«

»Es ist übrigens kein Zufall, daß wir uns hier treffen ...«

Die Situation wird für Batissier immer verwirrender. Er überlegt fieberhaft. Noch weiß er den plötzlichen Auftritt Blanchards nicht einzuordnen. »Wollen etwa Sie mir etwas mitteilen?« Er tastet sich ungläubig vor.

Darauf geht der Unterpräfekt nicht ein. »Ihre reizende Freundin macht sich Sorgen um Sie, Batissier. Weil sie das Schlimmste für einen gewissen Heißsporn fürchtet, muß ein Polizeiflieger eine halsbrecherische Landung auf einem ihm unbekannten Privatflugplatz hier in der Nähe machen – das auch noch ohne Einweisung und nur mit dem Licht des Bordscheinwerfers. Aus dem gleichen Grunde werden die Beamten des hiesigen Kriminalbüros um ihren wohlverdienten Feierabend gebracht ...«

Unwillkürlich blickt Batissier zu den drei Männern am Tisch neben dem Eingang hinüber. Auch sie haben ihn angesehen und wenden sich nun ab. »Wie denn?« fragt er heiser. »Madeleine hat Sie alarmiert?«

Blanchard beschäftigt sich ohne Hast mit seiner Pfeife. »Es wäre besser gewesen, wenn Sie das selbst getan hätten. Dann hätten wir die Burschen nämlich in aller Ruhe in die Zange nehmen können. Jetzt dürfte es zu spät sein.«

Die Zeiger rücken auf halb elf Uhr zu.

»Ich habe mir von diesem Rendezvous eine Menge versprochen«, sagt der Kriminalreporter und unterdrückt nur mühsam seinen Zorn. »Jetzt verstehe ich ... Die Kriminalbeamten aus Bagnoles-de-l'Orne dürften hier natürlich bestens bekannt sein. Sie hätten ebensogut eine Bereitschaft in Uniform schicken können. Die Wirkung wäre die gleiche gewesen ...«

Der Unterpräfekt zündet den Tabak im Pfeifenkopf an. In die Rauchschwaden hinein fragt er sachlich: »Glauben Sie denn, daß Sie etwas erfahren hätten? Ich will Ihnen sagen, was geschehen wäre. Man hätte Sie vielleicht in ein Hotelzimmer gebeten. Und dieses Zimmer hätten Sie nicht lebend verlassen. Denken Sie an Sonelli, denken Sie an den Mann aus der Bar.«

»Ich verstehe mich meiner Haut zu wehren«, wirft Jacques böse hin. »Wer sagt Ihnen, daß nicht wirklich einer ..., nennen wir es: sein Gewissen erleichtern wollte?«

Blanchard winkt ab. »Ich mag Sie, Batissier. Wenn ich Ihnen einen guten Rat geben darf: Lassen Sie die Finger von dieser Sache! Und noch etwas: Sie sollten mehr Vertrauen zu mir haben. Wir kennen uns doch lange genug. Meinen Sie nicht auch?«

»Ich hatte gedacht, ich käme hier heute einen Schritt weiter.«

Sie schweigen. Die drei Gäste in Konfektionsanzügen verlassen die Hotelhalle, ohne sich noch einmal umzusehen. Die Zeiger über der Rezeption rücken auf zweiundzwanzig Uhr sechsundvierzig Minuten. Die alte Dame trippelt zu dem Mann vor dem Schlüsselbrett und übergibt ihm einen Berg Postkarten.

Blanchard wechselt das Thema. »Wie ist es, Batissier? Speisen Sie mit mir? Ich bleibe über Nacht hier; ich kann dem Piloten nicht noch einen Nachtflug zumuten. Morgen früh ...«

»Ich bedaure, Monsieur Präfekt. Unter diesen Umständen fahre ich jetzt besser zurück.«

Der Chef der Kriminalpolizei nickt. »Da haben Sie recht. Mademoiselle Labisse wird erst aufatmen, wenn Sie wieder in Paris sind. Empfehlen Sie mich Madame. Ich wünsche gute Fahrt, Batissier!«

Die Verabschiedung verläuft von Batissier her einigermaßen frostig. Der Unterpräfekt bemerkt es nicht oder will es nicht bemerken. Er hat ein kleines Lächeln, als der Kriminalreporter schnurstracks zur Garderobe geht, seine Lederjoppe nimmt und die Hotelhalle verläßt. Kurze Zeit später steht auch Gaston Blanchard auf und schlendert zum Ausgang. Den modischen Kamelhaarmantel lässig über dem Arm, tritt er ohne Eile in die Nacht hinaus.

14

Nach Blanchards beruhigender Zusage, er werde etwas unternehmen, ist Madeleine zwar getröstet, aber dennoch voller Unruhe in die Wohnung unter dem Dach zurückgekehrt. Sie hat vergrößert, entwickelt, fixiert und gewässert, und nun, während ihre Modefotos auf der Trockenpresse den erforderlichen Hochglanz erhalten, steht sie im dunklen Zimmer am Fenster und sieht zu den Sternen hinauf. Unvermittelt hat sie Angst davor, Jacques könnte jetzt hereintreten und sie mit Vorwürfen überschütten. Wie sie ihn kennt, wird er sehr ungehalten sein und sie beschuldigen, ihn um eine einmalige Chance gebracht zu haben. Nur das sieht er jetzt, und es kann Tage dauern, ehe er – die Vorfälle dieses Abends mit Abstand betrachtend – ihr Handeln versteht und es ihr mit ungewohnt verlegener Zärtlichkeit dankt. Es ist nicht immer leicht, mit ihm zu leben, manchmal nicht einmal leicht, ihn zu verstehen und seine spontanen Eingebungen nicht zu verurteilen, die Madeleine oft recht weltfremd erscheinen, und dennoch – in dieser Stunde ist das alles gegenstandslos.

Auf der Trockenpresse lösen sich die Bilder knisternd von der Folie. Madeleine nimmt sie ab; sie rollen sich. Die Bildreporterin denkt, am besten wäre es, einen Zettel zu hinterlassen und in das eigene möblierte Zimmer zu gehen, bis sich Jacques nach seiner Rückkehr gefangen hat und bis ihm bewußt ist, daß ihm ihr Anruf in der Präfektur zum Guten gereichte. Auch das liebt sie an ihm – daß er fähig und willens ist, Torheiten einzusehen und zuzugeben.

Das Telefon reißt sie aus ihren Gedanken. Ein wenig enttäuscht hört sie Vernons Stimme sagen: »Du bist doch noch allein, Madeleine? – Meine Frau macht mir bittere Vorwürfe, weil ich dich so einfach allein gehen ließ. Sie meint, daß dieses Warten für dich gräßlich ist. Ganz kurz: Ich nehme mir ein Taxi und hole dich ab. Du bleibst diese Nacht bei uns. Für Batissier kannst du ja hinterlassen, wo er dich anrufen soll . . .«

Madeleine fühlt sich erleichtert. »Danke, Gaston. Das ist lieb von Juliette und dir. Ich komme gern zu euch.«

15

Jacques Batissier hat das Gas zurückgenommen. Der Viertaktmotor der Indian bremst nun so stark, daß das Gespann langsam die abschüssige Straße hinunterrollt. Links erheben sich nackte Granitfelsen, dieselben, die Schloß Bagnoles-de-l'Orne tragen. Rechts begrenzt der Hochwald das Bild. Es ist windstill, die Zweige bewegen sich nicht, und eigentlich müßte jetzt Wild zwischen den Bäumen hervortreten und geblendet im Lichtkegel des Scheinwerfers stehen. Aber es regt sich nichts; es gibt auch keinen Gegenverkehr. Die Straße liegt da wie ausgestorben. In der Tat: Die andere, die der Journalist vorhin benutzte, ist besser, weniger von Querrinnen durchzogen und nicht wie diese von gelegentlichem Steinschlag bedroht. Schilder warnen davor.

Rechterhand zweigt ein Waldweg ab und verliert sich in der Dunkelheit des Gehölzes. Jacques folgt einer plötzlichen Eingebung, biegt ein und wendet. Das Scheinwerferlicht trifft über die Straße hinweg den Felsen, ehe es ausgeschaltet wird. Batissier steigt ab. Er hat einfach das Bedürfnis, mit dem

Schweigen ringsum allein zu sein, die letzten Stunden ungestört durchdenken und sich klar werden zu können, was eigentlich gespielt wird. Gedankenlos zieht er die Schokolade aus der Tasche, beißt ab.

Die vage Hoffnung, einen Schlüssel zum Fall Sonelli zu bekommen, hat sich nicht erfüllt. Die anonym verheißene Auskunft über Hintergründe des Verbrechens blieb aus. Zweifellos war das eine Folge des Auftretens von Blanchard. Zwar ist nicht anzunehmen, daß der Chef der Pariser Kriminalpolizei in Bagnoles-de-l'Orne persönlich bekannt ist, aber er ließ das Schloß durch einheimische Kriminalisten sichern. Batissier möchte wetten, daß diese Detektive zumindest vom Hotelpersonal sofort identifiziert worden sind – Bagnoles-de-l'Orne ist ein Badeort, in den Spielsälen geht es um hohe Einsätze, in den Luxusappartements wohnen begüterte Kurgäste, Teile der Hochfinanz geben sich ein Stelldichein; Bagnoles-de-l'Orne muß ein Dorado auch der Falschspieler und Langfinger, der Hochstapler und Wechselreiter sein. In solchen Orten, in denen Leute mit ausgeliehenen Luxuslimousinen ankommen und auf Staatskosten mit Polizeiwagen abgeholt werden, sind Kriminalbeamte und Hoteldetektive bekannte Persönlichkeiten. Der Reporter ist fest überzeugt, daß der oder die geheimnisvollen Informanten anwesend waren, daß sie ihn beobachteten und ihn nur angesichts des Polizeiaufgebots nicht ansprachen. Er ist nicht mehr geneigt, an einen Dummenjungenstreich zu glauben – immerhin genügte das bloße anonyme Schreiben, den Unterpräfekten zum Eingreifen zu veranlassen. Mehr noch: Er beauftragte nicht den mit der Bearbeitung des Falles betrauten Kommissar Rochambeaux, sondern unterzog sich selbst den Unbequemlichkeiten eines nicht gefahrlosen Nachtfluges mit einer der wendigen kleinen Polizeimaschinen, die Jacques schon des öfteren über Paris gesehen hat. Das heißt jedoch, daß der Chef der Kriminalpolizei der Metropole dem Brief entscheidende Bedeutung beimaß. Batissier fühlt sich geschmeichelt und bedauert um so mehr, daß keine greifbaren Ergebnisse erzielt worden sind. Schade um die schöne Schlagzeile: »Nachrichtenbüro Jacques Batissier führt Kriminalpolizei zu Hintergründen des Sonelli-Mordes . . .« Jacques lacht laut auf und tadelt sich selbst: »Manchmal hast du 'nen Hang zum Größenwahn, alter Junge!«

Er steckt das letzte Stückchen Schokolade in den Mund. Es erinnert ihn an Madeleine. Entgegen ihrer Erwartung denkt er voller Zärtlichkeit an sie. Natürlich hat sie ihn um eine vielleicht einmalige Chance gebracht – die ist vorbei, und es wäre sinnlos, ihr nachzutrauern. Aber er erkennt auch ihre Beweggründe, die Angst, die sie um ihn gefühlt haben muß, ihre Ratlosigkeit in dem Augenblick, in dem sie Blanchard verständigte, und das berührt ihn warm und unmittelbar. Sie wird jetzt auf ihn warten, und ganz plötzlich hat er den Wunsch, die Indian anzutreten und so schnell wie möglich zu ihr zu fahren. Bei allem Mißgeschick muß er Madeleine eines sogar danken – sein Verhältnis zum Chef der Pariser Kriminalpolizei ist ein engeres geworden, immerhin hat der Unterpräfekt selbst Sorge für seine Sicherheit getragen, und das wird sich vorteilhaft auf seine künftige Zusammenarbeit mit der Kriminalpolizei auswirken.

Der Ruf eines Käuzchens ist nah. Der Journalist schaut hoch und sieht einen Nachtvogel abstreichen, lautlos und silhouettenhaft schwarz gegen den Sternenhimmel. Jacques blickt ihm nach. Der Vogel hält sich eng an die Felsen und verschwindet schließlich in ihrem Schatten. Aber noch immer starrt der Kriminalreporter in die Höhe.

Der Granit trägt das Schloß wie eine Krone. Die Umrisse, in denen erleuchtete Fenster stehen, heben sich deutlich ab. Übergangslos scheinen die Mauern mit den Felsen zu verschmelzen. Beinahe bedauert Batissier, daß er allein ist – es würde sich lohnen, dieses zeitlos schöne Bild mit der Kamera festzuhalten. Er genießt es ausgiebig. Und da entdeckt er das Licht...

Bei flüchtigem Hinschauen ist es nicht wahrzunehmen. Mehr die Ahnung einer Helligkeit als ein deutlicher Schein, klebt es unterhalb der Mauern im Felsen. Gleichbleibend. Beständig. Jacques denkt zunächst an eine Sinnestäuschung. Er schließt die Augen und öffnet sie wieder – das Licht ist noch da. Er geht ein paar Schritte zur Seite – dasselbe. Es muß dort oben eine verdeckte Lichtquelle geben! Aber wozu?

Die Neugier erwacht. Durchaus noch ohne bestimmte Erwartungen geht Batissier von seinem Motorrad weg aus dem Wald und über die Straße, die immer noch still und wie unberührt daliegt. Er tut das instinktiv, aus einer stets wachen, naiven Entdeckerfreude heraus, die auch bestimmend für seine Berufswahl gewesen ist. Jetzt wegzufahren, ohne die Quelle jenes Lichtscheins ergründet zu haben, wäre ihm unmöglich.

Vom Fuße der Felsen aus ist jene Helligkeit nicht mehr zu sehen. Sie wird verschluckt durch die breiten gelben Strahlen, die weiter oben aus den Fenstern des Schlosses fließen. Diese Lichtbündel weisen jedoch den Weg. Noch zögernd, dringt der Kriminalreporter in die Kuscheln am Rande der Straße ein. Er stolpert über Wurzelstöcke, ein dürrer Zweig schlägt ihm ins Gesicht; darauf achtet er kaum. Ohne sich über sein Vorhaben Rechenschaft zu geben, ohne die Schwierigkeiten des geplanten Aufstiegs überhaupt zu bedenken, versucht Jacques Batissier, am Felsen in die Höhe zu klimmen. Darin ist er ungeübt; alpine Klettertouren kennt er nur aus Wochenschauen und Kulturfilmen, aber er verkrallt sich hartnäckig in Gesteinvorsprünge, ertastet spärlichen Halt für die Füße und faßt schon erneut nach oben, eine weitere Felsspalte, eine Granitnase aufzuspüren, die ihn seinem Ziel näherbringt. Es dauert nicht lange, da geht der Atem schneller, und die Hände schmerzen; die Lederjoppe erweist sich bei diesem Unternehmen als fehl am Platze, doch bei der ersten Verschnaufpause ergibt ein Blick nach unten, daß der Reporter in verhältnismäßig kurzer Zeit doppelte Mannshöhe erreichte. Auf der Straße kommt nun doch einmal ein Wagen, ein dreirädriges Lieferauto, das sich mühselig bergan quält. Der Lichtkegel seines Scheinwerfers erreicht Batissier nicht mehr, sondern wandert unterhalb seiner Füße über den Felsen. Jacques wartet reglos, bis das Dreirad vorüber ist. Dann greift er wieder nach oben und – zuckt im gleichen Augenblick zurück. Seine Finger haben kaltes Metall berührt, einen Fremdkörper, ein Etwas, das sich wie ein Rohr anfühlt.

Die Taschenlampe liegt im Werkzeugkasten des Motorrades. Da gehört sie auch hin, denkt der Reporter wütend und streckt wieder die Hand aus. Das Metall bewegt sich nicht; es ist fest im Felsen verankert; er kann sich mit dem ganzen Körpergewicht daran hängen und sich emporziehen. Vor sich sieht er in Augenhöhe einen Mauerhaken, ein beidseitig in den Granit versenktes Stück Eisen. Das überrascht so sehr, daß Jacques es fast selbstverständlich findet, einen halben Meter höher einen weiteren und darüber im gleichen Abstand abermals Mauerhaken zu erkennen.

Sein Weg ist ungleich leichter geworden. Der Journalist prüft die Mauerhaken vorsichtig, ehe er sich ihnen anvertraut. Die ungewöhnliche Leiter ist vollkommen intakt, gerade so, als wäre sie gestern erst angelegt worden. Sie endet genau an dem Lichtschein, der aus solcher Nähe deutlich wahrnehmbar ist. Unversehens schmunzelt Jacques – er sieht den Stoff für ein heiteres Feuilleton auf sich zukommen. Es könnte die Geschichte eines ungetreuen Kellermeisters sein, der sich pfiffig einen Privatzugang zu den Weinlagern des Schloßhotels geschaffen hat. Alle alten Schlösser verfügen über unterirdische Gewölbe, die einst – nur durch Geheimgänge zu erreichen – in schweren Zeiten eine letzte Zuflucht boten, ein sicheres Versteck für Schmuck und Waffen. Das zwanzigste Jahrhundert, praktisch denkend, macht mit Vorliebe Lager für den Rebensaft aus den kühlen, in den Stein gehauenen Hallen. Die Öffnung im Felsen, aus der das Licht dringt, dürfte zu einem Luftschacht führen. Zumindest eine nicht alltägliche Idee, sich auf diese Weise an die zweifellos edlen Getränke heranzupirschen, die das Schloßhotel für zahlungsfähige Gäste bereithält...

Ehe er den Kopf in die Öffnung steckt, die sich vor ihm auftut, mustert er die Straße, die sich tief unten hinzieht. Der Waldweg, auf dem die Indian steht, ist nicht mehr zu erkennen. Es gibt keine Spur von Verkehr.

Der Einstieg mißt rund einen halben Meter im Quadrat, ist roh behauen und führt waagerecht in den Felsen hinein. In der Tiefe scheint er sich zu einem übermannshohen Gang zu erweitern, aus dem der Lichtschein kommt. Der Journalist sieht die gewölbte Decke und zu beiden Seiten schwarze Löcher, die Eingänge zu Nebenhöhlen sein könnten. Wo der Gang mündet, ist nicht zu erkennen, da die Helligkeit blendet. Kurz entschlossen schiebt sich Jacques in die granitne Röhre hinein und robbt, Geräusche tunlich vermeidend, durch sie hindurch. Ihre Länge beträgt etwa drei Meter. Dann kann er sich aufrichten. Er tritt sogleich in den Schatten der ersten Nebenhöhle, die sich bei näherer Betrachtung nur als eine Nische erweist, und lauscht. Jetzt ist Batissier ganz bei der Sache, voller Jagdfieber und Erwartung.

Zu allererst fällt ihm auf, daß der erwartete Weingeruch völlig fehlt. Es riecht vielmehr modrig, nach faulendem Holz und abgestandenem Wasser. Jacques bewegt fröstelnd die Schultern. Im Innern des Berges ist es kalt. Flüchtig erinnert sich der Journalist an Märchen und Sagen aus der Kinderzeit – sie wußten von dieser Kälte zu erzählen.

Seine Augen sehen, daß das Licht von einer Sturmlaterne ausgeht, die an einem Haken jener Querwand hängt, die den Gang begrenzt. Offensichtlich verläuft er rechtwinklig nach beiden Seiten weiter.

Es ist nicht auszumachen, aus welcher Richtung die Schritte kommen, die sich ohne Eile nähern. Sie sind lange zu hören, ehe etwas sichtbar wird. Diesem fernen Gehen haftet etwas Unheimliches an. Der Kriminalreporter weicht in die Nische zurück, so weit es geht. Er steht ganz im Schatten; der Fremde, der da kommt, dürfte ihn kaum bemerken können.

Eine Gestalt geht an der Lampe vorüber und deckt sie für Bruchteile von Sekunden ab. Das ist der Augenblick, in dem Jacques der Atem stockt. Er sieht kein menschliches Gesicht. Die Gestalt – nach Wuchs, Körpergröße und Schritt zweifellos ein Mann – trägt ein Gewand, das an die Kutte der Mönche erinnert. Die Kapuze ist hochgeschlagen und vorn bis über das Kinn herabgezogen. Die Sehschlitze in Augenhöhe muß Batissier mehr ahnen, als er sie erkennen kann. Die Schritte des Fremden entfernen sich nach der anderen Seite.

Aus dem heiteren Feuilleton wird nichts werden. Das hier ist gespenstisch. Es erinnert an den mörderischen Mummenschanz des amerikanischen Ku-Klux-Klan oder an mittelalterliche Femegerichte, an den düsteren Fanatismus der spanischen Inquisition und Halsgerichte vergangener Jahrhunderte. Jacques spürt den Schlag seines Herzens im Hals, während er der Gestalt mit der Kapuze nachsieht. Dieser Mann gehört offensichtlich zu den Kapuzenmännern, den Cagoulards, zu einer jener großen faschistischen Geheimorganisationen, die Professor Sonelli angegriffen hatte. Der Emigrant wurde nahe bei Bagnoles-de-l'Orne ermordet; nach Bagnoles-de-l'Orne bestellten die anonymen Briefkleber den Reporter, der den tödlichen Dolchstößen nachspürte; hier in Bagnoles-de-l'Orne also befindet sich auch eine ihrer verborgenen Zentralen!

Der Kapuzenmann kehrt zurück. Batissier spannt sich und ballt die Fäuste. Er hat ein ähnliches Gefühl wie damals, als er zum erstenmal gegen einen Gegner in den Boxring stieg, nur ungleich stärker. Dieser Gegner nämlich weiß nichts von sportlicher Fairneß, er wird Pardon weder fordern noch geben.

Hierher gestellt, den Zugang zum Versteck zu sichern, wird er nicht zögern, unerwünschten Gästen für immer den Mund zu schließen, wie er dem Mann geschlossen worden ist. der im »Tabarin« ein paar Worte zuviel sagte ...

Jacques wechselt erregt das Standbein. Unter seinen Füßen löst sich ein Stein und kollert in den Gang. Der Kapuzenträger bleibt stehen. Plötzlich liegt eine schwere Armeepistole in seiner Faust. Der Lauf wirkt unnatürlich lang – ein Schalldämpfer. Die Waffe vorhaltend, kommt der Mann langsam auf den quadratischen Einstieg zu. Den Journalisten hat er noch nicht bemerkt. Jetzt ist er unmittelbar vor ihm. Da nutzt der unbewaffnete Batissier das Überraschungsmoment und schlägt dem Maskierten mit der Handkante auf den Unterarm. Er legt seine ganze Kraft in diesen Hieb, und die Pistole fällt scheppernd auf den Felsboden. Ein Tritt befördert sie ins Dunkel der gegenüber gähnenden Nische.

Der Cagoulard fährt herum und wirft sich mit der vollen Wucht seines massigen Körpers auf Jacques. Er trifft ihn nicht. Zum erstenmal in seinem Leben dankt der Kriminalreporter dem Einfall, der ihn boxen ließ – mit einer typischen Wehrbewegung weicht er kreisförmig aus und taucht ab. Nun, mit der oft trainierten ruckartigen Drehbewegung, reißt er die Faust nach oben und trifft hart die Schulter des Gegners. Den wirft es zurück, aber er zögert nicht, sofort von neuem anzugreifen. Seine schweren Fäuste schlagen wie rasend, und es ist in der Nische nicht Raum auszuweichen. Sie stehen Körper an Körper, ohne Distanz, und es ist noch ein Glück für Jacques, daß er, wie die meisten körperlich nicht überragend großen Boxer, ein Nahkämpfer ist. Er versucht es mit Hakenserien, trifft auch und wird selbst getroffen und spürt, daß sein Gegner nur ein Ziel verfolgt: ihn gnadenlos fertig zu machen.

Dieser Zweikampf findet statt, ohne daß ein Wort fällt, stumm, verbissen. Nur das Keuchen der Männer füllt den Steingang, der dumpfe Aufprall der Schläge, das Knirschen von abbröckelndem Gestein unter den Füßen. Plötzlich springt der Cagoulard zurück in den Gang und reißt die Kapuze herunter, die seine Sicht behindert hat. Batissier sieht ein verzerrtes, von der Anstrengung gerötetes, schweißnasses Gesicht, das Gesicht eines Schlägers. Der Mann greift in die Tasche. Die Klinge eines Klappmessers schnellt vor und rastet knackend ein. So kommt der Cagoulard wieder.

Jacques fühlt, wie etwas Warmes über sein Gesicht rinnt. Seine Braue ist aufgeschlagen und blutet. Er bemerkt es kaum: er sieht dem Angreifer in die Augen, und in dem Moment, in dem der Kapuzenmann vorspringt. greift Batissier an. Mit der Linken wehrt er die Messerhand ab und lenkt sie zur Seite. Die Rechte setzt einen Aufwärtshaken, in den Jacques die ganze Kraft seines Körpers legt. Er reißt den Kopf des Gegners nach hinten, nimmt ihm den Halt, fällt ihn. Dieser Gegenangriff ist für den Cagoulard so unerwartet gekommen, daß er nicht mehr fähig war, ihm zu begegnen.

Schweratmend lehnt sich der Kriminalreporter für einen Augenblick an die Wand und reibt sich die schmerzenden Knöchel. Er hat den Aufwärtshaken mit solcher Wucht geschlagen, daß ihm die Haut aufgerissen ist. – Es bleibt keine Zeit, lange zu verschnaufen. Der Kapuzenmann wird wieder zu sich kommen ... Jacques nimmt das Klappmesser an sich und rollt den schweren Körper des überwundenen Wächters auf den Bauch, um ihm mit seinem eigenen Gürtel die Hände auf den Rücken fesseln zu können, nachdem er Kutte und Kapuze an sich genommen hat. Um die Füße des Cagoulard binden zu können, muß er einen Streifen Stoff von der Kutte reißen. Der Mann schlägt gerade die Augen auf, als er geknebelt wird. Das war notwendig – der Wächter will schreien, bringt nun jedoch nur einen gurgelnden Laut heraus.

Die Kapuze abwägend in der Hand, zögert Batissier nur kurz. Von den zwei Möglichkeiten, die ihm bleiben – entweder sofort den Rückzug anzutreten und damit der Gefahr eines neuerlichen Gestelltwerdens auszuweichen, oder nachzuprüfen, was der Cagoulard bewachte –, wählt Jacques ohne weiteres die zweite. Er zieht den Gefesselten in das Dunkel einer Nische und legt dann selbst die Verkleidung an.

Offenbar ist der Kampf in dem Gang von niemandem bemerkt worden – es bleibt ganz still. Nur das Keuchen des Wächters ist da, der Batissier unentwegt anstarrt. In seinen Augen flackert die Angst. Die Frage, ob der Mann jetzt Furcht vor ihm, Jacques, oder vielmehr vor seinen Auftraggebern spürt, vermag der Kriminalreporter nicht zu beantworten.

Er geht denselben Weg zurück, den der Cagoulard entlang kam; er geht aufrecht und ahmt unbewußt die schweren Schritte des überwundenen Schlägers nach. Links endet der Quergang in einer größeren Höhle, in der mehrere Feldbetten stehen. Eines davon ist kürzlich benutzt worden. Die Decken liegen unordentlich auf dem Strohsack. Auf einem Klapptisch stehen geöffnete Konservendosen neben einem angeschnittenen Laib Brot. Eine halbvolle Flasche billigen Landweins und ein Becher vervollständigen dieses Stilleben.

Nach rechts begrenzt eine eisenbeschlagene Bohlentür den Quergang. Der Lichtschein der Sturmlaterne reicht kaum bis hierher. Jacques Batissier tastet über das Holz und die Eisenbänder, die grob geschmiedet und anscheinend sehr alt sind – diese unterirdischen Gewölbe müssen tatsächlich schon beim Bau des Schlosses angelegt worden sein. Die Klinke ist unförmig und plump. Auch hinter der Tür scheint Schweigen zu herrschen; so angestrengt der Journalist lauscht, er nimmt kein Geräusch wahr. Behutsam drückt er den schweren Griff nieder. Die Pforte öffnet sich lautlos. Dahinter – schwarze Finsternis, mit den Augen nicht zu durchdringen. Und Stille ...

Jacques geht im Stollen bis zur Lampe zurück, nimmt sie von ihrem Haken und richtet ihr Lichtbündel durch den Türspalt. Er steht nun in einem senkrecht verlaufenden Schacht, der sich nach oben in Dunkelheit verliert. In diesem Kamin gibt es eine eiserne Steigleiter, die in der Wand verankert ist.

Der Kriminalreporter horcht. Seine Hände sind schweißnaß, das Blut pocht in den Schläfen. der Gaumen ist ihm wie ausgedörrt. Trotzdem kommt ihm nicht im entferntesten der Gedanke umzukehren. Diese Steigleiter zieht ihn an wie ein Magnet. Er würde es sich nie verzeihen, sie nicht bestiegen zu haben, mag daraus werden, was will. Jacques hängt sich die Laterne vor die Brust und klettert. Schon auf den Sprossen, ordnet er die Kutte so, daß das Lampenlicht zum großen Teil durch sie verdeckt wird.

Batissier steigt lange. sorgsam bemüht, unnützes Geräusch zu vermeiden; hin und wieder verharrt er lauschend. Das Schweigen ist abgründig. Es bedrückt mehr als die Ungewißheit dessen, was ihn am Ende der Leiter erwartet. Der Journalist beißt die Zähne zusammen und klettert, er muß bereits die Höhe des Felsplateaus erreicht haben, aber noch immer führt die Steigleiter aufwärts.

Sie endet abrupt an einer eisernen Bühne. Diese wird von einer Holzwand begrenzt.

Jacques leuchtet sie gründlich ab. Er ist in dieser Minute gleichermaßen erleichtert und enttäuscht. Enttäuscht, weil am Ende seines Weges nur eine Eisenbühne und eine Holzwand zu sein scheinen; erleichtert, weil sich ihm bisher kein zweiter Wächter entgegenstellte. Gleichzeitig jedoch sagt er sich, daß diese Stollen und Schächte mehr verbergen müssen als die Höhle am Quergang. Sonst brauchte der Wächter nicht die Kapuze der Cagoulards zu tragen.

Der Journalist untersucht die Wand Zentimeter für Zentimeter. Nur sie kann das vermutete Geheimnis bergen, denn die anderen, die Steinwände, sind von der Bühne aus gar nicht zu erreichen. Es dauert lange, dann hat Jacques die in das Holz eingelassene Metallfeder gefunden. Eine Geheimtür! stellt er verblüfft fest. Ich dachte immer, so etwas gibt es nur im Kriminalroman ... An sich ist das Vorhandensein solcher Anlagen in alten Feudalbauten nichts Besonderes. In den berühmten Loireschlössern, die Batissier gemeinsam mit Madeleine besucht hat, gehören sie mit zu den Sehenswürdigkeiten, auf die hinzuweisen sich kein Fremdenführer entgehen läßt.

Er schaltet die Lampe aus und drückt auf die Feder. Auch diese Tür öffnet sich lautlos. Im selben Augenblick: Matte Helligkeit, eine entfernte Stimme ... Der Kriminalreporter sieht durch den Türschlitz, erblickt eine verschnörkelte Balustrade und ahnt mehr, als er erkennen kann, daß die Tür auf eine Empore mündet. In unmittelbarer Nähe bleibt alles ruhig, das Öffnen der Pforte weckt keine Schritte. Nach wie vor dringt aus der Tiefe jenseits der Balustrade die monoton vortragende Stimme herauf.

Jacques atmet tief, macht die Tür weiter auf und tritt, da er keinen Menschen entdeckt, so weit er schauen kann, auf die Empore hinaus. Über ihm spannt sich die Decke einer alten Kapelle. Von außen hat er dieses Gotteshaus bereits in seinen Umrissen gesehen, als er vom Parkplatz aus auf das Schloßhotel zuging. Es gehört zu dem unmittelbar am Ende des Felsplateaus gelegenen Teil des Schlosses, dem er vorhin kaum Aufmerksamkeit geschenkt hat. Er erinnert sich nur, daß er einen etwas vernachlässigten Eindruck machte.

Sich dicht an der holzgetäfelten Wand haltend, schiebt sich Batissier vorsichtig so weit zur Seite, bis er das Schiff der Kapelle wenigstens zum Teil einsehen kann. Es liegt zur Hälfte im Dunkeln. Nur an der Stirnseite, auf dem Altar und auf den vielarmigen Leuchtern davor, brennen Kerzen. Ihr mildes Licht erhellt eine Szenerie, die dem unvorbereiteten Beobachter wie ein Spuk erscheinen muß. Vor dem Altar, in einem geschnitzten Holzstuhl, sitzt ein Mann in schwarzer Kutte und Kapuze. Ebenso vermummt, stehen vor ihm in zwei Reihen Cagoulards – ihre Reglosigkeit gibt ihnen merkwürdige Ähnlichkeit mit den fast lebensgroßen Marmorfiguren, die unter einem säulengetragenen Baldachin eine Episode der biblischen Geschichte darstellen, die Anbetung des Christuskindes durch die Heiligen Drei Könige. Seltsamerweise wirken die Bildnisse ungeachtet ihrer steifen Strenge und einer gewissen frommen Einfalt lebendiger, menschlicher als die Kapuzenmänner. Der flackernde Kerzenschein haucht den steinernen Gesichtern Leben ein; er ist machtlos vor dem schwarzen Tuch der Kapuzen.

Der Mann vor dem Altar spricht noch immer, unterstreicht seine Worte mit sparsamen Handbewegungen, hebt gelegentlich die Stimme. Sie klingt dumpf unter der Maske hervor. Beinahe automatisch, ohne sich über sein Tun in dieser ungewöhnlichen Situation klar zu sein, greift Jacques nach Notizbuch und Drehbleistift, um mitzuschreiben. Reporterreaktion ... Sie läßt die Erregung von ihm abfallen, läßt ihn kaltblütig beobachten, festhalten.

»La Cagoule«. tönt es zu ihm empor, »hat also eine neue Bewährungsprobe bestanden, ein Feind wurde getroffen, ein Verräter gerichtet. Wir stehen jetzt in der Vorbereitung von neuen, wuchtigen Schlägen, die Frankreich erschüttern werden. Jeder von ihnen sei ein Fanal der kommenden Erhebung, jeder ein Schritt zur Machtübernahme durch Führernaturen, die uns die Vorsehung geschenkt hat. Dessen wollen wir eingedenk sein!«

Der Mann vor dem Altar steht auf. Eine Weile ist Schweigen. Dann sagt einer der Maskierten – und Batissier kann nicht feststellen, unter welcher der Kapuzen die Worte hervorkommen: »Die Konferenz ist geschlossen.« Wie Marionetten heben alle gleichzeitig die rechte Hand zum Gruß der deutschen Faschisten. Sie rufen nicht »Heil!«, aber die Wände der Kapelle werfen ein dumpfes »Salut!« zurück. In die vorher reglosen Reihen kommt Bewegung.

Jacques weicht lautlos zur Tapetentür zurück. Sie schließt sich hinter ihm; von der Kapelle her mutet die holzgetäfelte Wand wieder massiv und unverrückbar an. Da sind die Eisenbühne, die Steigleiter. der Quergang, der

Wächter, der sich aus der Nische herausgerollt hat, sich aber nicht von den Fesseln zu befreien vermochte... Der Kriminalreporter zerrt sich Kutte und Kapuze vom Leibe und wirft sie verächtlich zu Boden. Diese Maske ekelt ihn.

Er atmet auf, als die frische Nachtluft um ihn ist, das leise Rauschen der Bäume, der Gesang einer Nachtigall und schließlich das vertraute Motorengeräusch seiner Indian. Es ist ein Uhr morgens, die Straße leer, und während der Mann am breit ausladenden Lenker des Motorrades seine Erlebnisse zu ordnen versucht, fühlt er sich sekundenlang geneigt, das alles für einen Alptraum in der Geisterstunde zu halten. Aber der scharfe Fahrtwind, die schmerzende Braue und die aufgeschlagenen Knöchel der Rechten beweisen das Gegenteil. Es dauert auch nicht lange, da gleitet das Scheinwerferlicht des Gespanns über ein graues Transformatorenhaus. Hier wurde Professor Carlo Sonelli ermordet aufgefunden.

16

Jacques Batissier steigt langsam die Treppen zu seiner Wohnung hinauf. Jetzt erst, nach Stunden, löst bleierne Müdigkeit das angespannte Wachsein dieser Nacht ab. Er hat nur noch das Bedürfnis, sich hinzulegen, die Augen zu schließen, zu schlafen. Draußen wird es schon hell.

Mechanisch schließt er auf, wirft Stulphandschuhe und Lederjoppe achtlos auf den Tisch unter dem Spiegel und macht Licht. Fassungslos steht er einem Chaos gegenüber – das große Zimmer hat sich während seiner Abwesenheit vollkommen verändert. Die Bücherregale sind leer, ihr Inhalt türmt sich wirr auf dem Fußboden. In einer Wasserlache liegt eine zerbrochene Vase. Die Schreibtischschubladen stehen offen, Schriftstücke, Manuskripte und Papiere sind durch den ganzen Raum verstreut. Die Sessel umgestürzt, der Bettkasten der Couch aufgerissen, die Schränke durchwühlt...

Madeleine... Bei diesem Gedanken faßt ihn jäh zum erstenmal die Angst. Er jagt durch die Wohnung – nichts! Im Bad stehen noch der schwere Vergrößerungsapparat, die braunen Flaschen, Schalen... Aber es liegen keine Fotos da, und auch die Ledertasche mit den Kameras hängt nicht am gewohnten Platz. Das beruhigt ein wenig. Es spricht dafür, daß Madeleine die Wohnung verlassen hatte, als das...

Das Telefon klingelt. Mit einem Satz ist Batissier am Apparat und reißt den Hörer ans Ohr: »Madeleine? Du?« fragt er heiser.

Aus der Muschel klingt, wie aus großer Ferne, ein spöttisches Lachen, dann eine ihm unbekannte Männerstimme: »Monsieur Batissier? Sie haben sehr lange gebraucht, um von Bagnoles-de-l'Orne zurückzukommen...«

»Wer spricht dort, zum Teufel?« schreit Jacques.

Wieder die Männerstimme: »Sie sind zu ungestüm, Monsieur Batissier – Ihr alter Fehler. Eine ganz andere Frage: Gefällt Ihnen Ihr Zimmer so? Nicht sehr wohnlich, fürchte ich, wie?«

»Was wollen Sie von mir?«

»Warnen, Monsieur Batissier. Lassen Sie die Finger vom Fall Sonelli, und Sie sind vor weiteren Überraschungen sicher. Diese Sache bringt Ihnen nichts ein – über seinen Tod kann man nicht selbst berichten.« Die Stimme klingt immer noch freundlich: »Sie sind uns sehr sympathisch, Monsieur Batissier. Wir würden Ihr Ableben ehrlich bedauern. Aber wir rechnen mit Ihrer Vernunft.«

Es knackt in der Leitung. Aufgelegt...

Jacques Batissier knallt den Hörer auf die Gabel. Er macht sich daran, verbissen sein Zimmer aufzuräumen. Madeleine soll es so nicht sehen...

17

Capitaine Gérard André stoppt seinen offenen Sportwagen, nimmt die dunkel getönte Fahrbrille ab und reibt sich die schmerzenden Augen. Es ist früh, die Gluthitze des Tages liegt noch nicht über der Wüste. Nachts fährt es sich in Algerien am angenehmsten, sofern die Straße gut ist und nicht von aufständischen Araberstämmen unsicher gemacht wird. Augenblicklich besteht zwischen Mascara im Norden und Le Kreider oberhalb des Chott Ech Chergui keine Gefahr, und die Fernverkehrsstraße erster Ordnung gestattet hier auch zügiges Fahren, um so mehr, seit Gérard André die Berge hinter sich hat. Nun breitet sich flaches, von nur wenigen Hügeln durchzogenes Land vor ihm aus.

Der Capitaine wirft einen Blick auf die Benzinuhr seines gelben Zweisitzers, schüttelt den Kopf und steigt aus. Er hatte gehofft, noch bis Le Kreider zu kommen und dort tanken zu können, aber der Tank ist bereits leer. André muß den Reservekanister aus dem Kofferraum holen. Während er das Benzin in den Einlaßstutzen gießt, taucht hinter einem der Hügel im Gegenlicht ein kleiner Reitertrupp auf. Der Capitaine lächelt, als die Männer im Galopp anreiten und in fliegender Karriere auf ihn zujagen. Sie sitzen im Sattel wie mit dem Pferd verwachsen, den Kolben des Karabiners auf den rechten Schenkel gestemmt, den Zügel in der Linken. Die flatternden roten Umhänge verraten Spahis. Sie rasen heran, als wollten sie Wagen und Fahrer in Grund und Boden stampfen. Der Capitaine sieht es mit Vergnügen. Unmittelbar vor ihm werden die Pferde durchpariert und stehen. Ein französischer Sergent-major schwingt sich aus dem Sattel und tritt zum Auto. »Guten Morgen, Monsieur«, sagt er kühl. »Ich bitte um Ihre Papiere.«

Capitaine Gérard André trägt Zivil. Ein Mann Anfang dreißig, schlank, blond und braungebrannt. Ohne Eile schraubt er den Benzintank zu und wischt sich mit einem Tuch die Hände ab, ehe er seine Legitimation aus der Tasche zieht. Der Sergent-major klappt die Hacken zusammen. Seine Sporen klirren. »Verzeihung, mon Capitaine. Ich wünsche gute Fahrt.«

André nickt flüchtig. Der Sergent-major sitzt wieder auf, erweist die Ehrenbezeigung und setzt seinen Weg fort. Erneut reiten die algerischen Kavalleristen im Galopp an. Eine Wolke aufgewirbelten Staubes zieht langsam über die Straße.

Der offene Sportwagen durchquert Le Kreider, wo er seine Treibstoffvorräte ergänzt, und rollt auf der Regionalstraße weiter. Zu beiden Seiten dehnt sich riesenhaft das Schott aus – eine Salzpfanne mit höckrig verkrusteter Oberfläche, zum Teil von perlgrauen Dünsten verhüllt, umgeben von einem Gürtel versalzter Sumpfpflanzen. Der Capitaine drückt das Gaspedal tiefer. Es wird wärmer. Auch der Verkehr nimmt zu. André überholt Berber mit hochbepackten Maultieren, ein klappriger Omnibus ächzt ihm entgegen, und fernab der Straße zieht geruhsam eine Kamelkarawane. Der Capitaine streift sie nur mit einem flüchtigen Blick; solche Bilder sind ihm vertraut, so vertraut wie die Schmalspurbahn, deren Gleisbett einige hundert Meter neben der Chaussee verläuft.

Khebbaza kommt in Sicht, der schlanke Turm der Moschee sticht nadelgleich in den wolkenlosen Himmel. Dann sind die schmalen, winkligen Straßen da, die weiß gekalkten Mauern der ineinander verschachtelten Häuser und ein Gewimmel von Menschen und Tieren. Der Capitaine kennt sich hier aus. Zielsicher steuert er seinen Wagen vor ein Caféhaus in der Hauptstraße; der Besitzer selbst stürzt heraus und öffnet mit vielen Verbeugungen die Wagentür, um den Gast in das Haus zu geleiten.

Gérard André geht durch das halbdunkle, angenehm kühle Café. In ihre Burnusse gehüllt, sitzen auf Matten Berber, halten Täßchen mit stark gezuckertem schwarzem Kaffee in den Händen, trinken in kleinen Schlucken und rauchen. In einer Ecke stehen, paarweise geordnet, ihre pantoffelartigen Schuhe. Es sind nur Männer anwesend, die viel Zeit zu haben scheinen. Tiefverschleierte Frauen hat der Capitaine lediglich auf der Straße gesehen.

Der Wirt führt seinen Gast in ein Hinterzimmer, das mit Stühlen und Tischen europäische Einrichtung andeutet. Der Raum ist eine Verbeugung vor dem zunehmenden Touristenverkehr.

André wird erwartet. Ein Sous-Lieutenant erhebt sich. Er trägt die Uniform der Légion Étrangère, der Fremdenlegion. – »Bring uns Kaffee, und dann verschwinde«, befiehlt der Capitaine dem Wirt in fehlerfreiem Arabisch und tritt auf den Offizier zu. »Guten Morgen, Guillaume! Schön, daß du schon hier bist. Hast du etwas erreicht?«

Sie schütteln sich die Hände wie alte Freunde. Das sind sie auch; vor fast einem Jahrzehnt haben sie gemeinsam die Kriegsschule besucht, ehe ihre Wege unterschiedlich verliefen. Der jetzige Leutnant der Fremdenlegion mußte auf Grund eines Disziplinarverfahrens den Dienst in der französischen Armee aufgeben. Daraufhin nahm er Sold bei der Legion. Gérard André stieg auf der militärischen Stufenleiter zum Hauptmann auf und wurde vor zwei Jahren zum Militärischen Abwehrdienst, dem Service de documentation extérieur et de contre espionnage, kommandiert. Beide trafen sich zufällig wieder, als der Sous-Lieutenant im Kurierdienst eine Armeedienststelle in Oran aufsuchte, bei der auch André gerade zu tun hatte.

»Ich habe alles, was du wissen wolltest«, erwidert Guillaume, nachdem sie sich gesetzt haben. »Allerdings war deine Bitte ein wenig merkwürdig, Gérard. Dem Mann, den du suchst, wird ja auch von der Polizei nachgestellt – die Anschläge hängen doch überall in Oran. Was habt ihr an diesem Toten für einen Narren gefressen?«

»Wir haben Interesse an ihm«, entgegnet der Capitaine. »Ich erkläre dir später einmal, warum. – Schieß los!«

Der Sous-Lieutenant schlägt die Beine übereinander und greift nach Andrés Zigaretten. »Deine Vermutung trifft zu«, beginnt er. »Der Mann war tatsächlich Offizier der Legion. Hast du ein Glück, daß wir uns kennen – ich konnte meinen Kameraden das Foto ganz unauffällig zeigen. Mir gegenüber hielt sich keiner zurück. Schließlich erkannte ihn ein Lieutenant aus unserem Stab wieder. Sie waren in Colomb-Béchar in einem Regiment. Na, ich habe mich gleich um eine Kurierfahrt dorthin bemüht und sie auch bekommen. In diese verlauste Ecke zieht es nämlich niemanden. In Colomb-Béchar ging ich in das Frauenhaus, das unseren Offizieren vorbehalten ist. Hat mich übrigens hundert Francs gekostet …«

Der Capitaine zieht unbewegten Gesichts seine Brieftasche heraus, entnimmt ihr zweihundert Francs und schiebt die Scheine wortlos über den Tisch. Als habe er nichts anderes erwartet, greift Guillaume zu und steckt das Geld in die Brusttasche seiner Uniformbluse.

»Merci, Gérard! Also weiter. Ich brauchte die Fotografie bloß einer der schwarzhaarigen Schönen zu zeigen – sie erkannte ihn sofort. Er hieß Josephe Millet und war ein Schwein. Die Mädchen haben ihn gefürchtet, besonders, wenn er getrunken hatte. Und er war meist betrunken. Sie waren froh, als er sich nicht mehr sehen ließ.«

Der Wirt bringt Kaffee, eine dicke, schwarzbraune Brühe, auf der der Zucker eine Weile liegen bleibt, ehe er versinkt. Der Sous-Lieutenant rührt bedächtig um. André pustet einen Tabakkrümel von seinem Ärmel. »Ist das alles?« fragt er. Sie sind wieder allein.

Guillaume grinst. »Wofür hältst du mich? Am nächsten Morgen habe ich im

Kasino ganz harmlos nach meinem alten Freund Millet gefragt. Daraufhin gaben die Kameraden eine Gedenklage und klopften mir mitfühlend auf die Schulter.«

»Sie wußten von der Geschichte in Paris ...«

»Kein Stück! Aber Josephe Millet ist vor einem halben Jahr bei einer Patrouille gefallen. Aufständische haben das Lager nachts überrumpelt. Alles niedergemacht. Ein Legionär ist davongekommen und hat Colomb-Béchar alarmiert. Unsere Jungs sind zwei Tage lang marschiert. Die Leichen sollen schrecklich ausgesehen haben. Eine fehlte, es wurde aber nicht festgestellt, wessen. Aus. – Tja, dieser Millet ist demnach zweimal ums Leben gekommen ...«

Der Capitaine beugt sich vor und drückt seine Zigarette in einer Kupferschale aus. »Du bist sicher, daß du dich nicht geirrt hast? Daß dieser Millet derselbe ist, den wir suchen?«

»Vollkommen sicher! – Da ich mich für einen Freund von ihm ausgegeben hatte, händigte man mir sogar seine paar Habseligkeiten aus. Nichts Besonderes. Hier!« – Guillaume greift unter den Tisch und holt einen Karton hervor.

Gérard André faßt nach seinen Handschuhen, die neben dem Kaffeetäßchen liegen, streift sie über und öffnet das Paket. Obenauf als erstes ein Stoß sogenannter »Liebhaberfotos« ... Darunter in einer Pappschachtel ein paar Orden und eine eingerissene Amateuraufnahme von einer Gruppe Offiziere ... Der Capitaine legt dieses Bild und das Pariser Polizeifoto nebeneinander, zieht eine Lupe aus der Tasche, vergleicht.

»Es müßte mit dem Teufel zugehen, wenn das nicht derselbe Mann ist«, bemerkt Guillaume.

»Ja«, sagt André einsilbig. »Es sieht so aus.«

Der Karton enthält sonst nichts, das zur Identifizierung dienen könnte – eine schön getriebene Kupferschale, einen arabischen Seidenschal und einen Berberdolch, nicht besonders wertvoll. Trotzdem betrachtet ihn der Capitaine mit Neugier.

»Er soll ein großer Messerkämpfer gewesen sein«, erzählt der Sous-Lieutenant. »Man berichtete wahre Wunderdinge von ihm. Er soll im Gefecht nie die Pistole gezogen haben. Im Nahkampf hat er nur den Dolch gebraucht.«

André breitet den Inhalt des Kartons auf dem Tisch aus und unterzieht ihn einer neuerlichen Untersuchung. Er faltet den zusammengelegten Schal auseinander, wendet die »Liebhaberfotos« einzeln um und zerlegt mit Hilfe seines Taschenmessers den doppelt gefalzten Kasten, in dem die Orden waren. Guillaume pfeift durch die Zähne, als der Capitaine aus der Versteifung des Bodens der Schachtel ein postkartengroßes Foto ans Licht bringt. Es zeigt eine junge Frau, eine Europäerin, mit spöttischen hellgrauen Augen und kurzgeschnittenem, tiefschwarzem Haar. Sie trägt ein hochelegantes, sportliches

Kostüm und wirkt sehr damenhaft. Im Hintergrund ist ein Vorhang zu erkennen.

»Fotoatelier«, erläutert André knapp. »Vielleicht bringt uns das weiter.«

»Wie denn?« erkundigt sich Guillaume gespannt.

Der Capitaine legt die drei Fotos – die Gruppenaufnahme, das Frauenporträt und das Polizeibild – zusammen in seine Brieftasche. »Wir haben da unsere Möglichkeiten«, erwidert er ausweichend. »Ich bin dir sehr zu Dank verpflichtet, Guillaume. Natürlich werde ich deine großartige Hilfe in meinem Ermittlungsbericht entsprechend hervorheben. Das kann für dich nur vorteilhaft sein. Du bist natürlich verpflichtet, über unsere Zusammenarbeit gegenüber jedermann zu schweigen.«

»Ehrensache!«

André packt die Hinterlassenschaft Millets zusammen. »Den Karton nehme ich mit. Hier – für deine Auslagen!« Er reicht ihm einen geschlossenen Briefumschlag, an den eine vorbereitete Quittung geklammert ist. »Unterschreibe das, bitte.«

Guillaume zieht erstaunt die Brauen hoch, als er die eingetragene Summe liest. »Alle Achtung! Wenn du wieder mal eine Auskunft brauchst – ich stehe dir zur Verfügung.«

Der Capitaine legt die Quittung zu den Fotos. »Für den Fall, daß ich beim nächstenmal nicht selbst komme – mein Kamerad wird sich dir gegenüber mit dieser Quittung ausweisen. Wir hören voneinander. Ich bitte dich, noch einen Augenblick hier zu bleiben, wenn ich gegangen bin. Man muß uns nicht unbedingt zusammen sehen.«

»Schade! Wenn du noch Zeit hättest, ich kenne ganz in der Nähe ein Haus, in dem man vorzüglich bedient wird . . .«

André steht auf und nimmt den Karton unter den Arm. »Ein andermal, vielleicht. Jetzt habe ich es eilig. Salut, Guillaume!«

»Mach's gut, alter Junge.«

Als der Capitaine vorüber an den Burnusträgern, die nach wie vor schwatzend auf ihren Matten sitzen, hinaus zu seinem gelben Sportwagen tritt, trifft ihn die Hitze wie ein Schlag Die Luft flimmert über den flachen Dächern der weißen Häuser. Ein zerlumpter kleiner Junge sieht André kommen und bearbeitet mit einem Lappen betont eifrig die Frontscheibe des Autos. Dann streckt er die Hand aus: »Sihdi, monnaie!« Er erhält einen Centime. Der Capitaine klappt das Verdeck hoch, das in der Gluthitze des Mittags etwas Schatten spenden muß. Dann startet er. Sobald er Khebbaza verlassen hat, fährt er mit Höchstgeschwindigkeit. Hin und wieder schaut er prüfend auf den Zeiger, von dem er die Kühlwassertemperatur abliest.

18

Der Chef der Pariser Kriminalpolizei dreht gelangweilt seine Pfeife in den Händen, betrachtet den lederbezogenen Kopf und das zerbissene Mundstück. Er hört Kommissar Pierre Rochambeaux zu, der ihm steif gegenüber sitzt und gerade erklärt: »Die Untersuchung verlief ergebnislos. Es konnte nicht festgestellt werden, wer Batissier angerufen hat. Täterspuren waren am Tatort nicht sicherzustellen. Hausbewohner und Nachbarn haben nichts Auffälliges bemerkt.«

Gaston Blanchard legt die Pfeife mit übertriebener Behutsamkeit vor sich auf den Schreibtisch und steht auf. Er sagt noch nichts, während er zum Fenster geht und auf die Straße hinuntersieht, auf der die Posten wie immer patrouillieren. Es dauert lange, ehe sich der Unterpräfekt umwendet und um den Schreibtisch herum zu Rochambeaux tritt. Der Kommissar erhebt sich und streicht mit gewohnheitsmäßiger Bewegung sein Jackett glatt. Blanchard bedeutet ihm mit einer Geste, er möge Platz behalten, und setzt sich selbst auf die Schreibtischkante. »Das heißt«, sagt er zusammenfassend, »Sie sind noch keinen Schritt weitergekommen oder . . .?«

Rochambeaux schüttelt den Kopf. »Leider nicht, Monsieur Präfekt. Wir müssen annehmen, daß dieselbe Organisation, der Professor Carlo Sonelli zum Opfer gefallen ist, Batissier überwacht. Sonst hätte sie nicht wissen können, daß er zur fraglichen Zeit nicht zu Hause war. Der im Protokoll erwähnte Anruf eines Unbekannten deutet auch auf eine solche Überwachung hin.«

Blanchard zieht sich das Protokoll heran und blättert darin. »In seiner Aussage hat Batissier nicht angegeben, wo er an diesem Abend war«, wirft er sachlich ein. »Ist Ihnen das nicht aufgefallen?«

»Doch. Aber die Beamten meiner Abteilung, die Nachtdienst hatten und am Tatort waren, sind abgelöst und im Augenblick nicht zu erreichen. Ich nehme an, daß Monsieur Batissier seiner Abwesenheit zur fraglichen Zeit keine Bedeutung beimaß, daß sie nicht im Zusammenhang mit dem Vorgang Sonelli stand und daß er deshalb keine Einzelheiten erwähnte.«

Der Unterpräfekt wiegt die Akte auf der Hand und blickt spöttisch auf den Kommissar herab. »Seine Abwesenheit hatte jedoch mit dieser Sache zu tun, Monsieur Rochambeaux«, entgegnet er süffisant. »Batissier ist in Bagnoles-de-l'Orne gewesen. Man hat ihn unter dem Vorwand hingelockt, ihm Informationen über die Ermordung Sonellis geben zu können.«

Der Kommissar springt erregt auf. »Und er ist hingefahren?« fragt er atemlos. Blanchard lächelt. »Natürlich! Ein Feigling ist er nie gewesen.« Mit unverhohlenem Vorwurf fügt er hinzu: »Ich habe mich selbst nach Bagnoles-de-l'Orne begeben müssen, um ihn vor Dummheiten zu bewahren.«

Rochambeaux blickt ihn verwirrt an. »Woher wußten Sie, daß er . . .«
Er bricht ab, weil geklopft wird. Der Adjutant, Lieutenant Coste, tritt ein und meldet: »Monsieur Präfekt, Monsieur Batissier verlangt Sie dringend zu sprechen. Er wartet in der Adjutantur.«
Blanchard steht auf. »Danke. Ich lasse bitten.«
Coste öffnet die Tür. Jacques Batissier kommt herein und verbreitet den Duft von Rasierwasser und Frische. Trotz der Ereignisse der letzten Nacht ist er bester Stimmung und voller Tatendrang. So fühlt er sich immer, wenn er mit einer Reportage vorwärtskommt, neue Tatsachen entdeckt und überraschende Zusammenhänge bloßgelegt hat. Der Journalist bleibt überrascht stehen, als er den Kommissar sieht.
»Was führt Sie zu uns, Monsieur Batissier?« fragt der Unterpräfekt und reicht dem Besucher freundschaftlich die Hand.
Der Kriminalreporter zögert. »Ich hätte Sie gern allein gesprochen, Monsieur Blanchard . . .«
Jener deutet einladend auf einen Stuhl. »Bitte! Ich stehe zu Ihrer Verfügung.« Halb über die Schulter hinweg sagt er zu Rochambeaux: »Wir sehen uns später noch, Kommissar.«
Der Leiter der Mordkommission M 2 verläßt mit einer knappen Verbeugung das Zimmer.
Gaston Blanchard stopft die Pfeife. »Ich freue mich, daß Sie unser Gespräch von gestern abend nicht vergessen haben. Was gibt es Neues?«
Batissier beugt sich zu ihm. In seiner Stimme schwingen der Triumph und verhaltene Erregung, als er erklärt: »Ich habe eine sensationelle Nachricht für Sie. Ich kenne einen Schlupfwinkel der Cagoulards! Im Schloß Bagnoles-de-l'Orne . . .«
Der Unterpräfekt starrt ihn entgeistert an. Er legt die Pfeife zurück und schluckt. »Nein . . .«, antwortet er tonlos. »Das ist doch unmöglich . . .« Er faßt lockernd hinter den Kragen und zerrt daran. Sekundenlang lastet die Stille im Zimmer. Die Geräusche der Straße scheinen überlaut zu sein. Batissier genießt die Überraschung Blanchards und strahlt ihn an. Dann hat sich der Chef der Kriminalpolizei gefangen. Er sagt: »Wenn das wahr ist . . . Was dem ganzen engmaschigen Netz der Polizei nicht gelang, das sollten Sie . . .? Menschenskind, ich bin seit dem Fall Eunice einiges von Ihnen gewöhnt, aber das . . . Das ist doch unmöglich!«
Der Kriminalreporter schüttelt den Kopf. »Doch!« Betont und gewichtig wiederholt er: »Ich habe eine Zentrale der Cagoulards entdeckt!«
Blanchard hebt ruckartig den Kopf und wendet sich zur Tür. »Zum Teufel, was wollen Sie denn noch hier?« schreit er plötzlich. »Können Sie nicht wenigstens klopfen?«
Kriminalkommissar Pierre Rochambeaux steht im Zimmer. Auch Batissier

hat ihn nicht kommen hören. Ohne eine Miene zu verziehen, erklärt der Kommissar: »Entschuldigen Sie, Monsieur Präfekt. Ich habe meine Unterlagen bei Ihnen liegen lassen, das Protokoll ... Da auf mein Klopfen niemand antwortete, glaubte ich Ihr Zimmer leer. Sie gestatten ...« Er nimmt die Ermittlungsakte an sich, verbeugt sich und geht.

Der Unterpräfekt nimmt die Pfeife wieder auf, entzündet sie und raucht in hastigen Zügen. »Pardon, Monsieur Batissier. Die Nerven ... Ich pflege meine Untergebenen sonst nicht so laut zu behandeln. Aber Mitteilungen von solcher Tragweite werden mir selten überbracht. Erzählen Sie!«

Diese Bitte muß Blanchard nicht wiederholen. Jacques gibt einen minutiösen Bericht und hat dabei selbst Freude an der Genauigkeit seiner Beschreibung. Er läßt nichts aus und fügt nichts hinzu; er läßt nur für sich sprechen, was er tatsächlich beobachtete, und vielleicht wird ihm erst in diesen Minuten, da er das um Fassung bemühte Gesicht des Chefs der Kriminalpolizei vor sich sieht, die Abenteuerlichkeit und Ungeheuerlichkeit seiner Entdeckung klar. Als er fertig ist, steht der Unterpräfekt wortlos auf, geht zur Tür und ruft hinaus: »Coste, zweimal Mokka. Außerdem verbitte ich mir jede Störung.« Er setzt sich wieder dem Journalisten gegenüber. »Sehr klug, daß Sie gegenüber den Beamten geschwiegen haben, die Ihrer durchwühlten Wohnung wegen zu Ihnen kamen. Haben Sie sonst irgendwen von Ihren Erlebnissen verständigt?«

»Niemand!«

Blanchard schlägt mit der flachen Hand auf den Tisch. »Großartig! Ich bitte Sie, vorerst weiter zu schweigen und auch nichts zu veröffentlichen. Das muß sein! Diese Sensation nimmt Ihnen niemand weg, das garantiere ich Ihnen persönlich. Wenn Sie noch kurze Zeit schweigen, erhalte ich Gelegenheit, dieses Nest der Cagoulards einkreisen, beobachten und ausheben zu lassen. In vierundzwanzig Stunden kann alles vorüber sein. – Monsieur Batissier, wir wissen beide, wie gefährlich diese Leute sind. Ihr Einverständnis vorausgesetzt, möchte ich Sie bis zum Ende unserer Aktion unter Polizeischutz stellen ...«

Batissier schneidet eine Grimasse, holt Schokolade aus der Tasche und beißt davon ab. »Nicht nötig! Vielen Dank, aber notfalls kann ich mich allein meiner Haut wehren.«

»Der Vorschlag war gut gemeint, Batissier.«

Es klopft. Lieutenant Coste bringt den Mokka.

19

Michèle, die Bardame, poliert Gläser. Das ist tausendfach geübt, und sie tut es mechanisch, ohne hinzusehen. Sie beobachtet Jacques Batissier, der allein vor ihr sitzt und wie immer nicht bemerkt, daß ihre Augen viel Zärtlichkeit für ihn haben. Er stopft sich gedankenlos eine Salzmandel nach der anderen in den Mund.

»Ärger, Monsieur Batissier?« fragt Michèle leise.

Er winkt ab. »Nein. Eigentlich nicht. Ich weiß heute bloß nichts mit mir anzufangen. Ich komme mir vor wie ein Hering im Kühlschrank – auf Eis gelegt.«

Die Bardame lacht. »So kenne ich Sie gar nicht. Sie haben doch einen neuen großen Fall. Ich schlage jeden Tag die Zeitung auf, um eine Fortsetzung Ihrer Berichte zu finden.«

»Das ist lieb von Ihnen, Michèle«, erwidert er, aber es klingt nicht begeistert. »Noch einmal das Übliche.«

Er gesteht sich ein, daß es töricht ist, hier herumzusitzen und darüber unglücklich zu sein, daß die Zeitungsverkäufer nicht schon morgen früh den Sensationsbericht über Bagnoles-de-l'Orne ausrufen können. Natürlich brennt es ihm auf den Nägeln, diese Erlebnisse nicht nur selbst loszuwerden, sondern die Öffentlichkeit von ihnen unterrichtet zu wissen, aber andererseits muß er einräumen, daß es klug von Blanchard ist, die allgemeine Aufmerksamkeit noch von der Schloßkapelle fern und sich die Möglichkeit zu der schlagartigen Polizeiaktion offenzuhalten. In Jacques Batissier liegt diese Einsicht in die Notwendigkeit im Widerstreit mit dem Ehrgeiz des Reporters, um jeden Preis aktuell zu sein und seine Leser so schnell wie möglich von unvorhergesehenen Ereignissen wissen zu lassen. Soll er das Michèle erzählen? Na also!

Sie stellt das neue Glas vor ihn hin und nickt ihm aufmunternd zu. Daß jeder einmal einen schlechten Tag habe, denkt sie, und daß das erstaunlicherweise bei Batissier auch vorkomme. Am liebsten würde sie ihn zu einem Spaziergang im Bois de Boulogne einladen, ihm zuliebe würde sie mit in den Louvre gehen, und vielleicht wäre es auch schön, an der Seine zu stehen und den Anglern zuzuschauen, den Pärchen und den Boulespielern. Aber erstens muß sie jetzt arbeiten und zweitens ... Sie seufzt und findet sich kindisch. Sie ist doch kein Backfisch mehr ...

Die Tür zur Telefonzelle schlägt zu. Der heraustritt, ist ein Mann etwa in Batissiers Alter, Brillenträger, mit ausgesuchter Eleganz gekleidet. Er könnte Frauenarzt sein oder ein Klaviervirtuose. Roger Maurice ist keines von beiden. Er hat bei der konservativen, in Kreisen der Hochfinanz sehr geschätzten Tageszeitung »Gloire« den verantwortungsvollen Posten des Chefs vom

Dienst inne, der als nächster Mann hinter den Chefredakteuren die tägliche Herstellung des Blattes, seine Attraktivität und Vielseitigkeit verantwortet. Damit bekleidet er eine der höchstbezahlten, aber auch undankbarsten Positionen im Räderwerk einer Redaktion – ihn verfluchen die Redakteure, wenn er den Annoncen zuviel Platz einräumt, ihn beschimpft die Verlagsleitung, wenn sich seine Entscheidungen gegen das Anzeigengeschäft richten, und er muß sich seinerseits die Redakteure vorknöpfen, die die Meinungen der Nachrichtenagenturen zu ihren eigenen gemacht haben und gedanken- und ideenlos auf originelle Eigenberichte verzichten zu können glauben. Roger Maurice, sehr charmant, von ausgesuchter Höflichkeit und gewinnenden Umgangsformen, ist trotz seiner Jugend unter den Journalisten der Metropole ein angesehener Mann. Er ist sich dessen völlig bewußt.

Er schwingt sich auf den Hocker neben Batissier und legt nach seiner Gewohnheit seine Brille vor sich hin. »Hallo, Monsieur Batissier«, sagt er ungezwungen. »Das ist historischer Boden, wie? Wo hat er denn gesessen, der Mörder?«

Michèle gibt die Antwort: »Auf Ihrem Platz, Monsieur Maurice.«

Maurice lächelt amüsiert. »Sie sind damit groß herausgekommen. Mein Kompliment! Das hatte Format.«

»Es steckt noch mehr in dieser Geschichte«, antwortet Batissier. »Der Fall ist längst nicht abgeschlossen.«

Der Chef vom Dienst des »Gloire« nickt. »Das habe ich mir gedacht. – Michèle, geben Sie uns bitte zwei Aperitifs. – Ich möchte Ihnen gern einen Vorschlag machen, Monsieur Batissier. Es reizt meine Redaktion, dieser Sache weiter zu folgen. Als einzige Zeitung, verstehen Sie – Exklusivrecht für den ‚Gloire'. Ich mache Ihnen ein gutes Angebot. Deshalb war ich übrigens auf dem Wege zu Ihnen.«

Der Kriminalreporter zerknackt mit Genuß eine Salzmandel. »Ihre Idee, Monsieur Maurice?«

»Ja und nein; eine Überlegung der Chefredaktion.«

Batissier sieht ihn interessiert an. Der »Gloire« – sehr gutes Papier, sauberer Druck, hervorragende Bildwiedergabe – wäre kein schlechtes Forum für den auf Blanchards Wunsch zurückgehaltenen Bericht. »Sie wollen die Sache schnell bringen, wie?«

Michèle serviert den Aperitif. Maurice trinkt Jacques zu. »Ihre Gesundheit! – Wir haben uns diese Zusammenarbeit folgendermaßen vorgestellt: Sie geben uns laufend Ihre Berichte. Wir sammeln dieses Material, um es zu gegebener Zeit schlagartig und in vollem Umfang zu veröffentlichen.« Er streckt Batissier die Hand hin. »Abgemacht?«

Die Brauen des Journalisten schnellen in die Höhe. »Was verstehen Sie unter ‚gegebener Zeit'?«

Roger Maurice blickt ihn ruhig an. »Das zu entscheiden, müssen Sie uns überlassen. Sie können sicher sein, daß wir den richtigen Zeitpunkt präzise herausfinden werden.«

Jacques Batissier dreht das vor ihm stehende Glas. Es gibt Lichtreflexe auf dem Bartisch, die jäh aufleuchten und wieder verschwinden, Irrlichtern gleich. »Sagen Sie, Monsieur Maurice, woher kommt eigentlich Ihr plötzliches Interesse am Schicksal eines Emigranten, auf die insgesamt der ‚Gloire' doch nicht gut zu sprechen ist?«

Der Chef vom Dienst steckt sich eine Zigarette an. In den aufsteigenden Rauch hinein sagt er: »Uns interessiert nicht der Emigrant, sondern der Kriminalfall Sonelli. Der Chef hält ihn für einen Knüller. Deshalb will er die Sache allein haben. Ich bin befugt, Ihnen dreifaches Honorar für das Exklusivrecht zu bieten. Unsere Honorare sind ohnehin nicht die schlechtesten in Paris, wie Sie wissen.«

Batissier greift erneut nach den Salzmandeln. »Ich werde es mir überlegen«, erwidert er leichthin.

Roger Maurice betrachtet ihn prüfend und beugt sich dann zu ihm. »Sollte Ihnen mein Angebot noch zu niedrig sein – daran soll es nicht scheitern, sagt der Chef. Rufen Sie mich an, wenn Sie zu einem Entschluß gelangt sind. Aber lassen Sie uns nicht zu lange warten ...«

20

Den Kragen des Trenchcoats hochgestellt, ist Jacques Batissier auf dem Wege nach Hause. Es dämmert, ein feiner Nieselregen macht die Straßen glänzen; die Parkanlagen sind menschenleer. Die plötzliche Abkühlung weckt den Nebel und läßt ihn in unregelmäßigen, zerflatternden Schwaden über die Straße ziehen. Der Abend ist unfreundlich; das Licht der Laternen wirkt verloren. Ehe er in die breite Allee einbiegt, die er gewöhnlich benutzt, steht der Kriminalreporter vor der Plakatsäule am Eingang des Parks. Ein großes Bild fesselt ihn, das für den Besuch des Films »Hafen im Nebel« wirbt. Es zeigt hinter einer regennassen Fensterscheibe die Hauptdarsteller Michèle Morgan und Jean Gabin, beide seltsam allein auf diesem Foto. In der Nähe schwankt eine Straßenlampe und wirft verzerrte Schatten auf das Plakat, das dadurch eigenartig belebt ist.

Jacques bohrt fröstelnd die Hände in die Taschen und geht weiter. Das Dunkel der Allee, über der sich das Geäst von Platanen wie ein Gewölbe schließt, umfängt ihn. Seine Schritte sind laut. Irgendwo im Nebel geht noch ein Mensch, den Batissier nicht sehen kann. Vorhin, als er stehenblieb, sind auch die fremden Schritte stehengeblieben. Jetzt folgen sie ihm erneut. Der Journalist mißt ihnen keine Bedeutung zu. Er denkt daran, daß er gleich morgen früh wieder bei Blanchard sein wird, um das Ergebnis der polizeilichen Nachforschungen in Bagnoles-de-l'Orne zu erfragen und es in seinen Bericht einzubeziehen. Vielleicht wird er damit tatsächlich zu Maurice gehen, zum »Gloire«. Dreifaches Honorar wird nicht alle Tage geboten ...

Der Kriminalreporter bleibt jäh stehen und reißt die Hand vor die Augen. Dicht vor ihm blenden die Scheinwerfer eines ohne Licht geparkten Autos voll auf. Gleichzeitig springt der Motor des Wagens an. Das offensichtlich schwere Fahrzeug rast genau auf ihn zu. Batissier, geblendet, will sich mit einem Satz in Sicherheit bringen, doch eine mannshohe, dichte Hecke versperrt ihm den Weg. Der Wagen korrigiert augenblicklich seine Stoßrichtung. Jacques kann von ihm nichts erkennen, als die riesenhaft auf ihn zuwachsenden Scheinwerfer.

Da erreicht ihn ein Zuruf, ein von einer dunklen Stimme gebrülltes Kommando: »Hinlegen, Batissier! Fallenlassen!«, und während er instinktiv gehorcht, peitschen einige Schritte hinter ihm in schneller Folge zwei Pistolenschüsse. Einer davon zerfetzt den rechten Scheinwerfer, der andere trifft das Stahlblech der Karosse. Nun wird auch aus dem Wagen geschossen; das Mündungsfeuer eines Revolvers ist da; Projektile pfeifen über Batissier hinweg. Der unbekannte Schütze in der Allee feuert abermals. Dieser Mann muß im Umgang mit Pistolen Erfahrung besitzen, er trifft besser als der im Wagen. Glas splittert, und während der Fahrer der schweren Limousine schon das Steuer herumreißt und das Auto auf die Allee zurückbringt, blitzt noch einmal eine Serie von Revolverschüssen auf. Sie gelten nicht mehr dem Journalisten; sie sollen die Flucht des Autos decken. Die gelingt, obwohl der Unbekannte sein Magazin leer schießt und Einschläge zu hören sind.

Der Kriminalreporter richtet sich auf, nun doch ein wenig weich in den Knien, und klopft sich gedankenlos den Straßenschmutz vom Mantel. Weitab verliert sich das Motorengeräusch der Limousine. In der unvermittelten Stille sind wieder die Schritte. Sie nähern sich, und dann fragt eine bekannte dunkle Stimme besorgt: »Sind Sie verletzt, Monsieur Batissier?«

Vor Jacques steht Decourt, der Assistent des Kriminalkommissars Rochambeaux, und hält noch die Pistole in der Rechten.

Batissier blickt ihn überrascht an. »Sie? Sie haben die Burschen unter Feuer genommen? – Vielen Dank! Das hätte schiefgehen können.«

Decourt wechselt das Magazin und schiebt die wieder schußfertige Waffe ins Schulterhalfter. Er nickt. »Ich glaube, Sie brauchen tatsächlich einen Leibwächter ...«

Der Journalist versucht ein Lachen. Es klingt nicht ganz echt. »Warum? Wenn Sie zufällig den gleichen Weg wie ich haben ...«

Der Kriminalassistent holt Zigaretten aus der Tasche und zündet eine an. »Mir auch«, bittet Jacques, greift zu und beugt sich über das brennende Streichholz. Sein Gesicht ist blaß geworden.

»Ich war nicht zufällig hier, Monsieur Batissier«, erklärt Decourt. »Ich habe den Auftrag, Sie zu schützen. Man erwartete wohl so etwas.«

Batissier atmet den Rauch der Zigarette tief und gierig ein. »Ach?« wirft er hin. »Blanchard gibt sich wirklich große Mühe mit mir.«

Der Kriminalassistent hebt die breiten Schultern. »Das kann ich nicht beurteilen«, entgegnet er. »Ich habe meinen Befehl von Kommissar Rochambeaux erhalten ...«

21

Madeleine Labisse lehnt an der Balustrade, die den Flur vom tiefer gelegenen Zimmer trennt, stützt sich mit den Händen auf die Brüstung und wartet darauf, daß die Filme, die sie eben im Badezimmer entwickelt hat, ausgewässert sind. Diese Fotos eilen nicht, aber Madeleine möchte die Arbeit hinter sich wissen. »Jacques«, sagt sie zu Batissier, der gerade hereingekommen ist und seinen Trenchcoat ablegt, »dieser Kommissar Rochambeaux war hier und wollte dich sprechen.«

Der Kriminalreporter fährt sich glättend über die schwarze Haarbürste. »Und?«

»Er hat gesagt, du verheimlichst etwas.«

Jacques tritt zu ihr und legt seine Hände um ihre Hüften. »Das ist natürlich Unsinn.« Er zieht sie ein bißchen zu sich und bedeckt ihre Stirn, ihre Wangen und ihren Hals mit kleinen, verspielten Küssen. Eine Weile hält Madeleine ganz still, dann nimmt sie seinen Kopf zwischen die Hände und zwingt ihn so, sie anzusehen. »Rochambeaux war anderer Meinung«, wendet sie besorgt ein. »Er behauptet, es müßte etwas vorgefallen sein, worüber du noch nicht geschrieben hast und wovon er als Kriminalist auch nichts wisse.«

»Hat er Andeutungen gemacht?«

»Nichts Genaues. Er meinte nur, das wäre merkwürdig: Vorgestern genügte es diesen Leuten, dich zu warnen – und gestern schossen sie auf dich. Warum? Er sagte, in der Zwischenzeit müsse etwas vorgefallen sein, das deine Beseitigung notwendig erscheinen läßt.« Madeleine drückt Jacques' Kopf an ihre Schulter und hält ihn fest. »Ich kann nicht mehr schlafen, wenn du draußen bist. Warum hast du Geheimnisse – auch vor mir? Vielleicht könnte ich dir helfen. Es muß doch einen Anlaß für sie geben, auf dich zu schießen!«

»Weiß ich's? Ich bin kein Cagoulard ...«

Sie sieht ihm erneut in die Augen. »Weißt du es wirklich nicht?« drängt sie.

Batissier faßt nach ihren Händen und nimmt sie von seinen Schläfen. »Nein«, erwidert er schroff. »Und außerdem mag ich es nicht, wenn sich andere Leute meinen Kopf zerbrechen.«

Insgeheim verwünscht er die Langsamkeit der Pariser Polizei – Blanchard hat ihn verpflichtet, noch achtundvierzig Stunden über seine Entdeckungen in Bagnoles-de-l'Orne gegen jedermann zu schweigen, weil die in die Normandie entsandten Detektive, ausgesuchte Mitarbeiter der Fahndungsabteilung, noch keinen Schritt weitergekommen seien.

22

Das Dienstzimmer von Kommissar Pierre Rochambeaux in der Präfektur ist spartanisch einfach möbliert. Zwei gegeneinander gestellte Schreibtische, ein Aktenbock, ein Schreibmaschinentisch mit einer alten Maschine und eine einsame, in der Büroluft trocken gewordene Topfpflanze – das ist schon alles. Vor dem Fenster sind Gitter, über der Tür befindet sich die Alarmanlage, an der Wand hängt ein Inventarverzeichnis.

Kriminalassistent Decourt öffnet von außen mit dem Ellenbogen die Tür, stößt sie auf und balanciert zwei Tassen Kaffee herein. Dann schließt er den Flügel elegant mit einem Fußtritt. »Nichts als Ärger mit diesem Kasino«, schimpft er, während er die Tassen auf die Schreibtische stellt. »Lauwarmen Kaffee wollten sie mir andrehen! Na, da kannten sie Decourt aber schlecht . . .«

Rochambeaux, der über der Akte Sonelli brütet und einen daneben liegenden Block mit Notizen und vielen Fragezeichen füllt, schaut belustigt hoch. Nicht ohne Ironie sagt er: »Müssen Sie sich unbedingt überall unbeliebt machen? Genügt es nicht, wenn ich das tue?«

Der hünenhafte Assistent schmunzelt und erwidert mit theatralischem Pathos: »Sie sind mir in allem ein Vorbild, Chef.« Und mit einer Handbewegung: »Man soll keinen Streit vermeiden.«

Der Kaffee dampft und ist sehr heiß. Kommissar Rochambeaux bläst darüber und kostet vorsichtig. »Es hat genutzt. Schmeckt ausgezeichnet.« Er stellt die Tasse ab. »Holen Sie sich mal einen Stuhl heran.«

Ein wenig verwundert rückt Decourt seine Sitzgelegenheit in die Nähe. Es ist zwar Mittag, und der Assistent hätte Lust, eine Stunde auszuspannen und zu schwatzen, aber wenn Rochambeaux arbeiten will . . . »Ich sitze«, meldet er seufzend.

Rochambeaux deutet auf seinen Block. »Schauen Sie: Ausgangspunkt ist der Fall Sonelli. Der Mord. Wenig später mußte der Mann aus der Bar daran glauben. Punkt zwei: Sonelli wurde in der Nähe von Bagnoles-de-l'Orne ermordet. Der zweite Mann, weil er über Bagnoles-de-l'Orne geredet hatte. Batissier wird mit einem anonymen Brief nach Bagnoles-de-l'Orne gelockt. Ich bin überzeugt, daß er dort umgebracht werden sollte ...«

»... und Blanchard kam dazwischen«, unterbricht ihn Decourt und fügt anerkennend hinzu: »Der Chef muß ja ein tolles Tempo vorgelegt haben.«

»Das Attentat auf den Reporter schloß sich an«, fährt der Kommissar unbeirrt fort. »Wer ist eigentlich jetzt bei ihm?«

»Carpentier hat mich abgelöst.«

»Gut. – Also weiter. Nun kommt etwas, das ich noch nicht durchschaue. Am Telefon war Batissier ‚empfohlen' worden, die Finger von diesen Fällen zu lassen. Er scheint sich danach gerichtet zu haben – es ist seither nichts von ihm erschienen. Trotzdem stand er auf ihrer Mordliste, sie trauten wohl seinem Schweigen nicht.« Rochambeaux steht auf und fängt an, im Zimmer hin und her zu gehen. Decourt hat das Gefühl, daß der Kommissar gar nicht mit ihm spricht, sondern lediglich seine Gedanken laut äußert, um sie besser ordnen zu können. »Hm. Batissier hat sein Leben Blanchard zu verdanken. Weil der Unterpräfekt da war, wurde der Mordplan abgeblasen und stattdessen kurzfristig die Durchsuchung und die telefonische Drohung inszeniert. Dafür stand relativ wenig Zeit zur Verfügung.«

Der Assistent nickt. »Das ist klar, Chef. Aber was durchschauen Sie nicht?«

Rochambeaux wendet sich ihm zu. »Warum sollte Batissier ermordet werden, im Park, meine ich? Irgend etwas drängt diese Leute zur Eile. Sie haben ..«

Es klopft, und der Adjutant Blanchards, Coste, betritt das Zimmer Er hält eine Kladde in der Hand. »Entschuldigen Sie, Herr Kommissar«, sagt er höflich. »Im Einsatzbuch fehlt noch eine Unterschrift von Ihnen. Wollen Sie bitte abzeichnen. Herr Kommissar ...« Der Adjutant schlägt die Kladde auf und legt sie Rochambeaux vor, der gleichgültig seinen Füllfederhalter aufschraubt. Der weißbehandschuhte Finger Costes weist auf eine Spalte: Rochambeaux unterschreibt.

Ehe der Kommissar die Kladde zuschlägt, überfliegt er flüchtig die letzten Eintragungen – kurzgefaßte Chronik der kriminalpolizeilichen Arbeit einer Woche. »Das waren ja einmal sehr ruhige Tage«, wirft er hin, und der Adjutant unterstreicht befriedigt: »Jawohl. Nichts Besonderes ... Danke, Herr Kommissar.« Damit entfernt er sich.

Decourt nimmt den vorhin unterbrochenen Faden des Gesprächs wieder auf: »Sie hatten gesagt, irgend etwas dränge diese Leute zur Eile.«

Rochambeaux setzt seine Wanderung um die Schreibtische herum fort. »Was ist der Grund für diese Hast?«

»Na, ich finde, so hastig haben sie gar nicht gehandelt«, wendet der

Assistent ein. »Zwischen dem Anruf und dem Feuerüberfall liegt ein ganzer Tag.«

»Eben! In dieser Zeit hätten die Leute eine besser durchdachte Lösung des Falles Batissier finden müssen. Auf einmal greifen sie zu einer Methode, die eine ausgesprochene Verlegenheitslösung darstellt. Plötzlich soll es schnell gehen – deshalb nimmt man das Aufsehen in Kauf, das Schüsse immer auslösen. Können Sie sich das erklären?«

Der Hüne hat grüblerische Falten auf der Stirn. »Sie meinen, daß sich zwischen vorgestern und gestern eine völlig neue Lage ergab, die die Gegner zwang, rasch zu handeln?«

Der Kommissar zupft gedankenverloren an seinem gestutzten Bart. »Ja, Decourt. Und wir müssen erfahren, was diese neue Lage hervorrief.«

»Sehen Sie einen Weg, Herr Kommissar?«

Rochambeaux zuckt die Schultern und kehrt auf seinen Schreibtischstuhl zurück. »Das ist das Sonderbare an diesem Fall – einer deckt den anderen. Außenseiter werden mundtot gemacht. Das ist organisiertes Verbrechertum, wie es im Buche steht. So arbeiten die Cagoulards.«

Decourt hat ausgetrunken und rührt mit dem Löffel im Kaffeesatz herum. »Eigentlich müßten wir den Fall an die Politische Polizei abgeben«, bemerkt er lakonisch und scheint wenig Neigung zu spüren, sich die Sorgen einer anderen Abteilung zu machen.

Der Kommissar schüttelt, von dieser Interessenlosigkeit unangenehm berührt, den Kopf: »Später, Decourt, später! Wenn einwandfrei bewiesen ist, daß es sich um politische Morde handelt. Batissier muß auspacken! Er ist im Augenblick der einzige, der uns verraten kann, was vor dem Attentat geschah und was für die Cagoulards eine veränderte Lage schuf.«

»Ich habe das Gefühl, daß er uns nicht besonders liebt. Er ist zu Blanchard gegangen, nicht zu Ihnen.«

»Aber Sie haben ihn nachweislich herausgeschossen. Vielleicht bewegt ihn das, unsere Nasen sympathischer zu finden als bisher.«

Das schrille Klingeln des Telefons unterbricht die Überlegungen der Kriminalisten. Decourt greift gewohnheitsgemäß zum Hörer. »M zwei, Decourt am Apparat … Einen Augenblick bitte. Ich übergebe.« Er schiebt das Telefon über den Schreibtisch. »Für Sie, Chef.«

Rochambeaux meldet sich. Während am anderen Ende der Leitung gesprochen wird, geht eine merkwürdige Wandlung mit ihm vor. Er strafft sich; sein verschlossenes, gewöhnlich unbewegtes Gesicht wird lebendig und verrät gespannte Anteilnahme. »Donnerwetter! Wo ist das?« Er wirft hastig eine Notiz auf seinen Block. »Ja, gut. Bleiben Sie dort. Ich veranlasse alles. Ende.« Der Kommissar drückt die Gabel und wählt eine Nummer innerhalb der Präfektur. »Hallo? Operativstab? Den Chef. – Mordkommission zwei, Kommissar Rochambeaux ... Herr Major, ich bitte um umgehende Sicherung eines soeben aufgefundenen geheimen Waffenlagers in der Rue Ribera, nahe der Metrostation Jasmin, sechzehnter Bezirk. Es besteht die Möglichkeit bewaffneten Widerstandes. Ich erbitte ein starkes Kommando Bereitschaft ... Danke, Herr Major ... Jawohl, drei Züge mit Gefechtsfahrzeugen müßten genügen. Termin? Sofort!«

Kriminalassistent Decourt blickt seinen Chef fasziniert an. So etwas hat er noch nicht erlebt: eine Aktion solchen Ausmaßes kennt er nur von der Polizeischule – als Planspiel, und Rochambeaux löst sie mit einer Selbstverständlichkeit aus, die sie alltäglich anmuten läßt.

Der Kommissar hält den Hörer noch am Ohr Der Polizeimajor, der den Operativstab leitet, scheint eine Frage gestellt zu haben, die zu beantworten der Kommissar zögert. Dann verschließt sich sein Gesicht wieder, und kühl und gemessen erwidert er: »Selbstverständlich, Herr Major! Diese Maßnahme ist mit dem Herrn Unterpräfekten abgesprochen und findet seine Billigung. Ende.« Der Hörer klirrt in die Gabel.

Decourt versucht erschrocken, in den Augen seines Chefs zu lesen. »Das ist gewagt, Herr Kommissar«, bemerkt er heiser.

Rochambeaux reißt schon seinen Wettermantel vom Haken neben der Tür. »Bloße Formsache! Kommen Sie!«

23

Durch die Korridore der Polizeikaserne gellt die Alarmsirene. Sie fegt in Bruchteilen von Sekunden die mittägliche Stille aus den Bereitschaftsräumen. Die Polizeianwärter, die hier in den ersten Jahren ihrer Ausbildung, militärisch formiert, geschult werden, fahren von den Pritschen hoch, lassen den eben angefangenen Brief halbfertig liegen, werfen die Spielkarten auf den Tisch, die Zeitung oder das Buch achtlos beiseite und reißen schon das Koppel mit Seitengewehr und Patronentaschen, Feldflasche und Brotbeutel vom Haken und den Stahlhelm vom Spind. Die genagelten Schnürschuhe poltern im Flur, vorüber an den Gewehrständen, aus denen jeder Mann mit vielfach geübter Bewegung seine Waffe nimmt. Die Trillerpfeifen der Unterführer lösen die Sirene ab. Die Gruppen treten an.

Im Bereitschaftsraum der Offiziere entsteht Verblüffung. Für heute ist keine Übung vorbereitet worden – dieser Alarm muß echt sein! Sie schauen auf die Uhr, gewohnheitsmäßig, schnallen die Pistolengurte um und setzen ebenfalls die flachen Helme mit dem Kamm auf. Nun knallen auch ihre Schaftstiefel in den Korridoren; binnen zwei Minuten müssen ihnen die Unterführer Einsatzbereitschaft melden. Im Hof der Kaserne läuft seit dem ersten Ton der Sirene der Sekundenzeiger der Alarmuhr.

In der Fahrerwache über den Garagen ziehen die Männer, die die wendigen Straßenpanzerwagen steuern, die gepolsterten Schutzkappen über die Ohren, greifen Kradmelder und die Fahrer der Mannschaftsfahrzeuge nach den Helmen. Augenblicke später rutschen sie an Stangen blitzschnell direkt in die Garagen hinunter und rennen von den Aufsprungmatten zu ihren Maschinen. Gleichzeitig öffnen sich hydraulisch die Schiebetüren in den Hof, die Motoren springen donnernd an, Benzindunst breitet sich aus.

Schon formieren sich die Züge. Von den Waffenbunkern her kommen im Sturmschritt die lMG-Trupps mit voller Ausrüstung. Die Zeiger der Alarmuhr haben eine Minute und zweiunddreißig Sekunden gezählt, als die Mannschaftswagen vor den angetretenen Zügen halten und die Kommandos zum Aufsitzen gegeben werden. Die Offiziere stehen bei ihren Kommandowagen, auf deren Rücksitzen die Funker schon die Kopfhörer aufhaben. Die Torwache hat bereits den Verkehr vor der Kaserne gestoppt und die Straße frei gemacht.

Der Kompanieführer, ein Capitaine, erhält durch den Offizier vom Dienst die Einweisung: »Die zweite Kompanie begibt sich sofort in den sechzehnten Bezirk. Marschziel: Metrostation Jasmin. Sie haben während des Marsches Funkverbindung mit dem Operativstab der Präfektur aufzunehmen und erhalten von dort nähere Anweisungen.«

Der Capitaine, ein untersetzter Mann mit schon ergrautem Haar unter dem Helm, wiederholt den Befehl, salutiert, macht eine schneidige Kehrtwendung und eilt zu seinem Kommandofahrzeug, dessen hohe Funkantenne wie ein Peitschenstiel hin und her pendelt. Neben dem Fahrer im offenen Kübelwagen stehend, hebt er die Hand: »Kompanie – marsch!« – Schnell anfahrend, verläßt die Einheit das Kasernengelände. Ein Straßenpanzer setzt sich sofort an die Spitze der Kolonne. Die Zeiger der Alarmuhr haben eine Minute und dreiundfünfzig Sekunden gezählt. In ihren Fahrzeugen legen die Zugführer, durch Funk unterrichtet, ihre Generalstabskarten des sechzehnten Bezirks bereit.

Im Operativstab der Polizeipräfektur, dem größten Raum des Hauses, gibt die Schiebewand lautlos die gläserne Leuchtkarte der Stadt Paris frei. Ein Druck auf einen Knopf läßt rot die Grenzen des sechzehnten Bezirks aufflammen. Der Leiter des Operativstabes wendet sich zu den Funkern um, die die Verbindung mit der zweiten Kompanie der Bereitschaftspolizei halten. Bei jedem steht ein Läufer. Noch marschiert die Kolonne geschlossen; ein junger Stabsoffizier markiert mit Haftmagneten alle fünfzehn Sekunden ihren jeweiligen Standort auf der Leuchtkarte. Mit Befriedigung nimmt der Leiter des Operativstabes die Meldung entgegen, daß in der Polizeikaserne die erste und die dritte Kompanie als Reserve in Alarmbereitschaft versetzt worden sind.

»Meine Herren«, wendet er sich jetzt an die ihn umgebenden Offiziere. »Ich ziehe die Kompanie jetzt so auseinander, daß sich die einzelnen Züge sternförmig dem angegebenen Häuserkomplex in der Rue Ribera nähern. In diesen Straßen«, er folgt mit dem Zeigestock dem Verlauf von Fahrbahnen auf der Leuchtkarte, »entfalten sich die Züge und bilden einen Gürtel. Im Falle bewaffneten Widerstandes haben sie die Aufgabe, das Kampfgebiet hermetisch abzuriegeln und Ausbruchversuche gegebenenfalls mit Waffengewalt zu verhindern.«

Auf der Leuchtkarte markieren farbige Haftmagnete die Annäherung der Kolonne an den sechzehnten Bezirk. Nun zieht sich die Kompanie auseinander – die Stabsoffiziere, die über Funk den Marsch der einzelnen Züge steuern, sind eingeteilt worden und an die Arbeit gegangen.

24

Gaston Vernon, der Leitartikler des »Journal de Paris«, legt sorgsam die Zeitungen zusammen, deren Meldungen ihm für eine längere Kommentierung der politischen Lage im Herzen Europas gedient haben. Die Sekretärin nimmt den letzten Bogen aus der Maschine. Im Augenblick herrscht in diesem Teil der Redaktion Stille. Die Nachrichtenabteilung jenseits der Glaswand ist leer. Die Reporter sind unterwegs. Noch hat die Sekretärin, als sie hinübergeht, den ganzen Raum für sich. Vernon beginnt, seinen Artikel Zeile für Zeile noch einmal durchzuarbeiten, gründlich und kritisch.

Die Tür wird aufgerissen, Carlé stürmt herein, hat keinen Atem mehr und keucht nur: »Gaston! Eine tolle Geschichte . . .«

Der Leitartikler läßt sich von Carlés Erregung nicht anstecken. Er unterbricht ihn mit einer beruhigenden Handbewegung und sagt, als sei nichts geschehen: »Setz dich erst einmal.« Er selbst fährt fort, den Artikel zu redigieren. Erst, als der Redakteur, ein wenig beleibt, mit vollem Gesicht und glatt nach hinten gekämmtem grauem Haar, Luft geschöpft hat, fragt Vernon beiläufig: »Was ist denn?«

Der Leiter des Nachrichtendienstes springt wieder auf. »Sind Fotografen im Haus?« Die Erregung lebt in seiner Stimme neu auf. »Du mußt sie sofort losschicken. In der Rue Ribera ist irgend etwas ganz Großes im Gange.«

Ohne aufzublicken, sagt Vernon trocken: »Und da bist du hier?«

Zunächst verschlägt das Carlé die Sprache. Ein schlimmerer Vorwurf, als ihn der Leitartikler eben machte, kann einen Nachrichtenmann nicht treffen. Carlé rechtfertigt sich sofort: »Was zu sehen war, habe ich gesehen. Ein riesiger Haufen Polizei ist da – feldmarschmäßig, mit Panzerwagen, Bajonett aufgepflanzt, Maschinengewehre ... Sie haben die Rue Ribera gesperrt und eine Villa regelrecht gestürmt.« Er wartet die Wirkung seiner Worte ab.

Jedoch Vernon erkundigt sich bloß: »Wer wohnt da?«

»Das ist ja der Witz! Angeblich steht die Villa seit einem halben Jahr leer. Besitzer ist ein Direktor der Flugzeugwerke; den Namen habe ich in der Eile nicht herausbekommen.«

Der Leitartikler greift zum Telefonhörer. Die Zentrale meldet sich. Vernon verlangt die Bildredaktion und ordnet an: »Schickt Fotografen in die Rue Ribera. Polizeiaktion ... Danke.« – Er hängt ab und wendet sich erneut an Carlé: »Und was ist in der Villa? Hast du versucht hineinzukommen?«

»Habe ich. Ist doch klar. Es war aber nichts zu erreichen, trotz des Presseausweises. Die Flics benahmen sich ungewöhnlich stur. Ausgesprochene Kriegsatmosphäre ...«

»Das paßt in die Situation«, schlußfolgert der andere. »Die Nachrichten aus Polen sind nicht gut, und Hitler schreit immer mehr.« Er schiebt Carlé die jüngste Ausgabe des »Völkischen Beobachters« zu. »Lies mal!«

Vernon greift wieder zum Telefon und läßt sich mit der Polizeipräfektur verbinden. Er verlangt den Chef der Kriminalpolizei und, als dieser nicht zu erreichen ist, die Adjutantur. Lieutenant Coste meldet sich. Der Leitartikler nennt Namen und Zeitung und fährt in bestimmtem, ungewöhnlich scharfem Ton fort: »Herr Lieutenant unsere Reporter berichten von einer Aktion in der Rue Ribera, die ungeheures Aufsehen erregt. Die näheren Umstände werden geheimgehalten, und das ist genau die richtige Methode, in diesen Tagen die ohnehin große Unruhe der Bevölkerung noch zu schüren und die wildesten Gerüchte zu wecken. Ich verlange kategorisch, daß der Presse Aufschluß gegeben wird. Wann gedenken Sie die Öffentlichkeit umfassend zu unterrichten?«

Der Adjutant antwortet beschwichtigend, die Präfektur werde die Journalisten in Kürze zu einer Information bitten. Bis dahin bitte er, sich zu gedulden.

Lieutenant Coste ist in dieser Stunde nicht zu beneiden. Die Telefone in der Adjutantur Blanchards klingeln Sturm – sämtliche Zeitungen der Metropole verlangen Einzelheiten. Die Korrespondenzbüros der großen Nachrichtenagenturen jagen bereits Auftaktmeldungen über ihre Hell-Schreiber und ergehen sich zum Teil in den wildesten Vermutungen. Entlang der Absperrketten wimmelt es von Bildreportern und Wochenschau-Kameraleuten. Auf Dächern nahe des Gürtels stehen Fotografen mit meterlangen Teleobjektiven und versuchen, Einsicht in den umstellten Bereich zu gewinnen. Mitarbeiter einer amerikanischen Agentur haben ein Sportflugzeug gechartert, das mit der niedrigsten Geschwindigkeit gleichmäßige Kreise über der Villa zieht. Aus der geöffneten Kanzel zielt eine Kamera.

In den Druckereien der Mittagszeitungen bleiben Schriftsetzer und Metteure, Chemigraphen, Stereotypeure und die Männer an den Rotationsmaschinen auf ihren Plätzen. Die Zeitungsfahrer, deren Dienst schon zu Ende ist, werden zurückgepfiffen. In den Redaktionen schreiben die Stenotypistinnen mit schmerzenden Fingern immer neue telefonische Berichte der um die Rue Ribera konzentrierten Reporter. Die Redakteure haben die Hemdkragen geöffnet und die Ärmel aufgekrempelt, während sie die Teilmeldungen mosaikartig zu einem Ganzen fügen.

Die Mittagszeitungen bereiten eine zweite Ausgabe vor.

25

Unter dem Druck der allgemeinen Erregung sieht sich der Präfekt von Paris gezwungen, dem Chef der Kriminalpolizei eine Pressekonferenz noch am selben Tage zu befehlen. Die Adjutantur lädt sämtliche Zeitungen, Agenturen und in der Seinemetropole akkreditierten Auslandskorrespondenten telefonisch und per Rohrpost für neunzehn Uhr in den großen Konferenzsaal der Präfektur. Radio Paris kündigt seither stündlich an, es werde die Pressekonferenz in voller Länge original übertragen. Ab achtzehn Uhr ist der Konferenzsaal den Wochenschau- und den Radiogesellschaften für ihre technischen Vorbereitungen geöffnet. Scheinwerfer werden installiert, Kabel gezogen. Genau vor den Fenstern steht bereits der große Studiowagen von BBC London, der die Presseinformation auf Wachsplatten aufzeichnen wird. Am nächsten Tag erzählen die Leute eines Wohnhauses in unmittelbarer Nähe, der Korrespondent einer amerikanischen Nachrichtenagentur habe ihr Telefon für die ganze Nacht gemietet, dafür schweres Geld bezahlt und ab neunzehn Uhr durch einen Assistenten dauernd Verbindung mit New York halten lassen.

Obwohl Jacques Batissier sehr früh erscheint, findet er den Saal schon überfüllt. Die Mehrzahl der Journalisten drängt sich an der Stirnseite des Konferenzraumes. Dort türmen sich auf aneinandergerückten Tischen Waffen aller Art. Davor stehen geöffnete Kisten voller Munition, Eierhandgranaten, Minen und anderer Sprengkörper. Alles wirkt fabrikneu, ist tadellos gefettet und zum Teil in Ölpapier verpackt. Das Arsenal wird von uniformierten Polizisten bewacht.

Bildreporter und Kameraleute beginnen sofort zu arbeiten. Die Scheinwerfer flammen auf, das durchdringende Surren der Handkameras wird laut, Blitzlichter zucken. Auch Madeleine hat den Reflektor an ihrem Apparat befestigt und stellt den Kontakt zwischen Kameraverschluß und Vakublitzgerät her. Das Waffenlager ist beeindruckend groß. Die Fotografin nickt eifrig, als ihr Carlé, der noch zwei der jungen Leute vom Nachrichtendienst des »Journal de Paris« mitgebracht hat, von weitem zuruft: »Soviel Details wie möglich!« – Für den »Gloire« ist Roger Maurice persönlich mit seinem Chefreporter erschienen. Als dritter Mann begleitet sie der Cheffotograf der »Gloire«-Bildredaktion. Draußen warten zwei Motorradfahrer, um die fix und fertig der Einminutenkamera entnommenen Aufnahmen ohne Zeitverlust ins Verlagshaus zu bringen. Madeleine Labisse betrachtet aus der Ferne bewundernd die zwar unförmige Fotomaschine, die jedoch binnen sechzig Sekunden das eben aufgenommene Bild automatisch entwickelt und die für aktuelle Bildberichterstattung ein ungemein wichtiges Hilfsmittel ist.

Punkt neunzehn Uhr betritt Lieutenant Coste in großer Uniform den Saal. Gemeinsam mit Kriminalkommissar Pierre Rochambeaux begibt er sich zu den ausgestellten Waffen und legt, zu den Journalisten gewandt, grüßend die Hand an den Mützenschirm. Alle Gespräche verstummen. In der allgemeinen Erregung bemerken nur wenige, daß Unterpräfekt Blanchard der Konferenz ferngeblieben ist.

Der Reporter von Radio Paris hat eben eine knappe Schilderung der Situation in sein Mikrofon gesprochen, als der Adjutant das Wort ergreift: »Meine Damen und Herren! Angesichts des großen Aufsehens, das die von Herrn Kriminalkommissar Rochambeaux ausgelöste Polizeiaktion in der Rue Ribera erregt hat, haben wir Sie zu einer kurzen Information gebeten. – Das Wort hat Kommissar Rochambeaux.«

Er tritt zurück und macht eine einladende Handbewegung. Der Kommissar steht im Blitzlichtfeuer der Fotografen; die Kameraleute drehen. Jacques Batissier, in der ersten Reihe der Presseleute, bewegt ein wenig die Schultern. Er fühlt sich großartig; er liebt Augenblicke wie diesen, in dem erwartungsvolle Spannung knistert und dessen gedrucktem Niederschlag die Öffentlichkeit ungeduldig entgegensieht.

Pierre Rochambeaux spricht. Zuerst etwas befangen, dann von Satz zu Satz freier werdend, sicherer, legt er das Ergebnis des Großeinsatzes der Bereitschaftspolizei dar: »Meine Damen und Herren! In den letzten Jahren sind wiederholt Waffenlager geheimer faschistischer Organisationen in Frankreich entdeckt worden, so unter anderem der Feuerkreuzler und vor allem der Cagoulards. Wir haben heute in der Rue Ribera, nahe der Metrostation Jasmin, das bisher größte Lager dieser Art sichergestellt. Nach einem bisher noch unvollständigen Überblick befanden sich im Keller der Villa siebentausendsiebenhundertundvierzig Granaten, vierunddreißig Maschinengewehre, hundertfünfundneunzig Gewehre vom Typ Schmeisser, fünfundachtzig Gewehre vom Typ Beretta, einhundertundachtundvierzig Jagdgewehre, dreihunderttausendneunundachtzig Patronen, hundertsechsundsechzig Kilogramm Sprengstoff und eine große Zahl von Waltherpistolen. Die Sichtung ist noch nicht abgeschlossen. Das Kriegsmaterial stammt – das läßt sich bereits übersehen, und das sagen Ihnen wohl auch schon die genannten Firmennamen – im wesentlichen aus Deutschland und Italien. Es besteht kein Zweifel, daß es illegal nach Frankreich eingeschleust worden ist. Eine Auswahl liegt Ihnen hier vor.«

Batissiers silberner Drehbleistift hetzt über Notizbuchseiten. Alle Journalisten schreiben fieberhaft, um keine der Zahlen, um nicht eine einzige Angabe zu verlieren. Im Übertragungswagen von Radio Paris arbeiten Tonmeister und -ingenieure mit äußerster Konzentration. Nicht nur in den Privathäusern der Metropole, auch in den Bistros, Cafés und Restaurants ist es in dieser Stunde stiller als sonst, sind die Lautsprecher umlagert – Radio Paris sendet original. Im Studiowagen der British Broadcasting Corporation (BBC) London rotieren zwei Teller, schneiden Tonnadeln lange dünne Wachsspiralen aus zwei Platten. Das eine Gerät zeichnet den Verlauf der Pressekonferenz auf, das andere die korrekte Übersetzung jedes gesprochenen Wortes durch den englischen Reporter. Die Motorradfahrer des »Gloire« sind beide unterwegs.

Lieutenant Coste räuspert sich. »Ich bitte Sie nun, Ihre Fragen zu stellen, meine Damen und Herren.«

Roger Maurice läßt es sich nicht nehmen, den Anfang zu machen: »Unter welchen Umständen ist das Lager entdeckt worden?« – Sein Chefreporter zieht sofort nach: »Ist diese Entdeckung das Ergebnis systematischer kriminalistischer Arbeit oder erfolgte sie zufällig?«

Jacques Batissier fragt: »Ist schon bekannt, welche der von Ihnen genannten Geheimorganisationen das Lager in der Rue Ribera angelegt hat, Herr Kommissar?«

Lieutenant Coste: »Ich würde vorschlagen, daß Sie diese Fragen erst einmal beantworten.« Dabei blickt er Rochambeaux an. Der Kommissar nickt. »Dieses Arsenal ist vor wenigen Stunden entdeckt worden. Unsere Ermittlungen sind noch im Anfangsstadium. Zu Ihnen, Monsieur: Die Präfektur wurde überraschend durch einen Anruf vom Vorhandensein dieses Depots unterrichtet ...«

Der »Gloire«-Chefreporter unterbricht ihn: »Wer hat da telefoniert? Ein berufsmäßiger Informant der Polizei?«

»Diese Frage kann ich nicht beantworten.«

»Sind Verhaftungen vorgenommen worden?« erkundigt sich Carlé.

Rochambeaux wendet sich ihm zu: »Auch darüber kann noch nichts gesagt werden.«

Der Nachrichtenredakteur des »Journal de Paris« resümiert trocken: »Also keine Verhaftungen.«

Jetzt sieht der Kommissar Jacques an. »Zu Ihrer Frage, Monsieur Batissier: Nach der Lage der Dinge ist anzunehmen, daß das Arsenal einer der beiden schon genannten Organisationen gehört.«

Wieder Carlé: »Sind Sie der Ansicht, daß diese Organisationen – die Feuerkreuzler oder die Cagoulards – beabsichtigten, die aufgefundenen Waffen mit zu einem Staatsstreich in Frankreich zu benutzen?«

»Darüber kann ich keine Auskunft geben«, erwidert Rochambeaux reserviert.

Da ruft Carlé: »Können Sie nicht, oder dürfen Sie nicht?«

Pierre Rochambeaux rückt an seiner Krawatte. Er schluckt. Für Sekunden ist es ganz still, bis der Leiter der Mordkommission 2 sehr beherrscht sagt: »Ich bin nur hier, um Ihnen Tatsachen mitzuteilen. – Wenn Sie meine persönliche Meinung hören wollen: Jawohl, ich bejahe die Gefahr eines solchen Staatsstreichs. Ich darf Sie daran erinnern, daß bereits vor Monaten bei Verhaftungen durch die Politische Polizei Pläne der Pariser Elektrizitäts- und Gaswerke, der Kanalisations- und Wasseranlagen gefunden wurden, ja, sogar Pläne, wie man sich durch das Kanalsystem Zugang zum Kriegsministerium und zum Außenministerium am Quai d'Orsay verschaffen könnte. Es gab schon Faksimilestempel mit der Unterschrift des Präsidenten der Republik.«

Vermutlich ist es der Ernst, mit dem der Kommissar diese Fakten in die Erinnerung zurückruft, der Kameraleute und Fotoreporter ihre Objektive erneut auf Rochambeaux richten läßt. Madeleine sieht ihn im Sucher über waffenstarrende Tische hinweg, einen Mann mittleren Alters, mit verschlossenem Gesicht und sorgsam gestutztem Kinnbart, sehr blaß im Scheinwerferlicht, gestrafft. Während ihr Blitzgerät aufflammt, hört sie Batissiers Stimme: »Welcher Organisation gehörten denn diese Leute an, bei denen solche Pläne gefunden wurden? Darüber ist damals nichts veröffentlicht worden.«

Es zuckt um die Mundwinkel des Kommissars. Betont entgegnet er langsam: »Sie gehörten zu den Cagoulards, Monsieur Batissier.«

Jacques sieht den Kriminalisten fasziniert an. Ein Sturm von Gefühlen bewegt ihn. Er sieht sich jäh im Felsengang den Mann mit der Kapuze niederboxen; er sieht sich auf der Empore der Schloßkapelle in Bagnoles-de-l'Orne stehen und auf die gespenstische Versammlung der Vermummten hinunterschauen, und er hört greifbar nahe die Stimme des Maskierten vor dem Altar: »Wir stehen jetzt in der Vorbereitung von neuen, wuchtigen Schlägen, die Frankreich erschüttern werden. Jeder von ihnen sei ein Fanal der kommenden Erhebung . . .« – Der Kriminalreporter hat seine durchwühlte Wohnung vor Augen, vernimmt die öligen Sätze, die ihm durchs Telefon drohten, hört die Schüsse in der Parkallee peitschen und vernimmt Madeleines gepreßte Stimme an seinem Ohr: »Ich kann nicht mehr schlafen, wenn du draußen bist . . .« – Und Jacques Batissier blickt über die dicht an dicht liegenden Pistolen, Karabiner, Maschinengewehre, Patronengurte und Handgranaten hin und bedauert in dieser Minute mehr denn je, daß sein Bericht über das Versteck auf dem Felsen noch nicht erscheinen kann. Seine Reportage erscheint ihm nicht mehr nur sensationell, sie wäre wohl auch nützlich . . .

Unterdessen ist die Pressekonferenz weitergegangen, Fragen wurden gestellt und beantwortet. Mit spürbarer Sympathie nahm die Mehrzahl der Journalisten die Antwort des Kommissars auf den Einwurf des Berichterstatters des »Völkischen Beobachters« auf, er glaube nicht, daß dieses Waffenlager im Besitz einer zwar verbotenen, aber doch wohl zutiefst vaterländischen Organisation gewesen sei. Er sehe in der Anlage solcher Arsenale vielmehr einen Teil der Vorbereitung der kommunistischen Weltrevolution, die »der Kreml« in aller Welt schüre. Rochambeaux erwiderte sachlich, ein ganz ähnlicher Verdacht sei in Paris schon im Herbst des Jahres 1937 geäußert worden, als Bombenattentate auf das Haus des Unternehmerverbandes am Place de l'Étoile großes Aufsehen erregten. Da der Herr Korrespondent zu dieser Zeit vermutlich noch nicht an der Seine gewesen sei, wisse er wahrscheinlich nicht, daß die Staatspolizei wenig später die Täter ermittelt hatte. Diese, sowohl der in der Chemiebranche tätige Ingenieur Locuty als auch der Ingenieur Méténier, waren Cagoulards. Ihre Bombenwürfe entpuppten sich als der letzthin primitive Versuch, Stimmung gegen die natürlichen Gegner des Unternehmertums, die Kommunisten, zu machen. Als der Vertreter des »Völkischen Beobachters« bei dieser Abfuhr einen roten Kopf bekommt, hebt der neben ihm stehende Presseattaché der nazistischen Botschaft verächtlich die Schultern, schaut mit gespielter Langeweile zur Decke und zupft scheinbar unbeteiligt an seinem Schnurrbärtchen, das ein wenig breiter ist als das des »Führers«.

Wieder melden sich Journalisten zu Wort, kommen aber nicht mehr dazu, ihre Fragen zu stellen. Lieutenant Coste tritt vor: »Das wäre es, meine Damen und Herren! Ich sehe, Sie sind in Eile. Ich danke Ihnen im Namen des Herrn Präfekten, der es bedauert, dringender Dienstgeschäfte wegen nicht selbst anwesend sein zu können. Die Pressekonferenz ist beendet.«

Im Übertragungswagen von Radio Paris blicken sich Tonmeister und -ingenieur verblüfft an. Sie verstehen durchaus, daß der Funkreporter oben im Konferenzsaal eine winzige Pause braucht, ehe er den abrupten Schluß der Veranstaltung »übersprechen« und zurück zum Sender geben kann, der das Programm mit Tanzmusik von Schallplatten fortsetzt.

Neben Jacques Batissier schimpft die junge Mitarbeiterin des Nachrichtendienstes einer Baseler Zeitung auf den Offizier, der die Information auf so schroffe Art und Weise schloß. Das Murren ist allgemein. Trotzdem leert sich der Konferenzsaal schnell – der Kampf um die Telefone beginnt. Nur der Korrespondent einer amerikanischen Agentur geht ohne Hast in das Wohnhaus hinüber, in dem sein Assistent seit einer Stunde das Überseekabel nach New York für ihn blockiert. Der junge Mann liegt höchst bequem in einem Sessel, hat eine Zigarette im Mundwinkel und im Gespräch mit einer Stenotypistin jenseits des Ozeans schon fast seinen ganzen Vorrat an Witzen aufgebraucht.

Batissier gehört zu den letzten Journalisten im Saal. Er hofft, seine Bekanntschaft mit Rochambeaux noch zum Einholen weiterer Informationen nutzen zu können, die unausgesprochen blieben und die er dann als Exklusivnachrichten verbreiten kann. Die Gelegenheit ist günstig. Jacques muß nur warten, bis seine noch anwesenden Kollegen gegangen sind, sonst riechen sie den Braten. Madeleine vereitelt seinen Plan. Sie legt ihm von hinten die Hand auf die Schulter und bittet: »Fahr mich schnell ins Labor, Liebster! Sonst werde ich mit den Bildern nie fertig.«

Vom Fenster aus beobachtet der Kommissar, wie sich die Fotografin auf der Straße in den Seitenwagen der Indian schwingt, wie Batissier die Maschine antritt, aufsitzt, eine durchaus verkehrswidrige Wendung fährt und davonrast. Eine Kreuzung entzieht ihn den Blicken; Rochambeaux sieht zum Eiffelturm hinüber, der nachts von Scheinwerfern angestrahlt wird, streicht sich mit der Hand über die Stirn und ist plötzlich sehr müde.

Hinter ihm hüstelt der Adjutant. Coste hat die Wache bei den ausgestellten Waffen wegtreten lassen; er und der Kommissar sind allein in dem langgestreckten Saal.

»Ja?« fragt Rochambeaux und wendet sich um.

Der Adjutant verharrt in dienstlicher Haltung. »Herr Kommissar, der Präfekt möchte Sie sprechen.«

Pierre Rochambeaux nickt, als habe er so etwas erwartet. Sein schmales, kantiges Gesicht scheint zu altern; unter den Augen liegen tiefe Schatten. »Ja, es ist gut«, erwidert er tonlos.

»Wo ...«

»Warten Sie!« – Lieutenant Coste marschiert quer durch den Saal. Seine Reitstiefel knallen laut auf den Parkettboden. Der Adjutant klopft an die Verbindungstür zum Zimmer des Präfekten, öffnet sie einen Spalt weit und meldet mit verhaltener Stimme: »Monsieur Präfekt! Kommissar Rochambeaux wartet.«

Wie von weither nähern sich im Nebenraum Schritte dem Durchgang. Coste reißt den Flügel auf. Der Chef der Kriminalpolizei, Gaston Blanchard, tritt ein. »Danke, Coste, ich brauche Sie nicht mehr«, sagt er, und während der Adjutant die Ehrenbezeigung erweist und sich zurückzieht, geht der Unterpräfekt auf den Leiter der Mordkommission 2 zu. Seine Schritte unterscheiden sich sehr von denen des Lieutenants – Halbschuhe setzen anders auf als Offiziersstiefel.

Die beiden Männer stehen sich gegenüber. Übergangslos fängt Blanchard an: »Wie können Sie angesichts der hochgespannten Lage in Europa so instinktlos Ihre Kompetenzen überschreiten? Ist Ihnen nicht bekannt, daß unsere Regierung alles tut, um ein gutes Verhältnis zu Hitler zu bewahren? Aber nein – Sie brüskieren die Deutschen und sorgen dafür, daß Frankreich nicht die Ruhe findet, die es so nötig braucht. Das ist unverantwortlich!«

»Monsieur Präfekt, es ist unerläßlich, daß unser Volk in dieser Situation volle Klarheit ...«

»Schweigen Sie! – Ich habe Sie immer für einen fähigen und disziplinierten Kriminalisten gehalten; ich will Ihnen auch nicht verschweigen, daß ich menschlich Verständnis für Ihre Beweggründe empfinde, aber als Chef der Kriminalpolizei bin ich gezwungen, mich von Ihnen zu trennen. So sehr ich das bedaure. – Herr Kommissar, Sie sind vom Dienst suspendiert. Ich bitte um Ihren Ausweis und Ihre Dienstmarke.«

Pierre Rochambeaux sieht ihn ruhig an, ohne Überraschung, gefaßt. Als wäre das selbstverständlich, zieht er den Polizeiausweis aus der Brusttasche und legt ihn auf eine der geöffneten Waffenkisten. Mit beinahe derselben Bewegung holt er die Dienstmarke hervor und schiebt sie daneben.

Der Unterpräfekt schweigt. Da klappt Pierre Rochambeaux wortlos die Hacken zusammen, macht eine militärische Kehrtwendung und geht aufrecht hinaus.

26

Jacques Batissier, hemdsärmlig, gießt die Blumen an der Fensterwand. Der Tag ist selten schön und mild; die Sonne schickt breite Lichtbahnen in das große Zimmer und gibt Madame Lou, der Plüschkatze, die auf dem Schreibtisch sitzt, einen tiefen Schatten. Sie behauptet sich inmitten chaotisch aufgetürmter Bücher und Zeitschriften, in denen Zettel liegen und über die der Kriminalreporter seine Notizen ausgebreitet hat. Mit deren Verarbeitung ist er auch beschäftigt, während er hier ein trockenes Blatt abknipst und da eine neue Blüte entdeckt. Die Schreibmaschine steht gegenwärtig auf dem Sofa und hat noch unbeschriebenes Papier neben sich. Das bleibt auch so, nachdem der Journalist die Gießkanne beiseite gestellt hat und an den Schreibtisch getreten ist. Er kratzt sich hinter den Ohren und blickt kopfschüttelnd auf die Berge von Materialien nieder, die ihm keinen Platz mehr zum Schreiben lassen. Mit einem Seufzer beginnt er aufzuräumen, er verlagert Bücher und Zeitschriften auf den Fußboden. Mit der Lösung zufrieden, setzt er sich in seinen Sessel, bricht eine neue Tafel Schokolade an und kaut mit Behagen.

Jacques steht noch einmal auf, geht zum Radio und schaltet es ein. Leise Musik stört ihn nicht bei der Arbeit, im Gegenteil! Sie belebt den großen Raum und macht ihn anheimelnder. – Jacques füllt seinen Drehbleistift mit neuen Kopierminen, zieht seine Notizen heran und fängt an, sie zu ordnen. Drei

Papierstöße entstehen. Auf den ersten stellt er die Gießkanne – das sind Angaben über das Auftauchen der Cagoulards und die Entwicklung der Organisation. Auf den zweiten wird Madame Lou gesetzt – sie muß Darstellungen bekannt gewordener Führer der Kapuzenmänner beschweren. Auf den dritten legt Batissier einen säbelartigen Brieföffner – diese Blätter notieren faschistische Putschversuche in Frankreich. All das ist Hintergrundmaterial für den großen Tatsachenbericht, den der Kriminalreporter nun endgültig zu schreiben begonnen hat, obwohl Blanchards Rechercheure in Bagnoles-de-l'Orne immer noch völlig im dunkeln tappen. Am Kopf des Briefblocks prangt bereits, schwungvoll hingemalt, die Schlagzeile: »Auge in Auge mit den Cagoulards – Sensationelle Enthüllungen des Nachrichtenbüros Jacques Batissier.«

Natürlich fängt der Text mit einer reportagehaften Schilderung eigenen Erlebens an, doch nun ist es an der Zeit, mehr zu sagen über Wesen und Charakter des Geheimbundes, dessen Mitglieder die Gesichter hinter Masken verbergen. Der Journalist lüftet die Gießkanne und nimmt den ersten Papierstapel zur Hand.

Die Spuren der Cagoulards ... Den Namen hatte zum erstenmal der Chefredakteur der »Action française«, Maurice Pujo, im Februar 1937, vor zwei Jahren also, genannt. Zweifellos bestand die Organisation zu diesem Zeitpunkt schon lange. Rückblickend denkt Jacques mit Verwunderung, daß sie es jahrelang fertigbrachte, ihre geheimen Ku-Klux-Klan-Versammlungen, Schießübungen und Mitgliederwerbungen unbemerkt von der Öffentlichkeit durchzuführen. Frankreich wurde erst auf sie aufmerksam, als der Sicherheitspolizei im Frühling 1937 zwei Koffer übergeben wurden, die seit Oktober 1936 auf dem Bahnhof in Lille lagerten und von ihrem Adressaten niemals abgeholt worden waren. Dieser, ein Belgier namens Jean Baptiste, war seit genau der gleichen Zeit spurlos aus Paris verschwunden. Die Kofferinhalte bestanden ausschließlich aus Dokumenten, denen entnommen werden konnte, daß Jean Baptiste – bei der Polizei als Waffenhändler erfaßt – kein gewöhnlicher Schieber war. Es bestand kein Zweifel, daß Baptiste einer Bande angehörte, die den Waffenschmuggel in großem Stil betrieb und Kriegsmaterial an Geheimorganisationen lieferte. Die französische Kriminalpolizei dehnte ihre Fahndung auf den Absender der Koffer aus. Die nach Italien entsandten Detektive kamen dem Händler Juif auf die Spur, der die ominösen Kisten in Mailand aufgegeben hatte. Ehe sie jedoch zugreifen konnten, fand man Juif auf der Landstraße bei Cesia, Provinz Imperia, mit zwei Kopfschüssen und durchschnittener Kehle. Die Pariser Polizei tastete im dunkeln – sie stieß bei den italienischen Untersuchungsorganen auf wenig Gegenliebe. Die Annahme drängte sich geradezu auf, daß Kreise der italienischen Faschisten sehr genau über den illegalen Waffenhandel unterrichtet waren, ihr Wissen aber nicht preiszugeben wünschten. Der Belgier Jean Baptiste, als er endlich aufgefunden wurde, vermochte keine Aussage mehr zu machen – die Obduktion der in einem Wald bei Paris ausgegrabenen Leiche ergab nur, daß mehrere Schüsse sein Herz zerfetzten. Der Umstand, daß er noch eine Binde um die Augen trug, legte die Vermutung der standrechtlichen Erschießung durch ein Femegericht nahe.

Ausdauernd weiterforschend, hatte Frankreichs Kriminalpolizei Verbindungen zwischen dem ermordeten Jean Baptiste und dem ehemaligen Senator Eugène Deloncle nachgewiesen, demselben Deloncle, der in der französischen Rechtspresse viel von sich reden machte.

Jacques Batissier beugt sich über Auszüge aus den Enthüllungen Professor Sonellis. Auch er erwähnte Deloncle, den 1890 in Brest geborenen Marineingenieur, der verschiedene Seeschiffahrtsunternehmen verwaltete. Sonelli führte aus, daß dieser Mann zu dem rechtsgerichteten, monarchistischen, antikommunistischen, antifreimaurerischen, antisemitischen Kreis der »Action française« gehörte, der sich um Charles Maurras gruppierte. Deloncle, schrieb der italienische Professor, lehnte Maurras' endlose theoretische Dispute ab und verließ mit einigen Gesinnungsfreunden die »Action française«, da sie ihm im Kampf gegen die Volksfrontregierung zu schwächlich und zu akademisch erschien. Nach außen hin gründete Deloncle einen »Studienkreis«, der in Wahrheit zur Tarnung einer »Parti national révolutionnaire et social« diente, die sich dann in CSAR umbenannte – Comité secret d'action revolutionnaire (Geheimes Revolutionskomitee). »La Cagoule« bildete eine der Organisationen, die sich in der CSAR sammelten. Als sie der Chefredakteur der »Action française«, Maurice Pujo, zum ersten Male erwähnte, fügte er hinzu, Deloncle nehme nur »eisenharte«, »skrupellose« Abenteurer und aktionsbereite Naturen auf und fordere strengsten Gehorsam und Verschwiegenheit. Es verlautete, das Ziel der CSAR sei die Errichtung eines totalitären Staates nach deutschem und italienischem Muster. Er unterhalte deshalb enge Verbindung mit den Spionagediensten Hitlers und Mussolinis.

Das Radio nahe der Fensterwand jazzt leise vor sich hin. Die Rechte des Kriminalreporters führt eilig den silbernen Drehbleistift über den Block, reiht Zeile an Zeile, streicht durch, ändert. Die Linke tastet mechanisch nach der Schokolade, zerbröckelt sie und schiebt winzige Stückchen in den Mund. Ganz plötzlich springt Jacques auf, lockert die schmerzende Rechte und läuft mehr, als er geht, im Zimmer auf und ab. Über seiner Nasenwurzel steht wieder die steile Falte. Was für ein Mann mag das gewesen sein, der in Bagnoles-de-l'Orne vor dem Altar saß und eine Erhebung in Frankreich proklamierte? Was für Leute mögen das gewesen sein, die, in Kapuzen gehüllt, schweigend zuhörten?

Batissier ist ganz eingesponnen in seine Überlegungen. Das Radio hört er nicht mehr. Er bemerkt auch nicht, daß Madame Lous, der Plüschkatze, Schatten immer länger wird. Bietet das Material, das er gesichtet und damit der Vergessenheit entrissen hat, nicht unter dem Blickwinkel seiner eigenen Erlebnisse Schlußfolgerungen an? Drängen sich nicht Vergleiche auf? War nicht die Ausdrucksweise in der Schloßkapelle dieselbe, der er in den durchgesehenen Artikeln begegnete? – Jacques kehrt an den Schreibtisch zurück und setzt Madame Lou beiseite. Die Plüschkatze fällt um; er achtet nicht darauf.

Wer trägt die Kapuzen? Leute wie der Schriftsteller Louis Bertrand, der an Parteitagen der Hitlerfaschisten in Nürnberg teilnimmt und darüber in der Zeitung »Franciste« vom 6. Oktober 1935 schrieb: »Ich kann in aller Aufrichtigkeit sagen, daß ich niemals etwas Schöneres gesehen habe.«? Oder wie dessen Gesinnungsbruder Marcel Bucard, der sich bei Besuchen in Rom immer wieder mit Mussolini fotografieren läßt? Ist nicht 1937 nach den Bombenattentaten am Place de l'Étoile, auf die auch Kommissar Rochambeaux in der Pressekonferenz der Präfektur Bezug genommen hat, beispielsweise der General Duseigneur als einer der engsten Mitarbeiter Deloncles verhaftet worden? Konnte die Polizei nicht nachweisen, daß dieser General und Deloncle gemeinsam mit dem Feuerkreuzler Herzog Pozzo di Borgo am 21. Januar 1937 in San Sebastian sowie am 17. und 18. Juli 1937 in Nancy mit Dritten über diese Aktion beraten haben? Munkelte man damals nicht, die Regierung Chautemps habe mit ihrem Rücktritt gedroht, als in einer stürmischen Sitzung des Ministerrates verlangt wurde, man müsse vor der Nation alle Verbindungen der Cagoulards mit Berlin, mit einflußreichen Kommandeuren der französischen Armee und mit Großindustriellen aufdecken? Unter anderen sollten damals die Namen Pétain und Weygand sowie die der Industriekapitäne Schneider-Creusot und Michelin gefallen sein ... Eine Verschwörung der Mächtigen. Und erklärten nicht, als die Cagoulards verboten wurden, ihre Führer zu ihrer Rechtfertigung, sie hätten im Einverständnis mit hohen Militärstellen gehandelt, denen »wir im Falle eines kommunistischen Putsches unsere paramilitärischen Organisationen unterstellen wollten«?

Jacques Batissier schaltet die Schreibtischlampe ein. Sie zeichnet nur einen begrenzten Lichtkreis und läßt den größten Teil des Zimmers in der heraufziehenden Dämmerung versinken. Die Skala des Rundfunkgeräts leuchtet matt von der Fensterwand her. Der Journalist liebt diese Stimmung, die Konzentration gibt und ihm die Arbeit erleichtert. Er streicht glättend über die zahlreichen Seiten des handschriftlichen Manuskripts. Von der Schokoladentafel ist nur noch ein Rest da. Jacques stellt es kopfschüttelnd fest. Dann zieht er unter dem säbelartigen Brieföffner den dritten Stoß seiner Notizen hervor und schreibt weiter.

»Wir stehen jetzt in der Vorbereitung von neuen, wuchtigen Schlägen, die

Frankreich erschüttern werden. Jeder von ihnen sei ein Fanal der kommenden Erhebung«, hatte der Kapuzenmann in der Schloßkapelle gerufen. Auch das gab es in Frankreich schon einmal. Während des faschistischen Putschversuchs 1934 zogen in Paris bewaffnete Banden gegen das Regierungsviertel mit Forderungen wie: »Wir wollen Pétain!« – »Einen Hitler wollen wir!« – Damals erklärte übrigens der schon erwähnte General Weygand kategorisch, daß die Armee nicht »gegen die Demonstranten« eingesetzt werden könne. Die sich für die Rettung der Republik vor dem faschistischen Mob schlugen, waren außer der berittenen Polizei, die auf dem Place de la Concorde mit gezogenem Säbel Attacke ritt, und eilig herbeigeführten Senegalschützen aus Französisch-Afrika, die denselben Platz nach einer Provokation faschistischer Trupps mit einem zehnminütigen Schnellfeuer räumten, die Arbeiter von Paris. Sie folgten dem Appell der »l'Humanité«, die zum Kampf gegen die Banden aufgerufen hatte. Der Putschversuch der französischen Faschisten scheiterte, aber bewiesen nicht die Entdeckungen im Jahre 1937, die mit der Auffindung zweier Koffer harmlos begannen und mit dem Verbot der weitverzweigten CSAR endeten, ja, beweisen nicht die Ermordung Professor Sonellis und seine, Batissiers eigene jüngsten Erfahrungen, daß die damals geschlagenen Kräfte sich gesammelt haben, stärker geworden sind und sich zur Machtergreifung rüsten?

Das Deckenlicht flammt auf. Madeleine steht an der Balustrade und lacht, als Jacques herumfährt. »Schluß machen«, ruft sie vergnügt. »Jetzt wird erst einmal Abendbrot gegessen.« Sie schwenkt ein Exemplar von »Journal de Paris«. »Schon gesehen? Ich habe sechs Fotos drin! Das muß gefeiert werden. Schau, was ich mitgebracht habe.« Wie im Triumph schwenkt sie eine Flasche Wein über dem Kopf.

Der Drehbleistift landet neben Madame Lou. Batissier stürmt auf Madeleine zu, setzt elegant mit einer Flanke über die Balustrade und hält das schlanke Mädchen im Arm. »Wunderbar«, sagt er überzeugt. »Aber jetzt sterbe ich fast vor Hunger. Komm!« Mit einem Ruck hebt er sie hoch und trägt sie in die Küche. Sie strampelt mit den Beinen und wehrt sich zum Schein. Genau vor dem Vorratsschrank setzt er sie ab. Madeleine öffnet.

»Für heute reicht's«, verkündet sie tröstend. Während sie sich hinhockt und die Fächer ausräumt, fragt sie: »Du kommst gut voran, wie? Bist du mit Maurice einig geworden? Du wolltest ihn anrufen.«

Er zündet die Flamme des Gasherdes an und setzt einen Kessel mit Wasser auf. »Ich habe mit ihm gesprochen. Das Waffenlager in der Rue Ribera wäre doch ein guter Anlaß gewesen, mit dem Abdruck meines Tatsachenberichts anzufangen. Davon wollte er nichts wissen. Beim ‚Gloire' halten sie den Zeitpunkt noch nicht für gekommen. Das verstehe, wer kann.«

»Vielleicht bieten sie dir dreifaches Honorar, um deine Enthüllungen ganz unter den Tisch fallen zu lassen? So weit rechts, wie die stehen ...«

Jacques tippt ihr auf die Nase. »Da höre ich doch wieder Vernon! So etwas traue ich Maurice einfach nicht zu. Wer weiß, vielleicht brauchen sie einen Knüller für die Saure-Gurken-Zeit. Na, ich habe mir den ‚Gloire' noch offengehalten. Inzwischen biete ich die Geschichte erst einmal anderen Redaktionen an, die schneller schalten. – Was essen wir denn?«

27

Ein nickender Porzellanbuddha thront auf dem Schreibtisch des Chefredakteurs vom »Miroir«. Der seriös wirkende Herr im dunklen Anzug mit Querbinder blättert bedächtig die Seiten des Tatsachenberichtes um, liest, klappt sorgsam den Schnellhefter zu und reicht ihn Batissier zurück.

»Nein, Monsieur«, bedauert er. »Dieser Tatsachenbericht ist für den ‚Miroir' leider nicht geeignet. Ich habe ihn mit großem Interesse gelesen. Er enthält ausgezeichnetes Material, wie wir es von Ihnen nicht anders gewöhnt sind. Aber er entspricht in keiner Weise dem Charakter unseres Blattes. Sie haben uns früher so exquisite kleine Skandale gebracht«, der Chefredakteur schnalzt entzückt mit der Zunge, »wenn Sie wieder so etwas haben, stehen Ihnen unsere Spalten immer offen. Wissen Sie noch: ‚Ballettmädchen ohrfeigt Exmonarchen am Bühneneingang der Folies Bergère'. Herrlich! Das und nichts anderes wollen unsere Leser. – Es tut mir leid, Monsieur Batissier ...«

Jacques nimmt sein Manuskript entgegen, deutet eine Verbeugung an und geht. Während er die Indian antritt, knurrt er: »Das war schon der vierte. Kann ja heiter werden!«

28

»Aus alledem geht hervor, daß Sie Ihre Aufgabe nicht gelöst haben, Capitaine. Der Militärische Abwehrdienst der Republik hatte Sie in die Präfektur geschleust, damit Sie dort nach möglichen Querverbindungen von der Polizei zu den paramilitärischen Geheimorganisationen fahnden. In dieser Richtung sind Ihre Ermittlungen fast ergebnislos verlaufen. Wer um alles in der Welt hat Ihnen eingegeben, das Waffenlager in der Rue Ribera durch die Polizei ausheben zu lassen, mit einem Aufwand, der die Welt aufhorchen ließ? Ein Anruf bei mir hätte genügt, und das Arsenal wäre lautlos und unauffällig in unsere Hände gekommen. Sie haben sich wie ein Anfänger benommen.«

Der so spricht, steht mit dem Rücken zum Fenster. Die Unterhaltung findet in einem dürftig eingerichteten möblierten Zimmer statt, dessen einzigen Luxus ein Telefon bildet. Es ist früh am Morgen. Pierre Rochambeaux steht am Tisch und sieht den grauhaarigen Colonel des Service de documentation extérieure et de contre espionnage unverwandt an. Der Offizier in elegantem Zivil paßt nicht in diesen armseligen Raum. Der massige Mann mit der sonoren, befehlsgewohnten Stimme spricht weiter: »Haben Sie vergessen, Capitaine, daß sich die Regierung gerade in diesen Monaten mit allen Mitteln, auch unwürdigen, um ein gutes Verhältnis zu Hitlerdeutschland bemüht? Sie vermeidet alles, was Frankreichs Ostpolitik belasten könnte. Ihre eigenmächtige Aktion mußte auf die Deutschen wie eine Provokation wirken. Unter diesen Umständen haben wir dem Präfekten für seine Entscheidung dankbar zu sein. Er hat das in dieser Situation einzig Richtige getan – ohne zu wissen, wer Sie sind. Sehen Sie das ein?« – Unvermittelt fährt er mit weicher Stimme fort: »Natürlich war es eine einmalige Gelegenheit, die Öffentlichkeit auf das Treiben der Geheimorganisationen aufmerksam zu machen und sie zu mobilisieren; das verstehe ich durchaus, aber unsere Aufgabe ist die Arbeit im verborgenen. Es war nicht leicht, Sie unbemerkt in die Präfektur zu bringen – die Möglichkeiten, die wir uns damit schaffen wollten, haben Sie zunichte gemacht. Sie wissen, welchen Anfeindungen ich von gewisser Seite ausgesetzt bin. Unsere Nachforschungen erscheinen manchen Leuten etwas zu gründlich. Sie verstehen, mehr kann ich Ihnen nicht sagen. Ich dachte, Sie wären lange genug von der Kavallerie weg, um nicht mehr zu solchen Husarenritten zu neigen.«

»Mon Colonel«, erwidert Rochambeaux knapp, »ich bitte, mich zur Truppe zurück zu versetzen. Ich bin dieser Aufgabe hier nicht gewachsen.« In der Tat sehnt er sich nach der Schwadron in der Touraine, nach stampfenden Pferden, unter deren trommelnden Hufen die Erde dröhnt und denen Schaum von den Mäulern fliegt, nach jungen Soldaten, die sich tief auf die Hälse ihrer Tiere beugen, und nach dem alten Kommandoruf: »Ergreift den Säbel!«

Der Colonel sieht ihn stumm an, dreht sich zum Fenster um und steckt die Hände in die Taschen. Bitten wie diese sind ihm nicht fremd. Auch er hat schon so vor seinem Vorgesetzten gestanden, wie jetzt dieser Capitaine vor ihm. Doch er sagt: »Man hat Sie nicht mit der höheren Verantwortung eines Abwehroffiziers betraut, damit Sie sich nach dem Sattel zurücksehnen. In der Vergangenheit waren wir mit Ihnen zufrieden; Sie bleiben. Haben Sie mich verstanden?«

»Jawohl, mon Colonel.« Das Ticken der Zimmeruhr ist überlaut. Dann, nach einem unmerklichen Zögern, fragt Rochambeaux: »Welche Befehle haben Sie für mich?«

Der Colonel wendet sich wieder um und hat die Andeutung eines Lächelns. Er erwartete nichts anderes. »Ihre operative Aufgabe ist, die Spur der Geheimorganisation weiter zu verfolgen. Alle Meldungen an mich persönlich. Sie arbeiten ohne jegliche Hilfe unseres Apparates. Ihre Entlassung durch Blanchard dürfte Sie für die Cagoulards uninteressant gemacht haben. Sie werden unbeobachtet bleiben. – Setzen Sie sich. Ich habe einige Neuigkeiten, die Sie wissen müssen.« Er legt sein Notizbuch auf den Tisch und berichtet: »Bekanntlich versucht die Polizei noch immer vergeblich, die Identität des Mannes aus dem ‚Tabarin', des Mörders von Sonelli, festzustellen. Unsere Recherchen haben ergeben, daß er Josephe Millet heißt, Offizier der Fremdenlegion in Colomb-Béchar war und von dort nach einem Gefecht mit Aufständischen spurlos verschwand. Nachforschungen in Frankreich zufolge lebte Millet in den letzten Jahren weit über seine Verhältnisse. So kaufte er, der aus kleinen Verhältnissen stammt, während eines Urlaubs kurz nach Pfingsten neunzehnhundertsiebenunddreißig ein Haus in seiner Heimatstadt Rouen, dessen Preis vom Sold eines Lieutenants der Legion unmöglich aufzubringen war. Er ist nach seiner unerlaubten Entfernung von der Truppe über Tanger und Madrid unter dem Namen George Lalo nach Paris gereist und hier untergetaucht. Die Art und Weise seiner Flucht läßt erkennen, daß er einflußreiche Mittelsmänner gehabt haben muß, über die uns keine Angaben vorliegen und in deren Auftrag er vermutlich den Mord an Professor Sonelli ausführte. Die Überprüfung seines Umgangs ergab keine neuen Hinweise. Da die Legion ihn als ‚Abgang durch Feindeinwirkung' aus ihren Listen gestrichen hat, händigte sie seine Hinterlassenschaft aus. Darin befand sich dieses Foto. Um die Identifizierung der abgebildeten weiblichen Person sind wir bemüht. Möglicherweise gewinnen wir dadurch neue Aufschlüsse. Nehmen Sie das Bild an sich! Es ist nicht Ihre Hauptaufgabe, diese Frau zu finden, aber beteiligen Sie sich, sofern sich die Möglichkeit ergibt, an der Suche.«

Der Colonel klappt das Notizbuch zu und erhebt sich. Rochambeaux steht gleichfalls auf. Das Foto verschwindet in seiner Brusttasche. Der Colonel reicht ihm die Hand. »Ich wünsche Ihnen Erfolg, Capitaine. Vielleicht können wir Ihnen später Gelegenheit bieten, zu Ihren geliebten Pferden zurückzukehren. Jetzt brauchen wir Sie hier.«

29

Der Mann im tadellosen Smoking nimmt lässig seinen weißen Trenchcoat entgegen, den ihm der Empfangschef des Spielsaals von Bagnoles-de-l'Orne mit devoter Verbeugung bringt. Er legt ihn lose um die Schultern, zupft gedankenlos an seinem gut gestutzten, gepflegten Bart und sagt, indem er schon auf die Tür zugeht: »Ihre Auskunft ist mir sehr wertvoll, Monsieur. Ich werde sie selbstverständlich diskret behandeln. Übrigens«, der Gast bleibt noch einmal stehen, »hätte ich hier die Möglichkeit, mit meiner Maschine zu landen? Es wäre dann ein Katzensprung von Paris, und die Intimität Ihres Hauses sagt mir außerordentlich zu.«

Der Empfangschef verneigt sich noch tiefer. »Sehr verbunden, Monsieur. Einen offiziellen Flughafen besitzen wir leider noch nicht, aber Monsieur de Tourville, der Ihnen sicher bekannte Seifenfabrikant, hat in der Nähe seines Landhauses ein Flugfeld einrichten lassen. Es würde Monsieur de Tourville sicher ein Vergnügen sein, Ihnen seine Anlagen zur Verfügung zu stellen.«

»Wo finde ich den Platz? – Ach, rufen Sie mir ein Taxi, und sagen Sie dem Fahrer Bescheid . . .«

»Sehr gern.« Er winkt einen livrierten Boy heran.

Pierre Rochambeaux nickt dankend und begibt sich gemächlich zur Schwingtür.

30

Jacques Batissier schiebt den Kognakschwenker auf dem Couchtisch hin und her und beobachtet Rochambeaux, der mit langen Schritten den Raum durchmißt. Jedesmal, wenn er an der Fensterwand vorübergeht, bleibt er einen Augenblick stehen und sieht auf die Häuserzeile hinunter. Die Straßen haben in diesem Stadtteil starkes Gefälle; Autos bezwingen sie nur mit kleinen Gängen und ziehen dicken Benzinqualm hinter sich her. Der Besucher kann einen Teil der Fahrbahn und des Gehsteigs einsehen, die, rechtwinklig zur Fensterwand verlaufend, am Haus vorüber führen. Es ist später Nachmittag, der Verkehr mäßig. Ein paar Frauen mit Einkaufstaschen, Kinder, die mit einem kleinen, struppigen Hund spielen, der Lieferwagen einer Wäscherei und weiter unten, unmittelbar neben der Plakatsäule, ein kleines Privatauto – das ist alles. Der Kriminalreporter bemerkt nicht, daß Rochambeaux bei einem seiner Ausblicke wie nebenbei unter das Sportsakko greift und sich des Vorhandenseins seiner Waffe versichert.

»Von Ihnen hat also nur Blanchard erfahren, was Sie in jener Nacht in Bagnoles-de-l'Orne gesehen haben?« fragt der ehemalige Leiter der Mordkommission 2.

Das Glas in Batissiers Hand kommt zur Ruhe. »Ja, er war der einzige. Ganz ehrlich: Ich hatte gar nicht so viel Verständnis von ihm erwartet. Auch nicht soviel Sorge um mich persönlich.«

»Ach? Wie hat sich das geäußert?«

»Er hätte doch nicht selbst hinzukommen brauchen. Bagnoles-de-l'Orne ist nicht gerade vor der Tür.«

Es zuckt um Pierre Rochambeauxs Mundwinkel. »Machen Sie sich deswegen keine Gewissensbisse, Monsieur Batissier Der Unterpräfekt hat Ihretwegen nur ein paar Schritte getan. Er weilte bereits in Bagnoles-de-l'Orne, als Mademoiselle Labisse seine Adjutantur anrief. Sie mußte bloß so lange warten, weil es einige Zeit dauerte, bis Lieutenant Coste seinen Chef dort an den Apparat bekam.«

Jacques sieht überrascht hoch. »Erlauben Sie! Was soll Monsieur Blanchard an jenem Abend in diesem Nest zu tun gehabt haben? Außerdem: Wenn er schon am Schauplatz gewesen ist, warum mußte dann ein Polizeiflieger starten? Ihre Hypothese überzeugt mich nicht.«

Der Besucher schaut belustigt auf ihn nieder. »Es ist überhaupt kein Polizeipilot gestartet, Monsieur. Das weiß ich genau. Vergessen Sie nicht, daß ein Kriminalkommissar kraft seines Amtes das Protokoll einsehen und abzeichnen muß, ehe es dem Präfekten vorgelegt wird. Überdies ist der Privatflugplatz in Bagnoles-de-l'Orne für Notlandungen überhaupt nicht geeignet. Er hat keinerlei Feuer.«

»Ein wagemutiger Flugzeugführer ...«

Rochambeaux schüttelt den Kopf. »Ich habe diese Möglichkeit auch einkalkuliert und Nachforschungen an Ort und Stelle durchgeführt. Nein, Monsieur Batissier, in der fraglichen Nacht landete dort niemand.«

Nun verschlägt es dem Kriminalreporter die Sprache. Er setzt das Glas hart auf den Tisch und sieht seinen Gast entsetzt an. »Glauben Sie etwa, der Chef der Kriminalpolizei wäre bei den Leuten in der Kapelle gewesen?!«

Jacques hört Rochambeaux zum ersten Male schallend lachen. »Nein, das nun nicht, Monsieur Batissier! Es gibt eine ganz einfache Erklärung für die Anwesenheit des Präfekten. Auch große Männer haben ihre kleinen Schwächen. Blanchard ist ein häufig und gern gesehener Besucher des recht intimen Spielsaals von Bagnoles-de-l'Orne, in dem er sich natürlich ganz anders bewegen kann als in einem ähnlichen Etablissement der Metropole. Hier muß er stets repräsentieren. Dort ist er privat. – Sehen Sie, so klären sich Momente, die man anfangs nicht einzuordnen weiß und die Verdacht erwecken, oft harmlos auf.«

»Er hatte es nicht nötig gehabt, mir das Märchen vom Flugzeug aufzutischen ...«

»Kennen Sie ihn so nahe, daß er Ihnen Einblick in sein außerdienstliches Leben gewährt? Doch wohl kaum. – Ich denke, er hat etwas sehr Kluges getan, als er Ihnen das Märchen erzählte; ich glaube, daß er Ihnen einfach das Gefühl absoluter Sicherheit geben wollte. Es würde mich fast wundern, wenn er Ihnen nicht auch erklärt hätte, ein Einsatzkommando sei zu Ihrem Schutz aufgeboten. Der Präfekt, wie ich ihn kennengelernt habe, ist durchaus der Mann dazu, Sie allein abzusichern, und tatsächlich hätte ein Einsatzkommando viel zu großes Aufsehen erregt, aber es ist doch für den Bedrohten beruhigend zu vermuten, daß in seiner Nähe Männer sind, die unter den Mänteln Pistolen tragen.«

Batissier reibt sich die Stirn und schneidet eine Grimasse. »Sie haben recht. – Das ist alles nicht sehr schmeichelhaft, Kommissar. Für mich, meine ich. Ich habe tatsächlich gleich in einigen Leuten Kriminalisten gesehen.«

»Na also!« Pierre steht wieder an der Fensterwand. Seine besondere Aufmerksamkeit gilt der Plakatsäule unten auf der Straße. »Übrigens muß ich Sie korrigieren. Kommissar – das war einmal. Blanchard hat mich suspendiert, weil ich meine Kompetenzen überschritten habe, als ich die polizeiliche Aushebung des Waffenlagers befahl und dabei nicht einmal den Dienstweg innehielt.« Er wendet sich um und lehnt sich ans Fensterbrett. »Vielleicht war es falsch, einen Zusammenhang zwischen dem Waffenlager, dem Mord an Sonelli und dem Anschlag auf Sie zu sehen, und was sonst dazu gehört ... Ich bin mir nicht sicher, vielleicht verrenne ich mich da.«

Jacques steht auf und beginnt nun seinerseits, zwischen der Balustrade und dem Vorhang zur Schlafnische zu wandern. »Das ist doch Unsinn«, sagt er überzeugt. »Ich habe bei meinen Recherchen dieselben Verbindungen hergestellt. Entschuldigen Sie, es liegt alles so klar auf der Hand: Ich habe sie doch sitzen sehen mit ihren Kapuzen, als sie ihre teuflischen Pläne ausgeheckt haben ... Ich habe Sonellis Artikel gelesen und nicht nur seine, denn ich bemühe mich ja um Objektivität; ich habe den Mann in der Bar gehört – das greift ineinander wie die Zähne eines Getriebes.«

»Natürlich! Und wenn in ein solches Getriebe Sand kommt, dann könnte es stehenbleiben. Deshalb muß der Sand entfernt werden. Das ist der Punkt, an dem sich die Anschläge auf Sie logisch an die vorher begangenen Verbrechen anschließen. Aber wer hat den Sand entdeckt?«

Batissier wirft sich wieder auf das Sofa. Beinahe bereut er es schon, diesem Exkommissar entgegen der Weisung des Unterpräfekten reinen Wein eingeschenkt zu haben. Er tat es in der Hoffnung, Rochambeaux werde schneller sein und ihm rascher den Weg zur Veröffentlichung seines Tatsachenberichts freimachen. Nun jedoch redet und redet der Besucher und fügt Glieder zu einer Kette, die ohne Ende zu sein scheint. »Ja, wer kann entdeckt haben, daß ich Zeuge der Cagoulardversammlung wurde? Mich meinen Sie ja wohl mit dem Sand in diesem Getriebe. – Nun, Sie sind in das Gespräch hineingeplatzt, in dem ich Blanchard unterrichtet habe ...«

Der ehemalige Leiter der Mordkommission 2 tritt einen Schritt näher. Er steht unmittelbar vor Batissier. »Natürlich. Ich habe die Cagoulards benachrichtigt. Ich!« Und mit einer blitzschnellen Bewegung reißt er den Browning aus dem Schulterhalfter und richtet ihn auf Jacques. »Keine Bewegung, Batissier!«

Der Kriminalreporter sitzt da wie gelähmt, und er starrt in die dunkle Mündung der Waffe, ohne eines klaren Gedankens mächtig zu sein. Nur das weiß er: Hier gibt es keinen Ausweg mehr ...

Zum zweitenmal hört Batissier Rochambeaux lachen, sieht ihn zurücktreten und beobachtet, wie er den Browning in die Luft wirft und spielerisch auffängt. Dann steckt er ihn ein und sagt trocken, ganz ohne sonderliche Betonung: »Wenn ich das gewollt hätte, hätte ich nicht so lange warten müssen. Schließlich war ich es, der Ihnen Decourt als Leibwächter zuteilte. Menschenskind, wie lange brauchen Sie eigentlich, bis Sie begreifen, wem Sie vertrauen können?«

Auf Jacques' Stirn stehen Schweißperlen. Er greift nach der Whiskyflasche und füllt die Gläser neu. »Was sind Sie für ein Mensch, Rochambeaux? Was wollen Sie eigentlich?«

»Wir müssen die Cagoulards ganz zur Strecke bringen. Nur darauf kommt es jetzt an.«

»Immer noch? Obwohl Sie nicht mehr im Dienst sind? Ihnen können die Cagoulards doch gleichgültig sein.«

Rochambeaux, am Schreibtisch, blättert das dort liegende Manuskript an. »Ihnen etwa nicht? Wenn ich mich hier umsehe, dann habe ich das Gefühl, daß Sie sich sehr gründlich mit den Kapuzen befassen.«

Batissier lädt mit einer Handbewegung zum Sitzen ein. »Kommen Sie, und trinken Sie mit mir.« Er hebt dem Besucher sein Glas entgegen. »Ich schreibe einen Tatsachenbericht und will alles darlegen, was bis heute bekannt geworden ist.«

»Auf gutes Gelingen!«

Die Klingel an der Wohnungstür schrillt. Jacques steht auf. Rochambeaux fragt: »Besuch für Sie? Gewiß Mademoiselle Labisse?«

»Nein«, erwidert der Kriminalreporter über die Schulter hinweg. »Madeleine hat den Schlüssel. – Entschuldigen Sie ...«

»Warten Sie! Das könnte ...« Er springt auf und geht eilig zur Fensterwand, um auf die Straße hinabzusehen. An der Plakatsäule steht kein Auto mehr. Rochambeaux nickt, als habe er das erwartet. Es klingelt wieder. Da erkundigt er sich: »Ihre Tür hat doch einen Spion, wie?«

»Ja, aber ich verstehe nicht ...«

»Warten Sie ab! Besitzen Sie ein langes Lineal?«

»Dort!«

Rochambeaux greift zu, bedeutet Jacques mit einer Handbewegung, im Zimmer zu bleiben, und geht unmittelbar an der Balustrade entlang auf die Tür zu, neben der er sich an die Wand lehnt. »Ich komme schon«, sagt er halblaut. »Wer ist denn da?«

Von draußen antwortet eine Männerstimme: »Ein Eilbrief für Sie, Monsieur!«

Rochambeaux schürzt geringschätzig die Lippen. Sich selbst außerhalb des Türrahmens haltend, schiebt er mit dem Lineal die kleine Metallplatte vor dem Spion leicht an. Von außen muß das den Eindruck erwecken, daß sich Batissier von der Anwesenheit des Briefträgers überzeugen will.

Im selben Augenblick zersägt der Feuerstoß einer Maschinenpistole die Tür. Ein zweiter folgt sofort. Die Einschüsse laufen fast diagonal über das Holz. Im Flur stiebt Putz von den Wänden; der Spiegel geht klirrend entzwei; die große Vase daneben birst. Auf dem Fußboden breitet sich eine Wasserlache aus. Dann Stille, atemlose Stille. Hastige Schritte auf der Treppe; auf der Straße Motorenlärm eines Wagens, der sich die Steigung hinaufquält.

Mit einem Satz ist Jacques auf der Balustrade und steht bei Rochambeaux. Er hat die Fäuste geballt. »Wir müssen ihnen nach!« drängt er.

Pierre schüttelt den Kopf. »Zwecklos! Diese Burschen sind über alle Berge. Und glauben, daß Sie erledigt sind. – Rufen Sie Blanchard an.«

»Den Teufel werde ich tun!«

Rochambeaux legt ihm die Hand auf die Schulter. »Sie müssen ihn anrufen! Was soll der Unterpräfekt von Ihnen denken, wenn Sie auf einmal nicht mehr bei ihm Hilfe suchen? – Na also!«

Gemeinsam kehren sie ins Zimmer zurück. Ehe Batissier zum Telefonhörer greift, erkundigt er sich: »Wie sind Sie darauf gekommen, Rochambeaux?«

Der Exkommissar winkt ab. »Diese Brüder standen schon mit ihrem Wagen an der Plakatsäule, als ich zu Ihnen kam. Sooft ich hinunterblickte, habe ich sie da gesehen. Kein Mensch benötigt zwei Stunden, um dieses Reklamezeug zu lesen. Sie waren mir ein wenig zu unauffällig. Als es klingelte, standen sie nicht mehr dort. Das genügte.«

Jacques streckt ihm die Hände hin. »Verstehe! Ich danke Ihnen.«

»Schon gut! Ich gehe jetzt. Es ist nicht nötig, daß mich die Beamten aus der Präfektur bei Ihnen sehen. Auch unsere Unterhaltung interessiert niemanden.«

»Das ist klar.«

»Noch eine Bitte: Hier ist eine Telefonnummer. Lernen Sie sie auswendig, und vernichten Sie diesen Zettel. Wenn mir in dieser Sache einmal etwas zustoßen sollte und Sie erfahren davon, dann rufen Sie dort an. Nennen Sie meinen Namen und Ihre Adresse. Zu den Männern, die anschließend zu Ihnen kommen werden, können Sie volles Vertrauen haben. Sagen Sie ihnen alles. Es sind Freunde von mir. – Auf Wiedersehen, und grüßen Sie Mademoiselle Labisse von mir.« Der Händedruck zwischen beiden ist fest. Pierre dreht sich zur Tür. Auf dem Flur verhält er noch einmal, zieht seine Brieftasche heraus und entnimmt ihr die Fotografie, die Capitaine Gérard André vom Service de documentation extérieure et de contre espionnage im algerischen Khebbaza von seinem Vertrauensmann in der Fremdenlegion erhielt, die Aufnahme einer jungen Frau mit hellen, spöttischen Augen. »Sie kennen diese Dame wohl nicht zufällig, Batissier?«

Der Kriminalreporter lacht. »Wollen Sie mich auf den Arm nehmen? Was denken Sie, wieviel Benzin ich dieses Mädchens wegen verfahren habe! Das ist die Privatdetektivin Laetitia Toureaux. Sie wurde Pfingsten neunzehnhundertsiebenunddreißig erdolcht in der Metro gefunden. Ich habe versucht, die Spur des Mörders zu finden. Erfolglos.«

Rochambeaux packt das Foto pedantisch wieder ein. Sein Gesicht ist unbewegt, als er erklärt: »Sie haben sie gefunden. Er hieß Josephe Millet. Das war der Mann, der Ihnen in der Bar seine Geschichte erzählte. Er hielt sich auch Pfingsten neunzehnhundertsiebenunddreißig in Paris auf – mit Urlaub von der Fremdenlegion.«

Jacques will eine Frage stellen, doch sein Besucher läßt ihn nicht zu Worte kommen. »Vergessen Sie nicht, Blanchard anzurufen«, mahnt er und geht.

31

Der Kellner bringt Mokka für Madeleine und Batissier. Madeleine rührt den Zucker um und erkundigt sich, ohne aufzublicken: »Hast du Erfolg gehabt?«

Jacques verschränkt die Hände und schüttelt den Kopf. »Keinen. Es ist wie eine Mauer um mich herum. Ich habe, weiß Gott, alles versucht. Vom ‚Miroir' habe ich dir schon erzählt. Heute war ich beim ‚Soir' – auch dort verlangten sie nach ‚süßen kleinen Skandalen' und knalligen Kriminalgeschichten. Beim ‚Echo' war es nicht anders. Dort sagten sie, sie hätten nicht die Aufgabe, durch solche Artikel noch mehr Franzosen der Kommune in die Arme zu treiben. Und so weiter, und so weiter – wie gehabt.«

Madeleine schaut ihn nachdenklich an. »Nur eine einzige Tür ist also offen . . .«

»Und die führt zum ‚Gloire'«, ergänzt er.

». . . der nicht angeben kann, wenn er deine Geschichte drucken wird«, führt sie den Satz zu Ende. Sie legt ihre Finger auf seine Hand, ganz behutsam. »Fällt dir immer noch nichts auf? Das ist doch wie eine Verschwörung gegen dich . . .«

»Nun fängst du schon wieder an«, mault er.

Madeleine hält seine Hand fest und kommt Jacques zuvor: »Das ist nicht die Meinung von Vernon, sondern meine eigene. Die Geheimnisse der Cagoulards sollen im dunkeln bleiben.«

»Man möchte es nicht glauben, aber es sieht wirklich so aus.« Unvermittelt schiebt er seinen Stuhl näher an den Madeleines heran, beugt sich dicht zu ihr und beginnt, mit dem Finger die Adern ihrer schmalen Hände nachzuzeichnen. Beinahe verlegen hebt er an: »Du, wir sitzen nicht ohne Grund hier. Ich habe dich abgeholt, um dir etwas zu sagen. Du darfst nicht erschrecken, wenn du die Wohnungstür siehst. Da hat irgendein Trottel mit einer Maschinenpistole gespielt – nun zieht es in der Wohnung.«

Sie stellt klirrend die eben erhobene Tasse auf den Tisch zurück. Das Blut weicht ihr aus dem Gesicht. »Jacques ...«, stammelt sie. Es ist kaum zu hören.

Madeleine beruhigt es nicht, daß er sie anstrahlt und mit aller jungenhaften Unbekümmertheit, die er aufbringen kann, erwidert: »Es ist ja nichts passiert ...«

Die Fotografin knüllt nervös ein Taschentuch. »Sie stecken alle unter einer Decke. Solange du geschwiegen hast, blieb alles ruhig. Jetzt, da du deinen Tatsachenbericht anbietest, sind sie wieder da. Sie müssen davon wissen; sie sitzen überall. Und wer weiß, ob du beim nächstenmal ... Es kann doch nicht immer gut gehen.« Sie legt, unbekümmert um das Lächeln der Gäste an den Nebentischen, den Kopf an Batissiers Schulter. »Wenn du wüßtest, was ich mir für Sorgen um dich mache ... Ich liebe dich sehr, Jacques.«

Sein Arm findet sich um Madeleines Nacken und hält sie fest. »Aber was soll ich denn tun?« fragt er ungewohnt hilflos.

Ohne den Kopf zu heben, bittet sie : »Geh zum ‚Gloire'. Gib Monsieur Maurice dein Material, damit er es begraben kann, und du wirst Ruhe haben. Das spüre ich. Bitte!«

Batissier sieht auf ihren Scheitel hinunter und schweigt. Er kennt sie lange genug, um zu wissen, welche Überwindung sie ein solcher Vorschlag kostet, ein Rat, der im Grunde der Aufforderung gleichkommt, sich zu ducken, klein beizugeben. Wie groß muß ihre Angst um ihn sein ... Er streichelt sie, aber gleichzeitig schüttelt er unmerklich den Kopf. Er hat den Fall Eunice gelöst; er wird auch diese Sache durchstehen ...

32

Die Marschmusik wird von anschwellendem Motorengeräusch übertönt. Die Parade hat ihren Höhepunkt erreicht. Pausenlos wechseln der dröhnende Marschtritt im Stechschritt vorüberziehender SS-Abteilungen, der Hufschlag berittener Einheiten, der Donner von motorisierten Kolonnen und das Knattern der Kradmaschinen mit »Hurra«- und »Heil«-Rufen, die verzerrt aus dem Lautsprecher klingen. Vor über 50 000 begeisterten »Volksgenossen«, so berichtet der deutsche Rundfunksprecher, übergibt der Gauleiter Forster auf dem Maifeld der Stadt Danzig dem Kommandeur der innerhalb von acht

Wochen aufgestellten »SS-Heimwehr Danzig«, einem SS-Obersturmbannführer, die Truppenfahne. »Zum Schutze der alten deutschen Hansestadt gegen die ständigen polnischen Bedrohungen steht ihr auf Wacht!« ruft der Gauleiter in der schwarzen Uniform eines SS-Gruppenführers mit sich überschlagender Stimme dem angetretenen SS-Verband zu.

Gaston Vernon, der Leitartikler des »Journal de Paris«, tritt ans Radio und dreht am Skalenknopf. Auch die französischen Sender übertragen von Zeit zu Zeit Berichte aus Deutschland. Ihre Kommentare sind zurückhaltend und untertreiben die Gefahr, die diese auf das modernste ausgerüstete Armee für Deutschlands Nachbarn bildet. Vernon schaltet den Apparat aus, kehrt an seinen Schreibtisch zurück und blickt Jacques Batissier an, der gekommen ist, »Journal de Paris« seinen Tatsachenbericht anzubieten, den die übrige Presse der Seinestadt einhellig abgelehnt hat.

»Was die Nazis da machen, kann man doch wohl kaum für eine Demonstration friedlicher Absichten halten. Oder für einen Beweis jenes Willens zur Freundschaft mit Frankreich, von dem Herr Hitler so viel spricht. Die Situation spitzt sich immer mehr zu«, sagt der Leitartikler besorgt.

Batissier winkt ab. »Sie werden es nicht wagen, unser Land anzugreifen. Hitler wird nicht bis zum Äußersten gehen. Frankreich ist stark.«

»Es könnte stark sein, Monsieur Batissier! Auch durch das Wissen um die Kräfte, die hier im Lande gegen die Republik arbeiten. Der Mann auf der Straße würde bedingungslos gegen die Feinde der Demokratie aufstehen. Daß es diese Feinde gibt, werden gerade Sie nach Ihren Erlebnissen kaum bestreiten.«

Der Kriminalreporter schlägt die Beine übereinander und unterdrückt ein Schmunzeln. Genau so hat er sich Gaston Vernon nach seinen täglichen Auseinandersetzungen mit Madeleine vorgestellt. Immerhin läßt ihn der häusliche Streit um Äußerungen dieses Mannes jetzt leichter Kontakt zu ihm finden. »Sie haben mich doch nicht hierher bestellt, um mir das zu erklären . . .«

»Natürlich nicht«, räumt der Leitartikler sofort ein. »Mademoiselle Labisse hat angedeutet, daß Sie bei einer gewissen Sorte Zeitungen keine Gegenliebe für Ihre Darlegung von Vorfällen gefunden haben, die mit der Ermordung Professor Sonellis zusammenhängen. Um es kurz zu machen: Wir stellen Ihnen die Spalten des ‚Journal' für die Veröffentlichung zur Verfügung – das heißt, wenn Sie wollen. Dreifaches Honorar, wie der ‚Gloire', können wir nicht zahlen, aber ich garantiere Ihnen, daß Ihr Bericht erscheint, schnell, ungekürzt.«

Jacques' Gesicht rötet sich. Er gibt sich keine Mühe, seine Erregung zu verbergen. »Doch ich bin kein Kommunist«, bemerkt er fast schüchtern.

Sein Verhalten amüsiert Vernon. Auch er kennt den Mann, der ihm gegenüber sitzt, vom Hörensagen bestens. »Das ist bekannt«, bemerkt er trocken.

»Aber im Schreibtischkasten nutzen Ihre Berichte niemandem und öffnen keinem Menschen die Augen. – Ich will Sie nicht drängen, doch bitte ich Sie, sich meinen Vorschlag zu überlegen. Wenn Sie einverstanden sind, dann können die ersten Fortsetzungen noch in diesem Monat, im August, erscheinen.«

Der Kriminalreporter überlegt nicht lange. Er schiebt die Motorradhandschuhe beiseite, die vor ihm auf dem Schnellhefter liegen, hebt diesen hoch und legt ihn vor Vernon hin. »Bitte«, sagt er. »Ich freue mich ...«

33

Der Chef der Kriminalpolizei säubert ohne Hast seine Pfeife. Auf seinem Schreibtisch stehen in einem Ständer deren mehrere; er reinigt eine nach der anderen, während er zu Jacques Batissier spricht. »Ich hätte Ihnen lieber von einem Erfolg erzählt, aber was hilft's ... Glauben Sie mir, daß wir keine Mühe gescheut haben. Bagnoles-de-l'Orne stand wochenlang unter Observation; unsere besten Leute waren für die Beobachtung eingesetzt. All unsere Anstrengungen, auch nur einen winzigen Anhaltspunkt zu finden, führten zu keinem Resultat. Ich hatte auf Grund Ihrer Angaben so sehr gehofft, Personen verfolgen lassen zu können, deren Identifizierung uns wertvolle Fingerzeige gegeben hätte – die Schloßkapelle wurde von keinem Fremden aufgesucht, solange wir auch warteten. Wären nicht Sie es gewesen, Batissier, der mir von der Sitzung der Kapuzenmänner erzählte – ich hätte geglaubt, man habe sich einen schlechten Scherz mit mir erlaubt. Um der Wahrheit die Ehre zu geben: Ich habe in meiner ganzen langen Laufbahn noch keinen solchen Mißerfolg erlebt. Da die Tüchtigkeit der eingesetzten Beamten außer Zweifel steht, gibt es nur zwei Möglichkeiten – entweder sind Sie das Opfer einer Mystifikation geworden, oder ‚La Cagoule' verfügt über ein Sicherheitssystem, demgegenüber wir machtlos sind. Die Falle, die ich so sorgsam aufgebaut hatte, schlug nicht zu. Ich muß wohl nicht sagen, wie ich das in unser aller Interesse bedaure.«

Er ist mit seinen Pfeifen fertig, stopft eine davon und zündet sie umständlich an. »Schließlich sind meine Leute in die Kapelle eingedrungen – gleichzeitig über den Felsen und durch den Gang, den Sie entdeckt haben. Wenn ich Ihnen ein Kompliment machen darf: Ihre Beschreibung war außerordentlich exakt, ein echter Batissier. Ein Wächter wurde nicht gefunden. Übrigens fanden wir auch die von Ihnen erwähnte Wachstube absolut leer – keine Feldbetten, nichts. Die Kapelle selbst erweckte den Eindruck, als habe sie seit Jahrzehnten kein menschlicher Fuß mehr betreten. Dichter Staub; jeder

Schritt meiner Beamten hinterließ deutliche Spuren. Andere gab es nicht. Immerhin ist sie seit langem baupolizeilich gesperrt. Der Schloßverwalter versicherte auch, sie sei seither nie wieder besucht worden. Das Hotelpersonal bestätigt seine Angaben.« Blanchard breitet bedauernd die Arme aus. »Ich hätte mich für Ihr Schweigen gern erkenntlich gezeigt und Ihnen als erstem Neuigkeiten zugänglich gemacht. Es hat nicht sein sollen. Tja, Monsieur Batissier, damit entbinde ich Sie von Ihrer Schweigepflicht und stelle Ihnen anheim, Ihre Entdeckungen zu veröffentlichen. Daß ich Ihnen vertraue, das wissen Sie. Hoffentlich kommen andere Leser nicht auf die Idee, Sie hätten die malerische Kulisse des Schlosses mit seinem Geheimgang nur als Staffage für eine erfundene Gruselgeschichte benutzt. So etwas soll es in der Publizistik ja bereits gegeben haben ...«

»Bei mir nicht. Zum Kuckuck, ich weiß doch, was ich gesehen habe«, murmelt der Kriminalreporter verstört. Er ist wie vor den Kopf geschlagen. Hatte er denn wirklich Halluzinationen?

»Wenn Sie nun wieder einmal einen Vorfall aus unserer Alltagsarbeit schildern wollen«, schließt der Unterpräfekt die Unterhaltung freundlich ab, »wenden Sie sich ruhig wie bisher an mich ...«

34

Heute fährt Jacques Batissier wie ein Schlafwandler durch Paris und ordnet sich in den Verkehr ein, ohne sich seiner Handlungen recht bewußt zu werden. Er verläßt die belebten Magistralen, läßt die Indian die steile Straße zu seinem Haus emporklimmen und ist noch benommen, als er aus dem Sattel steigt. Auf dem Gehweg bleibt er stehen, betrachtet das neben der Tür angebrachte Schild »Bureau Jacques Batissier«, als sehe er es zum ersten Male, zieht einen Riegel Schokolade aus der Tasche der Lederjoppe und vergißt, hineinzubeißen. Er wird mit dem Ermittlungsergebnis der Kriminalpolizei nicht fertig. Alles hat er erwartet – das nicht. Natürlich waren die Cagoulards durch den von ihm überwältigten Wächter gewarnt worden, zweifellos hatten sie sofort begonnen, ihre Spuren zu verwischen; daß ihnen das jedoch so schnell und so gründlich gelingen konnte, war unheimlich. Er informierte den Unterpräfekten doch sofort am nächsten Morgen. Spätestens gegen Mittag sind dessen Detektive in Bagnoles-de-l'Orne an die Arbeit gegangen ...

Aus dem Bistro an der Ecke tritt Pierre Rochambeaux, schließt im Gehen den Trenchcoat und tippt dem nach wie vor verharrenden Kriminalreporter auf die Schulter. »Guten Tag, Monsieur Batissier. Erinnern Sie sich an unser Gespräch, das wir vor ein paar Wochen führten?«

Jacques dreht sich um und ist im gleichen Augenblick von aller Benommenheit frei. »Natürlich«, sagt er munter. »Wo haben Sie denn so lange gesteckt? Sie waren ja wie vom Erdboden verschwunden ...«

Rochambeaux überhört die Frage. »Haben Sie den Kampf gegen die Cagoulards schon aufgegeben?« erkundigt er sich seinerseits. »Ich habe noch nichts von Ihnen gelesen.«

»Ich gebe nie auf! ‚Journal de Paris' bringt meine Serie – ungekürzt, mit allen Einzelheiten. Demnächst. Ich muß nur noch ein paar Zeilen über den Mißerfolg der Präfektur in Bagnoles-de-l'Orne schreiben. Das ändert nichts an der Gesamtkonzeption. – Kommen Sie mit hinauf und nehmen Sie einen Aperitif mit mir?«

Der Exkommissar schüttelt den Kopf. »Eigentlich, Batissier, wollte ich Sie zu einem Ausflug einladen. Ich glaube, Sie sind der richtige Partner für einen privatisierenden Kriminalisten. Was halten Sie von einem Besuch in Bagnoles-de-l'Orne?«

Wie immer, wenn er überrascht ist, zieht Jacques die Brauen in die Höhe. Er muß sich zwingen, seine Genugtuung über diesen Gedanken nicht merken zu lassen. Das ist der richtige Vorschlag im richtigen Augenblick! Sich überzeugen ...

»Fahren wir!« sagt er nur und dreht den schon geschlossenen Benzinhahn wieder auf. »Wir schaffen es noch, ehe es dunkel wird.« Damit tritt er schon die Maschine an. Pierre Rochambeaux, der ehemalige Kavallerieoffizier und jetzige Capitaine im Militärischen Abwehrdienst, scheint keine andere Antwort erwartet zu haben. Um die Indian herum geht er zum Seitenwagen und steigt ein. Batissier sitzt im Sattel und greift nach dem Ganghebel. »Wenn Sie eine Schutzbrille brauchen«, wirft er hin, »in der Seitentasche steckt eine. Die Kappe von Madeleine müßte Ihnen auch passen.« Damit läßt er das Motorrad anrollen.

Am Stadtrand von Paris hält er noch einmal an und betritt eine Telefonzelle. Er erkundigt sich bei Vernon, wann er mit der ersten Folge seines Artikels rechnen könne.

Die Antwort ist knapp und präzise: »Morgen!«

35

Die gewaltige Rotationsmaschine nimmt die volle Länge des Kellergeschosses in Anspruch. Ein zweistöckiges Gewirr von Walzen, Farbkästen, Rädern und Hebeln, so ruht sie noch. Eben werden mit Flaschenzügen zentnerschwere Papierrollen an beiden Enden des metallenen Kolosses hochgehievt und eingehängt. Arbeiter in ölfleckigen Kitteln sind dabei, Papierbahnen durch die Druckwerke zu fädeln, bis zu den wie polierten Trichtern in der Mitte der Maschine hin, von denen aus später die bedruckten Stränge endlos, schon einmal gefaltet, ins Schneidwerk laufen.

Der Materialfahrstuhl an einer der Kellerwände ist in Bewegung und bringt die ersten der halbrund gegossenen, schweren Druckplatten aus der Stereotypie herab. Das Blei ist noch blank und frei von Farbe. Die Hand des Maschinenmeisters streicht wie liebkosend über das seitenverkehrte Schriftbild. Nacheinander werden die Platten auf die Zylinder montiert, Schrauben angezogen.

»Welche Seiten fehlen noch?« fragt der Meister. Bis auf die ersten drei sind alle aufgelegt. Es ist wie immer – bis zur letzten Minute versuchen Carlé und seine Mitarbeiter im Nachrichtendienst, die neuesten Meldungen unterzubringen. Sie halten ihre Seiten offen, bis ihnen die festliegenden Produktionstermine »Stop!« gebieten. Nie wären sie bereit, auch nur Sekunden der ihnen durch die Technik zugebilligten Zeit zu verschenken . . .

36

Pierre Rochambeaux beugt sich zu Batissier hinüber, zeigt zum Schloß Bagnoles-de-l'Orne hinauf, das sich in der Ferne über Baumwipfeln erhebt und ruft: »Langsamer jetzt! Am besten, Sie fahren in den Wald und halten an. Wir sind gleich da.« Der Kriminalreporter nickt und nimmt die Geschwindigkeit zurück. Ein versteckter Waldweg tut sich auf, und er biegt in ihn ein. Das Fahrzeug, das auf der guten Chaussee ruhig dahinglitt, beginnt zu springen und zu holpern. Hier ist keine Fahrbahn; Holzabfuhren haben tiefe Rinnen in den weichen Boden gedrückt. Eine sanfte Biegung läßt die Straße hinter Bäumen und Gesträuch unsichtbar werden. Jacques hält an und schaltet den Motor aus. In den Zweigen ringsum flüstert ein leiser Wind; ein Eichelhäher schreit mißtönend und streicht ab. Etwas Gelblich-Braunes schlängelt sich in ein Moosbett – eine Blindschleiche. Rochambeaux klettert aus dem Seitenwagen und reckt sich, blinzelt in die untergehende Sonne und geht bis zur Biegung des Weges zurück. Niemand ist ihnen gefolgt; weitab lärmt auf den Feldern eine Lokomobile. Batissier zieht seine Stulphandschuhe aus und packt sie auf den Tank, der von der Firma beiderseitig mit einem Indianerkopf bemalt wurde, ihrem Markenzeichen. Er legt auch die Lederjoppe ab. »Es ist schön hier«, sagt der Reporter, »sehr schön.«

Rochambeaux stimmt ihm zu. »Ja. Urlaub müßte man haben, und ein Mädchen wie Ihre Madeleine. Sie beide sind glücklich, nicht wahr?«

Jacques lacht. »Das merkt man mir also an ... Haben Sie niemanden?«

»Nein.« Er blickt zum Schloß hinauf und fragt unvermittelt: »Wie spät ist es eigentlich?« – »Halb sieben.«

Pierre vergleicht seine Uhr. Dann greift er in die Gesäßtasche und zieht eine Pistole heraus, die er dem Journalisten auf der flachen Hand darbietet. »Sie ist durchgeladen und gesichert. Können Sie damit umgehen?«

»Ja. – Was haben Sie vor?«

»Ich habe Ihnen die Aufgabe zugedacht, für die Decourt vorgesehen war. Aber ihm habe ich nichts mehr zu befehlen. Sie kann ich übrigens auch nur bitten, mir zu helfen. Wenn Ihnen ein nochmaliges Eindringen in die Kapelle zu gefährlich sein sollte – sagen Sie es unbesorgt.«

Batissier nimmt die Waffe an sich. »Da ist nichts mehr zu sagen. Was soll ich tun?«

Rochambeaux legt ihm kameradschaftlich den Arm um die Schulter. »Gut! – Ich habe mir folgenden Plan zurechtgemacht ...«

Er breitet auf dem Sattel der Indian einen genauen Grundriß der Baulichkeiten des Schlosses aus. »Meine Überlegungen«, fängt er an, »gehen davon aus, daß den Cagoulards nach der Entdeckung Ihres Eindringens nur Zeit dazu blieb, ihre Spuren oberflächlich und nach außen hin zu verwischen. Eine gründlichere Arbeit wurde dadurch verhindert, daß man annehmen mußte, Sie würden umgehend die Polizei verständigen – was geschehen ist. Erschwerend kam hinzu, daß man erst Verschwörer zusammenziehen mußte – die von Ihnen beobachteten gehörten zweifellos einem Führungsgremium an, das sich der Gefahr einer Entdeckung nicht aussetzen konnte, ohne zugleich den Bestand der Organisation zu bedrohen. Die Tarnung der Kapelle erfolgte demnach durch untergeordnete Mitglieder, die ihrerseits mit Sicherheit die Geheimnisse ihrer Führer nicht kennen und folglich auch keinen Zugang zu deren Stabsunterlagen hatten, ohne die ein Geheimbund solchen Umfangs gar nicht auskommen kann. Ich vermute, daß sich Dinge dieser Art nach wie vor dort befinden – in Verstecken, die so raffiniert angelegt sind, daß die Cagoulards ihre Entdeckung für ausgeschlossen halten.«

Jacques beugt sich über die Karte. Er ist ganz bei der Sache. »Hm. Blanchard hat mir gesagt, die Kapelle wirke jetzt, als wäre sie seit Jahrzehnten nicht mehr betreten worden. Hoher Staub, keine Spuren ... Wenn die Kapuzenmänner ihr Versteck ganz aufgegeben hätten, wäre es ihnen sicher nicht darauf angekommen, ein Tohuwabohu zurückzulassen. Es sieht aber aus, als hätten sie den Eindruck erwecken wollen, ich hätte die Anwesenheit von Menschen in der gesperrten Schloßkirche nur erfunden.«

»Das erhärtet meine Vermutung!« Pierre stemmt beide Hände auf den Gepäckträger des Motorrads und sieht Batissier grüblerisch an. »Immerhin müssen die Cagoulards unter diesen Umständen im Schlosse einen sicheren

Gewährsmann haben, der sie über mögliche Veränderungen sofort unterrichten kann. Es muß jemand sein, der die Kapelle jederzeit betreten darf, ohne einen Verdacht auf sich zu lenken.«

»Knöpfen wir uns doch mal den Verwalter vor«, empfiehlt der Kriminalreporter. Jetzt ist er ganz in seinem Element. »Das ist der einzige, der unbeschränkten Zugang zu allen Räumlichkeiten des alten Baus hat und über sie verfügt. Von ihm erwartet sogar jeder, daß er sich um den Zustand auch der nicht mehr benutzten Schloßteile kümmert.«

»Ausgezeichnet! Das ist ganz meine Meinung. Mit ihm fangen wir an. Ich habe da übrigens noch eine kleine Überraschung für ihn vorbereitet . . .«

37

Das Zählwerk der großen Rotationsmaschine läuft mit hoher Geschwindigkeit. Die Auslegertrommel dreht sich rasend schnell. Auf den Transportbändern reiht sich druckfeucht Zeitung an Zeitung. Sie fließen auf die Arbeiter zu, die sie abnehmen, zu gleich großen Bündeln zusammenstoßen und auf die Fördermechanik heben, die die Pakete in den weiten Expeditionsraum zu ebener Erde trägt. Dort warten die Zeitungsfahrer; Lastkraftwagen schieben sich mit offener Ladefläche an die Rampe. Die ersten sind schon zum Flughafen Orly unterwegs, um die Linienmaschinen nach fremden Hauptstädten noch zu erreichen. Mit der Uhr in der Hand überwacht der Chefexpedient die Ausfahrt der Autos.

Im Kellergeschoß vermögen sich die Männer nur mehr schreiend zu verständigen. Die Betonbettung der Rotation bebt unter ihren Füßen. Die Druckwerke der Maschine laufen auf vollen Touren; die Papierbahnen schießen förmlich an den Zylindern vorüber, die ihnen in Bruchteilen von Sekunden das Gesicht der Zeitung geben; die Achsen der gegeneinander rotierenden Farbwalzen verschieben sich ständig und treten rhythmisch aus ihren Lagern heraus, schon werden neue Papierrollen in die Flaschenzüge gehängt – Nachschub.

Gelassen zieht der Rotationsmeister eine Zeitung vom Ausleger, schiebt seine Brille auf die Stirn und hält das Blatt dicht vor die Augen. Er prüft unbestechlich die Qualität der Text- und Bildwiedergabe, schlägt Seite für Seite auf und ist zufrieden. Er gönnt sich die Zeit, noch einmal einen Blick auf die Seite eins zu werfen, anzulesen.

Unter dem Kopf »Journal de Paris« läuft über die volle Breite der Ausgabe, fünfspaltig aufgemacht und mit dickem Balken unterstrichen, die Schlagzeile: »Auge in Auge mit den Cagoulards – Sensationelle Enthüllungen des Nachrichtenbüros Jacques Batissier« . . .

38

Mit erhobenen Händen und schreckverzerrtem Gesicht steht der Schloßverwalter von Bagnoles-de-l'Orne an der Wand. »Was wollen Sie von mir?« stammelt er. »Was soll das heißen? Sie sind doch immer mit mir zufrieden gewesen.«

Keine Antwort. Im Zimmer mit den gotischen Fenstern stehen dem Hausherrn zwei Männer gegenüber, die Pistolen auf ihn richten. Wer sie sind, weiß er nicht. Er sieht nur die ihm bekannten Kapuzen der geheimen Organisation und die Augenschlitze. Der Besuch kam überraschend. Die Vermummten haben das übliche Erkennungszeichen nicht gegeben, haben keine Münze aus der rechten Hand in die linke springen lassen. Dafür hielten sie die Waffen schußbereit in den Fäusten. Ihre ersten Worte waren: »Hände hoch!« So kommen die Fememörder der Cagoulards ...

Der Verwalter fühlt, wie sich sein Rücken mit Schweiß bedeckt. Die Wäsche klebt ihm am Körper. Was hat er denn getan? Alle Anweisungen hat er genau befolgt; nach dem Eindringen des Unbekannten tat er das Menschenmögliche, alle Spuren zu beseitigen – er schaffte es in Stunden. Warum also ...? Sollten die Führer befürchten, die Polizei sei ihm auf den Fersen und könnte ihn zum Reden bringen? Dann ist er verloren. Ein einmal gegebener Befehl wird nie zurückgenommen.

»Was habe ich denn getan?« hört er sich fragen.

»Bleiben Sie ruhig stehen! Keine Bewegung«, kommandiert der Größere der beiden, dem unter der Kapuze ein Trenchcoat hervorsieht. Batissier bleibt an der Tür stehen. Rochambeaux geht auf den Verwalter zu und tastet ihn mit geübten Griffen nach Waffen ab. Er findet keine. »Wo sind die Schlüssel?«

Die unsichere Stimme des Verwalters: »Sie wissen doch ebensogut wie ich, wie man da hinein kommt. Wollen Sie mich auf die Probe stellen?«

Der Capitaine der Militärischen Abwehr packt ihn an der Brust, dreht ihn zu sich herum und drückt ihm den Pistolenlauf zwischen die Rippen. Seine Augen hinter den Kapuzenschlitzen sind schmal und hart, mitleidlos. »Wo sind die Schlüssel, Mensch? Reden Sie!«

Der Mann blickt den Maskierten entsetzt an. Diese Frage verrät ihm, daß er nicht Beauftragte der Organisation vor sich hat, daß er sich verriet, als er auf sein Vertrautsein mit den Cagoulards anspielte, daß er Feinde der Cagoulards vor sich sieht. Seltsamerweise beruhigt ihn diese Erkenntnis. Er steht also nicht auf der Mordliste. Diese da sind Schnüffler, mit denen fertig zu werden ist ... »Ich habe keine Schlüssel«, behauptet er. »Was für Schlüssel sollen das denn sein?«

Pierre entgeht der Umschlag im Verhalten des Schloßbeamten nicht. Er zieht ihn noch dichter an sich heran. Seine Stimme droht, als er sagt: »Die Schlüssel zur Kapelle. Das wissen Sie so gut wie ich. Wo haben Sie sie? Los!«

Der Druck des Pistolenlaufs schmerzt. Außerdem hat der Mann mit der Maske den Zeigefinger am Abzug. »Die Schlüssel sind im Schreibtisch«, teilt er widerwillig mit. »Nehmen Sie doch die Pistole weg. Ich gebe sie Ihnen.« Damit macht er schon eine Bewegung auf den Schreibtisch zu, wird jedoch sofort zurückgerissen. Der Verwalter beißt sich auf die Lippen. »Sie können das Fach nicht öffnen. Ein Patentverschluß . . .«

Rochambeaux läßt ihn los. »Schließen Sie auf. Ich warne Sie: Ich schieße bei der ersten verdächtigen Bewegung!«

»Sie werden mit mir zufrieden sein, Monsieur.«

Batissier beobachtet, mit der Waffe jede Bewegung verfolgend, wie der Schloßbeamte an den Schreibtisch herantritt. Zuerst zögert er, dann fährt seine Hand blitzschnell unter das Schubfach. Jacques sieht Pierre noch rascher mit dem Pistolengriff zuschlagen und den Arm des Verwalters treffen. Der Mann stöhnt auf. Seine Augen sind voller Haß. »Hände hoch! Gesicht zur Wand«, befiehlt der Kriminalreporter und hebt die Pistole höher. Der Schloßbeamte gehorcht sofort.

Rochambeaux hockt sich, von Batissier gedeckt, hin und untersucht die Alarmanlage, die der Vertrauensmann der Cagoulards betätigen wollte. Ohne Sinn übrigens, wie dieser nun einsieht – die Wachstube im Felsengang ist ja nicht mehr besetzt.

Es bleibt keine Zeit zu untersuchen, wohin die Drähte der Anlage führen. Immerhin stehen sie nicht in unmittelbarer Verbindung mit dem Schubfach. Pierre nimmt ein scharfkantiges Stahllineal vom Schreibtisch und bricht das Schloß gewaltsam auf. Es birst mit einem häßlichen Knacken. Das Fach ist leer bis auf einen geladenen Revolver und ein Schlüsselbund. Beides nimmt er an sich. Dann tritt er dicht an Jacques heran und flüstert ihm zu: »Beim leisesten Verdacht drücken Sie ab! Und achten Sie auf das Signal.«

»In Ordnung!«

»Von draußen brauchen Sie keine Überraschungen zu befürchten; die Tür hält. Und von innen – ich klopfe, wie vereinbart. Falls die Tür unerwartet aufgeht, geben Sie sofort Feuer! Nehmen Sie noch diese Kanone; sechs Schüsse mehr . . .« Er händigt Batissier den eben sichergestellten Enfieldrevolver aus. »Da! Entsichert.« Rochambeaux geht. Er hat sich den Grundriß des Schlosses eingeprägt; er bewegt sich, als sei er schon hundertmal hiergewesen.

Jacques hört den hastigen Atem des Mannes, der sein Gesicht der Wand zukehrt. Der Kriminalreporter, den Rücken ans Gemäuer gelehnt, läßt keinen Blick von ihm. Er ist ganz ruhig. Zwar übersieht er nun die Gefährlichkeit des Unternehmens, aber zu seinem persönlichen Mut, den er beispielsweise im Fall Eunice hinlänglich bewies, kommt das Vertrauen zu Pierre Rochambeaux. Er zweifelt nicht am guten Ausgang dieser Suche.

Unglaublich langsam rinnt die Zeit und ist Batissier noch nie so zähflüssig erschienen. Die Stille, so erwünscht sie ist – sie erregt ihn. Geräusche, auf die er sonst nicht achtet, sind vordergründig und drängen sich geradezu auf. Ein Knacken in den Dielen, das Summen einer Fliege, das Pochen des eigenen Herzens – übermäßig laut ist das alles. Und dann schrillt das Telefon.

Der Verwalter wendet den Kopf, mehr lauernd als fragend. »Hände an die Wand! Zwei Schritt zurück. – Größere Schritte«, kommandiert Jacques. Seine Stimme läßt keinen Widerspruch zu. Das Telefon klingelt lange, in rhythmischen Intervallen, fordernd.

»Es fällt auf, wenn ich mich nicht melde«, droht der Mann in der befohlenen Schräglage, in der ein Mensch so gut wie hilflos ist. »Um diese Zeit bin ich immer zu erreichen.«

»Heute nicht. – Schweigen Sie!« Zugleich bemerkt er, daß seine Handflächen an den Waffengriffen allmählich feucht werden ...

39

Der Lichtkegel von Rochambeaux' Taschenlampe verliert sich fast im Dunkel der Kapelle. Das graue alte Mauerwerk ist stumpf und wirft ihn nicht zurück. Pierre geht Schritt für Schritt an den Wänden entlang, leuchtet den Putz ab und rüttelt an den Marmortafeln, die verschnörkelte lateinische Inschriften tragen und längst vergessene Namen nennen. Sie sind fest in die Steine gefügt. Wenn er darauf klopft, finden die Schläge keinen Widerhall – es gibt keinen Hohlraum dahinter. Schon nach den ersten Versuchen sind seine Hände grau von Staub. Der Modergeruch der geschlossenen Kirche nimmt ihm den Atem und läßt ihn die Kapuze abnehmen.

Der Sessel, der nach Batissiers Angaben vor dem Altar stand, ist nicht mehr da. Nur die Kandelaber finden sich noch, deren Kerzen damals die gespenstische Versammlung der Cagoulards erhellten, aber auch die betropften dicken Lichte weisen eine millimeterstarke Staubschicht auf. Der Capitaine sieht ihre Dochte in Augenhöhe vor sich. Über sein herbes Gesicht gleitet der Anflug eines verächtlichen Lächelns – die Dochte sind von Staub frei. Das übersahen die Geheimbündler in der Eile. Und damit ist die Unberührtheit der Kapelle endgültig zweifelhaft, gewinnt Rochambeaux' Hypothese Gewicht, daß hier etwas verborgen werden soll. Doch wo?

Zweifellos wäre es töricht, nach Mauerspalten Umschau zu halten – was die Cagoulards an solchem Ort zu verbergen hatten, beanspruchte Platz. Es wäre absurd, ein schwer zugängliches, etwa vermauertes Versteck zu vermuten – Unterlagen dieser Art müssen jederzeit zu greifen und ebenso schnell wieder sicher zu deponieren sein. Nein, der geheime Safe ist mit größter Wahrscheinlichkeit umfangreich und nur dadurch unauffällig, weil er sich organisch in seine Umgebung fügt, von ihr aufgesogen wird. Als er diese Überlegung angestellt hat, unternimmt Pierre einen zweiten Rundgang durch die Kapelle.

40

Der Gehilfe des Militärattachés der Deutschen Botschaft in Paris ist an diesem Abend in festlicher Stimmung. Der Tisch, für zwei Personen gedeckt, bietet erlesene Genüsse, Champagner ist kalt gestellt, und die erst kürzlich eingetroffene neue Sekretärin trägt ein tief dekolletiertes flaschengrünes Kleid. Ihr blondes Haar fällt bis über die Schulterblätter herab. Sie hat bereits zu erkennen gegeben, daß ihr der junge Hauptmann durchaus nicht gleichgültig ist. Er wird heute abend sondieren, wie weit diese Zuneigung reicht. Der Hauptmann, ungewöhnlich lebhaft, denkt, daß er diesen 30. August 1939 nie vergessen wird – einerlei, ob der Abend für ihn ein persönlicher Erfolg sein wird oder nicht. Sein Chef, der Attaché, hat heute morgen in engstem Kreise zu verstehen gegeben, daß die nächsten Tage im Zeichen einer bedeutsamen Entscheidung des Führers stehen würden, einer schicksalhaften Entscheidung für den Fortbestand der deutschen Nation. Während er gewandt über die letzten Premieren der Comédie Française plaudert, wartet er gleichzeitig mit beinahe schmerzhafter Spannung auf eine Unterbrechung des belanglosen Abendprogramms vom Reichssender Berlin, das die Hochantennen auf dem Dach der Botschaftsgebäude einwandfrei empfangen.

Er füllt Sekt in langstielige Pokale und beugt sich zu ihr. Ihre Blicke begegnen sich. Ehe die Gläser zusammenklingen, klopft es. Der Hauptmann stellt den Kelch zurück und strafft sich.

Ein Bedienter der Botschaft steht an der Tür. »Wenn ich Herrn Hauptmann bitten dürfte, mir in den Salon zu folgen.«

Der Offizier springt hastig auf, entschuldigt sich flüchtig bei seinem Gast und stürmt, im Laufen den Waffenrock glättend, hinaus. Ist es schon soweit? Er reißt die Tür zum Salon auf. In einem Sessel sitzt, scheinbar gelassen, der Sicherheitsbeauftragte der Botschaft, ein SS-Obersturmführer. Er ist in Begleitung des Presseattachés, der, unentwegt an seinem Schnurrbart zerrend, auf und ab geht. Er kommt sofort auf den Hauptmann zu.

»Sehen Sie sich das an!« sagt er und hält ihm »Journal de Paris« entgegen.

»Die Ausgabe von morgen. Mit ziemlich genauen Angaben über die Verbindungen der Cagoulards zu uns. Das ausgerechnet jetzt! Es steht zu befürchten, daß dieser Artikel Auswirkungen hat. Von der öffentlichen Meinung wollen wir gar nicht erst sprechen, aber die Lage der Cagoule selbst, ihre Sicherheit . . .«

»Was meinen Sie, müßte geschehen, Herr Attaché?«

Überraschend antwortet der SS-Obersturmführer: »Ich denke – von hier aus nichts! Allerdings würde ich Ihnen empfehlen, Admiral Canaris auf diese Schmiererei aufmerksam zu machen – mit einigen einschätzenden Bemerkungen, versteht sich. Ich habe meinerseits bereits Berlin verständigt.« Er steht auf. »Im übrigen sollten wir das Aufsehen, das dieser Artikel erregen wird, nicht überschätzen. Morgen hat die Welt einen anderen Gesprächsstoff. – Heil Hitler!«

41

Der Lichtstrahl der Taschenlampe tastet über lebensgroße Marmorfiguren unter einem säulengetragenen Baldachin – die Heiligen Drei Könige, die das Christuskind anbeten. Dieser Gruppe gilt die ganze Aufmerksamkeit des Abwehroffiziers. Sie steht auf einem Sockel, der sich wuchtig in das Kirchenschiff hineinschiebt und dessen Frontseite in Felder aufgeteilt ist. Wieder lateinische Bibelverse, vermengt mit Nachrufen auf Mitglieder eines berühmten Adelsgeschlechts. In Altfranzösisch abgefaßt, sind sie kaum noch zu entziffern.

Der Sockel fesselt Pierre. Zentimeter um Zentimeter leuchtet er ihn ab, befühlt die Felder, klopft. Nichts. Die Untersuchung dauert lange und bleibt ergebnislos. Rochambeaux wischt sich den Schweiß von der Stirn und schlägt sich nachdenklich mit der staubigen Hand auf den Mund. Dieser Staub schmeckt eigenartig. Als es ihm auffällt, kostet er ihn vorsichtig mit der Zunge, spuckt aus – Zement! Die Erkenntnis vervielfacht seinen Eifer. Aufmerksam geworden, nimmt er nun wahr, was er vorher nicht beachtet hat: Der Sockel wurde mit Zementstaub förmlich gepudert! Hatte das seinen Grund darin, daß gerade er unberührt und unverdächtig wirken sollte? Der Capitaine fühlt, daß er der Lösung des Rätsels nahe ist.

Trotz angestrengtester Suche bietet der Sockel keine Handhabe, das vermutete Versteck zu öffnen.

Rochambeaux tritt ein paar Schritte zurück. Das Licht seiner Lampe erhellt wieder die Figurengruppe, die Säulen, den Baldachin. Gründlich besehen, offenbart das Kunstwerk dem Betrachter eine Menge schmückenden Beiwerks, das bei oberflächlicher Besichtigung der Aufmerksamkeit entgeht. Jetzt erst sieht der Capitaine, daß die Kirchenwand hinter der Figurengruppe im Flachrelief zwei allegorische Gestalten zeigt. Die eine stellt das Leben dar – ein voll erblühtes Mädchen mit einer Korngarbe im Arm. Ihm gegenüber steht, auf die Sense gelehnt, der Tod. Der unbekannte Meister hat ihn nicht als Skelett dargestellt. Er hüllte ihn in eine Mönchskutte, aus der nur der fleischlose Kopf und die Knochenhände hervorsehen. Rochambeaux schaudert. Die Kutte ...

Ohne zu zögern, klettert Pierre auf den Sockel. Sein weißer Trenchcoat bedeckt sich mit Zementstaub; er achtet nicht darauf. Eingezwängt zwischen die Heiligen Könige, richtet er den Schein der Stablampe auf das Flachrelief. Das Licht verweilt bei den Augenhöhlen des Todes. Sie sind, gemessen am übrigen Bildnis, unnatürlich tief und außerdem nicht in gerader Linie in den Stein hinein, sondern abwärts fallend geführt. In ihnen liegt kein Zementstaub. Der Capitaine streckt die Hand nach ihnen aus und – zieht sie zurück. Er kann sich nicht überwinden; das alles ist unheimlich unnatürlich. Endlich nimmt er seinen Kopierstift aus der Brusttasche und senkt ihn in eine der fingerdicken Höhlen. Die Metallhülse stößt auf einen Widerstand, der federt. Er gibt nach, als Rochambeaux kräftiger drückt.

Es geschieht nichts. Der Sockel unter Pierres Füßen behält sein Geheimnis für sich.

Der Abwehroffizier senkt den Stift in die zweite Höhlung. Auch hier ein federnder Widerstand, der nachgibt. Sonst nichts. Rochambeaux grübelt. Das Haar hängt ihm wirr ins Gesicht. Ihm ist heiß. Er lockert den Binder und öffnet den Hemdkragen. Dann zieht er auch noch den Füllfederhalter heraus und steckt ihn und den Kopierstift gleichzeitig in die schwarzen Löcher. Die Stablampe hält er zwischen den Zähnen. Der Capitaine drückt mit beiden Händen zu.

Ein Surren ist da, als ob ein altes Federwerk abläuft. Unterhalb seiner Füße bewegen sich Rollen. Am Sockel schiebt sich eines der Felder mit den altfranzösischen Inschriften nach hinten. Rochambeaux schaltet die Lampe aus und greift zur Pistole. Vielleicht gibt es auch hier eine Alarmanlage.

Nichts stört die Stille. Nur das alte Gestühl in der Kapelle arbeitet. Pierre springt vom Sockel, steht vor der Öffnung und leuchtet in sie hinein. Er sieht nur den brünierten Stahl einer Kassette von der Größe einer Aktentasche. Sie ist schwer. Behutsam hebt er sie heraus und betrachtet sie von allen Seiten. Die Kassette ist verschlossen, sie gewaltsam aufzubrechen ist hier nicht möglich. Das macht dem Capitaine keine Sorgen – der technische Dienst der Abwehr kann die Schlösser öffnen, ohne sie zu beschädigen. Seine, Rochambeaux' Aufgabe ist es, sie sicher nach Paris zu bringen, das Behältnis unversehrt in die Hände des Colonels zu legen.

Das Versteck läßt sich auf dieselbe Weise schließen, in der es aufgetan wurde. Pierre wickelt die Kassette in seinen schmutzigen Mantel und verläßt die Kapelle.

42

Batissier glaubt, seit einer Ewigkeit in der Verwalterwohnung zu stehen – in der einen Faust den Enfieldrevolver, in der anderen eine automatische Pistole. Der Schloßbeamte war lange still; jetzt beginnt er wieder zu reden.

»Lassen Sie mich doch wenigstens anders stehen«, bittet er. »Wie lange soll denn das noch dauern?«

»Sie bleiben so«, befiehlt Jacques unerbittlich. Der Versuch des Mannes, die Alarmanlage zu betätigen, ist ihm deutlich vor Augen. Er hat keine Lust, sich übertölpeln zu lassen, schon Rochambeaux' wegen nicht. Um den sorgt er sich ernstlich. Hätte der Exkommissar nicht längst zurück sein müssen?

Der Kriminalreporter atmet auf, als an der Innentür das vereinbarte Klopfzeichen gegeben wird, als Pierre – den Mantel wie ein Paket unter dem Arm – hereinkommt. Erschöpft tritt er zu Jacques, legt ihm die Hand auf die Schulter und sagt leise: »Alles in Ordnung. Es ist gelungen.« Dann wendet er sich zu dem Mann an der Wand: »Ich gebe Ihnen einen guten Rat. Schweigen Sie über unseren Besuch. Sie sollten wissen, daß bei den Cagoulards nicht lange gefackelt wird. Auf Verräter wartet die Feme.« Er legt das Schlüsselbund in die Schreibtischlade zurück und schiebt sie zu. Rochambeaux dreht sich zur Tür, gibt Batissier mit einer Kopfneigung zu verstehen, er möge wie vereinbart handeln, und reißt sich draußen die Kapuze herab, die er beim Verlassen der Kapelle wieder übergestreift hatte.

Die Nachtluft tut ihm gut. Er atmet sie tief ein, während er über den menschenleeren Hof des Schlosses geht – ohne Eile, ein Mensch, der die Schönheit des alten Bauwerks genießt. Aus dem Saal des Hotels klingt auch heute Tanzmusik herüber. Durch das Eingangsportal fließen Lichtbahnen auf den Parkplatz zu, der wieder voller luxuriöser Limousinen ist. Jacques hat sein Motorrad diesmal im Wald stehen lassen.

Der Capitaine schlendert zu den Wagen hinüber. Er verhält, nimmt das Lederetui mit seinen Zigarillos heraus und wählt bedächtig eines davon. Das gibt ihm Gelegenheit, die Umgebung unauffällig und gründlich zu mustern. Aber es ist niemand da, ihn zu beobachten oder ihm zu folgen.

Nach einem flüchtigen Blick auf die Armbanduhr wendet er sich, nun mit unverhohlener Eile, zum Taxistand. »Fahren Sie mich nach Alençon, Hotel de France«, weist er den Chauffeur des Wagens an.

43

Kriminalassistent Decourt war sehr überrascht, als an diesem Abend plötzlich Unterpräfekt Blanchard in das spärlich möblierte Dienstzimmer trat, in dem nach der Suspendierung Rochambeaux' Inspektor Marchand kommissarisch mit der Leitung der Mordkommission 2 beauftragt wurde. Marchand weilt nicht mehr in der Präfektur; Decourt, zum Nachtdienst eingeteilt, ist allein und hatte Mühe, beim überraschenden Erscheinen des Chefs der Kriminalpolizei den Detektivroman unbemerkt unter einem Aktenbündel verschwinden zu lassen, mit dem er sich die Stunden verkürzen wollte. Blanchard hat die hastige Geste nicht wahrgenommen oder absichtlich übersehen; er ließ den Assistenten jovial Platz behalten und setzte sich ihm gegenüber. Nach ein paar einleitenden Erkundigungen nach den beruflichen Plänen Decourts und seinem Eindruck von der Arbeit der M 2 erklärte der Präfekt plötzlich, es sei notwendig geworden, noch einmal die Vorfälle zu rekonstruieren, die mit der vielbesprochenen Aktion in der Rue Ribera zusammenhingen. Es verhalte sich leider so, daß das eigenmächtige Handeln des ehemaligen Kommissars höheren Orts bis heute nicht verziehen sei. Man betrachte es als ein Exempel ...

»Um zu einer Einschätzung zu gelangen, die allen Seiten gerecht wird, müssen wir uns die Einzelheiten ins Gedächtnis zurückrufen«, sagt Blanchard gerade. »Rochambeaux nahm also einen anonymen Anruf entgegen. Hatten Sie den Eindruck, daß er wußte, wer der Anrufer war?«

Der Assistent nickt eifrig. »Das Telefonat hat den Kommissar gar nicht verblüfft. Doch, es ist möglich, daß er die Person gekannt hat. Monsieur Rochambeaux war sehr gewissenhaft; er hätte nie auf bloßen Verdacht hin ...«

Der Unterpräfekt spielt mit seiner Pfeife. »Lassen wir das einstweilen. Eine andere Frage: Wie kam er eigentlich dazu, diesen Batissier überwachen zu lassen?«

»Das weiß ich nicht. Oder doch ...« Er erinnert sich und berichtet lebhaft: »Das war am Morgen nach dem Einbruch in Batissiers Wohnung. Sie hatten das Protokoll eingesehen. Rochambeaux kam damit von Ihnen zurück und befahl mir gleich: ‚Decourt, hängen Sie sich an den Journalisten. Ich glaube, er braucht einen Leibwächter.' – Daraufhin ist er von der M zwei überwacht worden. Der Feuerüberfall im Park gab dem Kommissar ja auch recht.«

»Hat Rochambeaux etwas darüber gesagt, was ihn im einzelnen zur Anordnung der Überwachung bewog?«

»Nein. Der Kommissar war sehr wortkarg – und mir gegenüber auch nicht rechenschaftspflichtig.«

Blanchard schmunzelt. »Ihnen macht niemand einen Vorwurf. Im Gegenteil: Sie haben die Ihnen erteilten Befehle korrekt und zur vollen Zufriedenheit ausgeführt. Ich weiß das zu schätzen, Decourt.« Seufzend ergänzt er: »Ehrlich gesagt, bedaure ich es auch, daß wir uns von Kommissar Rochambeaux trennen mußten. Ein fähiger Kriminalist...« Der Unterpräfekt steht auf – selbstverständlich fährt der Assistent augenblicklich in die Höhe –, reckt sich und schließt sein Jackett. »Ich glaube, es wäre langsam Zeit, daß Sie Oberassistent würden. Meinen Sie nicht?« Er winkt leicht ab, als Decourt, jäh bis unter die Haarwurzeln errötend, einen Dank vorbringen will. »Schon gut; ich erledige das. – Unser Gespräch wollen Sie als vertraulich ...«

Der Hüne klappt die Hacken zusammen. »Wie Sie befehlen, Monsieur Präfekt ...«

44

Nach einem Blick auf die Wanduhr atmet Batissier auf. Er fühlt sich sehr erleichtert. Die Zeit, die für den Rückzug von Rochambeaux vorgegeben war, ist abgelaufen. Nun kann auch er sich entfernen.

Der Verwalter scheint sich mit seiner Lage abgefunden zu haben. Er muß steif geworden sein in der ihm befohlenen unnatürlichen Haltung. Die Lippen zusammengekniffen, starrt er apathisch zu Boden.

Jacques sichert den Revolver und schiebt ihn in die Hosentasche. Der Schloßbeamte dreht nicht einmal mehr den Kopf, als der Mann mit der Kapuze an den Schreibtisch geht, sich den Telefondraht um die freie Hand schlingt und ihn mit einem kräftigen Ruck aus der Anschlußdose reißt. Auf die gleiche Weise zerstört der Kriminalreporter die Alarmanlage. Das dünne Kabel schneidet tief in die Haut ein; er achtet es nicht. Langsam tritt er rückwärts zur Tür, nimmt den darin steckenden Schlüssel an sich und drückt die Klinke nieder. Seine Pistole ist nach wie vor auf die Brust des Verwalters gerichtet.

»Einen Versuch mit der Alarmanlage können Sie sich sparen«, sagt Batissier noch. »Bis Sie die Tür aufgebrochen haben, das wird einige Zeit dauern.«

»Mit euch wird kurzer Prozeß gemacht«, zischt der Schloßbeamte über die Schulter. »Das hier wird euch teuer zu stehen kommen!«

Jacques kann es sich nicht verkneifen, das letzte Wort zu haben: »Klingt ganz gut! Vor allem von einem, der so brav die Wand festhält.« Damit schlägt er die Tür von außen zu und schließt ab. Im Flur des abgelegenen Schloßteils, den der Verwalter allein bewohnt, nimmt Batissier die Kapuze ab und trocknet sich mit ihr sein Gesicht, über das der Schweiß in Strömen gelaufen ist. Für Sekunden lehnt er sich an die kalte Steinwand. Wie erschöpft er ist, wie fertig … Als drin im Zimmer der Schloßbeamte anfängt, sinnlos und rasend an die Tür zu trommeln, holt der Kriminalreporter aus der Seitentasche seiner Lederjoppe eine Tafel Schokolade hervor, bricht einen ganzen Riegel ab und kaut heißhungrig. Dann erst verläßt er schnell das Schloß. Die ungeheure Spannung weicht, sobald er im Wald wieder vor seiner Indian steht. Der starke Motor springt zuverlässig an; der Scheinwerfer blendet auf. Jacques schaltet.

Unterhalb des Schlosses Bagnoles-de-l'Orne überholt das Seitenwagengespann einen modernen Reisebus. Die Insassen, offensichtlich angeheitert, singen …

45

Der Vorort im Südwesten der Seinemetropole ist um diese frühe Morgenstunde kaum belebt. Ein Fernlastzug rollt vorüber. Über Kreuzungen liegt die trübe Helligkeit von Gaslaternen. Ein Taxi fährt nahe der Metrostation an den Bordstein und hält. Pierre Rochambeaux steigt aus und reicht dem Chauffeur einen Geldschein. »Gute Fahrt, Monsieur!«

Er wartet, bis sich der Wagen entfernt hat. Dies war ein Mietauto aus Evreux. Der Capitaine wechselte das Fahrzeug zum erstenmal in Alençon, zum zweitenmal in Verneuil und stieg in Evreux zum drittenmal um. Sollte versucht werden, seinen nächtlichen Weg zu verfolgen – er macht es den Cagoulards so schwer wie möglich. Ehe er ein neues Taxi bestieg, wartete er überall, bis sich das vorher benutzte entfernt hatte; keiner der Chauffeure sah seinen Nachfolger. Jedem – denn alle Mietwagenfahrer beginnen nachts Gespräche mit ihren Fahrgästen, um sich munter zu halten – erzählte er eine andere Geschichte, nannte er andere Ziele.

Rochambeaux kneift die Augen zusammen, als auf der Straße, auf der er selbst eben kam, Motorengeräusch laut wird und sich mit hoher Geschwindigkeit nähert. Sind das bereits Verfolger? Er tritt tiefer in den Schatten der Bäume. Seine Hand gleitet zum Schulterhalfter.

Der Wagen, viel zu schnell gefahren für diese schmalen Bahnen hier, biegt schleudernd um die Kurve, seine Reifen radieren; schon ist er vorüber – ein silbergrau lackierter Sportzweisitzer mit Außenkompressoren und heruntergeklapptem Verdeck. Neben der Reisemütze des Mannes am Steuer flattert das Kopftuch einer Frau. Vorbei …

Noch sind die Züge der Metro leer. Rochambeaux hat einen ganzen Wagen für sich. Um diese Stunde müßte ihm in der Untergrundbahn jeder »Schatten« auffallen. Aber er ist allein. Die wenigen Menschen auf den Bahnsteigen beachten ihn nicht – ein paar Arbeiter, die einen langen Anmarschweg zur Frühschicht haben, und ein Liebespaar, das das Einlaufen jedes Zuges zum Anlaß für einen neuen Abschied nimmt, das sich noch nicht gelöst hat aus der zärtlichen Heimlichkeit der Nacht.

Pierre fährt nur wenige Stationen, besteigt dann einen Zug in der Gegenrichtung und verläßt später einen unbedeutenden Bahnhof. Hier nimmt er wieder ein Taxi, das er einige Straßenzüge weiter entlohnt. Als sich der Wagen entfernt hat, öffnet er die schmiedeeiserne Tür zum Vorgarten eines zweistöckigen Miethauses. Weit und breit ist kein Mensch; alle Fenster sind dunkel. Rochambeaux, als wäre er hier daheim, tritt ins Haus und läuft leise die Treppe empor.

An der Wohnungstür ein Schild: »Louise Puget«.

Es dauert lange, bis das Schrillen der Glocke im Flur Schritte weckt. Eine Sicherheitskette klirrt. Das verschlafene Gesicht einer alten Frau blickt durch den Türspalt. Der Capitaine sagt: »Guten Morgen, Mama Puget!« Batissier wäre erstaunt, wenn er diese Stimme hören könnte; er würde sie nicht wiedererkennen, so weich und behutsam ist sie auf einmal.

Das Gesicht der alten Frau erhellt sich. Es ist schmal, von einem dichten Netz kleiner Falten durchzogen, gütig. Die großen grauen Augen verlieren ihre Müdigkeit. In ihnen kommt Freude auf. »Pierre! Warte, ich öffne!« Die Kette klirrt; der Flügel bewegt sich in den Angeln. Rochambeaux schließt ihn hinter sich. Er legt auch die Kette wieder vor.

Dann, im Zimmer, nimmt Louise Puget beide Hände des Besuchers in die ihren. »Laß dich anschauen, Pierre«, sagt sie herzlich. »Du hast dich gar nicht verändert. Nur älter bist du geworden. Darf ich denn überhaupt noch du sagen?«

»Was für eine Frage! Natürlich.« Dieses Wiedersehen berührt ihn sehr. Es erinnert an so vieles ... Er muß sich zwingen, sich nicht einfach der Freude über diese Begegnung hinzugeben, sondern den Zweck seines Besuches zu nennen. »Es ist noch sehr früh, Mama Puget. Ich habe mir lange überlegt, ob ich Sie zu dieser Zeit stören darf; ich dachte, Sie schlafen fest und hören gar nicht, wenn ich klingele.«

Louise Puget schaut zu dem Capitaine, der einen Kopf größer ist als sie, auf und schüttelt lächelnd ihr graues Haar. »In meinem Alter braucht man nicht mehr viel Schlaf. Und für dich habe ich immer Zeit, Pierre. Mach's dir bequem; setz dich.«

Rochambeaux stellt sein Paket auf einen der alten Stühle Ganz in der Nähe, über dem Sofa, hängt wie früher das Bild, das ihn in de" Paradeuniform eines

Fähnrichs der Kavallerie zeigt, den Säbel an der Seite, den Helm im Arm. Quer über das Foto ist mit steilen, energischen Schriftzügen die Widmung geschrieben worden: »Mama Puget in Dankbarkeit. Pierre Brunot. Juli 1928.«

Die alte Frau beobachtet ihn. »Ich hätte dich gern wieder einmal in Uniform vor mir. Ich sehe den kleinen Pierre Brunot noch als Kadetten. Wie dein Vater damals stolz auf dich war! Ich wünschte, deine Eltern hätten erleben können, was für ein stattlicher Mann aus ihrem Jungen geworden ist.«

Rochambeaux betrachtet das Bild lange. Damals hatte er noch volles Haar; die Kinnpartie war weicher, der Mund weniger streng. Die Falten um die Augen fehlten noch ganz... Am Abend des Tages, da dieses Foto gemacht worden war, hatte er ein bezauberndes Mädchen kennengelernt, Monique, die Schwester eines Kameraden. Sie saß wunderbar im Sattel. Wenn sie gemeinsam ritten, duldete ihre goldbraune Stute kein anderes Pferd vor sich. Monique schrie vor Freude, wenn sie Seite an Seite über die Wiesen der Touraine jagten, und sie lag atemlos und warm an seiner Brust, wenn sie aus dem Sattel in seine Arme sprang. Ihre Eltern verheirateten sie später mit einem wohlhabenden Geschäftsmann. Vor zwei Jahren hat er sie wiedergesehen, zufällig, auf den Champs Elysées, aber da hieß er nicht mehr Brunot, trug Zivil und trat vor ein Schaufenster...

Der Capitaine reißt sich los. »Ich möchte Sie um eine Gefälligkeit bitten, Mama Puget. Ich weiß nicht, zu wem ich sonst gehen sollte. Hier habe ich eine Kassette. Sie ist voller Akten. Es handelt sich um sehr wichtige Dinge. Bitte, heben Sie sie für mich auf. Es weiß niemand davon; Sie können deswegen keine Schwierigkeiten haben. Aber diese Kassette muß zunächst einmal verschwunden sein. Vielleicht hole ich sie schon morgen ab, vielleicht später. – Wollen Sie das für mich tun?«

»Natürlich«, erwidert sie. Mit größter Selbstverständlichkeit erläutert sie: »Ich habe eine eiserne Truhe im Keller. Da hinein werde ich sie legen. Du nimmst den Schlüssel mit, und niemand erfährt etwas davon. Das ist ganz einfach. – Aber bist du denn nicht mehr in der Armee? Was hast du mit Akten zu tun?«

Pierre weicht aus. »Auch bei der Armee gibt es Akten. Ein andermal, wenn wir mehr Zeit haben, erzähle ich Ihnen davon.«

Louise Puget senkt die Stimme. »Jetzt ist es ein Geheimnis, nicht wahr?«

»Ja.«

»Aha. Gut!« Sie drückt ihn in einen Sessel. »Aber jetzt werde ich dir erst einmal ein Frühstück machen. Soviel Zeit hast du doch?«

Ihre Güte macht es dem Capitaine unmöglich zu widersprechen. Nun, da sie hinausgeht, befällt ihn bleierne Müdigkeit. Es kostet Mühe, sich wach zu halten...

46

Im Zimmer mit der Fensterwand brennt kein Licht. Über Paris zieht der Morgen auf. Jacques Batissier wandert, eine Kaffeetasse in der Hand, unruhig im Zimmer auf und ab. Er wartet auf den Anruf von Pierre Rochambeaux. Immer häufiger bleibt er stehen und sieht zum Telefon. Der Apparat schweigt. Der Kriminalreporter setzt sich hin, schaltet die Schreibtischlampe ein und zieht sich Papier heran. Er nimmt den Drehbleistift, hält ihn eine Weile in den Fingern und legt ihn wieder hin, löscht das Licht, springt wieder auf. Die Hände tief in den Hosentaschen, beginnt er seinen Rundgang von neuem. Wenn Madeleine hier wäre, er hätte sie geweckt. Aber als er heimkam, fand er statt ihrer bloß einen Zettel vor: »Ich wäre lieber bei dir, doch Carlé kommt gerade mit seinem Motorrad und sagt, ich solle mich warm anziehen und die Kamera einpacken. In Le Havre findet eine große Kundgebung statt. Vor morgen mittag werden wir leider nicht zurück sein. Sei nicht traurig, und schlafe gut. Wo treibst du dich eigentlich herum? – Tschüs, deine Madeleine.«

Jacques lehnt den Kopf an die angenehm kühle Scheibe. Warum meldet sich Rochambeaux nicht? Ihm kann nichts zugestoßen sein – er, Batissier, hat Bagnoles-de-l'Orne als letzter verlassen, und ist er unbehelligt an die Seine zurückgekehrt, dann der Exkommissar doch erst recht! Zu dumm, daß er die Adresse nicht weiß, die Nummer des Privatanschlusses nicht kennt. Im Telefonbuch steht sie nicht, er hat bereits nachgesehen.

Die Sonne steigt höher. Der Journalist, übernächtigt und nervös, schaltet das Radio an. Er erträgt das Schweigen nicht. Die Stimme eines Nachrichtensprechers erreicht ihn: »... hat der Ministerrat der Französischen Republik beschlossen, an den Polen gegebenen Garantien festzuhalten. Wie bereits gemeldet, hatte die deutsche Regierung gestern abend noch bekanntgegeben, daß sie seit zwei Tagen den polnischen Bevollmächtigten vergeblich erwartet habe und daß sie damit die deutschen Vorschläge über Verhandlungen mit Warschau als abgelehnt betrachte. Für die daraus entstehenden Folgen trage die polnische Regierung allein die volle Verantwortung. – London. Aus der Downing Street kabelt Reuter, daß seit den frühen Morgenstunden im Außenministerium des Vereinigten Königreichs große Aktivität ...«

Batissier schaltet aus. Er kann sich jetzt nicht konzentrieren; er ist mit seinen Gedanken so sehr bei Rochambeaux, daß ihm nicht einmal auffällt, daß die Morgennachrichten heute von einem Chefsprecher verlesen werden, dessen geschulte Stimme jedem einzelnen Satz Gewicht und Würde gibt.

Der Journalist streckt die Hand nach dem Telefonhörer aus, zögert noch und wählt dann kurzentschlossen die Privatnummer von Gaston Blanchard. Eine Frauenstimme meldet sich, vermutlich ein Dienstmädchen. Sie sagt zurückhaltend, der Herr Präfekt schlafe noch. Batissier muß lange reden und überdies seinen Namen buchstabieren, ehe sie sich bereit erklärt, ins Schlafzimmer durchzustellen.

Der Chef der Kriminalpolizei ist keineswegs verärgert. Gut gelaunt ruft er in die Muschel: »Ich habe noch nicht gefrühstückt und rasiere mich gerade. Wo brennt es denn, Batissier, daß Sie mich zu nachtschlafener Zeit in meinen häuslichen Verrichtungen stören?«

Jacques nimmt den Hörer auf die andere Seite. Es gelingt ihm nicht, auf den heiteren Ton des Unterpräfekten einzugehen. »Entschuldigen Sie, Monsieur Blanchard«, sagt er. »Ich brauche sofort die Adresse des Kommissars Pierre Rochambeaux.«

»Ist etwas mit ihm?« klingt es sachlich zurück.

Batissier tritt von einem Bein auf das andere. »Ich hoffe, nicht. Können Sie mir helfen?«

Für einen Augenblick bleibt es in der Leitung still. Nun scheint der Chef der Kriminalpolizei erkannt zu haben, in wie hohem Maße der Reporter erregt und besorgt ist. Für einen Schwätzer hat er ihn nie gehalten – es muß einen stichhaltigen Grund für seinen Anruf zu so ungewöhnlicher Stunde geben. Darauf stellt er sich ein. »Droht ihm Gefahr? Reden Sie schon – was ist los? Wie soll ich Ihnen sonst sagen, ob ich helfen kann?«

Jacques ist froh, daß er sich aussprechen kann. »Wir waren gestern in Bagnoles-de-l'Orne, Monsieur Präfekt. Kommissar Rochambeaux hat wichtige Unterlagen der Cagoulards bei sich. Wir haben uns getrennt; ich warte auf seinen Anruf. Seit Stunden. Diese Akten müssen in die richtigen Hände gelangen ...«

»Ja«, entgegnet Gaston Blanchard nur. Von seiner Stimme fällt alle Verbindlichkeit ab; sie ist das befehlsgewohnte Organ des erfahrenen Kriminalisten, der schnelle Entscheidungen trifft. »Vollkommen Ihrer Meinung, Batissier! Natürlich muß man ihn absichern. – Danke!«

»Die Adresse!« schreit der Journalist. Der Unterpräfekt hat schon aufgelegt. Als Jacques wieder wählt, hört er das Besetztzeichen. Mit einem unbeherrschten Fluch hängt er den Hörer in die Gabel. Warten, weiter warten ... Immerhin: Er wird ruhiger. Es ist gut zu wissen, daß Blanchard seine Sorgen teilt und sofort etwas unternommen hat. Der Unterpräfekt zögert nicht zu handeln. Hat er sich nicht selbst umgehend aus dem Spielsaal ins Schloßhotel begeben und persönlich Batissiers Schutz übernommen, als Madeleine damals die Präfektur anrief und es zu spät war, ihn von Paris aus abzusichern? Für den Schwindel mit dem Flugzeug bringt der Reporter Verständnis auf; natürlich wollte Blanchard keinen »exquisiten kleinen Skandal« für den »Miroir« liefern: »Polizeipräfekt verläßt Paris, um neben Halbweltdamen unerkannt Roulette zu spielen.« Zwar hätte Batissier diese Meldung aus Achtung vor dem Unterpräfekten nicht geschrieben, aber der Chef der Kriminalpolizei mag seine Erfahrungen mit Presseleuten haben . . .

Wo bleibt der Anruf? Die Zeit verrinnt so träge wie in der Wohnung des Verwalters in Bagnoles-de-l'Orne . . . Jacques kocht sich noch einmal Kaffee. Als der Wasserkessel zu pfeifen anfängt, klingelt das Telefon. Der Kriminalreporter rast zum Schreibtisch und reißt den Hörer hoch. »Hier Batissier . . .« Dann holt er tief Luft – Rochambeaux! »Gott sei Dank«, sagt er mit ehrlicher Erleichterung. »Hat alles geklappt?«

»Großartig, Batissier! Kein Mensch findet das Zeug. – Liegen Sie im Bett?«

Jacques reibt sein unrasiertes Kinn. »Ein besserer Witz fällt Ihnen wohl nicht ein?«

Rochambeaux lacht. »Um so besser! Wissen Sie was? Kommen Sie gleich zu mir. Einverstanden?«

»Bis jetzt weiß ich nicht, wo Sie wohnen.«

»Rue de Jardin, achtundvierzig. – Ich wollte Sie noch bitten: Sprechen Sie zu niemandem darüber. Bevor die Sache nicht geklärt ist . . .«

Die Stimme bricht plötzlich ab. Das Telefon überträgt einen gedämpften Knall; der Hörer schlägt mit schepperndem Geräusch irgendwo auf; es gibt einen schweren Fall, einen röchelnden Laut.

»Rochambeaux?« ruft Batissier in jäher Angst, und da keine Antwort kommt, brüllt er: »Rochambeaux! Zum Teufel, was ist los?! Rochambeaux!«

Wieder keine Entgegnung. Schritte sind da, Fächer werden aufgezogen, ein Möbelstück fällt um . . .

Der Kriminalreporter hängt ein. Er reißt den auf dem Tisch liegenden Enfieldrevolver an sich und rennt, wie er ist, aus der Wohnung, jagt die Treppe hinunter, erreicht seine Maschine, tritt sie an, sitzt schon im Sattel und rast in die Rue de Jardin. Flics pfeifen hinter ihm her und gestikulieren, Fußgänger prallen entsetzt zurück – Jacques dreht den Gasgriff bis zum Anschlag auf. Die vier Zylinder toben. Vor dem Haus Nummer 48 blockiert er die Räder; die eigene Fluchtgeschwindigkeit reißt die Maschine auf der Stelle herum, sie schleudert und steht. Der Journalist atmet auf. Vor dem Gebäude parkt ein Einsatzwagen der Polizei. In der Tür tritt ihm ein Beamter entgegen: »Niemand passiert, Monsieur!« Batissier schiebt ihn beiseite. »Presse!« Die Treppenstufen nimmt er mit langen Sprüngen.

Und dann treten ihm Tränen in die Augen.

Ein Beamter der Mordkommission 1, Batissier durch frühere Berichte flüchtig bekannt, zieht einen Kreidestrich um den toten Pierre Rochambeaux. Der Polizeifotograf hantiert mit Blitzlicht. Tatortaufnahme – der ehemalige Kriminalkommissar liegt unmittelbar vor dem Telefontisch. Er ist hemdsärmlig. Seine Pistole steckt im Schulterhalfter. Genau über dem Herzen saugt sich die Wäsche des Toten voll Blut. Dicht neben seinem Kopf hängt noch immer der Hörer des Fernsprechers herunter. Im Zimmer herrscht Unordnung. Es ist in großer Eile durchwühlt worden, die Schranktüren stehen weit auf, die Schübe der Kommode sind herausgezogen, der Inhalt verstreut. Auch das Bettzeug wurde auseinandergerissen. Die Uhr auf dem Nachttisch geht nicht mehr. Ihre Zeiger sind sechs Uhr sechs Minuten stehengeblieben.

Neben der Tür beobachtet Blanchard die Arbeit der Detektive. Er hält den Hut in der Hand und sieht erschüttert auf Rochambeaux hinunter. Als er sich von Batissier bemerkt fühlt, tritt er auf ihn zu und gibt ihm schweigend die Hand. Nach langer Pause sagt er: »Es tut mir leid, Monsieur. Sie haben mich zu spät angerufen ...«

Schaftstiefel klappen im Flur. Lieutenant Coste, der Adjutant, stürzt atemlos herein. »Monsieur Präfekt«, meldet er heiser, »die Deutschen marschieren in Polen ein ...«

47

Jacques Batissier sieht die Freunde des toten Rochambeaux gequält an. Es hat Stunden gedauert, bis er imstande war, die Telefonnummer anzurufen, die ihm der ehemalige Leiter der Mordkommission 2 bei seinem ersten Besuch nach der Suspendierung anvertraute. Der Kriminalreporter ist in der Rue de Jardin geblieben, solange die Detektive ihre deprimierende Arbeit am Tatort leisteten, vergeblich nach Spuren suchten und Skizzen anfertigten. Er stand dabei, als Uniformierte den Ermordeten auf eine Bahre betteten, ihn behutsam mit einem weißen Leinentuch bedeckten und in den vorgefahrenen Ambulanzwagen trugen. »Zur Obduktion ins Gerichtsmedizinische Institut«, ordnete der Polizeiarzt an und wusch sich umständlich die Hände. Seine Worte klangen gleichgültig.

Lange sah Jacques dem Fahrzeug nach, und auf einmal hatte er das Gefühl, einen Menschen verloren zu haben, der ihm trotz ihrer kurzen Bekanntschaft sehr nahestand. Er machte sich in dieser Stunde auch Vorwürfe. Wäre Pierre Rochambeaux nicht noch am Leben, wenn er, Batissier, weniger gezögert und den Unterpräfekten gleich um Hilfe gebeten hätte? Zu spät ...

Dann fuhr er an die Seine hinunter und starrte in das träge fließende Wasser. Die Uferstraße war leer – keine Angler, keine Liebespaare. Das ungewohnte Bild erst ließ ihn erfassen, daß an diesem gewöhnlichen Wochentag ein Krieg ausgebrochen war, dessen Umfang jetzt noch niemand absehen konnte.

Rochambeaux' Freunde waren sofort gekommen – ein massiger, elegant gekleideter Mann mit sonorer Stimme und ein viel jüngerer Hagerer, dessen schmales Gesicht von einer Hornbrille beherrscht wird. Dieser Mitarbeiter des Colonels, in einem modern geschnittenen Ledersakko, hält sich während des Gesprächs zurück und macht nur ab und an sparsame Notizen. Das Gespräch dauert schon lange. Batissier fühlt, daß es für seine Besucher unbefriedigend verläuft. Es hat sich von einer zwanglosen Unterhaltung in ein Verhör verwandelt; die Fragen folgen schnell aufeinander, sie kreuzen sich und zielen immer wieder auf den einen Punkt, der auch für den Journalisten im dunkeln liegt: Wo sind die Akten, die Rochambeaux in der Schloßkapelle Bagnoles-de-l'Orne vermutete und gefunden hat? Jacques gäbe viel darum, es zu wissen.

»Ich habe Ihnen alles gesagt. Mehr weiß ich nicht«, wiederholt er bedrückt. »Wir haben uns getrennt, und von dem Augenblick an habe ich ihn nicht mehr gesehen.«

»Sie hatten doch ausgemacht, wohin die Akten kommen?« drängt der Colonel.

Batissier schüttelt den Kopf. »Nein. Wir waren ja gar nicht sicher, ob wir sie finden.«

Aus dem Hintergrund fragt der Mann im Ledersakko: »Hatten Sie nicht ein persönliches Interesse an den Papieren der Cagoulards?«

»Natürlich! Das habe ich aber schon gesagt.«

Der Colonel beugt sich vor. »Und da war es Ihnen gleichgültig, wohin die Akten gebracht worden sind?«

Jacques braust auf: »Was heißt gleichgültig? Es war schließlich nicht damit getan, die Papiere zu finden. Sie mußten auch in Sicherheit gebracht werden. Deshalb ist Rochambeaux als erster gefahren. Ich habe ihm den Rückzug gedeckt.«

Erneut der Mann im Ledersakko: »Und wo wollten Sie sich wiedertreffen?«

»Wir hatten nichts ausgemacht. Ich habe auf den Anruf des Kommissars gewartet. Zu lange ...«

Batissier sitzt dem Colonel am Tisch gegenüber. Den zweiten Besucher kann er nicht sehen, der hat sich einen Stuhl an die Schreibtischkante gerückt und schreibt hinter dem Rücken des Journalisten. Der Colonel setzt neu an: »Es lagen mehrere Stunden zwischen Ihrer Trennung und dem Mord an Rochambeaux. Halten Sie es für möglich, daß er inzwischen noch an einem dritten Ort gewesen ist?«

»Das wäre möglich.«

Es gibt eine Pause. Dann rückt der andere an seiner Brille und erkundigt sich wie beiläufig: »Hat Ihnen Rochambeaux einmal erzählt, was er in seiner Freizeit machte? Mit wem er bekannt war? Ob er etwa Freundinnen besaß? Vielleicht außerhalb von Paris?«

»Über sein Privatleben weiß ich nichts. Er hat nie darüber gesprochen. Leider führte uns nur diese Angelegenheit zusammen.«

Der Colonel steht auf, tritt an die Fensterwand und steckt sich eine Zigarette an. Über die Schulter hinweg sagt er: »Sind Sie bei Ihrem Unternehmen in Bagnoles-de-l'Orne erkannt worden?«

»Ich glaube nicht.«

»Wie, denken Sie, sind die Cagoulards darauf gekommen, daß Rochambeaux der Eindringling war?« Das ist wieder der Mann im schwarzschimmernden Ledersakko.

»Das möchte ich auch wissen. Mir würde es einleuchtender erscheinen, wenn sie zu mir gekommen wären. Ich bin ihnen schon einmal aufgefallen. Aber Pierre ...«

»Die Cagoulards müssen unterrichtet gewesen sein, daß er die Akten hatte und nicht Sie«, denkt der Brillenträger laut.

Der Colonel betrachtet nachdenklich die Glut seiner Zigarette, von der ein dünner Rauchfaden aufsteigt. Ganz unvermittelt sagt er dann: »Monsieur Batissier, hatte Ihnen Rochambeaux für den Fall, daß er in Schwierigkeiten kommen würde, einen besonderen Hinweis gegeben?«

»Nur den Telefonanschluß.«

»Ja. Es war eine Nummer des Militärischen Abwehrdienstes. Sie haben von uns keine Legitimation verlangt, aber Sie müssen wissen, daß wir ebensowenig Kriminalbeamte sind, wie Rochambeaux es war. Das bedeutet, daß Sie gegen jedermann über diese Unterredung zu schweigen haben, auch gegen Beamte der zivilen Sicherheitsbehörden.« Der Colonel spricht mit Nachdruck.

»Rochambeaux war kein Kriminalist?«

»Er gehörte zu uns; er war Offizier im Range eines Capitaines. In der Präfektur hatte er bestimmte Aufgaben zu lösen.« Der massige Geheimdienstmann tritt dicht an den Journalisten heran und fährt eindringlich fort: »Wir brauchen die Papiere aus Bagnoles-de-l'Orne unbedingt. Es ist Krieg, und Frankreich kann nicht neutral bleiben. Wir müssen wissen, wer in unserem Land für Hitler arbeitet. Ich möchte genauer formulieren«, setzt er etwas leiser hinzu, »wir sind es den ehrlichen Franzosen schuldig, und ich persönlich fühle mich mitverantwortlich. Ich bin kein Kommunist, verstehen Sie mich, aber in diesem Punkt haben sie recht. Wer sich wie ich jahrelang mit den Mordregistern und den verbrecherischen Umtrieben der faschistischen Organisationen im Lande beschäftigt, sieht früher oder später ein, daß man ernsthaft etwas dagegen tun muß.« Der Colonel wendet sich von Batissier ab, tritt an das Fenster. Beiläufig fast sagt er zu dem Journalisten: »Sie haben sich gründlich genug mit diesen Dingen befaßt, um das allein zu erkennen.«

»Wir hatten sehr gehofft, von Ihnen Anhaltspunkte zu bekommen, Monsieur Batissier«, klingt es vom Schreibtisch her. »Wenn Sie das Versteck der Akten nicht zu nennen vermögen ...«

Jacques vergräbt das Gesicht in den Händen. »Ich gäbe etwas darum, Ihnen helfen zu können – schon Rochambeaux' wegen.«

Der Colonel legt ihm die Hand auf die Schulter. Die Geste ist erstaunlich weich. »Ich glaube Ihnen. Sie haben sich in Bagnoles-de-l'Orne hervorragend gehalten. Dafür danken wir Ihnen ...«

48

Heute ist alles anders.

Michèle muß sich anstrengen, selbst Stammgäste zu unterscheiden. Sie sind einander alle ähnlich geworden. Das »Tabarin« wird von Uniformen beherrscht. Viele liebe Bekannte sind, ehe sie den Weg zu ihren Einheiten und Truppenteilen antreten, gekommen, sich zu verabschieden, einander die Hände zu schütteln und auf ein gesundes Wiedersehen anzustoßen. Das ist nicht nur im »Tabarin« so.

Henri, der Fotograf, sitzt an der Bar. Heute geht er nicht von Tisch zu Tisch, für seine Erinnerungsaufnahmen zu werben. Auch er hat den Waffenrock an und das Schiffchen unter die linke Schulterklappe geschoben. Michèle sieht ihn an, und während sie den Mischbecher schüttelt, fragt sie: »Wie fühlst du dich ohne Fotoapparat, Henri? Gerade jetzt, wo alle Abschied nehmen?«

Er lächelt zurück. »In zwei Stunden geht mein Zug.«

»Nett, daß du da noch gekommen bist.« Sie füllt zwei Gläser und schiebt ihm eines hin. »Auf dein Wohl, Henri!«

Er sieht sie verwundert an. »Aber ich hatte doch gar nicht ...«

Michèle legt ihm den Finger auf den Mund. In ihren großen grauen Augen ist viel Wärme und ein bißchen Wehmut. »Heute lade ich dich ein«, erwidert sie leise.

Er hebt das Glas und trinkt ihr zu. »Ich bewundere dich sehr, Michèle ...«

Die Kapelle spielt ohne Pause. Auf der Tanzfläche schmiegen sich die Paare eng aneinander; zärtliche Worte werden geflüstert. Manches, das unter anderen Umständen nie ausgesprochen worden wäre, findet den Weg über die Lippen. Leicht ist es nicht zu scheiden, sich für unbestimmte Zeit zu trennen und nicht zu wissen, ob der andere wiederkehrt. Deshalb wohl sind die Mädchen und jungen Frauen hingebungsvoller und bemüht, die letzten Stunden zu einem Fest werden zu lassen, das in Erinnerung bleibt.

Michèle deutet zur Tür. »Sieh mal an, Henri, wer da kommt! Lauter liebe Gäste ...«

Im Türrahmen stehen Madeleine Labisse und Jacques Batissier, auch er mit dem Schiffchen unter der Schulterklappe. Madeleine hat sich schön gemacht. Das helle, enggearbeitete Kleid betont ihre mädchenhafte, zarte Figur, ihre Anmut und ihre Jugend. Sie hat seinen Arm genommen und blickt ohne Freude in die überfüllte Bar. »Wir hätten gleich zu dir gehen sollen, Jacques ...«

Er faßt sie um die Schulter. »Wir bleiben nicht lange. – Komm, wir gehen zu Michèle.«

»Guten Tag, Monsieur Batissier«, ruft sie ihm entgegen. »Guten Tag, Mademoiselle. – Wie immer?«

»Natürlich – zweimal.« Sie finden leere Hocker; Jacques hilft Madeleine hinauf. Von hinten tippt ihm jemand auf die Schulter, und als er sich umdreht, erblickt er Henri. »Alter Junge! Beinahe hätte ich dich nicht erkannt!« Selten haben sie sich so herzlich die Hände geschüttelt.

Ein Polizist zwängt sich durch die Menge der Tanzenden zur Bar und macht darauf aufmerksam, die Verdunklung sei nicht in Ordnung. Michèle weist ihn ins Büro des Geschäftsführers.

Der Fotograf schaut auf die Uhr. »Für mich ist es Zeit. Ich muß in die Kaserne. Alles Gute, Mademoiselle Labisse! – Mach's gut, Jacques!«

Batissier faßt ihn an beiden Schultern. »Halt dich tapfer, Henri! Ich werde es auch tun. Bis später!«

Henri reicht Madeleine die Hand. »Für Sie ist es ja nun auch schwer – Ihre Zeitung verboten ...«

Sie nickt. »Bleiben Sie gesund, Henri!«

Der Fotograf rutscht vom Hocker und sieht Michèle von unten her etwas verlegen an. »Adieu, Michèle ...«

Auf einmal beugt sie sich über den Bartisch, nimmt seinen Kopf in beide Hände und küßt ihn. »Ich drücke dir die Daumen, Henri«, sagt sie bewegt. »Komm wieder!«

Seine Augen leuchten. Sie haben diese Freude auch noch, als er hinausgeht.

»Laß uns doch gehen, Jacques«, bittet Madeleine. »Morgen früh mußt du fort, und bis dahin möchte ich dich für mich ganz allein haben ...«

»Ich dich doch auch ...« Er wirft einen Geldschein auf den Tisch und will vom Hocker springen.

Da tritt unerwartet der Chef vom Dienst des »Gloire«, Roger Maurice, neben ihn. »Hallo, Batissier«, ruft er. »Das ist eine Überraschung ...«

Jacques mustert ihn verblüfft. »Und noch nicht in Uniform?«

Maurice nimmt seine Brille ab und reibt die Gläser mit einem Lederläppchen. »Ein paar Leute müssen schließlich auch hier bleiben und Zeitung machen.« Er setzt die Brille wieder auf und nimmt Madeleine wahr. »Pardon. Guten Abend, Mademoiselle!« Michèle bittet er: »Drei Aperitif ...«

Batissier ist nicht begeistert. »Wir wollten eigentlich gerade gehen ...«

»Na, hören Sie! Sie werden doch fünf Minuten für einen alten Bekannten übrig haben.« Er neigt sich dem Journalisten vertraulich zu und sagt: »Wenn

Sie draußen ein paar Impressionen schreiben, über das Leben an der Front und den Einsatz unserer Soldaten, schicken Sie sie mir.«

Der Kriminalreporter betrachtet ihn amüsiert. »Und Sie behalten sich wieder vor, diese Artikel ‚zu gegebener Zeit' zu veröffentlichen, nicht wahr?« spottet er.

Darauf geht Maurice nicht ein. »Ich denke mir, daß Sie diese wunderbare Begeisterung unserer Jungen großartig einfangen werden. Und so etwas will jetzt jeder lesen.« Er hebt das Glas. »Auf Ihre Gesundheit!«

»Ja, Monsieur Maurice«, schaltet sich Madeleine mit bitterem Ton in das Gespräch ein. »Wer etwas von der Stimmung der Soldaten erfahren will, muß beispielsweise den ‚Gloire' lesen, weil ‚Journal de Paris' und viele andere Zeitungen verboten sind.«

»Ich habe dieses Verbot nicht erlassen, Mademoiselle«, entgegnet der Chef vom Dienst mit plötzlicher Kühle.

Batissier versucht, den jähen Mißklang aufzuheben. »Ich hoffe, daß Sie das auch nicht getan hätten, wenn Sie die Macht dazu besäßen. Damit Sie mich richtig verstehen: Mich verbindet nichts mit den Kommunisten, und ich bin auch nicht ihr Anwalt, aber ich habe eine hohe Meinung von Demokratie, und dieses Verbot einer Gruppe von Zeitungen ist für mich undemokratisch. – Jetzt gehen wir!« Er faßt Madeleine um die Taille, hebt sie hoch und stellt sie sanft auf den Boden.

Maurice sieht ihn mit Wohlgefallen an. »Wir sehen uns bald wieder, Batissier! Es wird nicht lange dauern ...«

Jacques winkt ihm zum Abschied zu. »Natürlich nicht! Die Maginotlinie knacken die Deutschen nie!«

49

Im »Tabarin« wimmelt es von feldgrauen und fliegerblauen deutschen Uniformen. Die Hitlerwehrmacht ist nicht gegen die Maginotlinie angelaufen, sie hat sie unter Verletzung der niederländischen, belgischen und luxemburgischen Neutralität umgangen. Am Morgen des 14. Juni marschierte die Hitlerwehrmacht ungehindert in die Hauptstadt ein; am 22. Juni kapitulierte die Regierung Pétain.

Im »Tabarin« benehmen sie sich betont als Sieger, laut und prahlerisch. In diesen Monaten hat Yvette schon gelernt, sich in der Sprache der Besatzer verständlich zu machen. Sie findet nichts dabei, daß sich die Männer, mit denen sie am Tisch sitzt, nicht von ihren Waffen trennen dürfen. Das Personal der Bar hat sich kaum verändert. Michèle ist noch da, aber ihre alten Stammgäste würden sie sehr verwandelt sehen – hochmütig und unnahbar mischt sie die Getränke. Früher bewunderten viele ihre entblößten Schultern und den Ansatz ihrer Brüste – jetzt trägt sie ein hochgeschlossenes Abendkleid, das bei aller Eleganz abweisend wirkt. Der Kellner mit den grauen Schläfen, der vor dem Krieg Besucher wie den Polizeiunterpräfekten Blanchard oder den Kriminalreporter Batissier vertraulich zu begrüßen pflegte, geht nun in seinem Frack mit gemessener Zurückhaltung umher. Er verzieht das Gesicht auch nicht, wenn er manchmal Bestellungen von Frauen entgegennehmen muß, die an jenem Abschiedsabend der Stammgäste Begleiter in französischen Uniformen hatten und heute mit deutschen Offizieren zusammen sind.

Es wird geklatscht; eine Schlagersängerin tritt auf, wallende Straußenfedern und tiefes Dekolleté... Den geschlitzten Rock zur Seite geschlagen, steht sie im farbigen Licht der Scheinwerfer und gaukelt den Besatzern wie jeden Abend ein Paris vor, das ihnen Zeitungsromane und schlechte Filme erlebenswert machten. »J'attendrai le jour et la nuit – j'attendrai toujours, ton retour«, singt das Mädchen vor der Kapelle und wiederholt die deutsche Übersetzung: »Komm zurück! Ich warte auf dich, denn du bist für mich all mein Glück...« Ein Erfolgstitel, der in keinem Wunschkonzert fehlt...

Ein Offizier der Propagandakompanie, durchaus eine respektgebietende Erscheinung mit weltmännischen Manieren, lehnt sich zurück und schlägt die Beine übereinander. Seine Reitstiefel glänzen. Der Sonderführer zieht an einer Zigarre und sieht am Chef vom Dienst des »Gloire« vorbei, während er sagt: »Es liegt uns an einem guten Verhältnis zur französischen Zivilbevölkerung, Monsieur Maurice. Wir erwarten, daß uns die französische Presse bei diesen Bemühungen unterstützt. Gott, es kann doch kein Problem für Sie sein, regelmäßig ein paar bezeichnende Begebenheiten über diese guten Verbindungen zu bringen.«

Roger nickt. Er ist weit und breit der einzige Nichtuniformierte. »Ich habe es mir notiert, Monsieur. Nur, ich weiß nicht, ob...«

Der PK-Offizier winkt großzügig ab. »Also, wenn Sie nichts finden, dann... Man kann so etwas arrangieren! Wir sind schließlich Kollegen; ich muß Sie doch nicht an das berühmte alte Mütterchen erinnern... Wenn Sie zwei Soldaten haben wollen, die so einer Frau ihr Einkaufsnetz über die Champs Elysées tragen und sich dabei fotografieren lassen – Kinderspiel! Ich fädle das ein. Läuten Sie mich nur an.« Er ruft den Kellner: »Garçon, was haben Sie denn für'n anständigen Kognak?«

»Ich würde einen Hennessy empfehlen oder...«

»Ach, Quatsch! Bringen Sie Hennessy, zweimal. – Ja, Monsieur Maurice...« Er unterbricht sich und wendet erstaunt den Kopf. Dicht hinter ihm ist scharf kommandiert worden: »Halt! Bleiben Sie stehen!« Auch Maurice beobachtet den Vorfall.

Dem Kellner mit den grauen Schläfen ist ein SS-Sturmführer mit dem Rhombus des Sicherheitsdienstes auf dem Ärmel in den Weg getreten. »Ihre Identitätskarte«, herrscht er ihn an.

Ringsum wird es still. Die Gäste an den Nachbartischen unterbrechen ihre Gespräche und drehen sich um. Hinter den Kellner stellt sich ein Mann in Wettermantel und Filzhut, die Hände in den Taschen. An der Bar setzt Michèle klirrend den Mischbecher ab. Die Kapelle spielt unbeirrt weiter.

Der SS-Sturmführer hält die Karte des Befrackten gegen das Licht. Er betrachtet sie nur flüchtig. »Name?«

»Collin, Lucien.«

»Sie sind verhaftet.« Der Offizier mit den SS-Runen auf dem schwarzen Kragenspiegel sagt es, ohne die Stimme zu heben, beinahe gleichgültig. Er hat Erfahrung in solchen Festnahmen.

»Das muß ein Irrtum sein, Monsieur. Ich wüßte nicht...«

»Maul halten!« Der Mann im Wettermantel bekommt einen Wink und versteht ihn. Mit geübtem Griff reißt er die Arme des Kellners nach hinten und führt ihn ab. Michèle hat in dieser Sekunde ganz schmale Lippen. Maurice schlägt die Augen nieder und starrt auf die marmorne Tischplatte. Sein Gegenüber steht auf und tritt an den SD-Offizier heran. Er kennt ihn.

»Sturmführer Franz! – Was ist mit dem Mann? Etwas für die Presse?«

Der Runenträger knöpft gelassen seine Handschuhe zu. »Nein. Spionage... Die Franzosen sind alle Verräter. Heil Hitler!« Er schlägt flüchtig die Hacken zusammen, hebt die Hand zum faschistischen Gruß und wendet sich zur Tür. Eine Gasse tut sich vor ihm auf, Uniformen wie Sommerkleider weichen zur Seite.

Nahe dem Eingang schreitet der SS-Sturmführer an einer jungen Frau vorüber, die, als sie eintrat, Zeugin der Verhaftung wurde – Madeleine Labisse. Mit einer Zeitschriftenmappe im Arm bahnt sie sich nun den Weg zur Bar, tritt zwischen zwei Hocker und reicht Michèle ihr Paket. »Der Lesezirkel der letzten Woche, Madame«, sagt sie.

Seit die Zeitung verboten ist, für die sie hauptsächlich gearbeitet hat, und seitdem Paris besetzt ist, hat sie eine Stellung beim Lesezirkel, der Gaststätten, Wartezimmer und andere Abonnenten mit Illustrierten und Wochenschriften beliefert. Gaston Vernon, mit dem sie sich manchmal unter Wahrung konspirativer Regeln an unverdächtigen Orten trifft, riet ihr zu dieser Tätigkeit. Auf diese Weise erhält sie Zutritt zu mancherlei Einrichtungen, in denen Deutsche verkehren, kann sie die Freunde vom »Journal de Paris« mit Angaben über Kennzeichen von Militärfahrzeugen, über das plötzliche Auftauchen von Soldaten mit neuen Waffenfarben und über das Fernbleiben etwa der blau uniformierten Flieger aus den Gaststätten versorgen. Sie weiß nicht, an wen Vernon diese Nachrichten weiterleitet, aber es ist ihr bewußt, daß solche

Meldungen mithelfen, die noch von Sieg zu Sieg stürmende Hitlerwehrmacht und ihre Bewegungen zu durchschauen, um ihnen wirksam begegnen zu können. Das befriedigt sie.

Michèle greift unter den Tisch und reicht Madeleine eine gleichartige Mappe zurück – die Zeitschriften der vorigen Woche. »Haben Sie auch die neuesten deutschen Illustrierten mitgebracht?« fragt die Bardame beiläufig. Dieser vereinbarte Satz verrät der Fotografin, daß sie in dem eben empfangenen Band wichtige Informationen finden wird.

»Die allerneuesten, Madame«, erwidert Madeleine mit einem kleinen Lächeln. »Wir wissen, daß sie die Kunden sehr gern lesen.«

Sie drängt sich erneut durch die Menschentraube vor der Bar und stößt mit einem deutschen Major zusammen, der sich wortreich und höflich entschuldigt und stolz auf sein gutes Französisch ist. In diesem Augenblick verhält sie den Schritt. Sie sieht Maurice, der sein Notizbuch zuklappt und einsteckt. Natürlich verachtet sie ihn; wer als Franzose Zutritt zu den von der Feldgendarmerie kontrollierten Lokalen hat und dort mit den Deutschen am Tisch sitzt, der ist ein Kollaborateur, ein Helfershelfer der Faschisten, ein Landesverräter. Sie wird Vernon davon erzählen.

Dennoch – sie zögert zu gehen. Maurice kennt Jacques, und er besitzt durch seine Arbeit beim nach wie vor erscheinenden »Gloire« noch Informationsquellen, die anderen verschlossen sind. Vielleicht ...

Der Sonderführer am Tisch des Chefs vom Dienst erhebt sich und rückt die Pistolentasche am Gürtel zurecht. »Sie werden schon klarkommen, Monsieur Maurice. Wie gesagt – ein Anruf genügt, wenn Sie allein nicht fertig werden.« Er setzt die Mütze auf, tippt flüchtig an den Schirm und geht.

Maurice hält suchend nach dem Geschäftsführer Ausschau, der die Pflichten des verhafteten Kellners übernommen hat. Da steht Madeleine vor ihm.

»Monsieur Maurice, haben Sie einen Augenblick Zeit?« spricht sie ihn an. Es kostete sie Überwindung, diesen Schritt zu tun; ihre Stimme ist scheu und verlegen.

Der Chef vom Dienst schiebt den Stuhl zurück. Die Begegnung an diesem Ort ist ihm mehr als peinlich. Er verliert viel von der gewohnten Selbstsicherheit. »Ich habe beruflich hier zu tun, wissen Sie«, sagt er, als wolle er sich entschuldigen. Dann schaut er sie hilflos an.

»Ich möchte Sie nicht aufhalten. Nur – haben Sie etwas von Jacques gehört, von Batissier? Seit Monaten gibt es keine Nachricht von ihm. Das Regiment hat zuletzt an der Aisne gekämpft ...«

Er blickt an ihr vorüber. »Es tut mir leid, aber ich weiß auch nicht mehr als Sie ...«

»Es wäre doch möglich gewesen ... Ich danke Ihnen jedenfalls.« Sie wendet sich zum Gehen. Zwischen den Deutschen in ihren ausgepolsterten Uniformen mit den silbrig glänzenden Schulterstücken nimmt sie sich schmal und zerbrechlich aus. Da sagt er hastig: »Sollte ich etwas erfahren, verständige ich Sie natürlich. Ich würde Ihnen gern helfen …« Es tut ihm gut, daß sie sich noch einmal umdreht und ihm dankbar zunickt.

Ein Tusch … Beifall begrüßt die Sängerin. die wieder vor der Kapelle erscheint, in Netzstrümpfen diesmal und flitterbesetztem schwarzem Trikot. So singt sie den langsamen Walzer: »Heimat, deine Sterne! Der Himmel ist wie ein Diamant …«

Am Himmel über Paris kreisen Nachtjäger mit dem Hakenkreuz am Leitwerk …

50

Die Kriegsgefangenen stehen dicht an dicht in scheinbar endlosen Reihen. Sie rücken nur schrittweise weiter an die Tische heran, an denen Besatzungsoffiziere. Abwehrleute und Beauftragte der Rüstungsindustrie Fragen stellen. Die Soldaten schicken sich teilnahmslos darein. Sie wirken müde und unrasiert, niedergeschlagen und mutlos. Bei vielen erinnern noch Verbände an überstandene Kämpfe; die Uniformen sind abgerissen, verschmutzt und notdürftig geflickt. Die Befragung findet in einer Turnhalle statt; in einer Ecke türmen sich, achtlos zusammengerückt, die Sportgeräte. Neben den Türen stehen deutsche Posten mit aufgepflanztem Seitengewehr. Die weite Halle bietet ein graues, trostloses Bild.

Jetzt ist Jacques an der Reihe, Antwort zu geben. In schlechtem Französisch fallen die Fragen.

»Name?«

»Batissier, Jacques.«

Der Vernehmende hat Militärpapiere vor sich und vergleicht.

»Letzter Dienstgrad?«

»Soldat de première classe.«

»Einheit?«

»Erste Kompanie, drittes Bataillon, zwölftes Regiment.«

»Auszeichnungen?«

»Keine.«

»An welchen Kampfhandlungen teilgenommen?«

»Rückzugsgefechte an der Aisne.«

»Wo in Gefangenschaft?«

»Bei Rethel.«

»Spezialausbildung?«

»Keine.«

Der Vernehmende gibt die Militärpapiere zum nächsten Tisch weiter. Die Kette der Gefangenen rückt nach. Jetzt fragt ein Mann in Zivil. Sein Französisch ist eine Spur besser.

»Name?«

»Batissier, Jacques.«

»Beruf?«

»Journalist.«

»Haben Sie technische oder handwerkliche Kenntnisse?«

»Keine.«

Die Militärpapiere wandern abermals. Hinter dem Tisch sitzt wieder ein Offizier in Feldgrau, aber mit schwarzen Spiegeln und dem Rhombus, der – weiß auf schwarz – die Buchstaben SD trägt, Sicherheitsdienst. Sein Französisch ist fließend.

»Name?«

»Batissier, Jacques.«

»Beruf?«

»Journalist.«

Der SD-Offizier sieht von den Papieren auf. »Journalist?« wiederholt er gedehnt. »Für welche Zeitungen haben Sie gearbeitet?«

»Für viele. Ich hatte ein Nachrichtenbüro.«

»Sie haben also mit Nachrichten gehandelt? Sieh mal an! – Auch mit Nachrichten aus Großdeutschland?«

»Nein. Meist mit Polizeiberichten.«

»So. Hatten Sie Verbindungen zur Linkspresse, speziell zu Blättern der Kommunisten?«

»Ja. Sie haben Meldungen von mir gedruckt wie die anderen.«

»Gehörten Sie einer Partei an?« Er schlägt plötzlich mit der Faust auf den Tisch. »Lügen Sie nicht! Wir werden das nachprüfen.«

»Ich habe keiner Partei angehört. Ich bin ein unabhängiger Journalist.«

»Sie wollen mir doch nicht weismachen, daß die Kommunisten Sie für Mord- und Totschlagsgeschichten bezahlt haben! Das wäre ja ganz neu. Waren das nicht vielmehr Nachrichten, die sich gegen national gesinnte Führerpersönlichkeiten richteten und sie in den Schmutz zogen?«

»Bedenken Sie die völlig andere Lage in Frankreich, Monsieur«, mischt sich ein Zivilist ein, der aus der Tiefe der Turnhalle herangetreten ist und die letzten Sätze gehört hat. Jacques hatte ihn bisher nicht beachtet. Wer hier in Halbschuhen und Straßenanzug herumläuft, der kann nur ein Mitarbeiter des Spionageadmirals Canaris oder des Reichssicherheitshauptamtes sein. Doch nun weicht ihm jäh das Blut aus dem Gesicht. Dieser Zivilist ist Gaston Blanchard, den er als Unterpräfekt und Chef der Pariser Kriminalpolizei kannte. Blanchard fährt ruhig fort: »Ich halte es durchaus für glaubhaft, daß die Linkspresse ihm in großer Zahl die gleichen Radaumeldungen abgekauft hat wie beispielsweise der ‚Gloire'. Sie mußte das einfach tun, um konkurrenzfähig zu sein. Die Leute wollen so etwas lesen. So war es doch, nicht wahr?«

Blanchard sieht Batissier fragend an. Er verrät mit keiner Miene, daß sie sich kennen. Seine Züge spiegeln lediglich sachliches Interesse. Jacques glaubt zu verstehen und verhält sich ebenso. »Ja, genau so war es«, antwortet er und kann doch nicht verhindern, daß seine Stimme belegt klingt. Das Auftauchen Blanchards, der unverändert elegant und gepflegt vor ihm steht, weckt einen Sturm von Erinnerungen.

»Tolle Zustände«, sagt der SD-Offizier verwundert und schüttelt mißbilligend den Kopf. »Na, der nächste ...«

51

Roger Maurice starrt unverwandt auf seine Brille, die er vor sich auf den Schreibtischrand gelegt hat. Der Chef vom Dienst des »Gloire« sieht abgespannt und angegriffen aus. Unter seinen Augen liegen tiefe Schatten; seine Gesten sind fahrig und verraten Nervosität. Das ist nicht mehr der Mann, der einst im »Tabarin« mit leichter Handbewegung dreifaches Honorar versprach. Mit mühsamer Beherrschung sagt er dem Chef der Kriminalpolizei, der, als habe sich in der Welt nichts verändert, nach wie vor in seinem schönen Dienstzimmer in der Polizeipräfektur residiert: »Ich weiß nicht, wie sich die Deutschen das vorstellen, Monsieur Blanchard! Sicher gibt es Beispiele für ein gutes Verhältnis zur Besatzung, es wird ja genug fraternisiert, aber andererseits geschehen weit mehr Dinge, von denen die Stadt hinter der vorgehaltenen Hand spricht und über die kaum ein Wort unentstellt in die Presse darf. Die Leute sehen doch, wie ihre Nachbarn abgeholt werden, und sie hören es auch nachts draußen knallen! Darüber kann man sich doch nicht einfach hinwegsetzen!«

Der Unterpräfekt, den Pfeifenstiel zwischen den Zähnen, die Hände in den Hosentaschen, geht langsam und mit gesenktem Kopf auf und ab. »Wem nützt es, wenn wir Öl ins Feuer gießen? Ich halte es für wichtiger, die Bevölkerung zu beruhigen und ihr durch Beispiele zu beweisen, daß die Deutschen noch das kleinere Übel sind.«

»Und das größere Übel?«

Blanchard bleibt stehen. »Möchten Sie Frankreich lieber unter der Herrschaft der Kommunisten wissen? – Sehen Sie!« – Er nimmt seine Wanderung wieder auf. »Ich versuche schon, von unseren Landsleuten abzuwenden, was abzuwenden ist. Nur, um das zu können, Monsieur Maurice, habe ich mich bereit erklärt, weiter die Kriminalpolizei zu führen. Glauben Sie ja nicht, daß es mit den Deutschen immer einfach ist! Diese SD-Leute sind vom Fach – man kann ihnen nur verdammt schwer etwas vormachen. – Ich weiß, Sie werden Wege finden, das ‚gute Verhältnis' nachzuweisen.«

Maurice setzt die Brille auf und erhebt sich. »Ich verstehe«, seufzt er. »Es muß wohl sein.« Er wird lebhafter. »Noch etwas: Ich habe die Freundin von Batissier getroffen.«

Blanchard dreht überrascht den Kopf. »Ach? Wo denn?«

»Im ‚Tabarin'; sie trug einen Lesezirkel aus. Sie macht sich Sorgen um Batissier.«

Der Kriminalchef nimmt die Pfeife aus dem Mund. Als erinnere er sich an etwas weit Zurückliegendes, das aber schön war, nickt er und sagt: »Batissier... Der Mann, der mit Rochambeaux in Bagnoles-de-l'Orne war... Wenn wir jetzt diese Akten hätten...«

»Für die Deutschen? Die wissen doch, wer auf ihrer Seite ist und für sie arbeitet.«

»Wer spricht davon?« Gaston Blanchard zieht sein Pfeifenbesteck aus der Jackentasche und drückt sorgsam die Glut tiefer in den lederbezogenen Kopf. »Glauben Sie, Monsieur Maurice: Diese Akten hätten, in die richtigen Hände gelegt, große Bedeutung. Sie könnten zum Beispiel die Listen der Cagoulards im Bereich Paris enthalten. Wenn wir diese Leute kennen würden, könnte man sie isolieren und Vorsichtsmaßnahmen ergreifen. Die Kenntnis der Papiere bedeutet für viele Franzosen Tod oder Leben. – Das müßte man Batissier sagen.«

»Weiß er denn, wo die Akten sind?«

Der Kriminalchef hebt die Schultern. »Außer ihm kann es niemand wissen. Er ist unsere einzige Hoffnung in dieser Sache. Sprechen Sie mit ihm! Er kennt Sie; Sie sind sein Kollege. Vielleicht haben Sie Erfolg.«

Maurice sieht ihn ernst an. »Ich weiß es«, erklärt er nachdrücklich. »Ich habe ihn neulich gesehen – in einem Kriegsgefangenenlager, in dem ich dienstlich zu tun hatte, eines Kriminalfalls wegen. Ich könnte Ihnen eine Besuchserlaubnis beschaffen...«

Der Chef vom Dienst mustert ihn voll Verwunderung. Dieses Angebot versteht er nicht. »Warum wollen Sie nicht selbst mit ihm reden?«

Der Kriminalchef winkt resignierend ab. »Monsieur Maurice! Wie stellen Sie sich das vor? Ich werde auf Schritt und Tritt vom Sicherheitsdienst kontrolliert. Zu allem Überfluß hat mich Batissier auch noch zusammen mit Deutschen gesehen.« Er legt eine kurze Pause ein und sagt dann leise und traurig: »Ich kann es ihm nicht einmal übelnehmen, wenn er mir mißtraut.« Nun hat er sich wieder in der Gewalt. »Aber Sie? Ich erwirke eine Sprecherlaubnis für Sie.«

52

Vor wenigen Monaten saßen hier noch Schüler der unteren Klassen – die Bänke sind niedrig und eng. Man hat sie zusammengeschoben, damit ein großer, freier Raum entstehe. Fetzen fettigen Papiers und die Scherben der Lampenglocken sind zurückgeblieben – das Klassenzimmer diente der Lagerwache ein paar Tage als Unterkunft. Auf die Wandtafel haben die Soldaten mit vorgefundener farbiger Kreide Mädchenköpfe und Aktszenen gezeichnet, die an Deutlichkeit nichts zu wünschen übriglassen.

Hier trifft Roger Maurice Jacques Batissier wieder und sieht erschüttert, wie sehr ihn die Entbehrungen der Gefangenschaft angegriffen haben. Der Kriminalreporter selbst scheint sich dessen nicht bewußt zu sein. Er versucht sogar das alte strahlende Lächeln, als er den Besucher erkennt; er gibt sich zuversichtlich.

Das Gespräch kommt nur zögernd in Gang. Der Chef vom Dienst des »Gloire« beginnt mit der Schilderung seiner Begegnung mit Madeleine. Jacques' Gesicht bekommt Farbe. »Und?« fragt er. »Ist sie gesund? Wie geht es ihr?«

»Ich habe sie nur ganz flüchtig gesehen und gesprochen«, schränkt Maurice wahrheitsgemäß ein. »Vor allem macht sie sich Sorgen um Sie. Ich werde ihr sagen, daß Sie wohlauf sind – den Umständen entsprechend. Kann ich ihr etwas ausrichten?«

»Es sind schon Kameraden entlassen worden«, berichtet Batissier »Ich hoffe, daß ich bei einem der nächsten Schübe dabei sein werde. Und natürlich freue ich mich darauf, wieder bei ihr zu sein. Ich freue mich sehr darauf. Würden Sie ihr das sagen?«

»Sehr gern.«

Jacques nickt befriedigt. Dann schaut er zu dem Posten an der Tür hinüber, der hingebungsvoll die Kunstwerke auf der Wandtafel studiert und nicht so aussieht, als ob er ein einziges Wort in einer fremden Sprache verstünde, steckt die Hände in die Taschen und erkundigt sich ganz im alten Ton: »Ehrlich, Maurice: Sie sind doch nicht bloß hierhergekommen, um mir Grüße von Madeleine zu bringen. Dafür hätten Sie wohl schwerlich eine Sprecherlaubnis erhalten.«

Der Chef vom Dienst des »Gloire« tritt näher an ihn heran. Er senkt die Stimme. Batissier und er befinden sich an einem der großen Fenster, unter denen sich die Radiatoren der Zentralheizung hinziehen. Maurice spricht von den Akten der Cagoulards. »Batissier, der Widerstand gegen die Deutschen wird organisiert. All das ist schwierig und kompliziert, weil die Gestapo ihre Spitzel überall hat, auch unter uns. Auf wen stützt sie sich? In erster Linie doch wohl auf die Mitglieder der alten faschistischen Geheimbünde. Aber niemand weiß, wer einmal beispielsweise eine Kapuze getragen hat. Das ist schlimm.«

»Was erwarten Sie von mir, Maurice?« fragt Jacques leise und blickt hinaus zu den Wachtürmen, die, mit Maschinengewehren bestückt, das Lager überragen. »Ich bin Gefangener...«

Der Besucher faßt ihn am Arm. »Begreifen Sie doch! Wir brauchen die Unterlagen, die Sie gemeinsam mit Rochambeaux aus Bagnoles-de-l'Orne geholt haben. Wo sind sie?«

Batissier löst behutsam, aber bestimmt Maurices Hand. »Ich weiß nicht mehr als Sie. Pierre Rochambeaux hat sein Geheimnis mit ins Grab genommen, ob Sie es nun glauben oder nicht...«

Der andere drängt weiter: »Wenn Sie frei wären, wo würden Sie anfangen zu suchen?«

53

Im ehemaligen Lehrerzimmer nebenan schürzt ein untersetzter, breitschultriger Mann im Trenchcoat belustigt die Lippen. Wie klug sich die beiden Franzosen da vorkommen! Sprechen einfach leise, damit sie niemand hört, und fühlen sich sicher, weil der Posten ihre Sprache nicht versteht! Er sieht tatsächlich dümmlich aus, und genau das ist der Grund dafür, daß der Breitschultrige ihn zu dieser Bewachung kommandiert hat. Die Franzosen sollen denken, sie wären unbelauscht. Die Kabel, die von dem im Klassenraum verborgenen Mikrofon ins Lehrerzimmer führen, sind so geschickt verlegt, daß die beiden sie nur durch einen dummen Zufall entdecken könnten. Das Gespräch klingt hier überdeutlich aus einem Lautsprecher, und außerdem steht neben dem Mann im Trenchcoat ein uniformierter Tontechniker des Sicherheitsdienstes und steuert das transportable Schneidegerät, das jedes nebenan fallende Wort auf einer Wachsschallplatte festhält. Auf diese Weise hat er, SS-Standartenführer Friedrich Schneider, schon manchen überführt, der selbst bei scharfen Verhören zu schweigen wußte. Unter vier Augen ging ihnen der Mund auf... Der SS-Standartenführer denkt wohlgefällig an Blanchard. Ein brauchbarer Mann – er bereitete diese Begegnung so rechtzeitig vor, daß die technischen Anlagen in aller Ruhe eingebaut werden konnten. Und ein Fuchs! Obwohl er die Kriminalpolizei weiterführt, weiß er den Eindruck zu erwecken, er tue es nur widerstrebend und einzig und allein, um seinen Landsleuten zu helfen. Gelegentlich hilft er ihnen wirklich, dies mit Billigung und auf Anraten Schneiders. So etwas spricht sich herum, schafft

Vertrauen und verhilft einem zu Informationen, die zu ermitteln oft einfach unmöglich wäre. Die Zusammenarbeit, die sie nicht erst seit der militärischen Niederlage Frankreichs pflegen und die den SD vor 1939 eine erkleckliche Summe kostete, zahlt sich glänzend aus ...

Der Tontechniker arbeitet unter Kopfhörern und verständigt den Standartenführer von Zeit zu Zeit mit einem Kopfnicken über den einwandfreien Verlauf der Aufzeichnung. Im Lautsprecher ist die Stimme von Maurice: »Wo würden Sie anfangen, die Akten zu suchen?«

Batissier antwortet: »Ich weiß es nicht.«

Abermals Maurice: »Gar keinen Anhaltspunkt?«

Der Journalist wird noch leiser. Der Tontechniker macht seine Stimme wieder verständlich. Er läßt die Hand nicht vom Regler. Der Standartenführer verliert keine Silbe der Unterhaltung.

»Ich habe in den letzten Wochen oft darüber nachgedacht«, hört er Jacques sagen. »Meinen Sie, ich könnte das vergessen? Ich sehe es vor mir – den toten Rochambeaux und die Uhr, die sechs Uhr sechs Minuten stehengeblieben war ... Es tut mir leid, Maurice, ich kann Ihnen keine andere Antwort geben. Ich habe keine Ahnung, wo die Akten sind. Das ist die reine Wahrheit.«

»Aus«, befiehlt Schneider und schaltet eigenhändig die gesamte Anlage ab. Die Wachsplatte dreht sich nicht mehr; der Lautsprecher verstummt. »Die Aufnahme gleich zum Kriminalchef persönlich«, ordnet der SS-Standartenführer an, gähnt und holt ein Zigarettenpäckchen hervor. »Zusammenpacken!«

»Die Papiere können doch nicht spurlos vom Erdboden verschwunden sein«, nimmt Roger Maurice das Gespräch nach langer Pause wieder auf. »Rochambeaux hat die Akten sicher nicht an sich genommen, um sie zu vernichten.«

»Keine Ahnung! Ich habe schon Hinweise in den unmöglichsten Dingen vermutet, sogar in der Uhrzeit. Die Uhr des Mörders von Sonelli zeigte nämlich dieselbe Stunde an wie die von Rochambeaux nach seinem Tode – sechs Uhr sechs Minuten. – Verrückt, nicht wahr?«

Ein deutscher Unteroffizier kommt herein und winkt Batissier herrisch zu, ihm zu folgen. Der Posten wird Maurice ans Tor zurückgeleiten. Ihnen bleibt kaum noch Zeit, sich die Hände zu schütteln.

»Grüßen Sie Madeleine«, ruft Jacques noch über die Schulter. »Ich bin bald wieder da ...«

54

Gaston Blanchard stellt zwei Kognakschwenker auf den Schreibtisch und gießt ein. »Na, Monsieur Maurice, wie war es im Lager?« fragt er freundlich. »Haben Sie bei Batissier etwas erreicht?«

Der Chef vom Dienst des »Gloire« sieht ihn bedrückt an. In ihm wirkt das Erlebnis des Kriegsgefangenenlagers nach, es beschäftigt ihn und läßt ihn nicht los. Auf der Rückfahrt nach Paris hat er sich unausgesetzt gefragt, ob es richtig war, sich in die Rolle hineindrängen zu lassen, die er in der besetzten Metropole spielt. Sie ist nicht leicht, keineswegs – einerseits stellen die Deutschen Forderungen, die zu erfüllen mit seinen Vorstellungen von dem Beruf, den er ausübt, unvereinbar ist, weil sie die Umkehrung der Wahrheit verlangen; andererseits meiden ihn seine Landsleute, sehen in ihm einen willfährigen Kollaborateur und zeigen ihm ihre Verachtung. Es zählt nicht, daß er anfangs geglaubt hat, der »Gloire« werde auch im besetzten Paris eine französische Zeitung bleiben. Tatsächlich ist alles anders gekommen. Was die Leser erfahren dürfen, bestimmen die feldgrauen Presseoffiziere; alle noch zugänglichen Informationsquellen – an der Spitze steht ohnehin DNB Berlin, das Deutsche Nachrichtenbüro – werden vom Goebbelsministerium zensiert; es ist unmöglich, ein objektives Bild von den Kampfhandlungen und darüber hinaus von der politischen und militärischen Lage in der Welt zu gewinnen oder gar zu vermitteln. Freilich kann man insgeheim mit der Stimme von BBC London die Mächte sprechen hören, die sich gegen den Faschismus verbündet haben, aber . . . Eine Denunziation, das Abhören von »Feindsendern« betreffend, genügt, die Gestapo auf den Plan zu rufen.

Roger Maurice muß sich eingestehen, daß unter solchen Umständen Zeitung zu machen nur in Verachtung seine Quittung finden kann. Hat er sich schon aufgegeben, daß er nicht versucht, diesem Teufelskreis zu entrinnen? Warum läßt er nicht alles stehen und liegen und geht auf und davon? Kann er sich einfach nicht lösen aus der vertrauten Umgebung, vom Geruch der Druckerschwärze? Es ist nur der äußere Rahmen der Arbeit geblieben, die er einst geliebt hat, die ihm Befriedigung gab, ihm ein Herzensbedürfnis war. War früher sein Zimmer in der Redaktion eine Art Knotenpunkt, an dem Hell-Schreiben, Telefonstenogramme und Funkbilder zu einem Niederschlag des Weltgeschehens wurden, vielseitig und bunt, so ist es jetzt nur mehr eine Vermittlungsstelle zur Weiterleitung befohlener Artikel, PK-Berichte und vorgeschriebener Huldigungskommentare zu den Sondermeldungen des Oberkommandos der Wehrmacht. Und er, Roger Maurice, macht das mit . . .

»Nein«, sagt er. »Ich habe bei Batissier nichts erreicht.«

Blanchard nickt ohne sonderliche Überraschung. Diese Haltung befremdet

Maurice. Der Kriminalchef hatte doch große Hoffnungen auf seine Begegnung mit dem Reporter gesetzt. Maurice versteht das nicht.

Das Telefon klingelt; der Unterpräfekt meldet sich. Am anderen Ende der Leitung spricht SS-Standartenführer Schneider.

»Hören Sie«, fängt er an, »ich brauche die Platte doch noch. Ich schicke Ihnen einen Mann 'rüber, der sie abholt.«

Maurice kann nur die Worte Blanchards verstehen: »Aber, Monsieur! Sie waren dabei . . .«

In der Hörmuschel ist wieder die Stimme des Deutschen: »Wenn ich sage, daß ich die Platte brauche, dann brauche ich sie. Ist in Ordnung, nicht wahr?«

»Selbstverständlich, Monsieur«, hörte Maurice den Kriminalchef. »Ich habe mir die Sache gerade angehört. Eine ausgezeichnete Aufnahme . . .«

»Ach was«, unterbricht ihn Schneider. »Vom Inhalt her doch total bedeutungslos! Na, Ihre Sache! Ist ja auch Ihre Idee gewesen. Übrigens: Noch etwas anderes, Blanchard. Es geht um Ihre Ermittlungen über diesen Raoul Louvart. Ein tolles Früchtchen; den kaufen wir uns! Dazu müssen Sie mir . . .«

Blanchard wechselt die Hand, die den Hörer hält, und wirft einen besorgten Blick auf sein Gegenüber. »Ich kann Sie furchtbar schlecht verstehen, Monsieur«, fällt er dem Standartenführer ins Wort.

Schneider versteht ihn sofort. »Was denn?« fragt er. »Sie sind nicht allein?«

»Ganz recht, Monsieur. Ich beteilige mich gern an diesem Ausflug«, spricht der Kriminalchef weiter, um Maurice gegenüber nicht durch plötzliches Schweigen aufzufallen. »Selbstverständlich, eine Flasche bringe ich mit. Aber ich kann Sie wirklich kaum verstehen. Legen Sie bitte auf. Ich rufe Sie gleich wieder an.« In der Leitung murrt Schneider das deutsche Wort Idiot, aber Blanchard lächelt und legt auf. »Entschuldigen Sie mich einen Augenblick, Monsieur Maurice. Ein alter Freund . . . Machen Sie es sich bequem. Zigarre? Ich bin gleich zurück.« Damit geht er hinaus.

Der Chef vom Dienst des »Gloire« nimmt tatsächlich eine Zigarre aus der Kiste, die offen auf dem Tisch steht, schneidet sie ab und reißt ein Streichholz an. Es verbrennt ihm zwischen den Fingern. Da legt er zögernd die Zigarre zurück und sieht sich prüfend um. Er ist allein im Zimmer; auf dem Teppich spielen Lichtkringel. Die Geräusche aus dem Vorzimmer hält die gepolsterte Tür fern. Blanchard telefoniert dort – die aufflammende Signallampe am Apparat auf dem Schreibtisch zeigt es an. Maurice steht langsam auf. Es kostet ihn Überwindung, hier in Abwesenheit des Hausherrn einem Verdacht nachzugehen, der ihn abrupt befallen hat. Eigentlich ist er abwegig, aber er bohrt und treibt den Zeitungsmann vorwärts. Blanchard hat ihn, Roger Maurice, zu seinem Vertrauten gemacht; er hat ihm von seiner Hilfe für verfolgte Franzosen erzählt – in dieser Zeit etwas Ungeheuerliches; er hat mit ihm den Besuch bei Batissier und über die Wichtigkeit der Cagoulardpapiere beraten –

was war das für ein Gespräch, das er als harmlos hinstellen, das er nicht vor ihm führen wollte?

Die Signallampe am Telefon brennt.

In dem Dialog, dessen Zeuge er nur einseitig wurde, ist die Rede von einer »ausgezeichneten Aufnahme« gewesen, die sich der Unterpräfekt eben angehört haben wollte, von einer Schallplatte also. Gibt diese Platte den Schlüssel für das plötzliche Verstummen Blanchards gegenüber seinem Telefonpartner?

Neben dem Fenster steht ein transportables deutsches Wiedergabegerät, nach dem Brauch der Wehrmacht mit grauer Tarnfarbe gestrichen. Der Deckel ist abgenommen, Plattenteller und Tonarm liegen offen vor dem Betrachter. Eine Wachsplatte glänzt matt und zieht Maurice unwiderstehlich an. Er geht nahe heran und bleibt stehen. Geräte dieser Art sind ihm nicht fremd. Ein gleichartiger Apparat steht seit langem in den Räumen des Nachrichtendienstes vom »Gloire«. Angeschlossen an einen starken Rundfunkempfänger, diente er vor dem Kriege dazu, nach Bedarf vor allem original übertragene Reden bedeutender Politiker mitzuschneiden und auszuwerten, ehe ihr Wortlaut offiziell verbreitet wurde.

Roger Maurice blickt noch einmal zum Telefon. Die Signallampe brennt nach wie vor. Da steckt er, eigentlich wider Willen, die Hand aus, schaltet das Gerät ein und setzt den Tonabnehmer auf die kreisende Platte – fast in die Mitte, irgendwohin.

»... sehe es vor mir – den toten Rochambeaux und die Uhr, die sechs Uhr sechs Minuten stehengeblieben war... Es tut mir leid, Maurice, ich kann Ihnen ...«

Der Chef vom Dienst des »Gloire« dreht den Schalter zurück. Es ist wieder still im Zimmer. Maurice hält den Atem an. Sein Gesicht ist von Entsetzen gezeichnet. In diesem Augenblick durchschaut er das teuflische Spiel Blanchards. So also sieht ein Verräter aus ... Mit großer Klarheit erkennt er, daß der Unterpräfekt ihn dazu mißbrauchen wollte, Jacques Batissier sein Geheimnis zu entreißen und die Akten aus Bagnoles-de-l'Orne den deutschen Besatzern in die Hände zu spielen, damit sie die Entlarvung ihrer französischen Agenten unmöglich machen können. Es gibt keinen Zweifel mehr: Der Chef der Pariser Kriminalpolizei ist selbst ein Cagoulard!

Diese Entdeckung macht Roger Maurice ganz ruhig, sehr überlegen und eiskalt. Er weiß jetzt, wie er die Fehler, die er in der Vergangenheit beging, korrigieren kann: Er wird das Doppelspiel Blanchards durchkreuzen und jene warnen, die der Kriminalchef bis heute zu täuschen vermochte. Denn dieses Wissen darf er nicht für sich behalten.

Der Vorwurf, den er zu erheben hat, ist so ungeheuerlich, daß ihn niemand glauben wird, wenn er unbewiesen bleibt. Maurice muß diese Platte haben!

Es gibt noch andere im Zimmer, die ihr äußerlich vollkommen gleichen.

Sie liegen in einem Fach des Tisches, auf dem der Abspielapparat steht. Schnell entschlossen, wechselt der Chef vom Dienst des »Gloire« die Platte auf dem Teller gegen eine der anderen aus und schiebt die Aufnahme aus dem Gefangenenlager unter seine Weste. Die biegsame Wachsmasse paßt sich der Körperform an und trägt nicht auf.

Roger Maurice hat eben noch Zeit, in seinen Sessel zurückzukehren, ehe die Signallampe am Telefon erlischt. Er stürzt hastig den Kognak hinunter, der unberührt auf dem Schreibtisch steht, und blickt, als der Unterpräfekt eintritt, scheinbar gelangweilt zur Decke. Gaston Blanchard durchmißt eilig sein Zimmer und läuft geradewegs zum Abspielgerät, nimmt die aufliegende Platte und geht wieder aus dem Raum. »Nur einen Augenblick noch, Monsieur Maurice . . .«

Gleich darauf leuchtet die Signallampe abermals. Den Zeitungsmann duldet es nicht auf seinem Platz; seine innere Erregung läßt ihn erneut aufstehen und durch das Zimmer wandern. Er tritt ans Fenster. Die Straße ist wie leergefegt, bloß die üblichen Polizeiposten sind da, und vor dem Haupteingang steht ein schweres Seitenwagengespann mit aufmontiertem MG. Der Motor läuft; der Fahrer – in weitem grauem Kradmantel und mit Stahlhelm, auf den er seine Motorradbrille geschoben hat – wartet. Nun erweisen die französischen Posten die Ehrenbezeigung. Ein junger, sehr drahtig wirkender Offizier in schwarzer SS-Uniform, eine flache Aktentasche in der Hand, verläßt schnell die Präfektur und schwingt sich in den Beiwagen der Maschine, die augenblicklich anfährt. Maurice wendet sich um. In spätestens einer Viertelstunde wird der Unterpräfekt erfahren, daß er dem Kurier eine falsche Schallplatte ausgehändigt hat . . .

Blanchards Telefonat scheint ewig zu dauern. Ehe er nicht zurückkehrt, kann Maurice den Raum nicht verlassen – er würde dem Kriminalchef im Vorzimmer begegnen und sich zweifellos verdächtig machen. Nervös blickt er auf die Armbanduhr. Er vergleicht den Zeigerstand mit dem der hübschen alten Rokokouhr auf dem Schreibtisch. Sie mutet in dieser Umgebung eigenartig verspielt an, aber nicht das ist es, was Roger Maurice verblüfft. Das Werk dieser Uhr läuft nicht. Ihr Zifferblatt zeigt fünf Uhr fünf Minuten. Da ist ihm, als wäre ihm die Stimme Jacques Batissiers ganz nahe: »Ich sehe es vor mir – den toten Rochambeaux und die Uhr, die sechs Uhr sechs Minuten stehengeblieben war . . . Die Uhr des Mörders von Sonelli zeigte dieselbe Stunde an . . . Verrückt, nicht wahr?«

Maurice weiß, daß er alles auf eine Karte setzen, daß er alles wagen muß, wenn er weitere Beweise sicherstellen will. Er wird dieses Büro nie wieder betreten, vielleicht nicht einmal lebend verlassen – das hängt davon ab, wie lange der Kurier unterwegs ist. Unter Umständen hat er seine Kommandostelle schon erreicht; Posten präsentieren; er geht eine Treppe hinauf; ein

Läufer dämpft die Schritte bis zur Unhörbarkeit; eine Tür tut sich auf; eine Ordonnanz weist ihn in ein Zimmer, in dem weiter nichts steht als ein Abspielapparat; ein Mann tritt heran mit pomadisiertem Haar und nimmt die Platte; der Teller dreht sich und dann ... Aber es kann auch sein, daß die Aufnahme vorerst beiseite gelegt wird und erst später abgehört werden soll ... Das würde einen Zeitgewinn bedeuten.

Am Telefon leuchtet die Signallampe.

Entschlossen geht Roger Maurice an den Schreibtisch heran und klappt den Glasdeckel vom Zifferblatt der Rokokouhr. Er dreht die Zeiger langsam weiter; der kleine rückt auf die sechs, der große läuft über die zwölf. Sechs Uhr sechs Minuten ... Da springt das Gehäuse der Uhr automatisch auf! In einem Hohlraum liegt ein in schwarzes Saffianleder gebundenes Notizbuch. Als wäre das selbstverständlich, steckt es der Zeitungsmann zu sich, schließt das Uhrengehäuse und bringt die Zeiger in die alte Stellung. Den Inhalt des Büchleins wird er später in Ruhe prüfen.

Äußerlich ruhig, kehrt Maurice in den Sessel zurück und zündet sich beinahe umständlich eine Zigarre an. So findet ihn Blanchard, der endlich wiederkommt. Maurice sieht ihn fragend an.

»Tut mir leid, daß Sie warten mußten«, entschuldigt sich der Unterpräfekt. »Sie machen sich keinen Begriff davon, wie die Deutschen hier mit einem umspringen. Es wird täglich schlimmer! Wenn das bloß erst vorbei wäre ... Tja, ich muß Sie bedauerlicherweise bitten, morgen wiederzukommen. Um zehn vielleicht. Wäre Ihnen das recht?«

»Eine Stunde später ginge es besser«, erwidert Maurice kaltblütig. Er erhebt sich. »Ich kann mir vorstellen, was es für Sie bedeutet, mit den Deutschen zusammenarbeiten zu müssen, Monsieur Blanchard.«

55

Auf der Fahrt wird der Wagen des »Gloire«, den Roger Maurice selbst fährt, zweimal von Wehrmachtsstreifen gestoppt. Das ist alltäglich; doch heute hat er ein beklemmendes Gefühl dabei.

Roger Maurice biegt hinter der Brücke in die Uferallee ein und hält. Kaum beachtet, etwas versteckt, gibt es hier eine Telefonzelle. Der Chef vom Dienst des »Gloire« betritt sie nicht sofort. Er schlendert ein bißchen am Wasser entlang und wirft Steinchen hinein. Während er die Kreise beobachtet, die sie ziehen, fühlt er auf dem Hemd die Wachsplatte. Er möchte recht gern das Gesicht Blanchards sehen, wenn der von der Verwechslung erfährt ...

Es ist nichts in der Nähe, das Mißtrauen erwecken könnte. Maurice geht zur

Telefonzelle und zieht die Tür hinter sich zu. Er hat das Notizbuch aus dem Versteck in der Hand und blättert es auf, als wolle er eine bestimmte Rufnummer nachschlagen. Alphabetisch geordnet, nennt es viele Namen.

Die Seite mit dem S ... Unter anderem steht da: »Sonelli, Carlo – 1939.« Die R-Seite ... »Rochambeaux, Pierre – 1939.« Die M-Seite ... »Millet, Josephe – 1939.« Mit diesem Namen weiß Maurice nichts anzufangen, doch die Bedeutung der Jahreszahlen und Kreuze ist so offensichtlich, daß dem Zeitungsmann ein Schauer über den Rücken läuft. Er blättert weiter, liest und schlägt schließlich, einer Eingebung folgend, die B-Seite auf. Er hat sich nicht getäuscht. In säuberlichen Druckbuchstaben wurde vermerkt: »Batissier, Jacques – ?«

Eine Mordliste ... Mit verhaltenem Atem wendet Roger Maurice Blatt für Blatt um. Er versucht nicht erst, die Kreuze zu zählen; nur, wenn ihm ein Name bekannt erscheint, verweilt er bei ihm. Die J-Seite ... »Juif – 1937.« Das war der Waffenhändler, dessen Koffer in Lille gefunden wurden und eine Großfahndung auslösten. Die T-Seite ... »Toureaux, Laetitia – 1937.« Die gutaussehende Privatdetektivin, die man mit einem Dolch in der Brust in der Metro entdeckte und die – Batissier hat in seinem Tatsachenbericht daran erinnert – wahrscheinlich Beziehungen zu einem Cagoulard-Führer unterhalten hatte ...

Maurice klappt das Büchlein zu und lockert sich den Kragen. Ihm ist unversehens heiß geworden, als ihm bewußt wurde, welch ungeheuerliches Beweisstück ihm in die Hände geraten ist. Er darf es nicht behalten, dazu stehen hinter zu vielen Namen noch Fragezeichen; es muß zu Menschen gelangen, die es auszuwerten und entsprechende Maßnahmen zu ergreifen wissen. Zu Menschen, die mit Verrätern vom Schlage eines Blanchard kurzen Prozeß machen ... An wen soll er sich wenden? Die Mehrzahl seiner ehemaligen Freunde kennt ihn nicht mehr, verachtet ihn. Viele sind verschwunden, untergetaucht. Wie soll er die finden, die in den Reihen des Maquis kämpfen? Fände er sie, sie würden ihm kein Vertrauen entgegenbringen ...

Er nimmt zögernd den Hörer ab und wählt die alte Nummer Jacques Batissiers in der Hoffnung, so Madeleine Labisse zu erreichen. Sie wird ihn auf jeden Fall anhören, des Mannes wegen, den sie liebt. Madeleine meldet sich.

»Hier spricht Maurice«, sagt er hastig und überzeugt sich mit schnellem Blick, daß die Telefonzelle von niemandem aufgesucht wird. »Schön, daß Sie da sind. Ich habe mit Jacques sprechen können. Er läßt Sie grüßen. Aber er ist in Gefahr, ohne es zu ahnen. Ich kann es beweisen. Es ist beispiellos ...«

Madeleine unterbricht ihn. »Wie geht es denn Jacques? Ist er gesund? Sie müssen mir viel von ihm erzählen. Ich bin natürlich sehr gespannt. Wann können wir uns treffen?«

Roger Maurice begreift, daß er am Telefon keine Einzelheiten nennen soll. »Um achtzehn Uhr. Ich würde vorschlagen ...«

Er bezeichnet die Uferstraße, die er von seinem augenblicklichen Standort aus einsehen kann. Sie ist wenig belebt, aber auch nicht so menschenleer, daß eine Begegnung an dieser Stelle auffallen würde. Madeleine billigt seine Wahl.

»Ich komme mit dem Wagen«, erklärt er abschließend. »Es ist ein grauer Renault. Das Kennzeichen: Sechs-fünf-fünf-vier-AJ-sieben-drei. Ich bin pünktlich...«

56

SS-Standartenführer Friedrich Schneider wirft die Tür hinter sich zu, daß die Bilder im Dienstzimmer Blanchards vibrieren. Mit drei Schritten erreicht er den Unterpräfekten, der verwundert vom Schreibtischsessel aufsteht. Der Kriminalchef ist viel größer als der untersetzte Offizier des Sicherheitsdienstes, er muß auf ihn hinabschauen. Das Gesicht des Deutschen, der einen knapp-sitzenden rosenholzfarbenen Straßenanzug trägt, ist vor Zorn gerötet. Seine Augen verengen sich.

»Sie sind wohl wahnsinnig geworden, Blanchard«, herrscht er den Franzosen an. Er spricht nicht einmal übermäßig laut, sogar beherrscht, aber gerade dadurch klingen seine Worte gefährlicher und drohender. »Was bilden Sie sich eigentlich ein?«

Schneider hält die Wachsschallplatte hoch, dicht vor das Gesicht seines Gegenübers. Der Chef der Kriminalpolizei weiß das alles nicht zu deuten; er schüttelt verwundert den Kopf und hebt die Schultern. »Aber Monsieur Schneider«, sagt er hilflos. »Sie kannten die Aufnahme... Sie waren doch dabei...«

Die Stimme des Standartenführers wird eine Spur schneidender. »Wenn Sie sich einbilden, Sie können uns zum Narren halten, dann täuschen Sie sich, Monsieur Blanchard! Ich warne Sie...«

»Ich weiß nicht, was Sie wollen«, erwidert der Unterpräfekt verständnislos. »Wir arbeiten doch vorzüglich zusammen...«

Schneider verzieht höhnisch den Mund. »Spielen Sie die Platte ab! – Na, los!«

Gaston Blanchard nimmt die Aufnahme entgegen und geht zum Abspielgerät. Er sieht noch keine Zusammenhänge; das ganze Benehmen des Standartenführers und seine Wut sind ihm ein Rätsel. Er legt die Platte auf. Schneider wippt auf den Zehenspitzen und sieht ihn lauernd an. Da schaltet der Kriminalchef den Apparat ein. Was dann aus dem Lautsprecher klingt, macht ihn taumeln. Ihm bricht der Schweiß aus. »Das kann doch nicht wahr sein...«, stammelt er. Die Platte auf dem Teller ist der Mitschnitt einer Veranstaltung der deutschen Truppenbetreuung, die ein Funker aus Langeweile aufgenommen hat, um sich eine Nachtwache zu verkürzen. In Blanchards Besitz befinden sich mehrere solcher Platten.

Frisch und unbekümmert singt Heinz Rühmann: »Das kann doch einen Seemann nicht erschüttern. Keine Angst, keine Angst, Rosmarie! Wir lassen uns das Leben nicht verbittern ...«

Der SS-Standartenführer pfeift die Melodie mit – laut und ohne einen falschen Ton. Ohne den Blick vom Chef der Kriminalpolizei zu wenden, kommt er langsam um den Schreibtisch herum zum Gerät und bremst den Plattenteller mit der Handfläche. »Und wenn die ganze Erde bebt« ist noch deutlich zu verstehen; bei »... und die Welt sich aus den Angeln hebt« verzerrt sich der Ton unerträglich und erstirbt. Schneider schaltet den Apparat aus. Die Stille drückt.

»Ich glaube, Ihre Tage sind gezählt, Blanchard«, sagt der SD-Offizier mit geheucheltem Bedauern und setzt sich auf die Schreibtischkante.

»Was wollen Sie damit sagen?«

Schneider betrachtet ihn und kostet seine Verwirrung aus. Zynisch erklärt er: »Überlegen Sie doch mal! Wen könnte die Platte interessieren? Und wer könnte daraus die einfache Schlußfolgerung ziehen, daß wir nicht erst seit heute zusammenarbeiten? – Ich glaube nicht, Blanchard, daß Sie diese Schlußfolgerung überleben würden.«

Der Kriminalchef beißt sich auf die Lippe. Seine Hände öffnen und schließen sich nervös. Er überlegt fieberhaft. Wer ...?

»Wer war bei meinem Anruf im Zimmer?« Der SS-Standartenführer nimmt Blanchards Frage vorweg. Der Unterpräfekt hört mit Bewunderung, wie schnell der Deutsche umzuschalten vermag. Seine Stimme verrät keinerlei Erregung mehr. Kalt, sachlich, zielstrebig stellt sie zweckdienliche Erkundungen an.

»Nur dieser Maurice ...«

Schneider ist ein paar Schritte in die Tiefe des Raums hineingegangen. Nun dreht er sich rasch um. »Ach?« sagt er verblüfft. »Der vom ‚Gloire'? – Sieh mal an! Das hätte ich ihm gar nicht zugetraut ...«

Der Kriminalchef hat den Schock noch nicht überwunden. »Ich auch nicht«, weiß er nur zu entgegnen.

Mit einer endgültigen Bewegung knöpft der SS-Standartenführer sein Jackett zu. »Maurice ... Beschreibung, Wagennummer, Personalien – sofort!« befiehlt er. »Meine Leute werden diesen Mann zu finden wissen – verlassen Sie sich darauf!«

Er ist schon an der Tür, als Blanchard erleichtert sagt: »Ich danke Ihnen sehr, Monsieur Schneider! – Ein Glück, daß der SD so gut arbeitet ...«

57

Die Straße fällt steil ab. Die Nachmittagssonne trifft hier auf Häuser im Baustil der Jahrhundertwende. Das Café »Montenotte« liegt im Schatten. Die glattgraue Markise spannt sich über runde Tische. Eine anmutige Kellnerin serviert Tee und Limonaden.

An einem Tisch sitzt ein Mann, der ganz in seine Zeitung vertieft ist – Gaston Vernon.

Die Straße herunter läuft Madeleine Labisse. Sie scheint diesen Weg ohne besondere Absicht zu verfolgen und Zeit zu haben. Bei einem müden Pferd, das, vor einen Plattenwagen gespannt, mit umgehängtem Futtersack seines Kutschers harrt, bleibt sie stehen und streichelt den Hals des Braunen, ehe sie weitergeht. Vor dem Café bleibt sie wie zögernd stehen, sieht die leeren Stühle an Vernons Tisch und fragt: »Entschuldigen Sie, Monsieur. Ist hier ein Platz frei?«

Vernon schaut kaum von der Zeitung hoch. »Bitte, Madame«, erwidert er gleichgültig. Er liest weiter, während Madeleine bei der anmutigen Kellnerin eine Limonade bestellt. Beinahe ohne die Lippen zu bewegen erkundigt sich Gaston: »Was gibt's?«

Die Fotografin kramt in ihrer Handtasche nach der Puderdose. »Maurice hat mich angerufen. Er will mich in einer Stunde treffen. Mit Jacques hat er gesprochen und für uns wichtiges Material angekündigt. Wir wollen uns ...« Sie verstummt. Die Kellnerin serviert. Madeleine zahlt sofort. Dann nimmt sie den Satz wieder auf: »Wir wollen uns an der Seine treffen, am Brückeneck. Er kommt mit einem grauen Renault, Sechs-fünf-fünf-vier-AJ-sieben-drei.«

Vernon studiert die Bekanntmachungen der deutschen Kommandantur. »Und wenn es eine Falle ist?«

»Das glaube ich nicht. Er war sehr aufgeregt.«

»Gut!« Er faltet die Zeitung zusammen. »Aber du gehst nicht! Ich mache das, und wir werden es so absichern, daß nichts passieren kann. Vielleicht ist wirklich was dran. Ich gehe.«

»Und frage ihn nach Jacques«, bittet sie leise.

»Natürlich, Madeleine!« Für eine Sekunde hat er ein kleines Lächeln, das nicht das eines Fremden ist.

58

Die Angler sind wieder da.

In einiger Entfernung vom Brückeneck haben sie sich am Ufer niedergelassen und ihre Köder ausgeworfen. Nun starren sie auf die Posen. Hinter ihren Rücken, auf der Allee, fährt gelegentlich ein Auto vorüber, ein Wehrmachtskrad. Sie achten nicht darauf. Gelegentlich zieht einer von ihnen die Angel heraus, nimmt einen zappelnden silbrigweißen Fisch vom Haken und wirft ihn wieder ins Wasser. Dann beginnt er sein Spiel von vorn. Von Zeit zu Zeit prüfen sie die Teigkügelchen, mit denen sie ihre Beute locken.

Vernon kommt mit dem Rad. Er fährt gemächlich, ein Futteral mit Angelruten an den Rahmen gebunden, an der Lenkstange einen kleinen Eimer. Er hat es nicht eilig; er genießt den schönen Abend. Gaston steigt ab, lehnt das Rad an einen Baum und holt Zigaretten aus der Tasche. Streichhölzer findet er nicht; es ist nur natürlich, daß er einen der Angler um Feuer bittet. Während er sich über die kleine Flamme beugt, erklärt der Mann fast tonlos: »Er ist schon da. Ich habe den grauen Renault deutlich erkannt. Er hat ein Presseschild an der Frontscheibe und das Kennzeichen sechs-fünf-fünf-vier-AJ-sieben-drei.«

»Wo steht er denn?«

»Flußaufwärts. Von hier aus nicht zu sehen. Er ist ein bißchen zu weit gefahren.«

»Und sonst?«

»Nichts Verdächtiges, Gaston. Nur der übliche Verkehr.«

»Ich gehe hin!« Vernon richtet sich auf und bedankt sich für das Feuer. Er kehrt zu seinem Rad zurück. nimmt Futteral und Eimer und läuft flußaufwärts.

Die Angler erheben sich. Offenbar haben sie beschlossen, es jetzt an einer anderen Stelle zu versuchen. Sie folgen Gaston in einigem Abstand.

Nun ist der graue Renault zu sehen. Die Abendsonne trifft seine Fenster und spiegelt sich darin. Die starken Reflexe gestatten keine Einsicht in den Wagen. Nur undeutlich sind am Steuer die Umrisse eines Mannes zu erkennen. Gaston stellt den Eimer ab, legt die Angel daneben und beugt sich nieder, um einen Schnürsenkel neu zu binden. Dabei blickt er sich gründlich um, aber so sehr er sich auch anstrengt – er kann nichts Verdächtiges erkennen. Der Renault ist dicht an eine Gruppe von Büschen herangefahren. Vernon schüttelt mißbilligend den Kopf – Maurice hätte sich einen übersichtlicheren Halteplatz aussuchen müssen. Der Redakteur hält ihm zugute, daß er noch unerfahren ist.

Dennoch – das Mißtrauen bleibt. Es bleibt, obwohl sich ringsum nichts regt als die beiden Angler, die am Ufer entlang gehen und zeitweilig durch Laubbäume verdeckt werden. Von der Brücke her klingt manchmal Motorengeräusch; hoch am Himmel zieht, wie mit dem Lineal ausgerichtet, eine Staffel zweimotoriger Zerstörer vom Typ Me 110. Die Wellen der Seine plätschern eintönig gegen die Uferböschung.

Es ist genau 18 Uhr. Das Bild bleibt unverändert. Da zwingt sich Vernon, über die Straße hinweg zum Wagen zu gehen und mit einem Ruck die Tür aufzumachen.

Etwas Schweres drückt von innen gegen die Tür. Ein toter Mann fällt Gaston vor die Füße. Maurices gebrochene Augen sind weit aufgerissen. Und ehe Vernon, der entsetzt auf den Ermordeten niederblickt, sich noch der Tragweite dieser unheimlichen Begegnung bewußt werden kann, hört er sich scharf angerufen: »Hände hoch! Stehenbleiben!«

Jenseits des Autokühlers brechen drei Männer mit vorgehaltenen Pistolen aus dem Gebüsch – SS-Standartenführer Schneider persönlich und zwei weitere Deutsche in Zivil, die Kragen der Trenchcoats hochgestellt, helle Filzhüte in die Gesichter gezogen. Das kommt so unerwartet, das ist so überraschend, daß sich Gaston wie ein Zuschauer vorkommt, vor dessen Augen eine Kinoszene abläuft. Wie im Traum, ganz unbewußt hebt er die Hände.

»Den Wagen!« befiehlt Schneider. Einer seiner Begleiter setzt die Trillerpfeife an. Das gellende Signal ist weithin zu hören. Hinter einer Straßenbiegung springt ein Motor an.

»Durchsuchen«, ordnet der Standartenführer an.

Der andere Zivilist geht um den grauen Renault herum auf Vernon zu. Seine Linke tastet den Redakteur mit geübten Bewegungen ab. Dessen Nerven sind bis zum äußersten gespannt. Er beobachtet, wie ein schwarzer Mercedes die Allee herunterkommt und in der Mitte der Straße, unmittelbar vor dem Wagen von Maurice, stoppt. Die Maschine der deutschen Limousine läuft so leise, daß sie kaum zu hören ist. Der Fahrer, gleichfalls in Zivil, beugt sich nach hinten und stößt die Tür auf. »Vorwärts«, kommandiert der SD-Mann, der die Durchsuchung vornahm.

Zwei Feuerstöße aus Maschinenpistolen . . .

Die beiden Angler haben hinter Bäumen Deckung gesucht und aus ihren Angelfutteralen MPis gezogen. Die erste Garbe trifft den SS-Standartenführer, der ohne einen Laut zusammenbricht. Der SD-Mann mit der Trillerpfeife wirft sich hin. Die ihm zugedachten Schüsse reißen die Kühlerhaube des Renault auf.

Der Deutsche neben Vernon wendet erschrocken den Kopf und ist für Bruchteile von Sekunden unachtsam. Gaston nutzt sie und schlägt ihm mit aller Kraft die Faust unters Kinn. Der Mann taumelt, stürzt. Der Redakteur hetzt mit langen Sprüngen über die Straße zum Flußufer. Hinter ihm peitschen

Pistolenschüsse. Der SD-Mann, der neben Schneider stand, der, der Gaston durchsuchte, und nun auch der Fahrer des schwarzen Mercedes schießen ihre Magazine leer. Vernon zieht unwillkürlich den Kopf ein, als er das Pfeifen der Projektile hört, die in unmittelbarer Nähe die Rinde der Bäume aufreißen. Er wirft sich hin, kriecht auf allen vieren und erreicht die Angler. Diese setzen neue Ladestreifen in die MPis ein und zwingen die Gegner mit kurzen Feuerstößen, in Deckung zu bleiben.

All dies ist in unbeschreiblich knapper Frist geschehen. Trotzdem bleibt es nicht unbemerkt. Ein Motorboot des Hafenamtes, das langsam am Ufer entlangfährt, läuft an die Böschung heran und legt Fender aus. Zwei Männer in Schifferkleidung und mit weißen Schirmmützen greifen zu Bootshaken.

»Los«, ruft der eine Angler, reißt den Redakteur hoch und rennt mit ihm zu der Barkasse, die die Schiffer mit den Haken am Ufer festhalten. Der Rückzug bleibt von den SD-Männern unbemerkt, weil der zweite Angler sie gleichzeitig mit einem Feuerhagel aus der Maschinenpistole überschüttet und zwingt, die Köpfe fest auf den Boden zu pressen. Die streuende Garbe prasselt gegen die Karosserien der beiden Fahrzeuge, zerfetzt die Pneus und reißt mit Querschlägern Sandfontänen auf. Dann rennt auch dieser Verbündete Vernons zur Barkasse. Bevor er den bewaldeten Uferstreifen verläßt und auf die Planken des Motorboots hinüberspringt, leert er den ganzen Ladestreifen in Richtung der Faschisten. Diese wagen nicht hochzuschauen.

Die Barkasse legt augenblicklich ab und strebt mit voller Maschinenkraft der Mitte des Stroms zu. Just da steigt jenseits der Brücke die erste Leuchtkugel einer auf die Schießerei aufmerksam gewordenen deutschen Wehrmachtsstreife in den Abendhimmel. Eine zweite, andersfarbige, folgt sofort – ein Alarmzeichen.

Minuten später trifft ein schwerbewaffneter Zug Feldgendarmerie mit Panzerspähwagen an der Brücke ein, wird von den Kontrollposten dort eingewiesen und entfaltet sich. Beiderseits des Spähwagens, der langsam die Uferallee hinunter rollt, gehen die Feldgendarmen in gestaffelter Schützenkette vor, jeder die MPi im Anschlag. Aber es gibt keine Berührung mit dem Gegner. Den Militärpolizisten bleibt nur übrig, zwei Tote und einen Verwundeten zu bergen. Der vierte SD-Mann lehnt mit kalkweißem Gesicht an einem Baum. Seine Hände zittern so sehr, daß er die Zigarette nicht allein anzuzünden vermag, um die er den Zugführer der Alarmeinheit bittet.

Der Sicherheitsdienst beginnt, vom Tod des SS-Standartenführers sofort in Kenntnis gesetzt, umgehend mit der Fahndung nach der von den Kontrollposten festgestellten Barkasse des Hafenamtes. Sie verläuft ergebnislos: Das Motorboot mit den angegebenen Kennzeichen lag zur fraglichen Zeit ununterbrochen am Quai; die Besatzung hielt sich vollzählig in der Kantine des Hafenamtes auf...

59

Der kriegsgefangene Soldat Jacques Batissier muß das Klassenzimmer schrubben, das früher einmal als Unterkunft der Wachmannschaft gedient hat. Er läßt sich Zeit. Die Lampenscherben und das herumliegende Papier hat er schon zusammengefegt, die Zeichnungen an der Tafel abgewaschen. Die großen feuchten Stellen, die zurückgeblieben sind, trocknen allmählich. Nun geht er mit einem Scheuerhader dem schmutzigen Fußboden zu Leibe. Die Berührung des Wassers mit den verölten Dielen ergibt einen merkwürdigen Geruch. Er erinnert Jacques an seine Schulzeit und an den Hausmeister, der sich im Winter mit einem Fernglas in seine Dienstwohnung setzte und aufpaßte, welche Schüler mit Schneebällen warfen. Batissier hatte er oft an den Ohren, und so kam es, daß sich das beiderseitige Verhältnis nicht besonders herzlich gestaltete.

Jacques schwappt den halben Eimer Wasser in den Raum und verteilt es mit dem Schrubber. Während er zu scheuern anfängt, denkt er daran, daß er zu Hause meist davonlief, wenn Madeleine die Schürze umband und verheißungsvoll von einem »hauswirtschaftlichen Minimalprogramm« sprach. Sie verband das stets mit der Frage, ob er nicht eigentlich vorgehabt habe, heute noch auf Nachrichtenjagd oder in die Bibliothek zu gehen. Er machte sich dann zwar immer aus dem Staube, bekam jedoch bald im Gedanken an die schrubbende Madeleine ein schlechtes Gewissen und beruhigte es gewöhnlich, indem er sich die Indian vornahm und sie auf Hochglanz polierte. Sie hatte das meist bitter nötig.

Batissier wringt den Scheuerhader aus. Die Brühe im Eimer ist tiefschwarz. Jacques denkt an die helle Fensterwand in seiner schönen Dachwohnung, an die Blumen auf dem Sims und an Madame Lou, die Plüschkatze. Seltsam – das alles ist so unerreichbar weit weg, zwischen ihm und seinem Zuhause liegen Stacheldraht und Postentürme, aber er hat es deutlich vor Augen. Es ist gut, sich daran zu erinnern und sich vorzustellen, daß Madeleine dort ist und da bleiben wird, bis er wiederkommt. Er zweifelt nicht einen Augenblick, daß sie auf ihn wartet, und er denkt gerade in diesen Minuten mit großer, überströmender Zärtlichkeit an das grazile Mädchen mit dem kupferfarbenen Haar und dem fein gezeichneten, weich geschwungenen Mund …

Er muß frisches Wasser holen, nimmt den Eimer und geht zur Tür. Er steht dicht davor, als sie von außen geöffnet wird. Vor sich sieht er Gaston Blanchard, den Unterpräfekten, wie immer wie aus dem Ei gepellt. Selbst das Ziertuch in der Brusttasche ist peinlich genau auf die Farbe der Krawatte abgestimmt.

»Danke«, sagt der Kriminalchef zu dem ihn begleitenden deutschen Posten, der daraufhin die Hacken klappt und sich entfernt. Blanchard kommt herein und schließt die Tür. »Hier stecken Sie also, Batissier. Geben Sie mir mal Feuer!«

Jacques zieht wortlos seine Streichhölzer heraus. Dem eleganten Unterpräfekten gegenüber wirkt er in seiner vielfach geflickten, verblichenen Uniform abgerissen und heruntergekommen. Blanchard beugt sich über das Flämmchen und erklärt hastig: »Ich habe nicht viel Zeit. Ich möchte Ihnen helfen. Vor den Deutschen dürfen wir uns nicht kennen. Damit Sie es wissen: Sie betrachten mich als einen Kollaborateur.«

»Hm«, macht Batissier. Er wahrt Abstand; diese neue Begegnung mit einem Menschen, der sich unter den Faschisten frei bewegen darf, ist noch weniger dazu angetan, ihn noch Wert auf ihr altes freundschaftliches Verhältnis legen zu lassen. Sein Vertrauen zu dem Unterpräfekten hat einen Stoß erhalten. Ziemlich kühl fragt er: »Warum sagen Sie mir das?«

Blanchard überhört es: »Ich arbeite hier im Auftrag der Bewegung ‚Freies Frankreich'. Ein Mann wie Sie gehört zu uns. Ich ermögliche Ihnen die Flucht. Bis dahin kein Wort über unser Gespräch. Vor allem nicht über die Cagoulards! Wenn die Nazis erfahren, daß Sie auf der Spur ihrer Leute waren, kann Ihnen niemand mehr helfen. – Sie haben die Papiere aus Bagnoles-de-l'Orne doch gut versteckt? Teilen Sie Ihr Geheimnis mit mir, Batissier!«

Die Stimme drängt. Sie spricht mit tiefem Ernst, überzeugend. In dem, was sie sagt, ist nichts Unwahrscheinliches. Gerüchte über den Kampf des »Freien Frankreich« sind auch schon ins Kriegsgefangenenlager gedrungen. Flugblätter, deren Herkunft keiner kannte, haben berichtet, das Nationalkomitee dieser Bewegung sei in London gebildet worden.

Der Kriminalchef hat sich auf dieses neuerliche Zusammentreffen gründlich vorbereitet. Er muß die Akten der Cagoulards zurückerhalten – koste es, was es wolle! Der Versuch, diesen störrischen Kriminalreporter durch Maurice zum Reden zu bringen, ohne selbst in Erscheinung treten zu müssen, war gescheitert. Die Gefahr für ihn, Gaston Blanchard, besteht nach wie vor, obwohl die Schallplattenaufzeichnung und das Notizbuch aus der Rokokouhr wieder in seinem Besitz sind. Glücklicherweise hat ihm SS-Standartenführer Schneider beides durch einen Kurier zustellen lassen, bevor er sich anschickte, an der Leiche des Chefs vom Dienst des »Gloire« jene Franzosen festzunehmen, denen Maurice von seiner Entdeckung berichten wollte. Aber immer noch können die Papiere aus Bagnoles-de-l'Orne in falsche Hände geraten ...

Jacques sieht ihn ruhig an. »Es gibt kein Geheimnis.«

Zunächst schweigt Blanchard. Er ist nicht überzeugt, daß Batissier die Wahrheit spricht. Vielmehr fürchtet er, daß der Journalist ihn durchschaut, daß er Rochambeaux' Beute genau kennt und sie aufsparen will, um ihm, dem Unterpräfekten, eines Tages die Rechnung zu präsentieren. Dieser Tag wird zwar vorläufig nicht kommen – siegen denn die Deutschen nicht an allen

Fronten? –, aber was wäre, wenn es Batissier gelänge, die Akten ins Ausland zu schmuggeln. Nach London vielleicht oder in die USA? Das wäre Wasser auf die Mühlen der unerwartet starken Widerstandsbewegung. Blanchard nimmt einen neuen Anlauf: »Sie sind mißtrauisch, nicht wahr?« Er muß sich nicht einmal Mühe geben, seine Stimme traurig klingen zu lassen.

»Nein, Monsieur. Glauben Sie mir: Ich wäre froh, wenn es ein Geheimnis gäbe . . .«

Der Unterpräfekt wirft die Zigarette in den Scheuereimer und nimmt sogleich eine neue. Selbst wenn Rochambeaux nach dem Husarenstück in Bagnoles-de-l'Orne die Kassette ohne Wissen des Reporters und so verborgen hat, daß sie niemals wiedergefunden wird – Batissier ist Zeuge verschiedener Vorgänge gewesen, die ihn, in den richtigen Zusammenhang gebracht, auch ohne die Papiere auf die entscheidende Spur bringen könnten. Solange der Journalist am Leben ist, besteht für ihn, Blanchard, Gefahr . . . Während er so denkt, lächelt er. Er hält die Zigarettenpackung noch in der Hand und streckt sie Batissier hin: »Bitte.«

»Sie wissen doch, daß ich nicht rauche . . .«

Der Unterpräfekt drängt ihm die Schachtel auf. »Stecken Sie sie ein! Für die Kameraden . . .«

Die Tür fliegt auf. Ein SS-Sturmführer steht breitbeinig im Rahmen. Hinter ihm werden drei weitere schwarze Uniformen sichtbar, Stahlhelme und Maschinenpistolen. Der Sturmführer stemmt die Hände in die Seiten und sieht den Kriminalchef hämisch an. »Die Komödie ist aus, Blanchard«, sagt er in gutem Französisch. »Jetzt können Sie Ihr ‚Freies Frankreich' hinter schwedischen Gardinen betrachten!« Und deutsch: »Abführen!«

Zwei SS-Männer stürzen sich auf den Unterpräfekten und reißen ihm brutal die Arme nach hinten. Er schreit auf. Mit schmerzverzerrtem Gesicht keucht er: »Aber ich weiß gar nicht . . .« – »Maul halten! – Weg!«

Blanchard wehrt sich. Es ist zwecklos; die bulligen Schlägertypen halten ihn wie Schraubstöcke und schlagen mit Fäusten auf ihn ein, bis er verstummt. Dann zerren sie ihn hinaus.

Jacques fühlt, wie eine furchtbare Verzweiflung in ihm aufsteigt. Der Kriminalchef hat etwas gewagt; er wollte unter den Augen der Deutschen fortsetzen, was Rochambeaux und er begannen; das kostet ihn jetzt die Freiheit, vielleicht sogar das Leben, und er, Batissier, ist ihm mit Mißtrauen begegnet, wie er einst Rochambeaux mit Mißtrauen begegnet ist . . . In ihm krampft sich etwas zusammen. Ist er dazu verurteilt, alles falsch zu machen?

Die Tür bleibt offen, verstellt durch den dritten SS-Mann. Der Sturmführer pflanzt sich vor dem Journalisten auf. Er faltet genüßlich eine zusammengelegte Zeitung auseinander und hält sie Jacques entgegen. Es ist die Ausgabe des »Journal de Paris«, über deren Titelseite die Schlagzeile läuft: »Auge in

Auge mit den Cagoulards – Sensationelle Enthüllungen des Nachrichtenbüros Jacques Batissier.«

»Haben Ihre ‚Polizeiberichte' so ausgesehen«, fragt er mit gefährlicher Freundlichkeit. »Dann verstehe ich, daß sie sich die Kommunisten etwas kosten ließen. – Reden Sie, Mann! Haben Sie das zusammengeschmiert?«

Batissiers Lider verengen sich. Er hebt mit einem Ruck den Kopf. »Ja, das habe ich geschrieben!« Seine Antwort ist nicht ohne Stolz.

»Na also!« Der SS-Offizier faltet das Blatt wieder zusammen und dreht sich zu dem Posten an der Tür um. »Mitnehmen!« Der SS-Mann tritt hinter Batissier und drückt ihm die Mündung der MPi in den Rücken. »Vorwärts!« kommandiert er barsch, und da Jacques ihn nicht versteht, stößt ihn der Faschist vor sich her.

Der Sturmführer wartet auf dem Flur, bis der Posten mit dem Journalisten im Treppenhaus verschwunden ist. Dann geht er ins Lehrerzimmer. Blanchard ist allein hier. Er sitzt bequem in einem tiefen Sessel und raucht seine Pfeife.

Der SS-Offizier rückt verlegen am Gürtel. »Ich hoffe, meine Leute haben Sie nicht zu hart angefaßt, Monsieur Blanchard. Wie Sie wünschten, waren es ausgesucht furchterregende Sturmmänner. Die ganze Sache wirkte sehr echt. – Der Wagen steht in einer Viertelstunde für Sie bereit.«

»Danke ...«

60

Der Fahrer bremst. Der SS-Truppführer, der neben ihm im Kübelwagen sitzt, steigt aus und geht nach vorn. Die beiden SS-Männer, die Batissier auf dem Rücksitz flankieren, bleiben sitzen. Der Motor blubbert leise. Sein Geräusch übertönt nicht das Hundegebell, das den Truppführer empfängt. Eine Sturmlaterne blendet kurz auf und erlischt wieder.

Aus dem nächtlichen Dunkel erheben sich silhouettenhaft die Umrisse eines plumpen, massigen Gebäudes. Hohe Schornsteine scheinen auf eine Fabrik hinzudeuten; sie stoßen keinen Rauch aus. Die Postentürme an den Flanken des Baus verraten ein bewachtes Gelände.

Der SS-Truppführer kehrt zurück. Sekundenlang trifft ihn das Licht aus den schmalen Schlitzen der Tarnkappen vor den Scheinwerfern. Er steigt wieder ein. »Los!«

In langsamer Fahrt rollt der Wagen auf ein hohes Eisentor zu, das sich auftut, einziger Zugang inmitten spanischer Reiter und Stacheldraht. Am Portal stehen nicht – wie im Kriegsgefangenenlager – Wehrmachtsangehörige in Feldgrau. Die schwarzen Uniformen der Posten hier sind in der Dunkelheit kaum wahrzunehmen; Jacques sieht eigentlich nur die helleren Stahlhelme. Die Streifen, die ohne Unterlaß das Lager umkreisen, haben Schäferhunde bei sich, die mißtrauisch die Köpfe nach dem Kübel drehen. Ein Sonderlager, eines von denen, die Batissiers Regimentskameraden nur flüsternd erwähnten ... Es hieß, sie wären zur Aufnahme von politischen Gegnern des Faschismus geschaffen.

Ein Wink befiehlt ihm, auszusteigen und zu warten. Jacques dehnt verstohlen die steifgewordenen Glieder. Seine Begleiter zünden sich Zigaretten an; der Fahrer öffnet die Kühlerhaube und brummt ellenlange deutsche Flüche vor sich hin. Der Truppführer verschwindet in einem der Gebäudeteile, die ein regelmäßiges Viereck bilden.

Batissier versucht zu erraten, wohin er gebracht worden ist. Sie sind lange gefahren, erst auf einer guten Fernverkehrsstraße und dann auf Nebenwegen. Der Journalist hat die Orientierung verloren. Er weiß nicht, wo er sich befindet, und er ist sich auch nicht darüber klar, was ihn hier erwarten wird. Es sieht nicht mehr aus, als würde er bald nach Hause kommen. Wahrscheinlich kann er nur noch hoffen, daß einer der Kameraden aus dem Regiment daran denkt, Madeleine zu verständigen. Sie erfährt so zwar bloß, daß ihn SS-Leute mit unbekanntem Ziel aus dem Lager wegbrachten, aber sie weiß, daß er noch lebt ...

Der Truppführer kehrt zurück, begleitet von einem Mann in grauem Drillichzeug. »Komm mit«, sagt der französisch. »Deine Papiere haben wir schon.« Er klappt vor den Deutschen die Hacken zusammen und zieht Jacques am Arm mit sich ins Haus. Hinter seinem Rücken hört er den Kübelwagen wieder anfahren. »Ich heiße Louis«, sagt der im Drillichzeug. »Ich bin hier als Schreiber eingesetzt.«

Der Korridor ist spärlich erleuchtet. Sie gehen an der offenen Tür einer Wachstube vorüber, in der SS-Männer Skat spielen. Der Außenposten am Eingang hat sie schweigend passieren lassen, nachdem er Louis kurz angeleuchtet hatte.

»Hierher.« Der Schreiber öffnet ein Zimmer und schaltet das Licht ein. Regale bis unter die Decke, der Geruch von Desinfektionsmitteln und Mottenpulver, Schnürschuhe an langen Querstangen. Eine Kleiderkammer. Louis bestimmt: »Zieh dich aus! Du mußt unseren Einheitsanzug tragen. Die Wäsche kannst du erst mal behalten. Wechsel jeden Mittwoch. Und wenn du eine Meldung machst, dann heißt es nicht mehr: ‚Soldat de première classe Sowieso‘, sondern ‚Schutzhäftling‘ ... Dein Vorname ist Jacques, wie?«

Während er das Drillichzeug anzieht, beobachtet Batissier, daß seine Uniform achtlos auf einen Haufen geworfen wird, der vorwiegend aus Zivilkleidung besteht. »Die brauche ich noch mal«, erhebt Jacques Einspruch. »Ich will doch nicht in diesen Bäckerhosen hier ’raus marschieren ...«

Louis grinst. »Du hast vielleicht Rosinen im Kopf... Laß man, das gibt sich. – Hier! Zwei Decken. Da!« Er schiebt einen Vordruck und einen Bleistiftstummel über den Tisch. »Quittiere! Die Deutschen haben was für Ordnung übrig.« Und nachdem er das Papier sorgfältig eingesteckt hat: »Komm!«

Sie verlassen das Haus auf dem gleichen Wege, überqueren den Hof und betreten den gegenüberliegenden Trakt. Eisentreppen, auf denen die Schritte laut hallen, führen in den ersten Stock; blau angestrichene Glühbirnen verbreiten ein seltsam schimmerndes, dürftiges Licht, das die Fingernägel ganz weiß erscheinen läßt, wie abgestorben.

Der Schreiber öffnet die Tür zu einem ehemaligen Fabriksaal. Jetzt stehen keine Maschinen mehr hier, sondern dreistöckige Pritschen. Die Durchgänge zwischen ihnen sind sehr schmal. Davor stehen Schemel, auf denen – einheitlich nach der Vorschrift zusammengelegt – die Drillichsachen der Schlafenden liegen. An der Decke brennen die gleichen blauen Glühbirnen wie im Treppenhaus.

Im tiefen Schatten der Pritschen sind kaum Gesichter zu erkennen, aber die harten Lager müssen fast ausnahmslos besetzt sein – Jacques hört die schweren Atemzüge vieler Männer, ein Schnarchen hier und dort, im Schlaf gesprochene unverständliche Worte. Er bleibt beklommen stehen. In diesem Saal mit den weiß gekalkten Wänden, von denen der Putz bröckelt, in diesem Saal, dessen Ordnung an den Pritschen keine persönliche Eigenheit mehr zuläßt, sehnt sich Batissier nach den Zelten des Kriegsgefangenenlagers zurück. Dort war alles vertraut: die Kameraden, die zum Teil gemeinsam mit ihm zur Fahne gerufen worden waren, die Caporals, Caporal-Chefs und Sergenten, die schon in der Kaserne über Disziplin und Einhaltung der Vorschriften gewacht, und die Offiziere, mit denen sie zusammen im Feuerhagel der deutschen Granaten gelegen hatten und die auch im Lager die Verantwortung für die Einheiten trugen. Die Zelte sind ein Stück Frankreich gewesen; das hier ist fremd...

Louis zeigt auf eine der Pritschen. »Wir haben heute einen Abgang gehabt«, erklärt er seufzend. »Die mittlere ist frei. Versuche dich einzurichten.«

»Ja«, erwidert Jacques gepreßt. »Wo sind wir denn eigentlich?«

Der Schreiber hebt die Schultern. »Das soll früher eine Zuckerfabrik gewesen sein, mit Schnapsbrennerei. Ist wohl schon lange vor dem Krieg pleite gegangen. Jetzt – na, das siehst du ja.« Er wendet sich zur Tür. »Um fünf ist Appell.«

Batissier bemüht sich, seine Schlafstätte so leise wie möglich herzurichten, um die anderen nicht zu stören. Trotzdem werden sein Ober- und sein Untermann wach und mustern ihn schweigend. Endlich bricht der Häftling unten die Stille.

»Deine erste Haft?« flüstert er.

»Ja.«
»Woher kommst du?«
»Ich war in Gefangenschaft, mit der Truppe ...«
»Und warum bist du hier?«
»Sie haben Artikel von mir gefunden ...«
»Schriftsteller?«
»Journalist.«
»Und worüber?«
»Über die Nazis bei uns. – Ich heiße Jacques.«

Der Mithäftling streckt ihm von unten die Hand hin. »Roger. Dreher bei Renault, Abgeordneter der KP. – Organisiert?«

Batissier schüttelt den Kopf. »Nein.«

Roger erklärt: »Wir sind alle ‚Politische' ...« Er deutet zur obersten Pritsche hin. »Über dir schläft Emile. Er war Professor am Gymnasium in Rouen. Die Gestapo verlangte von ihm, er solle die Schüler melden, die zum Maquis gingen. Er ‚vergaß' es. Deshalb ist er hier.«

Emile reichte seine Hand hinunter. »Es war ja auch eine tolle Zumutung. Findest du nicht?« Aus dem Treppenhaus klingt das Poltern genagelter Kommißstiefel auf den Eisenstufen herüber. »Schnell, lege dich hin! Augen zu«, zischt der Professor. Jacques gehorcht sofort.

Gleich darauf wird die Tür von außen geöffnet. Der Lichtkegel einer starken Stablampe tastet über die Pritschen. Im Türrahmen ist scherenschnittartig der Umriß eines Mannes in Reithosen und mit einer Schirmmütze zu erkennen. Der Schäferhund neben ihm hechelt. Schließlich erlischt die Lampe, die Tür knarrt in den Angeln, die genagelten Stiefel gehen weiter.

Batissier liegt ganz still. »Nun habe ich euch geweckt«, sagt er leise in die blauschimmernde Dunkelheit.

»In diesen Lagern schläft niemand tief«, flüstert Roger zurück.

61

Jacques steht der Schweiß auf der Stirn. Aus den randvollen Eimern, die an einem Tragegestell hängen, das über seinen Nacken gelegt ist, schwappt Wasser. Die schweren Behälter pendeln und reißen ihn hin und her, denn er muß sehr schnell laufen. Ein SS-Scharführer beobachtet ihn bereits einige Zeit. Jetzt klatscht sich der Schwarzuniformierte mit der Hundepeitsche gegen den Stiefelschaft.

»Noch dümmer kann man sich wohl nicht anstellen, was?« schreit er los. »Dauerlauf – marsch, marsch!«

Mit zusammengebissenen Zähnen rennt Batissier. Die Eimer schlagen gegen seine Beine; seine Hose trieft. Der Scharführer brüllt: »Mensch! Wer hat gesagt, daß das Wasser verschüttet werden soll?! Kehrt – marsch, marsch! Vollfüllen! – Das Ganze von vorn!«

Jacques macht eine scharfe Wendung; die Behälter fliegen wie die Sitze eines Kettenkarussells. Der SS-Unterführer klemmt die Hundepeitsche unter den Arm und folgt ihm langsam zum Brunnen. Batissier läßt die Eimer volllaufen, legt sich das Tragegestell auf den Nacken und stemmt es hoch. Er geht vorsichtig und hält die Bügel mit den Händen fest. »Schneller, Mann!« befiehlt der Scharführer. Jacques keucht. Er kann nicht verhindern, daß er abermals Wasser verschüttet. Wieder klatscht die Peitsche gegen den Stiefelschaft.

In diesem Augenblick tritt Louis, der Häftlingsschreiber, aus dem Wachgebäude und eilt heran. »Der UvD wird am Telefon verlangt, Scharführer«, meldet er hastig.

Der Unterführer vom Dienst wirft Batissier noch einen verächtlichen Blick zu. »Sie passen auf, daß dieser Waschlappen da spurt«, kommandiert er Louis und stakt mit langen Schritten zur Wache.

Der Schreiber sieht ihm nach, bis er im Haus verschwunden ist. Dann sagt er gelassen: »Ruh dich aus, Kamerad. So schnell kommt der nicht wieder. Und nachher zeige ich dir mal, wie man so ein Ding tragen muß. Es lernt sich alles.«

62

Der Abend dämmert. Die blaugestrichenen Glühbirnen brennen schon. Der zweite Appell ist vorüber. Batissier hat sich auf seine Pritsche geworfen. Er starrt reglos zu dem rohen Holz der oberen Pritsche hinauf, die Arme unter dem Kopf verschränkt, lang ausgestreckt. Viele liegen schon so; nicht wenige haben erschöpft die Augen geschlossen. Einige sitzen auf ihren Hockern und bessern Sachen aus; ein paar flüstern miteinander. Aus dem Hundezwinger außerhalb des Fabrikgebäudes dringt wütendes Gebell herauf. Die Tiere werden gefüttert und schnappen sich gegenseitig die besten Happen weg.

Die Stimmung im Schlafraum ist bedrückter als sonst. Heute scheinen sich die Häftlinge aus dem Wege zu gehen. Unausgesprochen lastet ein Mißtrauen im Raum. Die gekalkten Wände wirken im Zwielicht noch kälter.

Am Fenster stehen Emile und Roger. Sie blicken in den leeren Hof hinunter. Sie sprechen so leise, daß sie sich anstrengen müssen, die Worte des anderen zu verstehen.

»Es muß einen Spitzel unter uns geben«, sagt Emile.

»Ja«, entgegnet Roger. »Zwei solche Pannen in vierzehn Tagen, das gab es noch nicht, seit wir arbeiten.«

»Seit genau vierzehn Tagen ist dieser Batissier hier«, wirft Emile hin, ohne den Kopf zu bewegen.

»Ein intelligenter Bursche ...«

»Eben! Durchschaust du ihn?«

Roger zuckt die Schultern. »Nein. Ein Individualist. Sondert sich ab ... Möglich wäre es.«

»Louis hat uns vor ihm gewarnt«, bemerkt Emile mit nachdrücklichem Ernst. »Er sagt, Batissier wäre jahrelang mit der Polizei sehr gut bekannt gewesen, und es gäbe auch in den Präfekturen Kollaborateure.«

»Seine Papiere sprechen für ihn ...«

»Denkst du, Roger, die sichern ihre Spitzel nicht ab?«

»Wir haben keine Beweise gegen Batissier«, stellt der ehemalige Dreher aus den Renault-Werken sachlich fest.

»Noch nicht! Aber wir müssen uns Klarheit verschaffen, so oder so«, fordert Emile. Er dreht sich um, weil die Tür klappt.

Louis ist gekommen und tritt zu ihnen. »Jacques, der Neue, muß morgen für Gérard Hofdienst machen. Sagt es ihm, Kameraden.«

»Sage es ihm selbst«, erwidert der Professor. »Er liegt da.«

Louis will gehen, aber Roger hält ihn fest. »Warte! Was ist mit Vincent?«

Der Schreiber senkt den Kopf und antwortet tonlos: »Sie verhören ihn immer noch. Zweimal haben sie schon Wasser geholt ...«

»Wird er durchkommen?« erkundigt sich Roger besorgt.

Louis kann es nicht sagen, er macht nur eine unbestimmte Handbewegung und murmelt: »Hoffentlich ...«

Jacques dreht das Gesicht zur Seite und betrachtet teilnahmslos die Gruppe am Fenster. Jedesmal, wenn er Louis sieht, kann er sich des Gefühls nicht erwehren, diesem Manne schon einmal begegnet zu sein. Er weiß nicht wo, ihm sind so viele Menschen über den Weg gelaufen – früher während der Nachrichtenjagd, auf Pressekonferenzen und in den Redaktionen, später im Regiment und nun auch hier –, aber es muß in einem jener Augenblicke gewesen sein, die sich tief einprägen ... Daß ihn sein Gedächtnis im Stich zu lassen scheint, ärgert ihn; er hat sich immer auf sein Erinnerungsvermögen verlassen können ... Laetitia Toureaux identifizierte er sofort, als ihm Rochambeaux Jahre nach ihrem Tod das Foto der ermordeten Privatdetektivin vorlegte ... Wer ist Louis, dieser massige Mann mit den großen Händen und dem nichtssagenden, runden Kindergesicht?

Louis tritt an die Pritsche heran, und wie er dicht vor Jacques steht, sein Gesicht halb im Schatten, und sagt: »Ich habe dich für morgen zum Hofdienst eingeteilt. Es ist plötzlich einer ausgefallen«, da entsinnt sich Batissier. Er fährt hoch; seine Augen weiten sich. Louis nickt ihm freundlich zu und entfernt sich. Damals ... Das Kindergesicht war verzerrt; die großen Hände hielten erst eine Armeepistole mit Schalldämpfer, dann schlugen sie auf Jacques ein; wenig später blitzte in ihnen ein Klappmesser ... Er hört noch das Einrasten der Klinge, und er spürt wieder den Schmerz in den Knöcheln nach dem Aufwärtshaken, der diesen massigen Mann fällte – damals, im Felsengang des Schlosses von Bagnoles-de-l'Orne ... Batissier fühlt noch einmal den kalten Stein in seinem Rücken und starrt im Licht der Sturmlaterne auf die Gestalt mit der schwarzen Kapuze, und es ist ihm, als trage Louis auch jetzt, da er den Schlafsaal verläßt, die Maske der Cagoulards ...

Jacques schlägt die Hände vor das Gesicht. Gleich wird er aufwachen und von diesem Wiedersehen nur geträumt haben .... Es ist kein Traum ... Da duldet es ihn nicht länger auf der Pritsche. Er springt von seinem Lager herab.

Am Fenster sprechen noch immer Roger und Emile miteinander. Ihre Mienen verraten Besorgnis.

63

Die Arbeitskommandos haben das Lager verlassen, begleitet von schwerbewaffneten SS-Mannschaften und ihren Bluthunden. Zurückgeblieben sind außer den Posten nur die zum Innendienst eingeteilten Häftlinge. Für die Schreibstube ist Revierreinigen angesetzt worden.

Die Stühle stehen auf den Tischen. Eine Gruppe in Drillichanzügen hantiert mit Scheuereimern, Besen und Lappen. Louis ist dabei, Emile und Roger gehören dazu, der Lagerälteste arbeitet mit und ein untersetzter, breitschultriger Mann von soldatischer Haltung. Unter den Häftlingen heißt er nur »der Colonel«, und er hat in der Tat diesen hohen militärischen Rang bekleidet – im Service de documentation extérieure et de contre espionnage, dem Militärischen Abwehrdienst. Die dem Chef des Oberkommandos der faschistischen Wehrmacht zugeordnete Amtsgruppe Abwehr/Ausland des OKW stellte ihn noch während der Kriegshandlungen bei einem gefahrvollen Einsatz im Hinterland der Nazitruppen. Da er trotz stundenlanger Verhöre nicht zu bewegen war, ihm zugängliche Dienstgeheimnisse der französischen Armee preiszugeben, lieferten ihn die Abwehroffiziere dem faschistischen SD aus, der ihn nach ebenfalls vergeblichen Verhören in dieses Lager brachte. Ungebrochen hat sich der ehemalige Vorgesetzte Rochambeaux' nach kurzer Zeit der insgeheim gebildeten Widerstandsgruppe angeschlossen und ist jetzt Mitglied des illegalen Lagerkomitees. Daß der Lagerälteste für heute alle Mitglieder des Komitees zum Innendienst ausgewählt hat, ist kein Zufall: Wichtige Fragen müssen beraten werden.

Sie sind unter sich. Trotzdem lassen sie keine Vorsicht außer acht. Sie besprechen sich mit den Arbeitsgeräten in der Hand, jederzeit bereit, einem Eintretenden emsige Geschäftigkeit zu zeigen. Louis stützt sich auf einen Besen, Roger wringt den Scheuerhader aus, Emile steht mit leerem Eimer neben der Wasserleitung, der Colonel hält sich mit einem Seifenlappen am Büroschrank auf, und der Lagerälteste hat ein Staubtuch griffbereit. Er nimmt das Wort: »Zwei Punkte sind vordringlich. Erstens: Sechs Kameraden müssen aus dem Lager verschwinden. Zweitens: Unter uns gibt es Spitzel.«

Alle fangen an zu arbeiten. Ein weiterer Häftling kommt herein, der sich bis eben im Flur aufgehalten hat, um störende Annäherungen zu signalisieren. Gleich darauf ruft der Professor: »Achtung!« Die Häftlinge nehmen Haltung an. Ein Oberscharführer, heute UvD, winkt ab, als der Lagerälteste vorschriftsmäßig Meldung erstatten will. »Weitermachen«, befiehlt er, nimmt eine Flasche Füllhaltertinte vom Bord und entfernt sich wieder. Der Häftling kehrt, diesmal mit einem Eimer, in den Flur zurück.

Die Beratung geht weiter. Zu Punkt eins spricht Louis: »Alles ist vorbereitet. Der alte Eiskeller ist bis zum Steinbruch verlängert. Die letzten Steine lassen sich mit wenigen Handgriffen beiseite räumen, Arbeit von Minuten. Der Weg steht also offen. Es kann sofort losgehen.«

»Wir wollen nichts überstürzen«, sagt der Colonel. »Es muß gewährleistet sein, daß die Kameraden draußen von sicheren Verbindungsleuten empfangen und weitergeleitet werden. Ich schlage vor, die Aktion morgen zu starten.«

»Was er sagt, ist richtig«, meint Roger. »Morgen kann die Versorgungskolonne die Nachricht mit nach draußen nehmen und sie weitergeben.«

»Ist das die Ansicht des ganzen Lagerkomitees?« Der Lagerälteste schaut sich fragend um. »Ich meinerseits bin dafür.«

Die Zustimmung ist allgemein.

Der Lagerälteste kommt zu Punkt zwei: »Zwei Vorfälle in den letzten vierzehn Tagen deuten darauf hin, daß es hier im Lager Spitzel gibt. In beiden Fällen sind Aktionen gescheitert, die über den Rahmen des Lagerkomitees hinaus bekannt waren. Das bedeutet, daß in eurem Schlafsaal, Roger, ein Verräter sein muß ...«

»Bevor der Neue da war, hat es so etwas bei uns nicht gegeben«, erwidert der ehemalige Dreher aus den Renault-Werken bedächtig.

Der Colonel erkundigt sich knapp: »Wer ist das?«

Louis gibt Auskunft. Er erklärt, es handle sich um einen bürgerlichen Skandalreporter mit hervorragenden Verbindungen zur Polizei. Der Akte nach sei er antifaschistischer Artikel wegen hier, das müsse jedoch nichts besagen. »Sie können ihn inzwischen umgedreht haben. Vielleicht soll er sich seine Freilassung erkaufen. Warum vermeidet er Kontakte mit seinen Kameraden?«

»Den Namen?« fragt der Colonel.

»Jacques Batissier«, antwortet Louis.

Der ehemalige Offizier des Militärischen Abwehrdienstes blickt ihn überrascht an. »Jacques Batissier?« wiederholt er. »Ich halte es für unmöglich, daß dieser Mann mit den Nazis paktiert. Für den Jacques Batissier, den ich kenne, verbürge ich mich.«

»Es muß ja nicht der Jacques Batissier sein, dem du begegnet bist«, wendet Roger ein. »Sie können einem anderen seine Papiere gegeben haben ...«

»Natürlich. Ich werde seine Identität überprüfen.«

»Aber bald!« verlangt Emile. Der Colonel dreht sich ihm ruhig zu: »Heute noch!« Der Lagerälteste nickt: »Du berichtest morgen um die gleiche Zeit.«

64

SS-Rottenführer Heilich steht, die durchgeladene Maschinenpistole im Arm, im tiefen Schatten eines Mauervorsprungs. Von hier aus kann er die Eingänge der Gebäudeteile I und II gut einsehen; er ist von beiden gleich weit entfernt und hat sie im Schußbereich seiner MPi. Der Komplex II liegt im hellen Mondlicht, und das ist günstig, denn von dort soll der Häftling kommen, der sich einbildet, sich ungestraft über die Anordnungen des Lagerkommandanten hinwegsetzen zu können. Es ist grundsätzlich verboten, daß die in einem Gebäudeteil untergebrachten Häftlinge mit ihren Leidensgefährten in einem anderen Komplex Verbindung aufnehmen oder sich gar gegenseitig besuchen. Das hier ist kein Sanatorium; das ist ein Sonderlager. Der Sturmführer, der ihn persönlich hierherbeordert hat, betonte diesen Unterschied ausdrücklich. Dann sagte der Offizier noch, ihm sei hinterbracht worden, heute abend werde sich ein Häftling aus dem Gebäudeteil I in den Komplex II schleichen, und er, der Sturmführer, erwarte, daß Rottenführer Heilich ein Beispiel dafür schaffe, daß sich die Wachmannschaft nicht auf der Nase herumtanzen läßt. Nun steht er hier, seit einer Stunde schon, und es ist zehn Uhr, und es regt sich nichts, und in der Wachstube spielen sie Skat und erzählen Witze, und er hat eine Stinkwut, weil er sich hier die Beine in den Bauch stehen muß ...

Der Colonel verhält im Schatten des Treppenhauses und blickt in das Mondlicht hinaus, das einen Teil des Hofes erhellt. Er ist wie immer um diese Stunde menschenleer. Niemand wird ihn sehen, wenn er hinübergeht. Der Colonel hat den Weg schon mehr als einmal zurückgelegt, und er ist nie Gefahr gelaufen, gestellt zu werden. Die Einhaltung des Verbots gegenseitiger Besuche wurde noch nie kontrolliert. Ein Häftling, der vor Monaten durch Zufall gefaßt worden war, kam mit Dunkelarrest davon ...

Der Colonel freut sich auf das Wiedersehen mit Batissier – wenn es der

Mann ist, der an der Seite eines seiner Offiziere den Cagoulards einen empfindlichen Schlag versetzt hat. Aber daran zweifelt er eigentlich nicht. Er sieht in dieser Identifizierung eine bloße Routinemaßnahme, zwar wichtig, jedoch ohne Schwierigkeit. Den echten Jacques Batissier wird er sofort für die illegale Widerstandsgruppe gewinnen; auf ihn ist Verlaß.

Den Schatten auf der gegenüberliegenden Seite vermag er mit den Augen nicht zu durchdringen, aber er ist sicher, daß sich dort nichts bewegt. Er tritt hinaus in die Helligkeit.

Rottenführer Heilich legt die Maschinenpistole an. Dieser Bursche da hat sich viel Zeit gelassen, aber jetzt ist er fällig. Ganz gelassen, beinahe exerziermäßig, zielt Heilich über Kimme und Korn, atmet ruhig aus, nimmt Druckpunkt, korrigiert und krümmt den Finger am Abzug durch. Er steht breitbeinig, den Rücken leicht an die Mauer gelehnt, und feuert. Der Rottenführer ist ein sicherer MPi-Schütze, er schießt gern, und schon die erste Garbe trifft; der Mann im Mondlicht wirft die Arme hoch und fällt mit einer halben Drehung auf das Pflaster. Vorsichtshalber gibt Heilich noch einen zweiten Feuerstoß ab, den der bereits leblose Körper auffängt.

Jetzt wird es drüben in der Wachstube lebendig; die Alarmsirene heult los; die Hunde im Zwinger gebärden sich wie rasend. Der Rottenführer grinst. Es macht ihm Spaß, daß die Mannschaft nun die Karten wegwerfen und die Stahlhelme aufsetzen muß, und da poltern sie auch schon in den Hof und finden nichts mehr zu tun.

»Was ist los?« schreit der Wachhabende.

Heilich knallt die Hacken zusammen, so zackig er kann. Er reißt den rechten Arm hoch, daß die Fingerspitzen in Augenhöhe sind – das verlangt die Dienstvorschrift –, und meldet: »Ein Abgang, Scharführer! Sonst keine besonderen Vorkommnisse ...«

65

Die Feuerstöße im Hof sind verhallt. Das Poltern genagelter Stiefel klingt herauf in den Schlafsaal. Das Hundegebell ist zu hören, die Sirene. Mit einem Male sind alle Häftlinge wach. Sie halten den Atem an und schweigen. Auch Jacques Batissier. Irgendwo sagt einer in die blauschimmernde Dunkelheit: »Es ist jemand auf dem Hof ... ‚auf der Flucht erschossen' ...«

Niemand sagt etwas dazu. Emile knüllt die dünne Decke in den Fäusten; Roger umklammert die Seitenbretter seiner Pritsche; Jacques wirft sich von einer Seite auf die andere. »Sie schießen uns ab wie Tiere«, flüstert er vor sich hin.

Der Professor hat es gehört und antwortet: »Ja ...«

»Wenn man nicht wüßte, daß das da eines Tages vorbei sein muß ... Wie lange denn noch? Und wir können uns nicht wehren ...«, stößt Batissier gequält hervor.

Emile beugt sich über den Pritschenrand. »Glaubst du ...?«

Schweigen. Alle lauschen den Geräuschen im Hof, die ineinander übergehen und verworren sind. Plötzlich ist die Stimme eines SS-Offiziers laut: »Wie lange soll das Schwein noch hier liegen, Scharführer? Weg mit ihm!« Der Scharführer scheint eine Frage zu stellen; niemand im Schlafsaal versteht sie, aber jeder hört die Antwort: »Protokoll? Wohl wahnsinnig geworden! Streichen ... Aus.«

Langsam wird es wieder still im Hof; die Hunde im Zwinger kommen zur Ruhe. Jacques Batissier setzt sich auf und reicht nun mit dem Kopf bis an die obere Pritsche heran, beugt sich etwas nach außen und sagt leise zu Emile, dessen Gesicht dicht vor seinem ist: »Wer ist eigentlich Louis?«

»Gefangener wie wir. Warum fragst du?«

Noch zögert der Journalist. Was er von dem Schreiber weiß, das ist so ungeheuerlich, daß er sich fast scheut, es anderen mitzuteilen. Wenn ihm ein Irrtum unterlaufen wäre ... »Ich glaube, ich bin ihm schon einmal begegnet«, fängt er umständlich an.

»Das ist möglich. Er war Abgeordneter in einem Dorf nahe bei Bordeaux und dort ein bekannter Mann.«

»Bei Bordeaux?« Das verwirrt Jacques wirklich. Er schüttelt heftig den Kopf, so daß der Professor sich verwundert erkundigt: »Was ist dabei? Ich habe selbst seine Papiere gesehen; es hat alles seine Richtigkeit.«

Batissier sieht ihm fest in die Augen. »Ich stand ihm in Bagnoles-de-l'Orne gegenüber, und er trug damals, kurz vor dem Krieg, die Kapuze der Cagoulards.«

»Louis?« Emile wird unversehens blaß. Seine Stimme klingt auf einmal brüchig. »Das kann nicht sein!»

»Dieses Gesicht vergesse ich nie. Er war es.«

Der Professor müht sich, in den Zügen des Journalisten zu lesen. »Weißt du, wie schwer die Beschuldigung ist, die du da aussprichst?«

»Ich weiß es.«

»Und wenn du dich doch geirrt hast?«

Jacques senkt den Blick nicht. Beharrlich und mit Nachdruck wiederholt er: »Ich habe mir genau überlegt, was ich sage ...«

66

Ein großes, gerahmtes Foto an der Wand zeigt einen Mann in schwarzer Uniform und weißen Handschuhen, mit blitzender randloser Brille und mit dem Totenkopf an der Mütze – Heinrich Himmler, den Reichsführer SS und Chef der deutschen Polizei. Unter seinem Bilde besprechen der Lagerälteste und Emile in der Schreibstube flüsternd die Ermordung des Colonels und die sich daraus ergebenden Schlußfolgerungen.

»Zufall oder Berechnung?« fragt der Lagerälteste. »Der Mörder muß ihn geradezu erwartet haben.«

Emile schaut an ihm vorüber. »Nur die Mitglieder des Lagerkomitees wußten, daß der Colonel in unseren Schlafsaal kommen würde.«

Der Lagerälteste türmt Aktendeckel übereinander. Er unterbricht seine Tätigkeit nicht einen Augenblick. »Damit kann Batissier also nichts zu tun haben...«

Emile lädt sich einen Stapel der Aktendeckel auf den Arm. Er zögert die Bewegungen hinaus; er sucht offensichtlich Zeit zu gewinnen; er möchte etwas sagen, das auszusprechen er sich noch scheut. Endlich, nach einer Ermunterung durch den Lagerältesten, sagt er: »Es geht um Louis... Batissier sagt, er habe ihn schon einmal gesehen... Als Cagoulard...«

Nun hält der andere doch für Sekunden in seiner Arbeit inne. Er hat sich sofort wieder in der Gewalt. Nur seine Stimme schwankt. »Das kann doch nicht sein...« Dann schreit er: »Achtung«, denn der UvD, heute ein SS-Truppführer, poltert herein. »Immer noch nicht fertig?« fragt er unwirsch. »Schweinerei...« Ungeduldig winkt er mit der Hand. »Die Akte Batissier! Für den Sturmführer. Tempo, Tempo!«

»Jawohl«, erwidert der Lagerälteste und bleibt so lange stramm stehen, bis der Truppführer die Tür des Nebenzimmers hinter sich geschlossen hat. Während der Lagerälteste den Schlüssel zum Aktenschrank vom Bord nimmt, murmelt er: »Wieder Batissier! Was haben sie mit ihm vor?« Er schließt den Schrank auf.

Emile tritt dicht an ihn heran. »Wenn Louis tatsächlich Cagoulard war und Batissier ihn erkannt hat«, sagt er nachdrücklich, »dann schwebt Batissier in höchster Gefahr. Dann wird man alles versuchen, ihn zum Schweigen zu bringen... Sonst ist Louis, falls er ihnen tatsächlich als Spitzel dient, für sie nichts mehr wert. – Bring das Zeug weg!«

Der Professor verläßt, einen hohen Stoß Deckel auf den Armen, die Schreibstube. Beinahe gleichzeitig tritt von der anderen Seite her der UvD wieder ein. Der Lagerälteste reicht ihm einen Ordner. »Die Akte Batissier...«

»Geben Sie her! Und machen Sie gleich einen Transportschein fertig. Datum freilassen. Nach Dachau – wie gehabt!«

67

Das schwere Eisentor wird geöffnet. Ein grauer Wehrmachts-LKW rollt in den Hof der alten Fabrikanlage und hält. Aus der Fahrerkabine steigt ein deutscher Unteroffizier, geht nach hinten und öffnet die Ladeklappe. Zuerst springt ein älterer Stabsgefreiter herunter, hängt seinen Karabiner um und steckt sich eine Zigarette an. Ihm folgen zwei französische Kriegsgefangene, die sofort beginnen, volle Säcke abzuladen und zu stapeln. Unterdessen meldet sich der Unteroffizier in der Schreibstube. Er weiß Bescheid, er kennt diesen Weg. Das Sonderlager verfügt über keine eigene Ofenanlage; es bezieht sein Brot daher regelmäßig aus der Feldbäckerei des Kriegsgefangenenlagers, in dem, nicht allzu weit entfernt, über zwanzigtausend Soldaten der französischen Armee festgehalten werden. Jeden dritten Tag kommt der Wagen hierher.

Der Lagerälteste und zwei weitere Häftlinge übernehmen die Ladung und schleppen die Säcke in die Verpflegungskammer. Inzwischen döst der LKW-Fahrer am Lenkrad vor sich hin, tauscht der Unteroffizier mit dem UvD des Sonderlagers Neuigkeiten aus und schlendert der Stabsgefreite zur Fahrerkabine, um sich ohne weitere Umstände auf das Trittbrett zu setzen, den Karabiner quer über die Knie gelegt. Er schiebt das Schiffchen regelwidrig weit ins Genick – Stabsgefreite dürfen das ...

Die Häftlinge und die Kriegsgefangenen sind ungestört. Daß sie den Stabsgefreiten nicht zu fürchten brauchen, wissen sie; sie verdanken ihm manche Erleichterung. Der Unteroffizier ist im Gebäude; der Fahrer schläft. Außerdem interessiert ihn über seinen Motor hinaus nichts.

Einer der Kriegsgefangenen, ein Sergent, tritt wie zufällig dicht an den Lagerältesten heran. Ihre Hände berühren sich scheinbar absichtslos. Dann hält der Lagerälteste drei Zigaretten in der Faust. »Rauch, Kamerad«, sagt der Sergent leise. Die Gauloises verschwinden in der Tasche des Drillichzeugs. Jetzt werden die letzten Säcke in die Kammer getragen.

Der Unteroffizier kehrt zurück und steckt die eben erhaltene Quittung in die Brusttasche. Die Kriegsgefangenen erklimmen die Ladepritsche des LKW und ziehen dann den Stabsgefreiten hoch, der ihnen würdevoll die Arme entgegenstreckt. Zuvor hat er ihnen seinen Karabiner zugereicht. Jetzt klopft er dreimal mit dem Kolben an die Rückwand des Fahrerhauses. Der LKW rollt wieder an und wendet schwerfällig.

Am Eisentor muß er noch einmal halten. SS-Posten öffnen die Ladeklappe erneut und leuchten die Pritsche ab. Den Stabsgefreiten würdigen sie keines Blickes. Endlich treten sie zurück. »Ab!«

68

Der Lagerälteste klopft in der Schreibstube an die Tür zum Nebenraum. Als keine Antwort erfolgt, öffnet er. Das Zimmer des UvD ist leer. Er sieht zum Fenster hinaus. Im Hof sind die Häftlinge in drei großen Blocks zum Appell angetreten; statt seiner meldet heute Louis. Jetzt weiß der Lagerälteste auch, daß die Räume zwischen der Wach- und der Schreibstube gleichfalls unbesetzt sind. Der SS-Sturmführer, der das Lager kommandiert, steht etwas abseits und beobachtet gelangweilt das allabendliche Zeremoniell.

Der Lagerälteste setzt sich an den Schreibtisch, zieht den Ascher heran und zerbricht darüber die erste Zigarette. Nichts ... Er teilt die zweite. Ein winziges Papierröllchen kommt zum Vorschein. Er läßt es zwischen den Fingern verschwinden und horcht. Im Gebäude ist es ganz still. Von draußen klingt nur das Durchzählen der Häftlinge herein – resignierende und tapfere Stimmen, alte und junge ...

Dann faltet er das Papier auseinander. Auf einem halben Zigarettenblättchen stehen diese Worte: »Sichert 297. Wichtiger Geheimnisträger. Flucht notwendig. – Libelle.«

Der Lagerälteste zündet eines der Streichhölzer an, die der UvD auf dem Tisch liegen ließ. Die Nachricht verbrennt zu einem Häufchen weißer Asche. Das verreibt er zwischen Daumen und Zeigefinger und bläst es in die Luft. Keine Spur bleibt zurück. Nun erst steckt er die aufgebrochenen und die unversehrte Zigarette ein und verläßt das Zimmer.

In der Schreibstube öffnet er einen Karteikasten und sucht die Karte mit der Nummer 297. An ihrem Kopf steht: »297 – Batissier, Jacques ...«

69

Im Saal ist nur der schwere Atem der Schlafenden. Sie sind so erschöpft, daß sie die Mitternachtskontrolle zum größten Teil nicht gehört haben. Dabei trat der SS-Mann, der mit seinem Hund die Runde geht, nicht leiser auf als sonst. Aber sie haben den ganzen Tag über im Steinbruch Verladearbeiten leisten müssen – ohne jegliche Hilfsmittel, mit den bloßen Händen. Und es gab Blöcke, die mehrere Zentner wogen.

Emile liegt wach. Er mißt die Zeit nach den Kontrollgängen der Wachmannschaften und nach der Ablösung der Posten, bei deren Wechsel sich der Hund des Abgelösten und der des Ablösenden gewöhnlich böse anfahren. Er hat es gelernt, eine Uhr durch die Geräusche der Nacht zu ersetzen und den streng eingehaltenen Rhythmus des Dienstes der SS als Zeiger zu benutzen.

Nun beugt er sich hinab zu Batissier und weckt ihn. Jacques schreckt auf. »Was ist?«

Der Professor haucht: »Leise! Mach dich fertig! Du kommst heute aus dem Lager hinaus, zusammen mit Kameraden.«

Der Journalist starrt ihn an. »Ich?«

»Ja. Es ist alles vorbereitet. Du brauchst nur mitzugehen. Jetzt folgst du mir! Und mach keinen Krach ...«

Emile läßt sich geräuschlos von seiner Pritsche herunter, nachdem er seine Decke so gerollt hat, als hülle sie einen Schlafenden ein. Jacques tut dasselbe. Der Augenblick ist eigenartig unwirklich; er erinnert an einen abenteuerlichen Traum, in dem sich alle Wünsche erfüllen. Aber er ist wach; er stößt gegen einen Hocker und empfindet Schmerz. Wieso soll er hinausgebracht werden? Wer sind die anderen? Warum gerade er? Er weiß keine Antwort, und es ist jetzt auch nicht die Zeit dazu, Fragen zu stellen. Er versucht es gar nicht. Wenn eine Möglichkeit besteht, aus diesem Sonderlager zu entkommen, wird er sie nutzen und die Gelegenheit nicht verschenken.

Batissier folgt Emile die Eisentreppe hinunter. Da sie jedes Geräusch vermeiden, dauert es lange, bis sie unten angekommen sind. Die Tür zum Hof steht auf; Mondlicht fällt herein. Sie weichen ihm vorsichtig aus und steigen die Steinstufen zum Keller hinab. Eine schwere Eisenpforte versperrt den Zugang. Sie war immer verschlossen. Heute ist sie offen.

Modriger Geruch schlägt ihnen entgegen; über die feuchten grauen Wände läuft da und dort Wasser Ein mehrfach gewinkelter Gang führt weit. Die ehemalige Zuckerfabrik verfügt über sehr ausgedehnte Keller. Sie sind seit langem vernachlässigt worden – die Rohrleitungen, über die die Männer mehr als einmal hinwegsteigen müssen, sind rot von Rost und undicht. Auf dem Steinboden haben sich trübe Rinnsale gebildet; das Wasser versickert irgendwo. In unregelmäßigen Abständen brennen alte Glühlampen; ihr Licht ist düster, viele sind verloschen. Sie waren lange nicht erneuert worden. Wieder ist eine Eisentür da, die sich öffnen läßt, ein kleiner, fast quadratischer Raum. Hier warten der Lagerälteste, Louis und die sechs Häftlinge, die heute nacht den Weg in die Freiheit nehmen, den Henkern entzogen werden sollen. Sie stehen stumm da, sind erregt und empfinden vor dem entscheidenden Schritt quälende Ungewißheit. Wird die Flucht gelingen ...?

Louis tritt dicht an den Lagerältesten heran. »Seid ihr verrückt geworden?« zischt er mit einem Blick auf Batissier. »Diesen Spitzel ... Wie kommt der hierher?«

Der Lagerälteste verzieht keine Miene. »Es hat seine Ordnung, Louis.«

»Und wenn er uns verrät?«

»Ich bin fest überzeugt, daß er kein Verräter ist«, entgegnet der Älteste schon ein wenig ungeduldig. Der Schreiber bewegt den Kopf, als wollte er sagen: »Auf deine Verantwortung!«, dann wendet er sich den Wartenden zu. Die Männer, die das illegale Lagerkomitee den Händen der SS entreißen will, sind Persönlichkeiten, die an hervorragender Stelle des politischen Lebens gegen den Faschismus gekämpft haben. Sie wurden nicht müde, die Inhumanität des Hitlersystems bloßzustellen, vor ihm zu warnen und auf seine Parteigänger in Frankreich hinzuweisen. Ihnen gilt der besondere Haß der Faschisten, ihnen droht unmittelbar der Tod, und sie sind – nicht mehr jung – kaum noch in der Lage, dieses Leben im Sonderlager durchzustehen. Zu ihnen sagt Louis: »Also los! Es ist so weit! – Alles Gute, Kameraden!« Er drückt ihnen einzeln fest die Hand und öffnet dann die Lattentür zu jenem Kellergang, den Häftlinge insgeheim in mühseliger Arbeit bis zum Steinbruch außerhalb der Lagergrenzen verlängert haben. »Geht!«

»Halt!« Der Lagerälteste stellt sich vor den Gang. »Das Komitee hat beschlossen, daß du als erster gehst und nachsiehst, ob alles in Ordnung ist. Wir können nicht vorsichtig genug sein.«

»Ein Beschluß ohne mich?« fragt er ungläubig.

»Du bist nicht erreichbar gewesen.« Die Stimme des Ältesten bleibt freundlich. Es ist ihr kein Argwohn anzumerken. Louis blickt von einem zum anderen. Auf seiner Stirn bilden sich Schweißperlen. Alle Häftlinge sehen es, und er weiß, daß er in den Gang hineinlaufen muß, auf die von ihm unterrichteten Faschisten zu, die am Steinbruch stehen und die sechs Unbequemen auf einfache Art ausschalten wollen – »Auf der Flucht erschossen ...« Weigern kann sich Louis nicht, ohne höchstes Mißtrauen zu erwecken. Er vermag nur zu hoffen, daß ihn die SS rechtzeitig erkennt.

»Worauf wartest du?« fragt Emile ruhig.

»Ich gehe ja schon«, antwortet der Schreiber und versucht ein Lächeln, das kläglich mißlingt. Er tritt in den dunklen Schacht, der so schmal ist, daß kaum zwei Männer nebeneinander gehen können. Auch er wird von Rohrleitungen durchzogen; an den Wänden rieselt Wasser herab. Der letzte Blick Louis' gilt Batissier, der die Unruhe und Erwartung der sechs Fluchtbereiten teilt und danach fiebert, dieses Verlies mit den Hunden und ihren schwarzuniformierten Führern hinter sich zu lassen.

Unter seinen Füßen schmatzt ein Gemisch aus Sand, abgebröckeltem Mörtel und trübem Wasser. Die Luft ist erstaunlich frisch – das verrät die Verbindung zum Steinbruch. Hier brennt kein Licht mehr. Louis tastet sich an der glitschigen Wand entlang; er stolpert und rafft sich wieder auf, und er lauscht mit aller Aufmerksamkeit nach vorn, ob er nicht schon einen der lauernden SS-Posten bemerken kann. Er hört nichts; die Dunkelheit vor ihm gibt ihre Geheimnisse nicht preis. Der Schreiber überlegt, ob er nicht kehrtmachen und den Fluchtbereiten einfach erzählen soll, der Weg sei frei und alles in Ordnung. Er dreht sich um, aber die Finsternis hinter ihm ist unheimlicher und gefahrvoller als die Ungewißheit dem Ausgang zu. Louis hat das Gefühl, daß ihn die Häftlinge sehen können, daß sie ihn beobachten, ja, vielleicht dicht hinter ihm sind. Vernimmt er nicht ihren Atem? Er muß vorwärts laufen ... Er kann nicht zurück Und die Öffnung ins Freie ist noch weit.

Ganz plötzlich springen in großer Entfernung rote Flämmchen auf, erst eins, dann ein zweites, und schließlich sind es drei. Maschinenpistolen hämmern – anhaltend, mit kalter Präzision. »Nicht schießen«, schreit Louis markerschütternd und wirft sich hin. Die Schützen hören ihn nicht. In der Enge des Ganges übertönt das Rattern ihrer Waffen jedes andere Geräusch. Es wird vervielfacht durch den Widerhall, und da hinein mischt sich der Aufschlag der Projektile auf das Mauerwerk und die Eisenröhren, mischt sich das schrille Pfeifen der Querschläger und mischt sich der glucksende Laut, der entsteht, wenn flatternde Geschosse auf den morastigen Boden treffen. Die SS-Männer schießen ohne Sicht, aber die sich überschneidenden Geschoßbahnen sind in dem schmalen Durchlaß so dicht wie die Maschen eines Netzes.

Louis verschmilzt förmlich mit dem Morast; er krallt sich in ihn hinein und hofft, so dem Inferno zu entgehen, das er selbst entfesselte.

Er überlebt es nicht. Als unvermittelt wieder Stille herrscht – eine schwarze, tiefe, atemlose Stille –, ist er tot.

Ein Handscheinwerfer flammt auf und taucht den Gang in gleißende Helligkeit. Das Wasser an den Wänden glitzert. Genagelte Schaftstiefel patschen durch den Morast und lassen ihn aufspritzen. Rottenführer Heilich beugt sich über den Toten. »Bloß einer?« fragt er enttäuscht. »Scheiße ...«

Einer der beiden MPi-Schützen hinter ihm dreht Louis mit einem Fußtritt auf den Rücken. Die drei blicken auf ihn hinunter. Heilich schüttelt den Kopf. »Versteht ihr das, Männer? Der hat doch beim Alten einen tollen Stein im Brett gehabt ...«

Wie aus einem Schallrohr dringt das Hämmern der Feuerstöße im Gang, das Zischen und schrille Pfeifen der Querschläger an die Ohren der wartenden Männer. Der Lagerälteste und Emile sehen sich vielsagend an. Der Professor nickt – es ist gekommen, wie sie es erwartet haben. Auf den Gesichtern der sechs Fluchtbereiten stehen Entsetzen und Verzweiflung. »Schade um Louis«, würgt einer hervor. »Daß es gerade ihn treffen mußte. Er hat sich aufgeopfert.«

»Nein«, erwidert der Lagerälteste hart. »Er ist in der Falle zugrunde gegangen, die er euch gelegt hatte. Es ist erwiesen, daß er mit den Faschisten zusammenarbeitete und daß sie ihn mit gefälschten Papieren hier als Spitzel einschleusten. – Und nun weg! Wenn die SS bis hierher vorstößt, muß alles leer sein.«

70

Der Kommissar der Geheimen Staatspolizei spricht mit dem weichen, freundlich klingenden Dialekt der Österreicher. Äußerlich wirkt er, als sei er geradewegs aus den Filmateliers am Wiener Rosenhügel gekommen. Der modern geschnittene hellgraue Zweireiher, das bauschende weiße Seidentuch in der Brusttasche, die stahlblaue Krawatte und der eierschalenfarbene Staubmantel sind sorgfältig aufeinander abgestimmt. Diese zur Schau gestellte Geckenhaftigkeit paßt nicht recht zu dem nüchternen, überaus beherrschten länglichen Gesicht mit dem dünnlippigen Mund und den unter halb gesenkten Lidern verborgenen, fast farblosen Augen. Der Kommandant des Sonderlagers begegnet ihm mit betonter Aufmerksamkeit.

Die SS-Posten, die mit ihren Hunden am Rande des Steinbruchs patrouillieren, heben sich scharf gegen den hellen Herbsthimmel ab. Die schwarze Karosserie des Mercedeswagens der Gestapo, der bis dicht an den Sprengplatz herangefahren ist, bildet einen starken Gegensatz zum stumpfen Rot des Porphyrs, der hier von Häftlingen gebrochen wird. Heute ist kein Arbeitskommando da.

»Machen wir uns nichts vor, Sturmführer«, sagt der Kommissar. »Dieser Ausbruch, den Ihre Leute vereitelt haben, war an sich glänzend organisiert. Er läßt Verbindungen zu Kreisen außerhalb des Lagers erkennen – es mußten Mittelsmänner da sein, um die sechs Fluchtkandidaten sofort wegzubringen, einzukleiden, zu verbergen und so weiter. Sonst hätten sie keine Chance gehabt. Ohne unseren Mann im Lager wäre Ihnen ein böses Erwachen beschert worden, Sturmführer.«

»Sehr bedauerlich, daß er draufgegangen ist ... Ich begreife bis heute nicht, daß er in den Gang gelaufen ist. Er kannte unsere Maßnahmen.«

Der Kommissar betrachtet angelegentlich die Stelle im Gestein, an der die von den Häftlingen geschaffene Verlängerung des Kellerganges ins Freie mündete. Ein SS-Sprengkommando hat sie am Tage nach der mißglückten Flucht fachmännisch geschlossen. Jetzt macht sie eine meterdicke Porphyrschicht unzugänglich. »Dieser Louis ist natürlich nicht freiwillig seinen Kumpanen vorangegangen«, bemerkt er beiläufig. »Warum sollte er das tun? Schaun'S, ich denke mir, man hat ihm keine andere Wahl gelassen. Ihm folgte niemand. Und das bedeutet, daß sie wußten, was ihnen bevorstand, daß sie wußten, daß Louis gesungen hat. Klar?«

»Das kann ich mir nicht vorstellen! Louis hat bis zuletzt das volle Vertrauen seiner Leute gehabt.«

»Hat er selbst gesagt, ja? – Sehn'S! Ich habe seinen Tod zuerst auch für einen unglücklichen Zufall gehalten, aber jetzt ... Unser Mann konnte monatelang ungestört und mit Erfolg arbeiten. Wir haben nicht aus jedem Lager so gute Informationen über die Zusammensetzung der sogenannten Widerstandskomitees. Ich will wissen, woran er gescheitert ist. Das ist lehrreich, und außerdem haben Sie was gutzumachen, Sturmführer.« Er bückt sich und hebt einen Porphyrsplitter auf, in dem ein winziger Granat schimmert. »Sehr hübsch! Was die Natur so fertigbringt ...«

»Wenn Sie gestatten: Ich könnte das Lagerkomitee so lange verhören lassen, bis es froh ist, reden zu dürfen. Dann weiß ich ...«

»Was Dümmeres fällt Ihnen wohl nicht ein, Sturmführer? Wollen Sie, daß ein neues Komitee gebildet wird, von dem Sie keine Ahnung haben? Nein, das Komitee bleibt ungeschoren. Verstanden? Da ändert sich nichts. Ich schicke Ihnen einen neuen Mann mit noch besseren Papieren und bitt' mir aus, daß der nicht wieder umgelegt wird. Er muß vor allem herauskriegen, wodurch oder durch wen Louis identifiziert worden ist, ob das von außen her oder im Lager selbst geschah. Zweitens: Welche Verbindungen bestehen zwischen dem Komitee und Franzosen, die frei herumlaufen? Drittens: Handelt das Komitee eigenverantwortlich oder auf höhere Weisung? – Es ist nach dem Vorfall gegen Ihren Willen, Sturmführer, in Ruhe gelassen worden. Auf diese Weise habe ich es in Sicherheit gewiegt. Das wird sich noch bezahlt machen! In ein paar Wochen können wir die Puppen tanzen lassen, und dann bleibt keiner von der Bagage übrig. Das verspreche ich Ihnen! – Kommen Sie, wir fahren zurück.«

Er wendet sich seinem Wagen zu. Der Sturmführer folgt ihm seitlich mit einem halben Schritt Abstand. Zwei Männer in Zivil, die neben dem Mercedes stehen, unterbrechen ihre Unterhaltung.

»Ich habe übrigens einen Verdacht«, nimmt der Gestapobeamte das Gespräch wieder auf. »Louis haben wir bei den Cagoulards eingekauft. Sie haben da einen Batissier, der früher den Geheimorganisationen mit nationaler Zielsetzung gegenüber den wilden Mann markiert hat. Sogar mit Erfolg! Es könnte sein, daß er Louis kannte. Wie waren seine Verbindungen zum Lagerkomitee?«

»Keine, Herr Kommissar.«

»Hat er von der Fluchtvorbereitung gewußt?«

»Nein. Der V-Mann nannte seinen Namen nicht. Wie Sie wissen, hat er mir noch eine vollständige Liste aller Beteiligten gebracht, ehe er zu ihnen in den Keller ging. Dieser Batissier war nicht dabei.«

»Schade. So hätte sich das Rätsel ganz leicht lösen lassen. Na, es hat nicht sollen sein ... Ich suche weiter, und letzten Endes haben wir den längeren Atem.«

71

Draußen tobt seit einer Stunde das Gewitter. Blitz und Donner folgen einander ohne Pause.

Jacques Batissier liegt wach auf der Pritsche. Sein Herz klopft ungestüm, seine Pulse fliegen. Heute früh, während sie gemeinsam Loren über die Gleise der Schmalspurbahn im Steinbruch schoben, hat ihm Emile überraschend mitgeteilt, er solle sich zur Flucht bereithalten. Es sei beschlossen worden, ihn aus dem Sonderlager heraus und in Sicherheit zu bringen, damit er später, wenn die Stunde der Abrechnung heranreife, sein Wissen über die Cagoulards als eines Teils der Fünften Kolonne Hitlers vor Gericht ausbreiten könne, angefangen von seiner ersten zufälligen Begegnung mit den Kapuzenmännern bis zu seinem zweiten Zusammentreffen mit Louis. Vielleicht könne niemand außer ihm einen so lückenlosen Beweis antreten und so überzeugend die Hintergründe einer Reihe politischer Morde aufdecken, die in der Vergangenheit ungesühnt geblieben sind.

In den letzten Wochen sind sich Emile und Jacques nähergekommen. Der Professor ist ein wunderbarer Zuhörer, ein Mann mit großem Verständnis für andere, mit reicher Lebenserfahrung, und ihm konnte Batissier auch von Madeleine erzählen, von Rochambeaux und von der Festnahme Blanchards durch die SS.

Andererseits weiß Jacques jetzt von der Frau des Professors, von einer erwachsenen Tochter, die an der Sorbonne Kunstgeschichte studierte, und von Gymnasiasten, die nach der Besetzung Frankreichs spurlos verschwanden, um im Maquis den schweren Kampf der Illegalen zu unterstützen. Emile spricht mit Liebe von ihnen.

Sie haben die wunden Schultern gegen die eiserne Lore gestemmt und sie keuchend bergan geschoben, Emile und Jacques, und dabei hat Batissier, aus Gewohnheit auch hier scharf beobachtend und Einzelheiten im Gedächtnis notierend, überlegt. Was für ein Gegensatz – sie alle, die Häftlinge des Sonderlagers, der Willkür der schwarz Uniformierten völlig ausgeliefert, von Stacheldraht und Bluthunden umgeben, pausenlos von schußbereiten Maschinenwaffen bedroht, und angesichts dieser schier ausweglosen Lage, aus der keine Rettung möglich zu sein scheint, sprechen Männer wie der Professor und Roger von einer fernen Zukunft, in der sie Gericht halten werden! Dieser Funke ist übergesprungen, unmerklich, und er hilft wesentlich, die Zähne zusammenzubeißen, nicht mutlos zu werden und zu glauben, daß das hier ein Ende haben wird – bald. Es erschüttert diesen Glauben auch nicht mehr, daß die faschistischen Heere in Richtung Moskau vorstoßen und daß der Nazirundfunk in Sondermeldungen über Siege der Wehrmacht im Osten schwelgt.

Das tat Emile mit einer Handbewegung und einem einzigen Satz ab: »Auch die Grande Armée Napoléons kam bis Moskau und flutete dann geschlagen zurück.«

»Und wann ...?« fragte Jacques, nachdem ihm der Professor den Fluchtplan entwickelt hat.

Emile antwortete: »Ich werde es heute nachmittag erfahren.« Am Nachmittag kam der Brottransport aus dem Kriegsgefangenenlager. Nach dem Abendappell sagte Emile: »In dieser Nacht. Es zieht ein Gewitter herauf; das ist günstig.«

Jetzt steigt der Professor lautlos von seiner Pritsche herab. Es ist erstaunlich, wie behend sich der nicht mehr junge Lehrer bewegt. »Komm«, flüstert er. »Es ist soweit.«

Batissier folgt ihm. Auch Roger steht auf und geht an ein Fenster. Sorgfältig mustert er den Hof. »Auf dieser Seite ist alles ruhig«, berichtet er dann. »Drüben wird es ebenso sein. Bei diesem Wetter ...«

Zu dritt treten sie ins Treppenhaus, das in völliger Dunkelheit liegt. Das Fenster hier, etwa drei Meter über dem Boden, ist dem Stacheldraht der Außenumzäunung des Lagers zugewandt. Der Lichtkegel eines der rotierenden Scheinwerfer tastet in regelmäßigen Abständen über die Hauswand unterhalb des Fensters, wandert weiter über den Sandstreifen zwischen Fabrikgebäude und spanischen Reitern, erfaßt die Pfosten und die Leiter des nächstgelegenen Postenturms und greift hinaus in das Vorfeld des Sonderlagers. Er verliert sich in Regen und Dunkelheit. Bei seiner letzten Drehung erfaßt er für Sekunden einen Streifenposten. Der SS-Mann hält den Kopf gesenkt und bohrt die Hände tief in die Manteltaschen. Die Maschinenpistole baumelt ihm vor der Brust. Ein großer, wolfsgrauer Schäferhund trottet mit hängenden Ohren hinter ihm her.

Roger übergibt Jacques einen schweren Gegenstand, der sich kühl und metallisch anfaßt. »Die Drahtschere«, flüstert er. Batissier nickt erregt. Alle Einzelheiten sind längst besprochen. Emile entriegelt die Fensterflügel. Der Wind drückt dagegen; er muß sie zuhalten. Der Dreher aus den Renault-Werken umarmt den Journalisten. »Das Wichtigste, Jacques: Verliere die Nerven nicht!«

Wieder kommt der Scheinwerfer. »Los!« bestimmt Emile und reißt das Fenster auf. Roger hilft Batissier auf den Sims. Die Hauswand versinkt erneut im Dunkel. Jacques springt, setzt hart auf und bleibt reglos liegen. Oben schließt der Professor die Scheiben und verharrt. Stereotyp dreht sich der Scheinwerfer. Sein Lichtstrahl gleitet über den Journalisten hinweg. Da der sich nicht bewegt, fällt seine an den Boden gepreßte Gestalt nicht auf. Sobald Finsternis um ihn ist, wälzt sich Batissier im nassen Sand und beschmiert sich Gesicht und Hände. Als ihn der Lichtkegel, durch die dichten Regenschleier ohnehin abgeschwächt, abermals erreicht, unterscheidet er sich kaum noch von dem mit Feuchtigkeit vollgesogenen Boden. Dennoch hält er den Atem an. Vorbei ...

Jacques springt auf und ist mit drei, vier langen Sätzen bei den spanischen Reitern, wirft sich nieder, schiebt sich in das Drahtgewirr und erstarrt, als sich der Scheinwerfer wieder in seine Richtung dreht. Roger und der Professor haben die Durchbruchstelle gut ausgewählt – sie befindet sich im toten Winkel des rotierenden Lichtkegels und wird nicht unmittelbar von ihm erfaßt. Batissier dreht sich auf den Rücken und setzt die Drahtschere an. Er achtet nicht darauf, daß ihm die rostigen Eisenstacheln den Drillichanzug zerreißen und schmerzhaft die Haut ritzen; er arbeitet fieberhaft. Sollte er noch hier sein, wenn der Streifenposten auf seiner Runde hier anlangt, ist er verloren – den Hund täuschen Stilliegen und ein beschmiertes Gesicht nicht ... Zentimeter um Zentimeter schneidet sich Jacques den Weg frei.

Sooft er schräg nach oben sieht, erblickt er die Brüstung des Postenturms und das Schutzdach, das über sie hinausragt. Durch tägliche Beobachtung weiß er, daß jeder der Türme mit zwei Mann besetzt ist und daß diese ein sMG bei sich haben, das auf einem Drehkranz ruht. Es ist nach allen Seiten schwenkbar. Die Wache da oben kann er jetzt nicht wahrnehmen; sie sucht wahrscheinlich auf der anderen Seite Schutz vor dem Wetter. Ein glücklicher Zufall ...

Das Knacken der Drahtschere geht im krachenden Donner und im Rauschen des Regens unter, obwohl es Jacques unnatürlich laut erscheint. Und der Stacheldraht nimmt kein Ende ... Vom Haus her gesehen, schien er leicht überwindbar zu sein und nur einen schmalen Raum zu überspannen. Batissier sieht bloß noch die Drahtschleifen, die sich vielfach um die dichtstehenden Holzkreuze schlingen: er hat keinen Gedanken mehr außer dem, daß er sie teilen muß.

Roger und der Professor stehen unverwandt am Fenster und starren in die Dunkelheit hinaus. Sehen können sie Jacques nicht, nur vermuten, aber der Umstand, daß die Alarmsirene noch schweigt und daß das MG auf dem Turm nicht rattert, läßt sie hoffen. »Die Streife kommt gleich zurück«, sagt Emile wie zu sich selbst. Er ballt die Fäuste, die naß sind von Schweiß.

Auf einmal ist das Gewirr der Drähte vor Batissier dünn. Für einen Augenblick bleibt er still liegen. Er ist ganz ausgepumpt, keucht und drückt die Hände neben sich in die kalte Erde. Der Regen wäscht sein Gesicht. Die Tropfen treffen mit solcher Wucht, daß es schmerzt. Er schließt für Sekunden die Augen. Und da hört er die Schritte. Schwere deutsche Kommißstiefel patschen durch die Pfützen am Stacheldraht. Die Streife ... Jacques macht sich steif.

Der SS-Mann stapft seine Runde, ohne nach rechts oder links zu sehen. Er hält den Kopf tief gesenkt, um die Regenböen mit dem Stahlhelm aufzufangen.

Daß ihm dabei das Wasser in den hochgestellten Kragen des Gummimantels und in den Nacken läuft, ist ihm schon gleichgültig. Seine Stimmung hat den Nullpunkt erreicht. Er vermag sich sehr lebhaft auszumalen, wie lange er brauchen wird, seine Uniform wieder appellfähig zu machen. Es wird nötig sein, die Stiefel mit dem Handballen zu walken, aus dem er dann tagelang das Fett nicht herausbekommt, von dem widerlichen Gestank ganz abgesehen ... An die MPi will er gar nicht denken; die muß er wahrscheinlich völlig auseinandernehmen ... Ihn packt die Wut, wenn er sich ausmalt, daß die Posten auf dem Turm trocken ...

Der wolfsgraue Schäferhund, der hinter ihm her trottet, bleibt plötzlich mit angewinkeltem Vorderlauf stehen und hebt den Kopf. Er richtet die Ohren auf. Seine Nase spielt. Eine ganze Weile. Dann zieht das gut abgerichtete Tier die Lefzen hoch und zeigt sein starkes Gebiß. Es läßt ein drohendes Knurren hören ...

Der Streifenposten dreht flüchtig den Kopf. »Fuß, Harro«, ruft er scharf. Der Schäferhund gehorcht und trabt heran. Als sein Führer weitergehen will, bleibt das Tier jedoch abermals stehen und knurrt erneut. Es hält den Kopf ein wenig schief und bewegt die Ohren. »Komm schon, Mistvieh«, brummt der SS-Mann. »Noch eine Runde, dann haben wir es hinter uns.« Der Hund trottet ihm hinterher.

Batissier wartet, bis die schweren, patschenden Schritte nicht mehr zu hören sind. Dann nimmt er die Schere in beide Fäuste und arbeitet. Die letzten Drähte springen zurück. Vor Jacques liegt freies Gelände. Der Scheinwerfer geht darüber hin. Batissier holt tief Luft. Er wirft noch einen Blick zurück, nimmt nun die Drahtzange so in beide Hände, wie er es als Rekrut unzählige Male mit dem Karabiner üben mußte, und robbt in Richtung auf die Kuscheln, das niedrige Buschwerk, zu, das in einiger Entfernung dem Hochwald vorgelagert ist. Batissier gelangt wieder in den Bereich des Scheinwerfers und wird reglos, sooft der Lichtkegel heranschwenkt, und jedesmal unterdrückt er mit Mühe den Wunsch, einfach aufzuspringen und zu rennen. Aber da ist die Stimme von Roger: »Nicht die Nerven verlieren!«, und er zwingt sich gewaltsam und bleibt liegen, bis ihm die Nacht von neuem Schutz gewährt. Ganz allmählich rückt das Lager weiter weg ...

Die Posten lösen ab, neue Wachen klettern auf die Türme; die alte Streife ist froh, in die Unterkunft zu kommen. Der Hundeführer, der nun die Runde geht, bemerkt befriedigt, daß der Regen nachläßt. Die dichte Wolkendecke beginnt aufzureißen. Der vierbeinige Begleiter dieses SS-Mannes war bis eben im Zwinger; er freut sich, mit seinem Herrn durch die Nacht streifen zu können, und er ist sehr wach und eifrig, hat die Nase am Boden und schnüffelt herum und entdeckt die Spur, die zwischen die spanischen Reiter führt. Da sie frisch und stark ist, folgt er ihr.

Der SS-Mann dreht sich um. Eigentlich will er den Schäferhund nur zu sich rufen, dann stutzt er und bleibt stehen. Dorthin, wo das Tier jetzt ist, müßte es gar nicht kommen können. Spanische Reiter und Stacheldraht hätten ihm den Weg versperren müssen... Mit einem Schlage begreift der Posten, was er entdeckt hat. Während er die Blendlampe einschaltet, die ihm auf der Brust hängt, zerrt er mit der anderen Hand bereits die Trillerpfeife aus der Manteltasche. Das Licht erhellt eine Gasse, die in den Drahtverhau geschnitten worden ist!

Der Kegel des Scheinwerfers erreicht Batissier nicht mehr. Er gleitet weit hinter ihm über das freie Gelände. Jacques ist aufgestanden und strebt im Dauerlauf den Kuscheln zu. Seine Lungen fliegen; in dieser Stunde wird ihm erschreckend bewußt, wieviel Kraft ihn die hinter ihm liegenden Monate im Sonderlager gekostet haben. Dennoch – als in der Ferne der Alarmpfiff gellt, rennt er los und hält nicht an, bis ihm das Gesträuch ins Gesicht schlägt und er hinter den Kuscheln Deckung findet. Dann wirft er sich erschöpft hin.

Seine Phantasie malt ihm lebhaft aus, was jetzt im Sonderlager geschieht. Die gesamte SS-Mannschaft tritt an. Die Bluthunde werden aus dem Zwinger geholt. Motorräder beginnen zu knattern. Die Gasse im Draht weist ihnen die Richtung. Gleichzeitig informiert der Sturmführer selbst seine Kommandostelle, die ihrerseits Maßnahmen trifft, ihm, Batissier, den Weg zu verlegen, ihn einzukreisen. Die Brücken über den Fluß werden besetzt werden, der reißend ist und schwimmend nicht überquert werden kann, nach zwei anderen Richtungen hin riegeln SS oder zu Hilfe geholte Feldgendarmen die Straßen ab, und auf der vierten Seite versperrt das große Kriegsgefangenenlager den Weg. Nach den Erfahrungen der SS kann es nur Stunden dauern, bis sie den Flüchtling gestellt hat.

Aus dem Eisentor des Lagers rollen Motorräder. Sie rasen mit hoher Geschwindigkeit auf den Wald zu und entfernen sich auf der Chaussee, die zur Brücke führt. Von den Scheinwerfern sind die Verdunkelungskappen abgenommen – die Fahrer hoffen wohl, den geflohenen Häftling schon unterwegs zu sichten.

Jacques bleibt unbeweglich am Boden, bis die Kräder im Wald verschwunden sind. Dann läuft er gleichfalls auf den Fluß zu. Er hat den Plan genau im Kopf; jede Einzelheit ist ihm gegenwärtig. Direkt am Ufer läuft er nach Osten – das Gehölz reicht bis ans Wasser heran und bietet Schutz. Dort, wo der Fluß eine Biegung in nordöstlicher Richtung beschreibt, muß sich Batissier südöstlich halten und auf das Kriegsgefangenenlager zueilen. Eine Überlandleitung soll ihm dort Kompaß sein...

Vor sich hört er schon das Rauschen des Stroms, der schäumend und gischtend über Steingeröll braust. Dieser Fluß ist bekannt; im Frieden liebten ihn Wildwasserfahrer seiner Ungebärdigkeit wegen. Beiläufig fallen Jacques

Bilder ein, die er am Anfang seiner journalistischen Laufbahn an anderer Stelle dieses Gewässers, viel weiter abwärts, gesehen und beschrieben hat – bunte Faltboote, braungebrannte Mädchen in kurzen weißen Hosen und abends ein Lagerfeuer, an dem eine blonde Bernadette Gitarre spielt. Wie lange ist das her ...

Zweige brechen, gar nicht weit hinter ihm. Er fährt herum, lauscht und unterscheidet Männerstimmen und das Keuchen eines an der Leine zerrenden Hundes. Das Tier verfolgt seine Spur ... Batissier spürt, wie ihm die Knie weich werden. Die SS-Männer kann er täuschen, den Schäferhund nicht. Der feuchte Boden, den der Regen nur durch ein Filter aus Ästen und Blättern trifft, muß ein idealer Fährtenträger sein ... War alles sinnlos? Er bäumt sich auf gegen die Vorstellung, wieder in die Hände der Faschisten zu fallen. Er rennt um sein Leben.

Der Hundeführer ist kaum noch imstande, das Tier festzuhalten. Der große Rüde hat die Rute steil aufgerichtet, sein Rückenhaar ist gesträubt; er zerrt so sehr an der Führleine, daß er auf den Hinterbeinen läuft. »Laß den Köter los«, schreit einer der zwei SS-Männer neben dem Hundeführer. »Er muß den Kerl ganz dicht vor der Nase haben ...«

Der Flüchtling hört den Hund kommen, vernimmt seine Sprünge, unter denen dürre Äste knacken, und verhält jäh. Jacques hat die Drahtschere noch in der Hand; er mochte sie nicht wegwerfen, sie ist seine einzige Waffe. Jetzt wiegt er den schweren Stahl in der Faust.

Ihm bleibt keine Zeit zur Überlegung. Der Schäferhund schießt zwischen Bäumen hervor wie ein Pfeil auf ihn zu und springt. Noch viel später wird sich Batissier deutlich der gefletschten Zähne, des aufgerissenen Rachens des Tieres erinnern, das gegen ihn anfliegt. Er macht einen Satz zur Seite, und während sich der Bluthund in der Luft herumzuwerfen versucht, schlägt Jacques mit aller Kraft zu. Der Kopf der Drahtschere kracht auf den Schädel des Tieres und schlägt es zu Boden – tot ...

Batissier hetzt weiter. Hinter ihm knattern nach einiger Zeit Maschinenpistolen. Die SS-Männer haben den Hund gefunden und feuern nun wahllos in verschiedene Richtungen. Woher sollen sie wissen, daß der Flüchtling seinen Weg auf den Strom zu nicht fortgesetzt, sondern sich nach Osten gewandt hat? An der Brücke steigen schnell hintereinander mehrere Leuchtkugeln auf und gießen ihr kalkiges Licht über den Fluß. Dann schießen auch die Kradfahrer am Übergang – irgend etwas mag sich im Wald am Ufer bewegt haben. Niemand entgeht bei solchen Anlässen Täuschungen ...

Eine halbe Stunde später übergibt der UvD im Sonderlager den Hörer des Feldtelefons zur Kommandostelle dem Sturmführer. Der SS-Offizier ist überaus nervös. Er raucht eine Zigarette nach der anderen; ein paarmal ist er selbst hinausgegangen und hat von einem Postenturm aus das Gelände mit seinem

Nachtglas abgesucht. Nun trieft seine Schirmmütze vor Nässe; vom Wettermantel, den er abzulegen vergaß, rinnen Tropfen auf die Dielen.

»Herr Kommissar?« fragt er unruhig und erstattet Bericht: »Die Lage: Der flüchtige Häftling wurde zuletzt durch Bluthund etwa anderthalb Kilometer vor der Brücke festgestellt. Brücke zu diesem Zeitpunkt bereits durch Kradfahrer gesichert. In Richtung Fluß wird Gelände von Streifen systematisch durchgekämmt. Fluchtweg ostwärts ist durch schwerbewachtes Kriegsgefangenenlager verlegt.« Der Sturmführer unterbricht sich. Der UvD macht ihm ein Zeichen zum offenen Fenster hin. Der Offizier lauscht und spricht weiter ins Telefon: »Aus Richtung Wald soeben MPi-Feuer vernehmbar ... Jawohl, Herr Kommissar. Kurzen Prozeß. Verstehe, der Mann muß auf alle Fälle gefaßt werden.«

Er hängt ab und schiebt die Mütze tiefer in den Nacken. Bei der Geheimen Staatspolizei sind sie sehr ungehalten über diesen zweiten Zwischenfall in seinem Lager. Der Spitzel Louis erschossen, und nun dieser Häftling Batissier, der morgen mit einem Transport nach Dachau abgeschoben werden sollte, geflohen ... Der Kommissar, der wie ein Filmstar vom Rosenhügel aussieht, hat heute einen ganz anderen Ton angeschlagen als bei seinem letzten Besuch. Der freundliche Wiener Dialekt war eben nicht mehr zu hören. Er, der SS-Sturmführer, hat das Gefühl, daß seine Tage als Lagerkommandant gezählt sind, wenn er diesen Batissier nicht zur Strecke bringt. Und er verspürt wenig Lust, zur Frontbewährung nach dem Osten zu gehen, noch dazu jetzt, da der Winter vor der Tür steht ....

Ein Krad prescht in den Hof, in dem die Häftlinge antreten mußten, nachdem die Alarmsirene verklungen war. Sie stehen in ihrem Drillichzeug im Regen; Scheinwerfer und Maschinengewehre sind auf sie gerichtet.

Der Melder stürzt in das Dienstzimmer des Sturmführers und baut sich auf. »Sturmführer, ich melde: Flüchtiger Häftling vom Brückenposten angeschossen. Schleppte sich ins Wasser und muß dort krepiert sein. Strömung hat ihn gleich weggerissen. Brücke wurde von niemand passiert. Ende.«

»Ausgezeichnet«, sagt der SS-Offizier. Er fühlt sich wirklich erleichtert, und es stört ihn nicht, daß die Posten das Etwas auf das sie gefeuert haben, nicht näher beschreiben können. »Wer hat geschossen?« fragt er noch.

»Rottenführer Heilich, Sturmführer.«

»In Ordnung! Kehren Sie zum Posten zurück. Brücke bleibt weiter besetzt. Wegtreten!«

»Zu Befehl. Zum Posten zurückkehren; Brücke weiter besetzt halten.« Er reißt den Arm hoch, macht kehrt und poltert zum Motorrad hinaus.

Der Sturmführer betrachtet aus zusammengekniffenen Augen die Glut seiner Zigarette. »Truppführer«, wendet er sich über die Schulter an den UvD. »Sagen Sie mal: Dieser Heilich, das ist doch 'n Meisterschütze, wie?«

»Keine Frage, Sturmführer. Der trifft auf dreißig Meter 'ne Fliege ins linke Auge.«

Der Offizier drückt die Zigarette aus. »Na, kleine Übertreibung, wie? – Verbindung zur Gestapo.« Er wartet, bis der Truppführer die Kurbel gedreht hat und ihm den Hörer übergibt. Dann befiehlt er: »Gehen Sie mal 'raus und lassen Sie die Leute da unten ein Lied singen – es steht sich besser mit Musik!«

»Befehl, Sturmführer. Lied singen lassen . . .« Er geht.

Der Lagerkommandant holt tief Atem. »Herr Kommissar? Mir wird soeben gemeldet, daß der abgängige Batissier auf der Flucht erschossen worden ist. Er stürzte in den Fluß; Leiche konnte wegen starker Strömung noch nicht geborgen werden . . . Zweifel total ausgeschlossen! Mein bester Schütze hat ihn erledigt, Rottenführer Heilich. Werde den Mann zur Auszeichnung vorschlagen . . . Heil Hitler, Herr Kommissar!«

Sehr langsam legt der Sturmführer den Hörer zurück. Er hat die letzten Worte des Gestapobeamten im Ohr: »Ihr Glück, daß Sie den Kerl erwischt haben . . . Servus!« Auf einmal sprach er wieder in der gefälligen alten Mundart.

72

»Sie heißen?«

»Gaillard, Georges.«

»Geboren?«

»Zwölften Februar neunzehnhundertfünfzehn.«

»Wo?«

»In Amiens.«

»Einheit?«

»Zwanzigste Infanteriedivision, sechstes Regiment.«

»Ihr Regimentskommandeur?«

»Colonel Mansart.«

»Ihr letzter Zugführer?«

»Adjutant-chef Courbet.«

»Das bin ich.« Der junge Adjutant-chef lächelt und legt Batissier die Hand auf die Schulter. »Klappt ja ausgezeichnet. Wir üben das noch ein paarmal.«

»Wie Sie befehlen«, erwidert Jacques glücklich und strahlt den Adjutant-chef an. Der Journalist trägt wieder eine, wenn auch verblichene Uniform der französischen Armee und sitzt im großen Kriegsgefangenenlager in einem Zelt, das ihm nach seinen Erlebnissen im alten Fabrikgebäude wie ein Stück Heimat ist. Der letzte Teil seiner Flucht, das vorbereitete Untertauchen im

Kriegsgefangenenlager, verlief planmäßig. Er wurde erwartet und unbemerkt zwischen den deutschen Posten, Angehörigen eines Landesschützenbataillons, hindurchgeschleust.

Ein Sergent-chef tritt ein. »Alle Spuren sind beseitigt. Das Drillichzeug existiert nicht mehr«, sagt er. »Es ist in der Feuerung des Backofens verschwunden. Niemand hat das beobachtet. – Übrigens: Du wirst vom Lagerkomitee erwartet. Du sollst Bericht erstatten.«

Der Adjutant-chef nickt. »Ich gehe.« Er nimmt sein Käppi, strafft den Uniformrock und verläßt das Zelt. Der Sergent-chef setzt sich zu Batissier auf den Strohsack.

»Georges Gaillard war ein guter Freund von mir«, erzählt er unvermittelt. »Er ist bei Rouen gefallen. Ich hatte seine Papiere bei mir, um sie später seinen Verwandten zu geben. Georges ist ein großartiger Mensch gewesen.« Ganz in Gedanken versunken, schweigt er, ehe er sich wieder an Jacques wendet: »Schlaf dich erst einmal aus, Georges! Und sei unbesorgt: Unter zwanzigtausend Kriegsgefangenen findet dich niemand ...«

73

An diesem Spätnachmittag werfen die Häuser schon lange Schatten. Die Fassaden auf der gegenüberliegenden Seite, neu verputzt, sind mit den oberen Stockwerken noch im Licht, in den Kästen vor den Fenstern leuchten bunte Blumen. Die Glaswand der Atelierwohnung im Dachgeschoß des Hauses an der Ecke der Rue de Monteneuf wirft die Sonnenstrahlen wie ein Spiegel zurück.

Zwei Radfahrer, Vater und Sohn. sausen in schneller Fahrt die abschüssige Straße hinab. Ihnen entgegen kommt von unten her ein schwarzer Citroën älteren Baujahrs und hat Mühe, die Steigung zu bezwingen. Er hält hinter der Kreuzung unmittelbar vor dem Haus Nummer acht. Neben dem Eingang ist das Emailleschild mit der Aufschrift »Bureau Jacques Batissier« zu finden.

Der Fahrer des Wagens bleibt sitzen, drei Männer steigen aus. Zwei von ihnen sind in Zivil. Der dritte trägt die Uniform eines Sergenten der französischen Infanterie; der Brotbeutel hängt ihm über die Schulter, den Mantel hat er auf dem Arm. Jacques Batissier sieht an der Fassade in die Höhe, ohne von hier aus sein Glasfenster entdecken zu können. Er nickt seinen Begleitern abschiednehmend zu, und sie grüßen zurück. Als sich die Haustür hinter ihrem Fahrgast geschlossen hat, sehen sie sich lächelnd an. Sie können sich ausmalen, wie er jetzt, zwei Stufen auf einmal nehmend, die Treppe hinaufstürmt ...

74

Der Tisch ist festlich gedeckt. Kerzen stehen darauf und ein Strauß pastellfarbener, duftender Wicken. Der Ton ihrer zarten Blüten steht in reizvollem Gegensatz zum schimmernden Weiß des Porzellans, leuchtet durch die geschliffenen Gläser und gibt der Tafel einen fröhlichen Mittelpunkt. Madeleine Labisse hat viel Mühe darauf verwandt, diesen Tag zu einem besonderen zu machen.

Die Kerzen sind halb heruntergebrannt; in den Gläsern perlt Champagner. Batissier hat sich umgezogen: der dunkle Anzug paßt ihm noch, und durch die vertraute Umgebung fühlt er sich auf seltsame Art gelöst. Diesmal trübt kein Gedanke an einen baldigen Abschied das Glück des Zusammenseins während kurzer Urlaubstage – der Sergent Jacques Batissier muß nicht zu seinem Regiment zurückkehren, das in Südwestdeutschland stationiert ist. Demobilisiert, ist er von nun an wieder der Bürger Batissier ...

Das Essen zieht sich sehr in die Länge; sie genießen es beide, allein und ohne in Zeitnot zu sein, und in den Stunden lebt viel Zärtlichkeit. »Es ist wunderschön, bei dir zu sein«, sagt Jacques. Dieses Gefühl spricht er wieder und wieder aus, in immer anderen Worten, in Gesten und Blicken, und nun fügt er heiter hinzu: »Bin ich nicht würdig bei dir angelangt? Mit einer Leibwache wie der Präsident der Republik persönlich? Nur Vernon konnte auf die Idee kommen, außer dem Fahrer zwei Muskelmänner in den Wagen zu setzen. Hält er eine solche Garde wirklich für nötig? Meint er, die Cagoulards seien immer noch hinter mir her?«

»Er hat sich etwas dabei gedacht ...«

»Aber Madeleine! Daß manche Leute einfach noch nicht begreifen, daß alles anders geworden ist. Sie glauben, da wieder ansetzen zu müssen, wo sie neunzehnhundertneununddreißig aufgehört haben. Aber es ist Krieg gewesen, der Faschismus ist zerschlagen worden ... Ich war bis vorgestern Besatzungssoldat in Deutschland!« Er nimmt Madeleines Hand und spielt mit ihren Fingern. »Natürlich ist es lieb von euch, daß ihr so um mich besorgt seid, doch kein Mensch krümmt mir mehr ein Haar. Ich brauche wirklich keine Muskelmänner. Na, darüber werde ich mit Vernon reden.« Jacques rückt ein Stück weiter und setzt sich ganz dicht neben sie. »Was für einen Tag haben wir heute?«

Madeleine hebt erstaunt den Kopf. »Dienstag ...«

Er nickt. »Gut! Dann heiraten wir am Donnerstag.«

Sie starrt ihn entgeistert an und faltet die Hände. »Aber Jacques«, sagt sie tonlos. »Ich habe doch überhaupt nichts anzuziehen.«

Batissier legt den Arm um ihre Schulter. Er sieht, wie aufgewühlt und zugleich wie verwirrt sie ist, und da entgegnet er sachlich und so, als sei das die selbstverständlichste Sache der Welt: »Also gut! Dann am Freitag ...« Und ins Ohr flüstert er Madeleine: »Sie sind großartig, Madame Batissier!«

75

Die Sterne blicken herein. Madeleine schläft. Sie hat den Kopf in die Beuge des Arms gelegt; ihre entblößten Schultern schimmern matt im einfallenden Mondlicht; ihr Atem ist tief und ruhig.

Das Radio stört sie nicht. Es spielt ganz leise, und Jacques steht dicht davor, um jedes Wort zu verstehen. Er hat die Hände in den Taschen des Bademantels vergraben und den Kopf gesenkt. Reglos hört er einen szenischen Bericht, ein Feature, das ihn fesselt. Batissier ist, als er den Apparat einschaltete, zufällig in diese Sendung hineingekommen. Auf der Suche nach Musik drehte er den Skalenknopf hin und her – er wollte weiter nichts, als für sich allein wieder Besitz ergreifen von der Wohnung unterm Dach, hinuntersehen auf das Lichtermeer der nächtlichen Stadt und sich einfach von seinen Gedanken treiben lassen ... Da klang ihm aus dem Durcheinander von Spätnachrichten, Tanzmusik, Sportberichten und Sinfoniekonzerten, das der über das Senderverzeichnis wandernde Zeiger schuf, plötzlich sein Name entgegen. Jacques beugte sich näher zum Lautsprecher.

Vertrauter Text ... Ein Zitat aus »Auge in Auge mit den Cagoulards« ... Die Schilderung der Ermordung des italienischen Antifaschisten Professor Carlo Sonelli im Walde bei Bagnoles-de-l'Orne ... Die ergebnislose Untersuchung des Verbrechens durch die Mordkommission Kommissar Rochambeaux' ... Seine, Batissiers, Suche nach Beweisen für die Täterschaft der Kapuzenmänner ... Jacques lauscht. Ein merkwürdiges Gefühl, Sätze, die er vor vielen Jahren schrieb und längst vergessen wähnte, nun so unmittelbar zu hören. Der Sprecher liest sie, als wären sie für heute und hier zu Papier gebracht.

Eine andere Stimme, erregend in ihrer bestechenden Sachlichkeit ... »Jahre vergehen. Im Wald bei Bagnoles-de-l'Orne wächst das Farnkraut kniehoch über die Spuren, die Sonellis Wagen in den weichen Boden grub. Das Rätsel ist ungelöst. An dem Tage, an dem in Europa ein Krieg ohne Beispiel entbrennt, stirbt auch der Kommissar, der den Mörder finden sollte. Wieder sind es unbekannte Täter, wieder bleibt das Verbrechen ungesühnt. Der Krieg ergreift den ganzen Kontinent. Als er zu Ende geht, hat das Farnkraut im Wald bei Bagnoles-de-l'Orne eine fast undurchdringliche grüne Decke über die Stelle gebreitet, an der einst Forstarbeiter den toten Sonelli fanden. Das Rätsel seines Todes ist noch immer ungelöst. Da aber, am sechzehnten September neunzehnhundertvierundvierzig tritt in der Siebenhügelstadt Rom ein Mann in den Zeugenstand eines Gerichts und macht eine sensationelle Aussage ...«

Batissier dreht das Radio ein wenig lauter. Der Funkdokumentarist hat jene Gerichtsverhandlung szenisch gestaltet; das Mikrofon fängt die Unruhe in einem großen Saal ein, Gemurmel und Schritte. Ein Mann leistet den Eid: »... nichts als die reine Wahrheit zu sagen, nichts zu verschweigen und nichts hinzuzufügen. So wahr mir Gott helfe ...«

Zur Person befragt, gibt der Zeuge an, er heiße Emanuele Santo und sei bereits vor dem zweiten Weltkrieg Oberst und Chef des faschistischen italienischen Spionagedienstes gewesen.

Das Verhör zur Sache beginnt: »Sie werden diesem Sondergerichtshof zur Liquidierung des Faschismus vorgeführt, um Aussagen über die Aktionen zu machen, die der von Ihnen geleitete Dienst im Ausland einleitete, durchführte oder veranlaßte. In der Voruntersuchung haben Sie Einzelheiten über eine Zusammenarbeit mit französischen Geheimorganisationen zu Protokoll gegeben. Wiederholen Sie Ihre Darlegungen vor diesem Hohen Gericht!«

Jacques teilt sich die Erregung mit, die der Regisseur der Sendung im Funkstudio von Schauspielern ausdrücken ließ. Er findet in den Geräuschen, die aus dem Lautsprecher dringen, viel Vertrautes wieder, das er aus zahllosen Pressekonferenzen kennt – das durchdringende Surren der Filmkameras, das Klicken von Fotoapparaten, den eigenartigen Laut, den gezündete Vakublitzbirnen verursachen ...

Die Stimme Santos: »... wurde ich zum Kabinettschef des Grafen Ciano kommandiert. Botschafter Anfuso war erregt. Er fragte mich sofort, ob mir der Verleger Sonelli bekannt wäre. Ich konnte das bejahen. Wir hatten diesen Emigranten ständig überwacht; wir waren über jeden seiner Schritte unterrichtet: die Schriften, die er herausgab, wurden in unseren Archiven ausgewertet. Ich erwähnte diese Fakten. Signore Anfuso winkte ungeduldig ab. Solche Details interessierten ihn nicht. Er kam in seinem großen Zimmer um einen massigen Schreibtisch herum ganz dicht an mich heran und sagte: ‚Dieser Mann ist ein unversöhnlicher Feind der großen Idee der Fasci. Er besudelt fortgesetzt das Ansehen des Duce und des deutschen Führers. Er wird das tun, solange er lebt. Für diesen Mann ist kein Platz mehr auf der Welt. – Bin ich verstanden worden?' Ich hatte begriffen, daß Professor Sonelli sterben mußte.«

Der Ankläger unterbricht ihn: »Hatten Sie den Eindruck, daß Anfuso Ihnen den Mordbefehl aus eigenem Ermessen erteilte oder daß er ihn nur übermittelte?«

Wieder Santo: »Damals habe ich darüber nicht nachgedacht. Heute möchte ich sagen, daß es eine Anweisung des Grafen Ciano war.«

Der Ankläger: »Worauf stützt sich diese Annahme? Können Sie das beweisen?«

Nun herrscht tiefe Stille im Gericht. Die Stimme des faschistischen Geheimdienstchefs – er wird in diesem Funkbericht von einem Mitglied der Comédie Française gesprochen – ist überdeutlich: »Nachdem der Auftrag ausgeführt worden war, wurde ich zu Graf Ciano persönlich befohlen. Signore Anfuso wohnte dem Empfang bei. Graf Ciano beglückwünschte mich zu dem Mord und ließ sich in allen Einzelheiten darüber berichten.«

Der Ankläger: »Schildern Sie dem Hohen Gericht den Tatverlauf.«

Emanuele Santo: »Ich leitete den Auftrag an den Chef unserer Abteilung in Turin, Capitano Navale, weiter. Navale wurde übrigens nach meinem Rapport gleichfalls zu Ciano kommandiert und von ihm ausgefragt. Der Capitano gab den Befehl nach Frankreich weiter. Er bediente sich zu seiner Ausführung der Cagoulards. Diese Geheimorganisation, La Cagoule, wurde seit langem von unserer Dienststelle in Turin angeleitet und großzügig mit Geld und Waffen unterstützt.«

Zwischenfrage: »Haben Sie selbst Kontakte zu Führern des genannten Geheimbundes unterhalten?«

Santo: »Jawohl. Ich bin in San Remo mit dem Cagoulard Josephe Darnand zusammengetroffen. Wir haben dabei die Möglichkeiten eines Umsturzes in Frankreich erörtert.«

Unruhe im Gerichtssaal, die jäh abbricht. Nun wieder die bestechend sachliche Stimme des Erzählers: »Dieser Josephe Darnand, dessen Name neunzehnhundertvierundvierzig in Rom genannt wurde, trägt keine Kapuze mehr. Zwei Jahre nach den Verhandlungen vor dem Sondergerichtshof zur Liquidierung des Faschismus in Italien, neunzehnhundertsechsundvierzig, wurde dieser Josephe Darnand in Paris zum Tode verurteilt. Die Kugeln des Erschießungskommandos trafen ihn an einem diesigen Morgen. Eine Salve genügte, dem Leben des Verräters ein Ende zu setzen.«

Madeleine spricht im Schlaf unverständliche Worte. Sie wälzt sich von einer Seite auf die andere; ihr kupferfarbenes Haar fällt wirr und zerzaust über das Gesicht. Batissier sieht es nicht. Er rückt noch dichter an das Radio heran; er läßt sich kein Wort entgehen. Die Geschichte, deren Lösung hier mitgeteilt wird, ist ein Teil seines Lebens, und diese Aufklärung ist überraschender und eindeutiger, als er sie jemals erwartet hat. Sie zieht den Schlußstrich unter seinen »Fall Sonelli«. Natürlich wird sich Jacques gleich morgen früh die Übersetzung der italienischen Protokolle besorgen oder besser am Sonnabend, denn am Freitag heiratet er ja ...

Der Funkgerichtssaal ist wieder da mit seiner Unruhe, mit dem Hall der Stimmen in einem weiten Raum. Eben schließt Santo seine Aussagen: »Graf Ciano brachte sowohl mir als auch Capitano Navale gegenüber seine Befriedigung darüber zum Ausdruck, daß an dem Unternehmen kein italienischer Staatsbürger unmittelbar beteiligt gewesen ist. Der Graf Ciano war felsenfest davon überzeugt, daß es den französischen Behörden niemals gelingen werde, den wahren Sachverhalt bis in alle Verästelungen hinein zu klären ...«

Batissier schaltet das Radio aus. Er steht noch lange an der Fensterwand und starrt zum Himmel hinauf.

76

Die Redaktionsräume von »Journal de Paris«, dem Blatt mit dem Namen der ältesten, 1777 gegründeten Tageszeitung Frankreichs, sind verändert, verjüngt. Moderne Stahlrohrmöbel, Ventilatoren, Rohrpostanlage und helle, freundlich getönte Wände bestimmen das Bild.

Heute ist Madeleine zum ersten Male als Madame Batissier mit ihrem Mann im Zimmer des Chefredakteurs – eine Stunde nach der Trauung. Beide hat die Einladung hierher nicht überrascht; für die Bildreporterin ist diese Redaktion eine zweite Heimat, und wie täglich die Arbeit will sie nun auch ihre Freude mit den Kollegen teilen. Jacques findet das selbstverständlich.

In der Eingangshalle steht der Bildredakteur mit Blumen; als er den Strauß mit herzlichen Worten übergibt, sehen sich Madeleine und Jacques einmal selbst im Kreuzfeuer von Vakublitzen – alle im Hause anwesenden Fotografen sind gekommen, die langjährige Mitarbeiterin an diesem besonderen Tag auf die Platte zu bannen.

Am Fahrstuhl wartet, ebenfalls mit Blumen, Carlé.

Vernon steht auf und geht ihnen entgegen, als sie eintreten, und hinter der Glaswand eröffnen die Journalisten vom Nachrichtendienst mit Kugelschreibern und Linealen ein Klopfkonzert. Madeleine wird vor Verlegenheit rot, Batissier strahlt. Er winkt den Reportern und Redakteuren dort drüben lachend zu. Ihre Teilnahme rührt ihn.

»Ich gratuliere euch von ganzem Herzen«, sagt Vernon. »Glück brauche ich euch nicht mehr zu wünschen, das habt ihr schon. Haltet es fest!« Er nimmt eine bereitgestellte Flasche Champagner aus dem Eiskübel, öffnet den Verschluß und füllt drei Gläser. Während er sie dem Paar reicht, fährt er fort: »Laßt uns auf euch anstoßen, auf eure Gesundheit und vor allem auf eure Liebe, die die Feuertaufe bereits hinter sich hat!«

Die Pokale klingen zusammen.

»Danke«, entgegnet Jacques einfach. »Weiß der Teufel, ich bin so durcheinander, daß ich einfach keine Worte finde, und das kommt bei mir verdammt selten vor ...«

»Versierter Kriminalreporter verliert Sprache nach der Eheschließung«, parodiert der Chefredakteur den Überschriftenstil der Boulevardpresse.

»Aber wenn du dir deine Worte für künftige Artikel im ‚Journal' aufhebst, freut mich das sogar.«

Batissier nickt. »An mir soll es nicht liegen! Kinder, ihr könnt euch gar nicht vorstellen, wie ich darauf brenne, wieder zu schreiben, mich in eine Sache hineinzuknien und den Leuten zum Frühstück Entdeckungen zu servieren ... Ich bin sicher, daß wir miteinander auskommen werden, Gaston.«

»Es gibt viel Arbeit für uns alle. Doch jetzt – hier sind noch mehr, die gratulieren wollen ...«

Madeleine kann die Blumen kaum halten, die ihr überreicht werden. Alle Redaktionsabteilungen beglückwünschen sie, auf dem Tisch türmen sich Geschenke, nützliche kleine Dinge, liebe Aufmerksamkeiten, die von Verbundenheit und Achtung erzählen. Die Fotografin befremdet es nur, daß sich von der Bildredaktion niemand mehr sehen läßt. von jenen, mit denen sie am engsten zusammenarbeitet ... Es bleibt keine Zeit, darüber nachzudenken, warum das so ist, denn nun erscheinen die Mädchen aus der Chemigraphie, die schon unzählige Aufnahmen Madeleines in Zink geätzt und druckfertig gemacht haben. In ihren Labors herrscht um diese Stunde Hochbetrieb, sie legten die Kittel nicht ab, doch für ein paar Minuten wollen sie dabei sein. Carlé, der jetzt eine Flasche nach der anderen öffnet, sorgt dafür, daß sie schnell auf das Wohl der Neuvermählten anstoßen können. Im ölfleckigen blauen Overall tritt der Rotationsmeister ein, mit dem Lederschurz vor dem Leib der Chefmetteur ...

Sekretärinnen reichen belegte Weißbrote, jeder greift zu, und während Jacques Batissier diese ungezwungene Versammlung übersieht, in der sich die aufgekrempelten Ärmel der Redakteure, die Kittel der Mädchen aus der Chemigraphie und die Arbeitskleidung der Männer aus der Druckerei mit den bunten Kleidern der Stenotypistinnen zu einem farbenfrohen Bild mischen, da zieht er Vergleiche mit festlichen Anlässen, die er vor dem Krieg in anderen Redaktionen erlebte. Eine solche selbstverständliche Gemeinsamkeit aller an der Herstellung der Zeitung Beteiligten war dort undenkbar. Batissier fühlt sich wohl.

Dieses Empfinden hält an, als Madeleine und er wieder durch die Eingangshalle und auf den Wagen zugehen, der sie nach Hause bringen wird. Am Ausgang werden sie aufgehalten. Hier wartet die Gruppe der Bildreporter, nach der Madame Batissier in Vernons Zimmer vergebens Ausschau hielt. Mit feierlicher Miene überreicht der Jüngste ein leinengebundenes Album, großformatig, schwer. Die anderen, verschmitzt lächelnd und auf Madeleines Erwiderung gespannt, sehen zu, wie sie den Band aufschlägt. Im selben Augenblick flammt abermals ein Blitzlicht auf. Es gehört zu der nagelneuen Polaroid-Einminutenkamera eines der wenigen Fotografen, die schon vor dem Kriege bei »Journal de Paris« tätig waren.

Madeleine blättert Seite für Seite um. Jetzt weiß sie, warum ihre Kollegen sich nicht bei Vernon blicken ließen. Sie haben in dieser Zeit in wahrem Rekordtempo die Aufnahmen entwickelt und vergrößert, die die Hochzeit der Batissiers von dem Augenblick an, in dem sie das Haus Ecke Rue de Monteneuf verließen, bis zu ihrem Eintreffen in der Redaktion in allen Einzelheiten festhalten. Es ist eine Glanzleistung aktueller Bildberichterstattung.

Der Mann mit der Polaroidkamera nimmt ihr das Album aus der Hand und schlägt die letzte, noch freie Seite auf. Dorthin steckt er das kleinste und neueste Foto der Serie. Postkartengroß zeigt es, wie Madeleine die Mappe zum ersten Male öffnet.

77

»In Ruhe wollte ich mich mit dir unterhalten. Hier stört uns niemand«, sagt Vernon lächelnd und rückt an seiner Brille. Er und Jacques sitzen sich in der Atelierwohnung gegenüber. Batissier hat Kaffee gekocht; Madeleine ist unterwegs. »Was willst du jetzt tun, Jacques?«

Der Journalist lehnt sich zurück. »Arbeiten! Und damit du es genau weißt: Viel und in erster Linie für euch. Ich möchte zum Beispiel eine große Reportage machen: ‚Hat die Nachkriegsentwicklung die Erwartungen der Franzosen erfüllt?' Dazu möchte ich in verschiedenen Landesteilen recherchieren. Ich will die Fischer in Biariz befragen, die Bauern in der Normandie, die Dreher in den Renault-Werken und die Lehrer in Rouen ... Ich weiß, was sie sich sehnsüchtig erhofft haben. Mit einem Dreher und einem Lehrer zum Beispiel habe ich die Pritsche im Sonderlager geteilt. Ich gäbe viel darum, sie heute wiederzusehen ... Herauskommen soll: Nutzt unser Land die Möglichkeiten des Neubeginns, die ihm die Niederlage des Faschismus eröffnete? – Was hältst du davon, Gaston?«

Der Chefredakteur wirft Zuckerstücken in den Kaffee und rührt bedächtig um. »Nicht schlecht! Das wäre etwas für ‚Journal'. Doch, ich bin sehr einverstanden! Du könntest dabei auch auf die Frage eingehen, ob wir ausreichende Lehren aus der Vergangenheit gezogen haben. Du hast ja selbst erlebt, welchen Einfluß faschistische Organisationen bei uns erlangen konnten ...«

Batissier winkt ab. »Der Spuk ist vorbei! Sogar mein Fall Sonelli wurde aufgeklärt, ohne mich ... Und Paris bereitet einen Prozeß gegen die Cagoulards vor. Das heißt: Wir sind mit ihnen fertiggeworden! – Ich möchte nicht über die Vergangenheit schreiben, sondern darstellen, was in Zukunft geschehen soll.«

»Halt!« Vernon schüttelt energisch den Kopf. »Überschätze diesen Cagoulardprozeß nicht! Die schon bekannten Namen verraten, daß vermutlich nur zweitrangige Leute auf der Anklagebank sitzen werden. Es sieht so aus, als würden die Drahtzieher weiter im Hintergrund bleiben, um zu gegebener Zeit von neuem ihre Wühlarbeit aufzunehmen Ob sie sich weiter ‚La Cagoule' nennen oder sich einen anderen Namen geben – einerlei!«

»Aber ich bitte dich: Was können diese Übriggebliebenen noch tun?« entgegnet Jacques. »Wo Hitler seine Welteroberungspläne ausheckte, sitzen die Alliierten; Mussolini wurde von seinen eigenen Landsleuten gehängt; die Franzosen, die ja den Faschismus am eigenen Leibe erlebt haben, hassen ihn – wenn es wirklich noch Kapuzenmänner geben sollte, werden sie sich hüten, aus ihren Löchern zu kriechen.«

Der Chefredakteur klopft eine Zigarette auf dem Daumennagel fest. »Das sagst du! Denke aber auch daran, daß wir Kommunisten durch unsere Haltung im Kriege stark geworden sind, daß wir Vertrauen genießen ... Meinst du, daß das den Vertretern der alten Ordnung gefällt? Sie sehen ihre Macht schwinden. Sei sicher – es gibt Kräfte in Frankreich, die unserem Einfluß ein schnelles Ende wünschen. Dazu sind ihnen alle Mittel recht. Unter Umständen auch die Cagoulards.«

»Was müßte ich also nach deiner Meinung tun?«

»Ich habe gedacht, daß du für uns über den Cagoulardprozeß berichten wirst. Bereite dich darauf vor! Es kann sein, daß du in unseren Spalten die Hintergründe nennen mußt, auf die das Gericht vielleicht nicht eingeht. Zusammenhänge aufdecken ... Ich wäre dir dankbar, wenn du dein Material noch einmal in Ruhe sichten würdest. Es bedarf ohnehin einer Ergänzung. Was hältst du davon, nach Rom zu fahren und mit Augenzeugen der Sondergerichtsverhandlungen zur Liquidierung des Faschismus zu sprechen? Wenn du Glück hast, findest du gegebenenfalls einige der Beamten, die an der Voruntersuchung beteiligt waren; laß dir ihre Erlebnisse schildern ... Madeleine kann dich begleiten; ich will Fotos deiner Zeugen und der historischen Schauplätze haben. Wie denkst du darüber?« Vernon zündet endlich die Zigarette an.

Jacques steht auf, tritt an die Karteikästen nahe der Fensterwand heran und zieht sie gedankenlos auf und zu. »Davon halte ich gar nichts, Gaston. Begreifst du nicht, daß ich das Wort ‚Cagoulards' nicht mehr hören kann? Es verfolgt mich seit Jahren; seit neunzehnhundertneununddreißig bestimmt es fast alles, was ich tue ... Eigentlich wollte ich jetzt mal etwas anderes schreiben.«

Vernon erwidert ganz ruhig: »Nenne mir einen von unseren Mitarbeitern, der auf diesem Gebiet besser Bescheid weiß als du, und ich bin einverstanden.«

Batissier schweigt. Er betrachtet die Beschriftung der Kästen, aber er sieht sie nicht. Plötzlich hat er Roger vor Augen, hört die Stimme Emiles, die über das künftige Gericht spricht, und er denkt daran, wie viele Kameraden um seine Rettung besorgt waren, damit er nach dem Krieg auf die Spur der

Verräter hinweise ... Jacques wendet sich um. »Es ist in Ordnung, Gaston. Wir fahren.«

»Ich habe auch nichts anderes erwartet. Gebt eure Pässe morgen früh in mein Sekretariat.«

78

Der Herbsttag ist schön, der Himmel klar und durchsichtig blau. Die Seine hat einen bunten Saum, denn die Uferalleen prunken mit dem verfärbten Laub, und die Sonne, die an Kraft verloren hat, breitet goldgelben Glanz darüber. Auf den Parkbänken sitzen junge Frauen mit Kinderwagen und alte Leute, die mit geschlossenen Augen ihre Gesichter dem Licht zuwenden und Abschied vom Sommer nehmen. Zu ihren Füßen rascheln welke Blätter, und Kinder machen sich einen Spaß daraus, sie vor sich her zu schieben und aus ihnen Häufchen zu bilden.

Jacques Batissier ist zum erstenmal seit Tagen wieder aus der Wohnung gegangen. Seit Madeleines und seiner Rückkehr aus Italien hat er die meiste Zeit am Schreibtisch zugebracht. Vorbehalte gegen das alte Thema gibt es nicht mehr. Sie haben in Rom eine Fülle ihnen bislang unbekannten Materials gesammelt. Daraus und aus den Interviews, die Jacques mit Untersuchungsbeamten, Richtern und Protokollantinnen des damaligen Sondergerichtshofs ebenso führte wie mit den Anwälten der 1944 Beschuldigten, Prozeßberichterstattern, ja auch mit Angehörigen der Verurteilten, ergeben sich neue Zusammenhänge. Jetzt ist Batissier in der Lage, den Fakt »La Cagoule« auf höherer Ebene darzustellen, als einen Teil der systematischen Vorbereitung des zweiten Weltkrieges, dessen Vorgefechte die Fünften Kolonnen der Faschisten skrupellos und hinterhältig bereits im Frieden eröffnet hatten. Jacques besitzt nun ins einzeln gehende Angaben darüber, welche wichtige Rolle die französischen Geheimorganisationen in den Plänen der italienischen Fasci spielten, und er ist gegenwärtig damit beschäftigt, aus den Akten des Nürnberger Kriegsverbrecherprozesses Beweise für das Zusammenwirken auch der deutschen Auslandsspionage, beispielsweise mit den Cagoulards, herauszusuchen. Soviel Neues und Erschütterndes dringt auf ihn ein, daß ihm seine eigenen Erlebnisse nur als Episoden am Rande, als unwichtiges, aber typisches Beiwerk der Zeitgeschichte erscheinen, und er wendet viel Sorgfalt und Mühe daran, das verborgene Räderwerk der Maschinerie bloßzulegen, in das er selbst gelangte. Er verliert sich an diese Arbeit, sie füllt ihn ganz aus, und er hat schon vergessen, daß er das Wort »Cagoulards« aus seinem Gedächtnis streichen wollte.

Im Gegenteil: Je mehr er sich der Vorkommnisse von damals erinnert und Beziehungen zwischen ihnen und jenen historischen Ereignissen herstellt, die Lexika in Stichworten und Daten nennen, desto verlockender dünkt es ihn, diesem Splitter des Weltgeschehens journalistisch Gestalt zu geben, umfassender, breiter, als das in Zeitungsspalten möglich ist. Batissier überlegt, ob er ein Buch schreiben soll, einen Tatsachenroman, der nicht für Geschichtsforscher gedacht ist, sondern der einem großen Leserkreis spannend und unterhaltend einen Blick hinter Kulissen gestattet, deren Rückseite ihm gemeinhin verborgen bleibt, obwohl ihm ihre Kenntnis nützlich wäre.

Jacques ist in diesen Gedanken verliebt; er wendet ihn hin und her und gewinnt ihm immer neuen Reiz ab. Von Rochambeaux erzählen. von der gemeinsamen Fahrt nach Bagnoles-de-l'Orne, von den Männern, die im Sonderlager den Glauben an die Niederlage des Faschismus nicht aufgaben, von den Recherchen in Rom, von dem Prozeß gegen die Kapuzenmänner ...

Ganz in solche Überlegungen eingesponnen, hat Batissier den mit Papieren überdeckten Schreibtisch und die Atelierwohnung verlassen, um sich ein wenig Bewegung zu verschaffen, sich die Beine zu vertreten. Auf den Weg achtet er nicht, und er sieht sich nun zu seiner eigenen Überraschung vor dem »Tabarin«, das er seit jenem Abschied in den ersten Tagen des Krieges nicht mehr betreten hat. Der Eingang weckt viele Erinnerungen, und der Journalist kann nicht widerstehen; er tritt durch die Flügeltür.

Das bereut er sofort – die Bar von ehedem trägt ein völlig neues Gesicht. Ein Tagescafé, mit moderner, zweckmäßiger Sachlichkeit eingerichtet, empfängt ihn; nur der Raum selbst und die Säulen, die die Decke stützen, sind noch so wie damals, als die schöne Michèle die Gläser füllte und ihm bereits zulächelte, wenn er hereinkam. Henri, der hier mit der Kamera arbeitete, ist gefallen. Auch Yvette sitzt nicht mehr auf ihrem Stammplatz und wartet auf Freier. Jacques fühlt sich fremd. Trotzdem setzt er sich und bestellt einen Mokka. Er verzichtet darauf, nach alten Bekannten zu fragen – die Serviererin ist viel zu jung, um von ihnen zu wissen. Feststellungen wie diese, denkt der Journalist flüchtig, machen einem das eigene Älterwerden deutlich bewußt ...

Eine Kaffeemaschine zischt, ein anderes Modell als früher. Nur das Geräusch ist ähnlich, und der Mokka duftet genauso.

Natürlich, überlegt Batissier, während er den Kaffeeschaum in der Tasse vorsichtig zur Seite bläst, müßte das »Tabarin« im Buch auch eine Rolle spielen. Dieses Buch ... Nach der ersten Begeisterung melden sich schon Bedenken an. Hält er sich an die Tatsachen, bleiben trotz allem wichtige Fragen offen: Wer hat Rochambeaux ermordet? Was enthielten die Akten, deretwegen er sterben mußte? In wessen Händen befinden sie sich? Auf welchem Wege erfuhren die Cagoulards von dem nächtlichen Unternehmen in der Schloßkapelle? Das alles wird seine künftigen Leser zweifellos brennend interessieren, aber hier hat er als Rechercheur versagt ...

Der Mokka ist noch immer unglaublich heiß. Er kann ihn noch nicht trinken. Jacques sieht der schmalhüftigen Serviererin nach und mustert die wenigen Gäste. Gewohnheitsmäßig hat er sich so gesetzt, daß er den ganzen Raum überblicken kann. Nahe der Telefonzelle hat eine Dame mit rotem Hut Platz genommen und beschäftigt sich mit einem Brief; ein paar Tische hin blättert ein Afrikaner in einem dickleibigen Wörterbuch; neben dem Klavier schachern zwei amerikanische Offiziere mit einem alten Franzosen hartnäckig um den Preis für eine Napoleonfigur, die einen Rauchverzehrer darstellt, und auf der anderen Seite ist ein hochgewachsener Mann in eine Zeitung vertieft, die nur seine kahl gewordene Schädeldecke erkennen läßt. Dann sind noch ein Pärchen da, das sich viel zu sagen hat, und zwei Frauen, die entschlossen große Mengen Kuchen vertilgen.

Batissier ruft die Serviererin und bittet sie, ihm ein Glas Wasser zu bringen. Der Mann hinter der Zeitung blickt jäh auf, erkennt den Gast sofort, verbirgt sich wieder hinter seinem Blatt und überlegt fieberhaft.

Jacques ist erneut mit den unbeantworteten Fragen beschäftigt. Er nimmt Merkbuch und Kugelschreiber heraus und notiert sie. Während er den Stift gedankenverloren zwischen den Fingern dreht, hat er ein unbewußtes Lächeln. Früher hätte er in solchen Fällen Unterpräfekt Gaston Blanchard um Rat angehen können, den erfahrenen Kriminalisten, doch heute ... Die Szene im Kriegsgefangenenlager ist unvergessen: Klassenraum, zusammengeschobene Bänke, Blanchard, zwei SS-Männer und ein Offizier mit Totenkopf an der Mütze. »Das Spiel ist aus, Blanchard ...«

»Das ist eine Überraschung! Batissier – alter Freund!« Der hochgewachsene Gast hat seine Zeitung beiseite gelegt und ist herübergekommen. Seine Stimme bemüht sich um Festigkeit.

Jacques sieht auf und bringt kein Wort hervor. Dann erhebt er sich ganz langsam, wie gebannt. So scheu, als glaube er an eine Sinnestäuschung, kann er endlich sagen: »Monsieur Blanchard ... Das ist doch ...« Und plötzlich umarmen sie sich. »Sie machen sich keine Vorstellung, wie ich mich freue, Sie wiederzusehen! Ich dachte. Sie wären nicht mehr am Leben. Als Sie die Schwarzen damals aus dem Klassenraum schleppten ... Das mit anzusehen, war furchtbar.«

Gaston Blanchard atmet tief. »Es war nicht leicht, Batissier.« Er setzt sich zu Jacques an den Tisch und bestellt Kognak. »Wenn Sie wüßten, was ich mir damals für Sorgen um Sie gemacht habe! Alles war zu Ihrer Rettung vorbereitet, Batissier, da – in letzter Minute – bekamen die Nazis Wind. Mit knapper Not bin ich ihnen entronnen. Reden wir nicht mehr davon! – Zu Ihnen: Arbeitet Ihr altes Bureau wieder? Ich muß zu meiner Schande gestehen, daß ich Ihren Namen in keiner Zeitung wiedergefunden habe ...«

»Ich fange gerade neu an. Ich bin bis vor kurzem in der Armee geblieben –

freiwillig; ich habe es einfach für notwendig gehalten, bei der Abrechnung mit den deutschen Faschisten dabeizusein. Ich wurde in die Presseabteilung unserer Kommandantur in einer kleinen Stadt berufen. Eine lehrreiche Zeit für mich! Ich möchte sie nicht missen, obwohl ich nie ein begeisterter Soldat gewesen bin ... Sie kennen mich ja!«

Der Kognak wird serviert. »Bitte sehr, Herr Direktor«, sagt das schmalhüftige Mädchen und blickt ihn dabei lächelnd an.

Blanchard hebt sein Glas: »Auf Ihr Wohl, Batissier!« Es klingt ein bißchen feierlich. Sie trinken. Dann erzählt auch er von sich: »Ich habe ein anderes, weitgespanntes Aufgabengebiet gefunden – mit größerer Verantwortung, größeren Möglichkeiten. Unsere Industrie braucht mehr denn je Leute, die sich bewährt haben und mehr können, als dünne Bretter zu bohren.«

Jacques schaut ihn neugierig an. »Industrie ist ein sehr weiter Begriff.«

»Ich gehöre dem Direktorium der Seine-Werke an«, präzisiert Blanchard bereitwillig. »Aber wissen Sie was? Es ist eine Sünde, an einem so herrlichen Tag hier drin zu sitzen. Ich komme zwar aus alter Gewohnheit ab und an vorbei, doch heute ... Lassen Sie uns ein Stück spazierengehen.« – »Gern!«

Sie wenden sich zur Seine und bummeln die Allee hinunter. Die Staubmäntel tragen sie über der Schulter; Blanchard hat den breitkrempigen Hut abgenommen, und beide tauschen einen Blick lächelnden Einverständnisses, als sie an einem jungen Paar vorüberkommen, das eng umschlungen an einem Pfosten des Ufergeländers lehnt und nur Augen für sich selbst hat. Dieses Bild macht die leise Melancholie des Herbsttages heiter. Jetzt steht die Sonne schon tief, und die Bäume jenseits des Flusses werfen lange, unruhige Schatten auf das leichtbewegte Wasser.

»Die Seine-Werke ...«, nimmt Batissier das Gespräch wieder auf. »Standen die nicht früher hinter dem ‚Gloire'?«

Der Direktor nickt. »Dort stehen sie heute noch. Haben Sie eigentlich erfahren, welch schreckliches Ende Roger Maurice gefunden hat, der ehemalige Chef vom Dienst? Es ist mir sehr nahegegangen; ich mochte ihn.«

»Meine Frau hat mir davon erzählt.«

Blanchard bleibt stehen. »Oh, Sie haben geheiratet? Etwa ...?« Er zögert.

Jacques lacht. »Madeleine Labisse, natürlich.«

Der Direktor streckt ihm die Hand hin. »Und das erfahre ich erst jetzt? Allerherzlichsten Glückwunsch, alter Freund! Ich bitte doch sehr um eine Empfehlung an die Frau Gemahlin!« Plötzlich ernst fährt er fort: »Ihre Gattin kann nicht wissen, daß der Tod von Monsieur Maurice das Ergebnis einer Verkettung unglückseliger Umstände war. Wir haben zusammengearbeitet, wissen Sie. Er konnte der Geheimen Staatspolizei nicht mehr entkommen. Ein aufrechter Franzose war er, ein echter Patriot.«

»Zuletzt«, sagte der Journalist, »hat er von einer wichtigen Mitteilung gesprochen, die er meiner Frau machen wollte.«

»Und?«

»Mehr wollte er am Telefon nicht sagen.«

Sie gehen weiter. »Ich kann das verstehen«, entgegnet Blanchard. »Die Deutschen hatten viele Leitungen angezapft. Gut, daß der Spuk vorbei ist. Es weht wieder eine andere Luft in Paris ...« Er bleibt am Geländer stehen, stützt sich darauf und blickt über den Strom. Wildenten schwimmen gegen den Fluß an und hinterlassen für Sekunden eine spitzwinklige Spur. »Ich suche einen Chefredakteur, Batissier, einen Mann, der schnelle Entschlüsse faßt, wendig ist, Sinn für Sensationen hat, der weiß, was der kleine Mann auf der Straße lesen will und der die Psychologie der Massen kennt.«

Jacques sieht ihn von der Seite an und schmunzelt. »Und das für den seriösen ‚Gloire'? Viel Spaß bei der Suche!«

Blanchard lacht mit. »Nicht für den ‚Gloire' ... Wir planen eine Nachtausgabe mit eigener Redaktion und eigenem zugkräftigem Namen, ein Blatt, mit knalligen Fotos illustriert, mit Herz redigiert, kurz, eine Zeitung mit Breitenwirkung.«

Batissier wiegt den Kopf. »Eine Idee, und keine schlechte!«

Auf einmal streckt ihm der Direktor die Hand hin. »Also abgemacht? Das wäre doch etwas für Sie ...«

Der Journalist sieht ihn an und schluckt. »Das kommt ein bißchen überraschend. Ist das Ihr Ernst?«

»Wenn es ans Geschäft geht, pflege ich nicht zu scherzen. Ich weiß, was Sie können. Schlagen Sie ein!«

Nun schaut auch Jacques auf den Fluß hinaus. »Ein wenig viel auf einmal. Es ist sehr lieb von Ihnen, Blanchard, aber eigentlich habe ich andere Pläne.«

»Nämlich?«

»Ich glaube, es ist für mich an der Zeit, die tägliche Nachrichtenjagd Jüngeren zu überlassen und mir eine größere Aufgabe zu stellen. Lachen Sie nicht – ich möchte mal ein Buch schreiben. Es soll keine große Literatur werden, dazu fühle ich mich nicht bestimmt, aber eine breit angelegte Reportage, die traue ich mir zu. Sehen Sie, dazu brauche ich Zeit. Viel Zeit! Zumal noch eine Menge Recherchen notwendig wären ...« Batissier bricht verlegen ab. Es ärgert ihn etwas, daß er sich hat hinreißen lassen, über Dinge zu sprechen, die ihm selbst noch nicht endgültig klar sind.

Blanchard anerkennt die Gründe für eine Ablehnung nicht, die ihm Jacques nennt. »Mein Lieber! Die Recherchen, von denen Sie reden, sind eine Kleinigkeit, wenn Ihnen ein ganzer Redaktionsstab zur Verfügung steht. Ich bin dabei nicht uneigennützig, Batissier. Es wird das Ansehen des ‚Express' – so soll die neue Nachtausgabe heißen – in Fachkreisen sehr heben, wenn er einen Chefredakteur hat, der durch eigene literarische Arbeiten Aufsehen zu erregen und Maßstäbe zu setzen vermag. Persönlich habe ich etwas gegen Chefredakteure, die sich nur zu hohen Feiertagen mühsam langweilige Leitartikel abquälen. Sie, Batissier, wären mir sehr willkommen! Es versteht sich, daß Ihnen ein ausgesuchter Mitarbeiterstab zur Seite stehen wird.« Er wendet sich dem Journalisten zu. »Worüber wollen Sie eigentlich schreiben?«

Jacques starrt auf den Fluß und hebt die Schultern. »Das weiß ich noch nicht«, bemerkt er obenhin. »Es ist nur so eine Vorstellung.« Er hat sich wieder in der Gewalt; er wird den Direktor der Seine-Werke nicht mit unausgegorenen Ideen behelligen. Später, vielleicht ... »Nichts für ungut, Blanchard. Ich weiß die Ehre Ihres Angebots zu schätzen. Es ist ungeheuer verlockend, das gebe ich gern zu. Bloß: Wenn ich die Absicht hätte, mich fest an eine bestimmte Zeitung zu binden – da gibt es Blätter, denen ich mehr zu danken habe als dem ‚Gloire' und seinesgleichen. ‚Journal de Paris' zum Beispiel ... Ich verdanke den Mitarbeitern dieser Redaktion mehr als nur die Möglichkeit, einen Tatsachenbericht zu veröffentlichen. Mein Leben ...«

»Durch Vernon, den ehemaligen engsten Mitarbeiter der legendären ‚Libelle' des Maquis?« erkundigt sich Blanchard lebhaft. »Davon müssen Sie mir bei Gelegenheit mehr erzählen! – Ich achte natürlich Ihre Beweggründe, Batissier; es spricht für Sie, daß Sie die Freunde aus heißen Tagen nicht vergessen, aber ... Ihre Art der Publizistik ist nicht die des ‚Journal de Paris'. Wenn ich an Ihre wunderbaren Polizeiberichte denke, an den Fall Eunice, bei dem Sie meine Kommissare durch Ihre Kombinationsgabe beschämten – dieses Genre wird bei Vernon nicht gepflegt.«

Jacques antwortet nicht sofort. Er wirft Steinchen ins Wasser und betrachtet die Kreise, die sie ziehen; er blickt auch hinüber zu den Enten, die nicht müde werden, gegen den Strom zu schwimmen. Endlich fragt er leise: »Glauben Sie nicht, daß man umlernen kann? Es mag schwer sein, doch man müßte es schaffen können, wenn man den Willen dazu hat ...«

Der Direktor rückt den Mantel auf seiner Schulter zurecht. »Ich dränge Sie nicht. Mein Angebot besteht. Auf alle Fälle schicke ich Ihnen morgen den Vertrag zu. Ich halte daran fest, daß Sie der richtige Mann für den ‚Express' sind ...«

79

Im übervollen Ascher drückt er die Zigarre aus. »Liquidieren, das ist das einzige. Sofort!« Die Stimme eines alten Mannes, brüchig in ihrer Erregung ...

»Ich verstehe überhaupt nicht, wie das möglich ist! Sie haben uns doch versichert, der Mann wäre tot!« Diese Worte werden hart und böse gesprochen, sie klingen kalt, drohend.

Gaston Blanchard hebt bedauernd beide Hände. »Davon bin ich fest überzeugt gewesen. Als ich ihn plötzlich vor mir sah, dachte ich zuerst an Halluzinationen. Ich habe das einzige getan, was in dieser Situation möglich war ...«

Es ist eine ungute, gespannte Stimmung in dem hohen Konferenzzimmer. Die schweren Möbel, die wuchtigen Sessel, der mächtige runde Eichentisch und die altertümlichen Säbel und Pistolen an den dunkel tapezierten Wänden sprechen von Traditionen und einer Zeit, die längst vorüber ist. Dieser Eindruck wird durch die Kerzen auf dem weitausladenden bronzenen Kronleuchter noch verstärkt. In ihrem Licht sitzen, Blanchard mitgezählt, vier Führer der Cagoulards – Männer, deren Entscheidungen im Alltag Gewicht haben. Blanchard als einer von vielen Direktoren in den Seine-Werken ist der Einflußloseste in dieser Runde. Einer der vier zählt zu den einflußreichsten Industriellen Frankreichs, ein anderer ist Regierungsrat im Algerienministerium, der dritte trägt gewöhnlich eine Generalsuniform. Für diese Unterredung hat er Zivil gewählt. Die Herren trinken Wein, einen tiefroten Bordeaux, dessen Jahrgang ein Kellner nur ehrfürchtig flüsternd nennen würde.

»Ich halte es für Wahnsinn, ihm diesen Posten anzubieten«, beharrt der Cagoulard mit der brüchigen Stimme bei seiner Meinung.

Blanchard sieht ihn fest an. »Ich weiß, was ich tue«, entgegnet er.

»Haben Sie sich das wirklich gründlich überlegt?« Das ist die kalte Ausdrucksweise des Generals.

Blanchard schiebt sein Weinglas weiter von sich. »Batissier steht, wenn er annimmt, unter unserer ständigen Kontrolle. Mehr noch: Er ist von uns abhängig. Wir haben ihn in der Hand. Wir sind über jeden seiner Schritte unterrichtet, und sollte er eines Tages irgendwo die Akten ausgraben, die er, wie wir mit Sicherheit annehmen können, nicht besitzt, dann – haben wir sie auch. Das ist für uns eine Chance. Er hat mir zwar nicht gesagt, worüber er ein Buch schreiben will, aber ich gebe mich keiner Täuschung hin – es wird ein Bericht über die Cagoulards werden.«

Der Regierungsrat rutscht unbehaglich in seinem Sessel hin und her. Auf seiner Stirn stehen Falten. »Gewagt, verdammt gewagt«, gibt er zu bedenken. »Aber Sie haben recht ...«

Der Direktor der Seine-Werke ist erleichtert. Er hakt schnell ein: »Überdies verbinden wir das Nützliche mit dem Angenehmen. Batissier ist auf seinem Gebiet ein Könner. Auch finanziell verspreche ich mir vom ‚Express' unter seiner Leitung viel. Die Weichen sind gestellt; die Organisation braucht dringend Geld für ihren Neuaufbau, darüber sind wir uns ja wohl einig. Wir schlagen also zwei Fliegen mit einer Klappe ...«

Die Herren nippen bedächtig von dem schweren Wein. Der General lacht plötzlich auf. »Komischer Gedanke – sich vorzustellen, daß einer unserer potentiellen Gegner in einer von uns gesteuerten Zeitung über den Prozeß gegen ‚La Cagoule‘ berichten wird. Daß wir ihn geradezu darum bitten, die gute alte Kapuze mit seiner Feder niederzumachen. Ich kann mir nicht helfen, meine Herren – das hat Größe!«

»Zumal«, schaltet sich Blanchard ein, »Jacques Batissier einer der wenigen ist, die uns mit Enthüllungen ernsthaft gefährlich werden können. Ich bin überzeugt, daß wir den Prozeß an sich nicht zu fürchten haben. Natürlich wird einiges über uns Cagoulards gesagt werden, es kommen sehr häßliche Dinge zur Sprache – ich habe mir natürlich die Anklageschrift besorgt und stelle sie Ihnen gern zur Verfügung –, aber die ganze Angelegenheit ist abgesichert. Nicht wahr, Herr General?«

Der General läßt genüßlich einen Schluck Bordeaux auf der Zunge zergehen, ehe er nickt. »Es wird Verurteilte geben. Das muß so sein; das ist man der Öffentlichkeit schuldig. Vom Stab der Organisation wird niemand auf der Anklagebank sitzen. Zum Wohl, meine Herren!«

Die brüchige Greisenstimme nörgelt: »Diese Methode ist nicht neu ...«

Der Mann der Armee zieht mokant die Mundwinkel herab. »Aber bewährt ...«

80

»Und was hast du gesagt?« fragt Vernon und versetzt seinen Drehsessel in halbkreisförmige Bewegung. Den Blick läßt er nicht von Batissier.

Der lacht. »Muß ich das noch sagen? Abgelehnt. Ich will für euch arbeiten. Wie es aussieht, habe ich da alle Hände voll zu tun. Gerade jetzt, vor dem Cagoulardprozeß ... Die Romreise ist ausgewertet; dort liegt das Manuskript. Madeleines Bilder bekommst du morgen; sie sind wunderbar stimmungsvoll geworden. An der Durchforschung des Nürnberger Prozesses arbeite ich noch; ich will bis Ende der Woche damit fertig sein. Dann kommt die Verhandlung, und anschließend will ich ein paar Recherchen für ein Buch unternehmen, das das gleiche Thema behandeln soll. Du siehst – ich bin vollkommen ausgelastet.«

Der Chefredakteur hält den Drehsessel an. Er antwortet nicht gleich. Nach einer Weile zieht Vernon die Schreibtischlade auf und entnimmt ihr eine Tafel Schokolade. Er bricht sie in der Mitte durch, reicht Jacques die eine Hälfte und schließt die andere wieder ein. Sich selbst zündet er eine Zigarette an. »Ich habe keine andere Entscheidung von dir erwartet, Jacques«, beginnt er umständlich zu reden, »obwohl ich mir in diesem Falle beinahe gewünscht hätte, du hättest angenommen.«

Batissier, der eben ein Stück Schokolade in den Mund stecken will, hält mitten in der Bewegung inne. »Das verstehe ich nicht! Brauchst du mich nicht mehr?«

»Unsinn! Das ist es nicht. Ich dachte eben daran, daß der Leserkreis der Abendzeitungen ein ganz anderer ist als der unsere. Wir erreichen ihn nur in den seltensten Fällen, und Abendzeitungen sind nach dem Kriege sehr in Mode gekommen. Sie haben die Erfahrungen besonders der amerikanischen Sensationspresse übernommen und bauen darauf auf – mit Erfolg, wie sich zeigt. Ich male mir aus, wie nützlich es sein könnte, an der Spitze eines solchen Massenblattes einen Mann zu haben, der das Rezept ‚Liebe und Verbrechen' nicht um seiner selbst willen anwendet, sondern es dazu benutzt, Nachrichten zu verkaufen, die über Klatsch- und Skandalgeschichten hinausgehen. Dieser Mann wäre beispielsweise in der Lage, die Wahrheit über die Cagoulards einem Publikum nahezubringen, das ohne ihn aus den Prozeßberichten lediglich erfahren würde, daß die Kapuzenmänner Kapuzen trugen und perfekte Mörder waren, aber nicht, wessen Interessen diese Leute in Frankreich vertraten und wessen Werkzeuge sie hier gewesen sind. Auf die Entlarvung des Faschismus kommt es uns doch an!«

»Und nach dem Cagoulardprozeß?«

»Betrachte ihn nur als ein Beispiel. Alle Dinge, die uns bewegen, lassen sich unter diesem Gesichtspunkt behandeln. Natürlich ist das sehr schwer; es wird nicht einmal immer gelingen, sich gegen die Gepflogenheiten in solchen Redaktionen durchzusetzen, doch es wäre lohnend! Wenn ich von mir ausgehe, Jacques – ich könnte eine derartige Zeitung nicht leiten; mir fehlt der Sinn für buntschillernde Eintagsfliegen und für zugkräftige Verpackung. Dazu gehört eine besondere Begabung, das ist nicht zu erlernen, und dazu gehört auch Erfahrung, denn wenn du nicht fester im Sattel sitzt als deine Redakteure, nehmen sie dir die Zügel aus der Hand, um so mehr, wenn du auf ihren fremden Wegen reiten willst. – Du verstehst, was ich meine?«

Batissier schiebt das letzte Stück Schokolade in den Mund und wirft die Hülle in hohem Bogen in den Papierkorb. »Du meinst also«, entgegnet er nachdenklich, »ich sollte den ‚Express' übernehmen, gegen den Strom der Verlagsleitung schwimmen und Artikel veröffentlichen, die ...«

»Ja.« Der Chefredakteur geht zu ihm und legt ihm die Hand auf die Schulter. »Das ist viel verlangt, ich weiß. Ich nehme es dir nicht übel, wenn du sagst, daß deine Entscheidung unumstößlich ist. Einerseits würde ich mich darüber sogar freuen, jedoch andererseits wäre es gut, an der Spitze einer sicher mit großem Aufwand gemachten Boulevardzeitung, die alle journalistischen Möglichkeiten und große Mittel hat, einen Freund zu wissen ...«

»Allerdings«, erwidert Jacques vage. Dann knöpft er sein Sakko zu. »Leicht wird es wirklich nicht sein. Immerhin – man kann es versuchen ...«

81

Der Prozeß gegen »La Cagoule« beginnt wie eine glanzvolle Premiere in der Oper. In langen Reihen fahren Personenwagen vor; die Verkehrspolizei hat ein Sonderkommando entsandt; es wimmelt ringsum von Schaulustigen, und die Namen der Richter sind heute so populär wie sonst die von Heldentenören. Die Verhandlung ist Stadtgespräch. Vor dem Gericht werden die Zeitungsjungen »L'Express« reißend los. Eine ganze Sonderausgabe ist dem Ereignis des Tages gewidmet. Sie berichtet, daß das Aktenmaterial dieses Prozesses das Gewicht von drei Tonnen erreicht hat, daß die Anklageschrift sechshundert Schreibmaschinenseiten lang ist und daß vierhundert Zeugen geladen sind. Fotos zeigen einige von ihnen – den ehemaligen Ministerpräsidenten Edouard Daladier und den ehemaligen Chef des Generalstabes, General Gamelin. Neunundvierzig Angeklagte stehen vor den Schranken. Merkwürdigerweise haben die berühmtesten Anwälte der Seine-Metropole ihre Verteidigung übernommen. Diese Herren entsteigen jetzt, bereits in ihre Talare gehüllt, den Limousinen mit zweckoptimistischer Zuversicht. Assistenten tragen ihnen prallgefüllte Aktenmappen nach.

»L'Express« stellt der vollständigen Liste der Neunundvierzig Bilder und Geschichte einiger Opfer der Geheimorganisation gegenüber – Laetitia Toureaux, Professor Carlo Sonelli, Jean Baptist, Josephe Millet... Die neue Abendzeitung, deren Chefredakteur Jacques Batissier persönlich die Prozeßberichterstattung übernommen hat und dem eine ganze Reportergruppe zur Seite steht, läßt es sich angelegen sein, ihre Leser auch mit den Erwartungen bekannt zu machen, mit denen ausländische Pressekorrespondenten nach Paris eilten. Rot unterlegt, findet sich auf der ersten Seite der Sonderausgabe die Meinung des Mitarbeiters der deutschen »Frankfurter Neuen Presse«, Dr. Peukert: »Wie der ‚Graf von Monte Christo und Rocambole', so wird auch einmal der historische Film über La Cagoule zwei Kinoabende füllen, da es nicht möglich ist, die Fülle der Handlung auf die 2500 bis 3000 Meter, die ein normaler Spielfilm hat, zusammenzudrängen...«

In der Tat: Die Welt blickt auf die Hauptstadt der République Française. Nachrichtenagenturen, Wochenschaugesellschaften und Radiostationen aller Kontinente sind fast vollzählig vertreten; die Pressebänke im Gerichtssaal, für die es Karten nur auf Vorbestellung gab, reichen kaum aus, und unter den Zuschauern befinden sich hervorragende Juristen auch anderer Staaten.

Ungewöhnliche Maßnahmen begleiten die Eröffnung des Prozesses. In der Nähe des Justizpalastes wimmelt es von berittener Polizei: in Nebenstraßen parken vollbesetzte Bereitschaftswagen, und eine direkte Leitung verbindet die Wachtmeisterei des Gerichts mit dem Operativstab der Präfektur. Dieser hat seinerseits die kasernierten Polizeiverbände in Alarmbereitschaft versetzt. Das allerdings ist bei Opernpremieren nicht üblich.

Jacques Batissier bleibt keine Zeit, sich der ungeheuren Erregung hinzugeben, die sich in diesen Stunden seiner bemächtigt hat. Zwar sind alle Vorbereitungen für eine umfangreiche Berichterstattung schon in der heutigen Ausgabe längst getroffen, und zwar ist das ihn begleitende Reporter- und Fotografenteam, vom Sensationsfieber gepackt, mit Feuereifer bei der Sache, aber das Bemühen, die Besonderheiten und das Bezeichnende der Vorgänge im Justizpalast ganz zu erfassen, füllt ihn aus.

Justizbeamte fordern in diesen Minuten auf, im großen Saal Platz zu nehmen, dessen Flügeltüren geöffnet werden. Batissier hat Gaston Vernon begrüßt und steht mit ihm noch an einem Fenster des Korridors, als der Chefredakteur des »Journal de Paris« plötzlich auf Bereitschaftspolizisten deutet, die unten auf der Straße von einem Mannschaftswagen springen und den Hintereingang hermetisch abriegeln. Fast gleichzeitig fährt ein Personenauto vor, dem Männer in Zivil entsteigen. An ihrer Spitze betritt ein hünenhaft gewachsener, breitschultriger Mann mittleren Alters das Gebäude.

Jacques folgt dem Blick Vernons. »Das ist doch Decourt. der damals Assistent bei Rochambeaux war«, sagt er verblüfft.

Gaston nickt und erwidert: »Ja. Er ist jetzt Kommissar bei der Politischen Polizei.«

Decourt und seine Begleiter kommen bereits die Treppe herauf. »Ich werde ihn fragen, was das bedeuten soll«, bemerkt der Chefredakteur von »L'Express« und bahnt sich bereits einen Weg zum Richterzimmer, vor dem der Kommissar mit einem Staatsanwalt in großer Robe verhandelt. In der Sekunde. da sich der Vertreter der Anklagebehörde zurückzieht, steht Batissier vor Decourt.

»Hallo, Monsieur Decourt. Eine Frage: Was hat es mit den Maßnahmen am Hintereingang auf sich?«

»Ich bin nicht befugt, Ihnen Auskünfte ...« Der Kommissar bricht mitten im Satz ab, als er den Fragesteller erkennt. »Monsieur Batissier! Das ist eine Überraschung! Ich freue mich ... Wie geht es Ihnen?« Er hat immer noch die sonore Stimme, deren Klang noch dunkler geworden ist.

Jacques schüttelt ihm die Hand. »Danke. Gut – wenn Sie mir einen Tip geben. Was ist da unten los?«

Decourt überzeugt sich, daß ihnen niemand zuhört und erklärt dann leise: »Es hat sich überraschend ein neuer Zeuge gemeldet, offensichtlich ein hoher Würdenträger der Cagoulards. Der Staatsanwalt meint, der wisse mehr als alle die da drin auf der Anklagebank. Er soll über die intimsten Verbindungen der Organisation unterrichtet sein und sämtliche Führer der Kapuzenmänner nennen können. Einzelheiten will er aber erst in der Verhandlung auspacken.

Ich habe ihn abzusichern. Sie wissen ja – Kradfahrer, Leibwache, reine Routinesache.«

»Woher kommt er?«

Der Kommissar beugt sich zu Batissier hinunter und flüstert ihm einige Straßennamen ins Ohr. Wenig später kennt Vernon diese Angaben und sucht sofort eine der Telefonzellen im Korridor auf. Bei »Journal de Paris« meldet sich Carlé und verbindet weiter zur Bildredaktion.

»Madeleine Batissier...«

»Vernon. – Der Fahrdienst soll dir umgehend einen Wagen geben. Wir brauchen zwei Aufnahmen...« Er umreißt knapp, daß sie die Anfahrt des Kronzeugen fotografieren soll, und nennt ihr die Straßen, durch die die schwarze Limousine mit der Eskorte ihren Weg nehmen wird. Erst dann begibt er sich in den Saal. Noch sind die Sessel der Richter und Staatsanwälte leer. Das Gericht erwartet die Ankunft des geheimnisvollen Fremden.

82

Sechs Polizeikradfahrer unter Stahlhelmen und mit Schnellfeuergewehren und mit umgeschnallten Pistolen biegen auf schweren Nortonmaschinen in eine stille Vorortstraße ein, die zu dieser Vormittagsstunde menschenleer ist. Vor der Einfahrt zu einer repräsentativen Villa hebt der Führer des Kommandos die behandschuhte Rechte – die Motorräder halten. Gleichzeitig öffnet sich, wie von Geisterhand bewegt, das Tor. Eine langgestreckte schwarze Limousine, ein Sechssitzer, rollt heraus. Der Fahrer, ein Beamter der Politischen Polizei, steigert sogleich die Geschwindigkeit. Das Begleitkommando fährt augenblicklich an, teilt sich. Zwei Maschinen setzen sich vor den Wagen, zwei folgen ihm. Je ein Motorrad flankiert die Limousine.

Wer im Fond des Sechssitzers Platz genommen hat, ist nicht zu erkennen. Die hinteren Seitenscheiben sind verhängt. ebenso das Heckfenster. Selbst die Kradfahrer sehen nur den Mann am Steuer und den uniformierten Polizisten neben ihm. Auf den Klappsitzen hinter beiden fahren zwei Zivilisten mit – wie der Chauffeur Beamte von Kommissar Decourt.

Mit hoher Geschwindigkeit strebt die Kolonne dem Stadtkern zu. Auch als sie belebte Straßen erreicht, mindert der Führer des Begleitkommandos das Tempo nicht. Wo sich der Konvoi nähert, schalten Verkehrspolizisten die Ampeln um und stoppen den Verkehr nach allen Seiten. Ehe abrupt bremsende Kraftfahrer und erstaunte Fußgänger recht begriffen haben. was vorgeht, ist der merkwürdige Zug vorübergerast, bieten die Kreuzungen wieder den gewohnten Anblick.

Der Kriminalbeamte am Steuer der Limousine sieht konzentriert nach vorn. Vor sich hat er die Rücken der Kradfahrer in ihren tiefblauen Uniformen und die vibrierenden breiten Schutzbleche der Nortonmaschinen. Es ist schwer, bei dieser mörderischen Geschwindigkeit gleichmäßigen Abstand zu halten und so dichtauf zu bleiben, daß der Wagen durch die Männer vorn abgedeckt wird.

Sein uniformierter Nebenmann beobachtet gelangweilt den Begleiter, der beinahe auf Tuchfühlung an der Seite der Limousine ist. Er beneidet ihn ein bißchen um die Sicherheit, mit der er die vielpferdige Maschine beherrscht. Vielleicht sollte man sich zu einer motorisierten Einheit versetzen lassen und es in Kauf nehmen, statt der gutgebügelten langen Hosen Breeches und Ledergamaschen und statt des hohen Käppis mit dem bunten Dach beim Einsatz den Helm tragen zu müssen...

Der Sicherheitsbeamte hinter dem Fahrer ist älter, eher schmächtig als stark gebaut und von ungesunder, gelblicher Gesichtsfarbe. Seine unsteten, mausgrauen Augen schauen besorgt in die Runde. Er spielt nicht gern Leibwache, aber er wird immer wieder für solche Aufgaben eingeteilt, weil er blitzschnell zu handeln vermag und der beste Pistolenschütze des Dezernats ist. Dieser Transport heute morgen behagt ihm nicht; er kommt sich in dem großen, plumpen Wagen wie ein Gefangener vor und denkt, im Ernstfall sei es unmöglich, diesen riesigen Straßenkreuzer schnell zu wenden. Überdies hat der Sicherheitsbeamte eigene ketzerische Ansichten über den Wert einer Leibwache – König Alexander von Jugoslawien und Frankreichs Außenminister Louis Barthou wurden am 9. Oktober 1934 in Marseille erschossen, obwohl ihrem Wagen eine große Eskorte zu Pferde folgte und obwohl das Spalier beiderseits der Straße mit Detektiven durchsetzt war. Aber es ist nicht mehr allzu weit bis zum Gericht. Der gelbgesichtige Mann im schlechtsitzenden schwarzen Anzug – er erinnert außerordentlich an einen Steuerbeamten – lehnt sich zurück und ist froh, daß er den Druck des Schulterhalfters auf die Rippen spürt...

Der Kollege an seiner Seite genießt diese Fahrt. Er ist äußerlich das vollkommene Gegenteil seines Nachbarn – jung, groß, breitschultrig. Seine scharfgeschnittenen Züge verraten Energie; die Sonnenbräune im Gesicht und seine straffe Haltung lassen erkennen, daß er viel Sport treibt, und er liebt es auch, sich ein sportliches Aussehen zu geben. Das fängt bei dem sehr kurzen Haarschnitt an und endet bei dem hochmodischen Golfanzug in flottem Karomuster. Dieser Sicherheitsbeamte sieht in diesem Einsatz eine willkommene Abwechslung; er erinnert sich des Jungenwunsches, einmal mit Blaulicht und Bedeckung durch die Straßen zu jagen, und er lächelt, daß er sich immer wieder freut, wenn der Kindertraum in Erfüllung geht. Er ist gern Kriminalpolizist...

Die Straße neigt sich ein wenig und strebt einer Unterführung zu, über die der Turm einer kleinen Kirche hinausragt. Der Asphalt beschreibt hier eine leichte Kurve; sein weiterer Verlauf ist durch Brückenlager verdeckt. Der Führer des Begleitkommandos mindert die Geschwindigkeit nicht. Er kennt diesen Stadtteil sehr genau; er weiß, daß sich die Straße hinter der Unterführung vor einem Rondell teilt und beiderseits der Kirche fortgesetzt ist, hinter deren Parkanlagen sie wieder zusammenfließt. Die Fahrbahn links ist dem Gegenverkehr vorbehalten. Schon neigen sich die Kradfahrer vorn in die Rechtskurve. Das Motorengeräusch der schweren Nortonmaschinen ändert sich nicht.

Die gepflegten Hände des Kronzeugen im Fond der schwarzen Limousine streifen gedankenlos über das feine Leder der Diplomatentasche auf seinen Knien. Er hat die Augen halb geschlossen und achtet nicht auf seine Umgebung. Der Sechzigjährige mit dem schlohweißen Haar und im makellos geschnittenen dunklen Anzug empfindet es nicht als etwas Besonderes, in einem Auto dieses Formats zu fahren. Das ist für ihn ein Stück Alltag. Er übersinnt noch einmal die Tragweite des Entschlusses, gegen die Organisation auszusagen, zu deren Führungsgremium er länger als ein Jahrzehnt gehört hat und deren Auslandsinteressen er im diplomatischen Dienst der Republik erfolgreich wahrnehmen konnte. Schöne Reisen... Die iberische Halbinsel, die Apenninen, Berlin... Schöne Frauen, viel Geld... Vorbei.

Er geht nicht leichten Herzens zum Gericht, denn letzten Endes weiß er mehr über die Macht und den Einfluß der Cagoulards als alle, die über sie urteilen sollen, doch er hat diesen Schritt gut abgesichert. Nach dem Bruch mit der Kapuze, der er nach der militärischen Niederlage des Faschismus in Frankreich keine echte Chance mehr gibt, wird er jenseits des Ozeans untertauchen. Er hat sich ein Haus in Kanada bauen lassen – massives Holz, reiner Kolonialstil; in den Wäldern des Felsengebirges wird er jagen, an den ausgedehnten Seen auf Lachs angeln... Um die Lippen des Kronzeugen spielt ein spöttisches Lächeln. Die Führer der Cagoulards, die ihn, den auf dem internationalen Parkett erfahrenen Mann, nach Gutdünken herumgehetzt und seine Leistungen für die Organisation gering geachtet haben, werden aus allen Wolken fallen, wenn er sie an den Pranger stellt. Das muß sie unvorbereitet treffen – bisher wissen nur die Herren der Staatsanwaltschaft von seiner Entscheidung...

In den Parkanlagen hinter der Kirche sitzt Madeleine Batissier auf einer Bank und blinzelt in die Sonne. Es wäre unsinnig, der Kolonne noch weiter entgegenzufahren und sie dabei vielleicht zu verpassen. Überdies ist die Gelegenheit zum Fotografieren hier außerordentlich günstig. Da nämlich auf der Bahn, die rechtsseitig der Kirche liegt, gebaut wird, findet heute der gesamte Verkehr links statt. Das zwingt die Fahrer, den Weg vorsichtig und langsam zurückzulegen. Auch die Lichtverhältnisse sind gut; der Sonnenschein ist durch das welke Laub der Bäume etwas gebrochen und wirft unruhige Reflexe. Madeleine hat sorgfältig den erforderlichen Blendenwert ausgemessen und ihre Kamera – sie benutzt jetzt eine neue amerikanische – eingerichtet. Wenn sie das Nahen des Konvois hört, muß sie nur noch aufstehen, an den Straßenrand treten und auslösen. Sie hat die Beine übereinandergeschlagen und wartet. Ihr kupferfarbenes Haar ist in ein Stirnband aus dem Material des eng taillierten Jackenkleides gefaßt; die Fotografin wirkt immer noch sehr mädchenhaft und grazil.

Madeleine erhebt sich ruhig und streicht den Rock über den Schenkeln glatt, als sie den Lärm einer Gruppe von Motorrädern vernimmt. Der Beton der Unterführung verstärkt das Geräusch um ein Vielfaches. Die Bereitschaftstasche der Kamera ist offen. Madeleine legt den Zeigefinger auf den Auslöser...

Der Fahrer der schwarzen Limousine tritt gleichzeitig auf Kupplung und Bremse und klammert sich am Lenkrad fest. Die Bremsbelege kreischen; die Insassen des Wagens werden nach vorn geschleudert. Mit großer Mühe entgeht der Kriminalbeamte am Steuer der Gefahr, auf die Kradfahrer vorn aufzufahren, die mit blockierenden Reifen jäh die Geschwindigkeit vermindern. Der Führer des Begleitkommandos hat die rechte Fahrbahn vor zwei Stunden noch frei gesehen; jetzt ist sie durch rotweiße Schranken gesperrt. Der Hänger eines LKWs steht da, Sand wurde aufgeschüttet, und Straßenarbeiter unterbrechen ihre Tätigkeit, als die Kolonne auf sie zuschießt. Nichts Auffälliges ist an ihnen; sie tragen die üblichen Overalls, alte Jacken und verwegen geknifffte Mützen, und das Werkzeug, das sie bei sich haben, ist gebraucht. Weder die Männer auf den Nortonmaschinen noch die Detektive im Wagen beachten sie. Keinem fällt auf, daß sie sich merkwürdig eilig dicht an das Gebüsch drängen.

Es gelingt den Kradfahrern, in die schmale Durchfahrt zwischen Rondell und heckenbestandenem Kirchenvorplatz einzubiegen, um auf die andere Fahrbahn zu kommen. Keiner der behelmten Polizisten stürzt, keiner verläßt die ihm zugewiesene Position. Alle jedoch müssen sämtliche Gänge durchschalten und Schritt fahren, weil der langgestreckte Sechssitzer die enge Biegung nur mit äußerster Anstrengung bewältigen kann. Der Kradfahrer rechts wird fast an den Bordstein gedrängt und muß seine ganze Aufmerksamkeit der Maschine widmen.

Der Chauffeur der Limousine atmet erleichtert auf; sein uniformierter Nebenmann schimpft auf die Dummköpfe, die hier nicht für eine ordentliche Beschilderung gesorgt haben; der sportliche Sicherheitsbeamte lobt die Fahrkunst des Begleitkommandos, und sein Nachbar scheint noch eine Spur gelber im Gesicht zu werden als vorher. Ganz plötzlich hat er die Dienstpistole in der

Faust und entsichert sie. »Achtung!« schreit er. »Überfall!« Zugleich stößt er den Wagenschlag auf und läßt sich hinausfallen, rollt über den Asphalt und bleibt liegen. In diesem Augenblick geschieht es . . .

Der Meister im Pistolenschießen ist der einzige gewesen, der gesehen hat, daß einer der Straßenarbeiter – ein junger Mensch in einer Lumberjack – eine weitausholende Bewegung machte. Nun fällt etwas blechern auf die Straße, und sofort sind Wagen und Begleitkommando in Nebelschwaden von solcher Dichte getaucht, daß die Kradfahrer nicht mehr die Tachometer dicht vor sich erkennen können. Nur der Nebel ist da und saugt alles in sich auf. Es gibt keine Kirche mehr, keine Hecken und keine Sperrschranken, keinen Nebenmann und keine Richtung – nichts!

»Gas! Mann, fahren Sie doch, um Gottes willen!« brüllt der sportliche Sicherheitsbeamte. Hinter ihm sagt der Kronzeuge des Cagoulardprozesses ein einziges Wort, und er sagt es ohne Überraschung: »Aus . . .«

Das Gesicht des Chauffeurs verzerrt sich. Seine Hand faßt die Schaltung; obwohl er die Kradfahrer vor sich vermuten muß, will er gehorchen. Er kommt nicht mehr dazu. Irgendwo in dieser teuflischen Undurchdringlichkeit rattern Maschinenwaffen und speien Garben von Stahlmantelgeschossen in den Nebel hinein. Sie knallen gegen die gepanzerte Karosse der Limousine wie Schläge eines Preßlufthammers; sie durchsieben die Scheiben und töten gleich am Anfang den Fahrer und den Polizisten neben ihm. Die nächste Schußserie läßt auch den Sicherheitsbeamten im flotten Golfanzug blutüberströmt vornüber sinken. Nur der Kronzeuge ist wie durch ein Wunder unverletzt. Er hat sich fallen lassen und preßt sich an den Boden des Sechssitzers. Glassplitter fallen auf ihn; über ihm reißen Projektile die Deckenbespannung auf. Es ist kein gezieltes Feuer, die Attentäter schießen wahllos in den Nebel hinein, aber da sie Feuerstoß um Feuerstoß aus den Läufen jagen, erreichen sie dennoch ihr Ziel.

Der Gelbgesichtige kämpft den schwersten Kampf seines Lebens – gegen sich selbst. Die Überlegung sagt ihm, daß es klug wäre, sich nach hinten aus dieser Nebelwolke herauszurollen, sie zu umgehen und so zu versuchen, die Angreifer vor die Pistole zu bekommen, um sie einzeln abzuschießen. Aber der Befehl des Kommissars Decourt macht ihn für die persönliche Sicherheit des Mannes im Wagen verantwortlich. Er darf diesen kostbaren Zeugen des Gerichts nicht allein lassen, und deshalb robbt er wieder auf den Sechssitzer zu. Er findet ihn nicht gleich, und als ein aufkommender Wind den Nebel etwas aufreißt, sieht er vor sich die beiden Kradfahrer, die der Limousine folgten. Sie liegen, unter ihren Maschinen halb begraben, tot auf dem Asphalt. Der Motor der einen Norton arbeitet noch; das Hinterrad, das keinen Boden mehr berührt, rotiert. Der Kradfahrer, der links fuhr und durch die Karosse gedeckt war, ist hinter seinem gestürzten Motorrad in Deckung gegangen und hat das

Schnellfeuergewehr im Anschlag. Sein Gesicht ist sehr jung und in diesem Augenblick merkwürdig versteinert. Er feuerte noch keinen Schuß ab, aber als jetzt der Nebel lichter wird, jagt er Schuß auf Schuß aus seiner Waffe, reißt dann das Schloß auf und drückt einen neuen Ladestreifen ins Magazin. Der Gelbgesichtige, ganz ruhig, nickt ihm anerkennend zu und kriecht weiter. Nun wird auch vor dem Wagen geschossen, ebenfalls aus Schnellfeuergewehren. Der Sicherheitsbeamte reißt den hinteren Schlag der Limousine auf und blickt in das angstverzerrte Gesicht des Kronzeugen. Die Augen sind unnatürlich weit, seine Hände krampfen sich um die Diplomatentasche, sein weißes Haar hängt wirr ins Gesicht. Der Gelbgesichtige springt zu ihm hinein. Er hat vorhin, dicht vor der Unterführung, einen Notrufmelder gesehen. Es wird doch hoffentlich jemand so besonnen sein und die Polizei alarmieren ...

Schlagartig sind die Straßen rund um die Kirche wie leergefegt. Entsetzte Frauen fliehen schreiend in Hausflure; Männer, der kaum vergessenen Kriegserlebnisse eingedenk, werfen sich hin, wo sie eben stehen; ein leerer Kinderwagen rollt die abschüssige Straße hinunter auf einen Laternenmast zu ...

Madeleine hat das Kreischen der Bremsen gehört, das Aufsteigen der Nebelwand gesehen, die die Unterführung völlig dem Blick entzieht, und das anhaltende Rattern der Maschinenpistolen entsetzte sie nicht weniger als andere Passanten. Aber sie floh nicht. Sie rannte über die Fahrbahn, stürmte die Treppe zu einer Bäckerei empor und blieb vor der Tür stehen. An ihr vorüber flüchteten Menschen in das Geschäft.

Die Fotografin hebt die Kamera. Von ihrem erhöhten Standpunkt aus sieht sie schräg vor sich den Vorplatz der Kirche und die Rücken der Mordschützen hinter der Hecke. Die Männer haben MPis im Anschlag, und wenn sie schießen, blitzen die in weitem Bogen ausgeworfenen Patronenhülsen im Sonnenschein. Die Limousine und die Kradfahrer kann Madeleine zunächst nicht wahrnehmen. Der Nebel verbirgt sie wie ein schmutziggraues Tuch. Als die Schwaden endlich weniger dicht werden und zwischen ihnen inmitten des chaotischen Durcheinanders gestürzter Motorräder und regloser Polizisten in tiefblauen Uniformen Mündungsfeuer aufflammt, löst sie den Kameraverschluß wieder und wieder aus. Ihr zittern die Hände, und natürlich hat sie Angst, aber sie zwingt sich, die Augen nicht abzuwenden, sich nicht in den Laden zurückzuziehen, wozu sie immer erneut aufgefordert wird, sondern auszuhalten und dieses fast unglaubliche Stück Zeitgeschichte da aufs Zelluloid zu bannen.

Die Attentäter hinter der Hecke wechseln die Ladestreifen. Dann rattern die Maschinenpistolen ohne Unterbrechung. Jenseits des Buschwerks springt einer auf, ein offenbar junger Mann in einer Lumberjack und mit einer tief ins Gesicht gezogenen Ballonmütze. Madeleine sieht einen unförmigen Gegenstand in seiner Hand, sieht die weitausholende Armbewegung, mit der das eigenartige Paket geworfen wird, und sieht es in weitem Bogen genau auf die Limousine zufliegen. Die Gesten des Werfers sind von unheimlicher Kaltblütigkeit; sie erinnern an die Exaktheit von Turnübungen, die Madame Batissier auf Sportplätzen fotografierte. Das Bündel trifft auf einen Fensterrest des Sechssitzers. zerschlägt ihn und fällt ins Innere des Wagens ...

Dem gelbgesichtigen Sicherheitsbeamten stockt der Atem, als die geballte Ladung neben ihm auf das Polster des Rücksitzes rollt. Doch er zögert nicht eine Sekunde. Er öffnet einfach die Hand und läßt seine Pistole fallen, um den Sprengsatz fassen und aus dem Wagen schleudern zu können, dessen der Kirche abgewandte Tür noch offensteht. Seine Finger krallen sich um den Stiel der geballten Ladung. Bevor er sie hochreißen kann, entsteht vor ihm ein Blitz – unsagbar grell, alles beherrschend. Die Explosion hört er nicht mehr. Der Blitz ist der letzte Eindruck seines Lebens ...

Die sechssitzige Riesenlimousine birst auseinander, Karosserieteile wirbeln durch die Luft. Die Druckwelle macht in der Umgebung Fensterscheiben splittern. Und wieder sieht Madeleine den weitausholenden Arm des Mannes in der Lumberjack, sieht etwas fliegen und sieht – nichts mehr. Eine neuerliche Nebelwolke dehnt sich rasend schnell aus und verhüllt den Schauplatz des Überfalls vollständig. Nur die jetzt aufspringenden Mordschützen sind zu erkennen. die in die gesperrte Straße hineinrennen. Dort stehen zwei Personenwagen, unauffällige Fahrzeuge älteren Typs. die Madeleine bisher nicht beachtet hatte. Es schien, als gehörten sie Anwohnern.

Ohne zu überlegen stürmt Madeleine die Stufen hinunter, über die Fahrbahn, hinter der Kirche durch den Park und kommt gerade an der gesperrten Straße an, als die Attentäter die schon anrollenden Autos besteigen und förmlich auf sie zurasen. Die Motoren heulen, die Fahrer beschleunigen unglaublich rasch. Es bleibt keine Zeit mehr, sich zu verbergen; die Fotografin steht aufrecht am Bordstein und macht Bild um Bild. Der erste der Wagen, ein deutscher Opel Kapitän, schießt vorüber: der zweite, ein alter Peugeot, bremst unmittelbar vor ihr. Ein Kerl in khakifarbener Joppe, das gerötete Gesicht schweißüberströmt, ist mit einem Satz bei Madeleine und packt die amerikanische Kleinbildkamera. Instinktiv umklammert die Fotografin ihren Apparat; sie will ihn sich nicht entreißen lassen, will diese Aufnahmen nicht verlieren. Da hebt der Mann die MPi hoch, die er noch in der Hand hält, und schlägt Madeleine den Lauf der Waffe über den Kopf. Die Bildreporterin bricht ohne einen Laut zusammen. Die Kamera mitnehmend springt der Attentäter zurück in den anfahrenden Peugeot ...

Wenig später gellen Sondersignale durch die Straße vor der Unterführung. Von einem Funkwagen geleitet erscheinen Straßenpanzerwagen der Bereitschaftspolizei auf dem Kampfplatz. Ihre Schnellfeuerkanonen finden kein Ziel mehr; vergeblich entfalten sich hinter den Gefechtsfahrzeugen die Schützenketten junger Männer in tiefblauen Uniformen. Nur die Sanitäter werden gebraucht. Der Funkwagen fordert eine zweite, dann eine dritte Sanitätsstaffel an.

Der Operativstab der Präfektur läßt den ganzen Stadtteil hermetisch abriegeln. Alle verfügbaren Detektive der Politischen Polizei treffen ein und beginnen augenblicklich mit Untersuchungen. Der Präfekt persönlich begibt sich in Begleitung des Kriminalchefs und anderer hoher Offiziere an den Tatort. Der gesamte Apparat der Pariser Sicherheitsbehörden läuft auf vollen Touren.

Aber die Attentäter sind wie vom Erdboden verschwunden ...

83

Ein fabrikneuer lindgrüner Citroën biegt in die Zufahrtsstraße zum Krankenhaus ein. Ganz am Anfang der Allee befindet sich ein großes Blumengeschäft. Hier hält Jacques Batissier an. Er wählt lange, ehe er sich für einen Strauß goldgelber Chrysanthemen entscheidet, deren Blüten sich leuchtend aus einer Umrahmung tiefdunkler Blätter erheben. Madeleine liebt solche Kontraste.

Es ist Besuchszeit, und auf dem Parkplatz vor dem Hauptgebäude des Hospitals stehen Fahrzeuge in großer Zahl. Trotzdem sind die hellen, pastellfarben getönten Korridore still und menschenleer, von strenger Sauberkeit und angefüllt mit dem Geruch penetranter Desinfektionsmittel. Eine Schwester führt Batissier vor das Zimmer seiner Frau.

»Sie ist noch sehr schwach«, sagt sie besorgt. »Vermeiden Sie bitte alles, was Ihre Gattin aufregen könnte. Und bleiben Sie nur kurz ...«

Er öffnet leise die Tür und tritt auf Zehenspitzen in den Raum. Dabei versucht er ein zuversichtliches Lächeln, das mißlingt. Seine Frau so liegen zu sehen, sehr blaß in den weißen Kissen, mit einem schweren Kopfverband, der das Gesicht eigenartig schmal und klein macht, erschüttert ihn. Sie darf sich nicht bewegen, nur ihre Augen suchen.

»Jacques?« fragt sie schwach. »Bist du es?«

Er geht zu ihr und legt ihr die Chrysanthemen in die Hände. »Madeleine ...«, bringt er nur hervor. Seine Stimme ist wie erstickt. »Ich habe solche Angst um dich ... Fühlst du dich besser?«

Sie hält seine Finger fest. »Schon viel besser, Jacques«, erwidert sie tapfer. »Setz dich doch zu mir ...«

Er läßt sich vorsichtig auf dem äußersten Bettrand nieder. »Du mußt schnell gesund werden, Chérie. Dann fahren wir beide in den Süden, an das blaue

Meer, und tun einmal überhaupt nichts. Du wirst wieder ganz braun werden und das hier vergessen ...«

Um ihre blutleeren Lippen spielt ein Lächeln. »Ich freue mich darauf. – Erzähle mir etwas von dir, was du gerade machst und wie es dir ohne mich geht.«

»Natürlich ganz schlecht.« Er berichtet und vermeidet es sorgfältig, den Cagoulardprozeß zu erwähnen, der sich bereits jetzt immer deutlicher als ein Hornberger Schießen erweist, oder von der Fahndung nach den Attentätern zu sprechen, die bisher ergebnislos verläuft. Wenn sie ihm glauben würde, wäre nach seiner Darstellung sein Leben in den letzten Tagen eine Kette drolliger Mißgeschicke gewesen, alberner Zufälle und komischer Verwechslungen. Madeleine weiß, daß er das alles erfindet, um sie heiter zu stimmen, und tatsächlich erzählt er so geschickt und amüsant, daß sie lachen muß. Auch die Schwester, die unbemerkt eingetreten ist, schmunzelt und bewundert im stillen die Selbstbeherrschung dieses Mannes, der sich zwingen kann, sein ihr spürbares Entsetzen über das Aussehen seiner Frau zu verbergen und der Kranken einen Hauch Lebensfreude zu vermitteln. Deshalb geht sie so leise wieder hinaus, wie sie gekommen ist, und läßt den Besuch länger dauern ...

84

Radio Paris überträgt »Rigoletto«. Die dramatische Musik, die dem Zuhörer keine Gleichgültigkeit erlaubt, sondern ihn bewegt und aufwühlt, strebt dem Finale zu. Bei einem Gewitter weist der Bandit Sparafucile das Ansinnen seiner leichtlebigen Schwester zurück, statt ihres Geliebten, des Herzogs von Mantua, den Hofnarren zu erdolchen, der ihn für diesen Mord gedungen hat. Nie, erklärt Sparafucile, habe er einen seiner Kunden verraten. Banditenehre ... Der volltönende Baß eines berühmten Sängers gibt der Biedermannsgeste des Verbrechers gefährliche Unentrinnbarkeit, die in krassem Gegensatz zur tändelnden Liebestrunkenheit der Maddalena steht. Die sinnliche Erotik des Mezzosoprans fließt in das tobende Unwetter ein und treibt einer Katastrophe entgegen ...

Jacques Batissier hat die Hände im Nacken verschränkt und starrt zur Decke hinauf, die im Dunkeln versinkt. Nur die Schreibtischlampe ist hell, und die Skala des Rundfunkgeräts leuchtet matt. Regen trommelt gegen die Fensterwand; Wind rüttelt an den Scheiben. Es wirkt, als wolle der Herbst der Opernübertragung eine stimmungsvolle Kulisse schaffen.

Der Chefredakteur von »L'Express« ist erschöpft. Vor einer knappen Stunde erst in die Wohnung heimgekehrt, kann er sich noch nicht lösen von Verbrechen, die andersgeartet sind als die von Verdis Librettisten Francesco Maria Piave ersonnenen. Im Gericht gehen die Verhandlungen gegen La Cagoule weiter, und so wortreich die Schilderungen der eigenen Reporter und in den meterlangen Fernschreiben der Presseagenturen sind – sie vermögen nicht darüber hinwegzutäuschen, daß der Prozeß bestenfalls die Oberfläche berührt. Auf das Wesen der Geheimorganisation wird kaum Bezug genommen. Lediglich ein paar äußere Erscheinungsformen stehen im Mittelpunkt endloser Rededuelle zwischen Staatsanwälten, Richtern und Verteidigern. Diese allerdings vollbringen rhetorische Glanzleistungen zugunsten ihrer Mandanten. Nicht ohne Wirkung blieb beispielsweise ihr Roßtäuschertrick, das Attentat auf den Kronzeugen als entlastendes Moment auszuspielen – wie sollte La Cagoule ein solches Verbrechen begehen, während die Cagoulards selbst, von Justizwachtmeistern flankiert, auf der Anklagebank saßen? Und das war nicht der einzige gelungene Versuch der Anwälte, die mit großer Sorgfalt zusammengestellte Anklageschrift durch eine Verharmlosung und Verkleinerung der Geheimorganisation unglaubwürdig und gegenstandslos zu machen.

Während des heutigen Vormittags ist Jacques im Justizpalast zu der erschreckenden Feststellung gelangt, daß der Oberstaatsanwalt immer mehr auf verlorenem Posten kämpft. Aufgerufene Zeugen nehmen plötzlich die Aussagen, die sie bei der Voruntersuchung den Detektiven der Politischen Polizei gemacht hatten, zurück und können sich auf einmal keiner Einzelheiten erinnern. Sie streiten hartnäckig um nichtssagende Formulierungen, behaupten arrogant, die Sicherheitsbeamten hätten ihnen gewisse Dinge unterstellt, und verstummen schließlich ganz. Der Einfluß des Attentats auf ihr Verhalten ist so offenkundig, daß die Zuhörer im Gericht ihrer Empörung durch Zwischenrufe und Pfiffe Ausdruck verleihen und vom Präsidenten des Strafsenats mehrfach zur Ruhe ermahnt werden müssen.

Überall greift der Prozeß ins Leere. Mit Bitterkeit denkt Batissier daran, daß auch er selbst – während der Voruntersuchung zur Sache gehört und eingehend über den Wahrheitsgehalt seines Tatsachenberichts befragt – nicht in der Lage war, dem vernehmenden Untersuchungsrichter Namen zu nennen. Der einzige Cagoulard, den er hätte identifizieren können, war Louis – der Mann, der im Sonderlager unter den Kugeln seiner faschistischen Komplizen fiel. Kürzlich erst hat der Jurist den Chefredakteur von »L'Express« vertraulich wissen lassen, er habe gehofft, auf Grund dieses Hinweises weitere Cagoulards entdecken zu können. Bewährte Beamte der Politischen Polizei waren beauftragt worden, die Spuren Louis' rückwärts zu verfolgen und festzustellen, mit wem der tote Kollaborateur zu seinen Lebzeiten verkehrt und von wem er Anweisungen erhalten hatte – vergeblich. Die Recherchen ergaben, daß »Louis« zweifellos nur ein angenommener, ein falscher Name war.

Nach so langer Zeitspanne gelang es den Detektiven nicht mehr, seinen Träger zu identifizieren. Es lag nicht einmal ein Foto von ihm vor. Angeregt durch die alten Veröffentlichungen des Nachrichtenbüros Batissier, wurden Ermittlungen auch neuerlich in Bagnoles-de-l'Orne angestellt. Doch der ehemalige Schloßverwalter, von dessen Aussagen sich der Untersuchungsrichter viel versprach, lebt nicht mehr. Nach amtlichen Unterlagen fiel er einem tragischen Unglücksfall zum Opfer – am Tage nach Kriegsausbruch stürzte er betrunken vom Felsen und war sofort tot.

Mehr denn je wird Jacques gerade in diesen Tagen die Bedeutung des spurlosen Verschwindens der Akten aus der Schloßkapelle bewußt. Hätten sie vorgelegen – das Gericht müßte sich vermutlich nicht mit Strohmännern begnügen. Der Journalist ist fest überzeugt, daß diese Papiere wichtige Namen enthalten haben – warum sonst das umgehende Attentat auf Rochambeaux, an das der Anschlag auf den Kronzeugen zu überdeutlich erinnert?

Dieser Mord ... Die Empörung darüber ist allgemein. Für Batissier stellt er mehr als ein skrupelloses Verbrechen dar. Er sieht darin den unumstößlichen Beweis dafür, daß die Geheimorganisation weiterbesteht. Sie mag den alten Namen abgelegt haben; ihre Methoden behielt sie bei. Das aber verrät, daß sich auch ihre Zielsetzung nicht geändert hat – faschistische Methoden können nur dem Faschismus dienen ...

»Guten Abend, Monsieur Batissier!«

Jacques springt auf und fährt herum. Er kann den Mann, der im regennassen Trenchcoat an der Balustrade steht, die Flur und Zimmer trennt, nicht sogleich erkennen. Der Besucher ertastet selbst den Lichtschalter und dreht ihn. Das aufflammende Deckenlicht fällt auf Kriminalkommissar Decourt von der Politischen Polizei. Der Journalist atmet auf, geht zum Radio und fragt, während die Musik verstummt: »Wie kommen Sie eigentlich herein, Decourt?«

»Durch die Tür«, antwortet der Kommissar lakonisch. »Sie waren so freundlich, sie nicht abzuschließen. Früher haben Sie sich vorsichtiger verhalten. Leider habe ich nicht mehr die Zeit, ausschließlich über Ihre Sicherheit zu wachen. Nach dem, was neulich geschah und bedauerlicherweise auch Ihre Gattin in Mitleidenschaft zog, glaube ich, daß Sie bald wieder einen Leibwächter brauchen.«

»Sehr freundlich, Decourt. Setzen Sie sich, und trinken Sie einen Kognak mit mir.« Er macht eine einladende Handbewegung und stellt eine Flasche und Gläser auf den Tisch. Der Kommissar kommt die Stufen herunter und rückt sich einen Sessel zurecht. Batissier gießt ein. »Können Sie mir nicht ein bißchen mehr über diesen Diplomaten sagen, der mit der schwarzen Limousine in die Luft gesprengt worden ist? Welche Rolle spielte er bei den Kapuzenmännern?«

Der Hüne hebt bedauernd die Hände. »Nach außen hin ist dieser Mann nie als Faschist in Erscheinung getreten. Niemand hätte von ihm gedacht, daß er in die Geschäfte der Cagoulards verwickelt sein könnte. Mehr darf ich auch Ihnen nicht sagen, Batissier. Übrigens erfahre ich selbst nichts mehr über den Fortgang der Ermittlungen. Ich habe den Fall abgeben müssen. Ein großes Tier hat ihn persönlich übernommen, ein Kriminaloberrat. Wahrscheinlich erwarten sie Wunder von ihm ... Darf ich fragen, wie es Ihrer Gattin geht?«

»Vorerst muß sie noch im Hospital bleiben. Aber sie fühlt sich schon besser.«

»Empfehlen Sie mich Madame. Ich wünsche baldige Genesung.«

»Danke. Das richte ich gern aus.« Er greift zum Glas. »Ihr Wohl, Decourt!« Sie trinken. »Und was haben Sie dem ‚großen Tier' an Material übergeben können?«

»Nicht viel mehr, als Sie selbst wissen. Die vage Personenbeschreibung der Täter, die an allen Plakatsäulen hängt ... Ich mache mir in dieser Sache keine übertriebenen Hoffnungen. Es ist nicht das erste Attentat dieser Art, das ich kennenlerne.«

Jacques schenkt wieder ein. »Mir ist Rochambeaux' Tod damals sehr nahegegangen«, wirft er hin.

Der Kommissar nickt und erwidert: »Mir auch. Wir haben ja nur kurze Zeit miteinander gearbeitet, aber von all den Chefs, die ich hatte, war er mir der liebste. Ein feiner Kerl ...«

»Wer war er eigentlich?«

Decourt schiebt sein Glas auf der Tischdecke hin und her. »Die Frage habe ich mir selbst manchmal gestellt«, bekennt er. »Ich weiß nämlich nichts von ihm. Ob Sie es glauben oder nicht: Ich habe es nie erlebt, daß er einen privaten Anruf bekommen hätte. Ein Mann ohne Freunde und ohne Freundinnen .. Immerhin bin ich sein Assistent gewesen und habe ihn dauernd begleitet – er hat nie Blumen gekauft, nie Konfekt. Er war immer streng dienstlich.«

Jacques trinkt ihm zu. »Das glaube ich nicht! Auf mich hat er eigentlich einen sehr unbürokratischen Eindruck gemacht.«

Der Kommissar lacht und schüttelt den Kopf. »Da haben Sie ihn schlecht gekannt. Meinen Sie, er hätte den Dienstwagen einmal für private Zwecke benutzt, wie das jeder von uns tut? Nie! Das ging immer: Präfektur – Tatort – Präfektur, Tatort – Präfektur – Tatort. Selbst der Fahrer schüttelte schon den Kopf; dieser Chef war ihm unheimlich. Er hat geradezu aufgeatmet, als ihn Rochambeaux einmal einen Umweg machen ließ. Ein einziges Mal .«

Batissier horcht auf. »Und wo ist das gewesen?«

Decourt reibt sich nachdenklich das Kinn. »Wir waren auf der Fahrt zur Präfektur«, erinnert er sich. »Noch ziemlich weit draußen. Auf einmal sagte Rochambeaux: ‚Halten Sie doch mal an! Ich bin gleich wieder zurück.' – Na, wir haben gewartet. Es dauerte vielleicht zehn Minuten. Ich bin ausgestiegen, um mir die Beine zu vertreten. Eine langweilige Gegend. Das einzige Interessante war eine Kirche in der Nähe, eine ganz alte.«

»Welche?«

Der Kommissar runzelt die Stirn. »Welche...? Es war... Warten Sie! Es war die Kirche Saint Esprit.«

Batissier sieht ihn fasziniert an. »Was hat Rochambeaux dort gemacht? Wissen Sie das?«

»Als er wiederkam, trug er einen Anzug über dem Arm. Er zog sich immer sehr geschmackvoll an.«

»Hatte er seinen Schneider dort?« drängt der Journalist.

»Möglich... Es tut mir leid, daß ich Ihnen keine bessere Auskunft geben kann.«

Jacques steht auf und geht ein paar Schritte in den Raum hinein. »Ich möchte gern mehr über Rochambeaux wissen«, sagt er über die Schulter. »Wo er gelebt hat – zum Beispiel.«

»Das weiß ich auch nicht«, bedauert Decourt. »Sie nehmen sehr großen Anteil an Rochambeaux, nicht wahr? Da fällt mir etwas ein. Ich bin damals so sentimental gewesen, Wert auf ein Andenken an meinen Chef zu legen. Die Mordkommission eins, die seinen Tod untersuchte, zog mich seinerzeit hinzu, weil ich ihn kannte, und bei dieser Gelegenheit nahm ich einen Schlüssel an mich – vorschriftswidrig, versteht sich –, den er in der Tasche seines Trenchcoats hatte. Den haben seine Mörder nicht durchsucht; er hing schon im Schrank. Es ist so ein Zierschlüssel, wissen Sie, sehr hübsch geformt. Er paßte zu keinem Schloß in unserem Büro oder in seinem Zimmer. Jetzt liegt er auf meinem Schreibtisch. Wer weiß, welche Bedeutung er für Rochambeaux hatte« Der Kommissar steht auf und streicht unter dem Gürtel den Mantel glatt. »Sie sollen ihn haben, Batissier«, entschließt er sich herzlich. »Und nun entschuldigen Sie mich. Der Dienst...«

85

Die Bäume haben die letzten Blätter verloren und recken leere Äste gegen den verhangenen Himmel. Morgens liegt dichter Nebel über dem Fluß, der sich mitten durch Paris windet. Erst gegen Mittag verschwinden die letzten grauen Schleier. Niemand geht mehr ohne Mantel zur Arbeit; die Baskenmützen werden tiefer in die Gesichter gezogen, und nachts sind die Parkbänke einsam. Die Zeit der kurzen Tage...

»Und sonst gibt es nichts Neues?« fragt Gaston Blanchard ins Telefon und betrachtet gelangweilt die weiße Asche seiner Zigarre. »Meinerseits habe ich das Gefühl, daß sich ‚L'Express' recht gut entwickelt hat. Daß es für Sie nicht immer leicht ist, mit Batissier auszukommen, das glaube ich Ihnen. Aber er hat etwas aus der Zeitung gemacht, die Auflage steigt ständig, und das Anzeigenvolumen wächst – was wollen Sie mehr ... Batissier ist für die Verlagsleitung ein Star; er darf auch Launen haben ...«

Der Stellvertreter des »L'Express«-Chefredakteurs verzieht am anderen Ende der Leitung das Gesicht. »Ich hätte nichts dagegen, wenn er mit Tintenfässern werfen würde«, entgegnet er säuerlich. »Aber die Linie, auf die er uns drängt, behagt mir nicht. Sie erfüllt mich mit großer Sorge. Monsieur Blanchard. Manchmal haben wir so eine Art Linksdrall ...«

Blanchard ist erheitert. »Und das beunruhigt Sie? Seien Sie doch froh; das ist nach dem Krieg Mode geworden. Ich kann mir auch etwas anderes schöner vorstellen, doch mit diesem Drall erobern wir Paris! Was soll es also? Zugegeben – mir sind die Berichte über den Cagoulardprozeß manchmal auch zu rabiat gewesen; Gott sei Dank ist er jetzt vorbei: aber am Place de l'Étoile haben sich die Leute um ‚L'Express' beinahe geschlagen! Von mir selbst beobachtet ... Das hat mich gefreut.«

»Wenn ich die verantwortliche Leitung der Redaktion hätte ...«

Der Direktor der Seine-Werke lacht »Nichts gegen Ihren Ehrgeiz, doch dazu sind Sie noch nicht der Mann. Noch nicht, betone ich. Ich denke nicht daran, mich in absehbarer Zeit von Batissier zu trennen. Verstehen Sie es wie er, den Mann auf der Straße zu fesseln und sein Vertrauen zu gewinnen? Wahrscheinlich nicht! Ich will aber, daß ‚L'Express' Vertrauen genießt, denn dann folgen ihm seine Leser auch, wenn er erstaunlicherweise irgendwann einen Rechtsdrall aufweist. Die Masse ist manipulierbar, mein Lieber – man muß nur an sie herankommen. Und das kann man mit fünfhunderttausend Verkaufsexemplaren besser als mit lächerlichen fünfzigtausend, scheint mir.«

»Ich habe Sie verstanden, Monsieur Blanchard«, entgegnet der Stellvertreter kühl. »Ich werde die Zeitung also während Batissiers Urlaub in seinem Sinne redigieren.«

»Darum möchte ich gebeten haben.« Der Direktor streicht gelassen die Asche von seiner Zigarre. »Übrigens – wo ist er denn zu erreichen?«

»Er sagte, ich würde ihn vermutlich abends zu Hause anrufen können. Demnach bleibt er wohl in Paris. Ich darf daran erinnern, daß Madame Batissier kaum schon zu einer größeren Reise imstande ist.«

»Na schön! – Wenn es etwas Neues gibt, – unterrichten Sie mich. Ich werde ‚L'Express' dieser Tage mit besonderer Aufmerksamkeit studieren. Au revoir!«

»Vielen Dank für den Anruf, Herr Direktor! Übrigens« – der Stellvertreter nimmt das Telefon von einer Hand in die andere – »hat der Chef sämtliche Veröffentlichungen über La Cagoule und den Prozeß mit nach Hause genommen. die unser Archiv besitzt. – Au revoir!«

86

»Guten Tag, Monsieur«, sagt Jacques Batissier. »Ich habe eine ausgefallene Frage. Vielleicht können Sie mir helfen ...?«

Der Schneidermeister, hemdsärmlig, ein Nadelkissen am Handgelenk, setzt sein Bügeleisen auf ein Drahtgestell und nimmt das dampfende feuchte Tuch von der Hose, der er eben Form gibt. »Aber bitte, Monsieur! Was darf es denn sein? Worum geht es?« Meister Gilberts Höflichkeit ist bestrickend, wenn auch nicht uneigennützig. Er hat den lindgrünen Citroën gesehen, mit dem der Besucher vorgefahren ist: sein geschulter Blick verrät ihm, daß sowohl das Beinkleid als auch die moderne Lumberjack mit dem Strickkragen nicht aus einem Konfektionsgeschäft stammen, und gesunder Geschäftsinstinkt läßt ihn auf einen neuen Kunden hoffen. So tritt er Batissier mit Verbeugungen entgegen, während sein Geselle vierschrötig und plump mit untergeschlagenen Beinen auf dem Tisch sitzen bleibt und mit großen Stichen einen Kragen heftet.

»Ich kenne mich in dieser Gegend noch nicht aus«. beginnt Jacques zögernd. »Vorübergehend wohne ich hier in der Nähe. Die Sache ist nun die: Während des Krieges habe ich einen Kameraden gehabt, der sozusagen ein Nachbar von Ihnen gewesen sein muß, denn er hat in Gesprächen immer mal die Kirche draußen erwähnt. Da ich nun einmal hier bin, möchte ich ihn natürlich gern wiedersehen. Ein paar Erinnerungen austauschen ...«

Der Meister nickt mehrfach und mit verständnisinnigem Gesicht. »Das kann ich verstehen, Monsieur. Ich bin selbst Soldat gewesen – o ja ... Wie hieß denn Ihr Kamerad?«

»Rochambeaux«, erwidert der Journalist ohne besondere Betonung. »Pierre Rochambeaux. Seine Adresse weiß ich leider nicht.«

Gilbert greift sich an die Stirn, auf der sich tiefe Falten bilden. »Pierre Rochambeaux ... Ein Monsieur Pierre Rochambeaux ... Tja ...« Er dreht sich schnell auf dem Absatz um und fragt den Gesellen: »Charles, kennst du einen Monsieur Rochambeaux in dieser Gegend?«

»Nie gehört«, brummt der Vierschrötige, ohne seine Arbeit zu unterbrechen oder auch nur den Kopf zu heben. Nun breitet auch der Meister bedauernd die Arme aus. »Mir ist der Name gleichfalls vollkommen unbekannt, Monsieur. Leider ... Vielleicht ist der Herr verzogen?«

»Vor dem Krieg hat er auf alle Fälle hier gewohnt. Das weiß ich genau.«

Gilbert schüttelt den Kopf. »Es tut mir leid, Monsieur. Damals hatte ich dieses Geschäft noch nicht. Ich bin erst seit einem Jahr hier, und in dieser Zeit war kein Monsieur Rochambeaux unter meinen Kunden. – Sollten Monsieur in absehbarer Zeit Ihre Garderobe zu ergänzen gedenken, stehe ich gern zur Verfügung. Meine Kunden sind zufrieden mit mir – nicht wahr, Charles?«

»Es ist, wie Sie es sagen, Meister«, klingt es gleichgültig aus dem Hintergrund der überheizten Schneiderstube zurück. Wer weiß, wie oft der Geselle dieselbe Frage schon beantwortet hat...

87

Jacques Batissier zieht die Wagentür hinter sich zu und holt Schokolade aus dem Handschuhkasten. Er bricht ein winziges Stück ab und schiebt es in den Mund. Dann zieht er seinen Notizblock zu Rate. Die Heizung des »Laubfroschs« – auf diesen Namen hat Madeleine das Auto getauft – hat den Citroën angenehm durchgewärmt: es läßt sich gut am Steuer sitzen und nachdenken. Zunächst schlägt der Journalist die Liste aller Schneider dieser Gegend auf und hakt einen Namen ab. Der erste Versuch, mehr über Rochambeaux zu erfahren, ist gescheitert...

Das entmutigt ihn nicht. Im Gegenteil – diese Recherche erinnert ihn sehr an die Zeit des Nachrichtenbüros Jacques Batissier, an Nachforschungen auf Spuren von Kriminalfällen, an die Jagd nach Meldungen für die Spalten der unersättlichen Boulevardpresse. Mehr als einmal verlief sie ergebnislos; am Anfang des Falles Eunice stand nicht einmal der Hinweis auf einen Schneider, und dennoch gab er auch da nicht klein bei – er konstruierte sich aus den bekannten Begleitumständen der Tat einen Mörder X, einen Unbekannten, der über alle Voraussetzungen verfügte, das Verbrechen in der festgestellten Art und nicht anders zu begehen. Dann überprüfte er, inwieweit jeder einzelne der bereits Verdächtigten den Anforderungen entsprach, die er an die Person X richtete. Das führte ihn zu der Hypothese, daß der wirkliche Täter in diesem Kreis nicht zu suchen sei. Batissier hatte damals in hartnäckiger Kleinarbeit die Umgebung der Ermordeten so lange durchforscht, bis er auf jemanden stieß, der nach Charakter und Lebensgewohnheiten das Vorbild der Phantasiegestalt X sein konnte, sich jedoch außerhalb jedes Verdachts befand. Während Hauptkommissar Laroché vergeblich versuchte, auf dem herkömmlichen Wege von der Tat aus zum Mörder zu finden, knüpfte der Kriminalreporter den Faden, indem er Verbindungen zwischen seiner Person X und dem Verbrechen vom Täter her nachwies. Batissier verständigte Laroché vom Ergebnis seiner Ermittlungen. Der Hauptkommissar überprüfte es routinemäßig und mit großem Zweifel. lediglich, um keinen Hinweis außer acht zu lassen – und mußte später einräumen, daß er vielleicht nicht angeschossen worden wäre, wenn er Jacques geglaubt und angemessene Vorkehrungen getroffen hätte ... Mehrfach schon spielte der Journalist mit der Idee, den Fall Eunice als Detektivroman zu Papier zu bringen; den Titel hatte er bereits – »Als Täter ausgeklammert ...« Nur an Zeit fehlte es ihm und vielleicht auch an Geduld, über mehrere hundert Seiten durchzustehen. –

In dieser Stunde, da Batissier begonnen hat, die Spuren Rochambeaux' zu suchen, die irgendwo am Versteck der Papiere aus Bagnoles-de-l'Orne vorüberführen müssen, ist ihm die Erinnerung an jenes Gespräch gegenwärtig, das kurz nach seiner Hochzeit zwischen Vernon und ihm stattfand. »... Der Spuk ist vorbei ... Paris bereitet einen Prozeß gegen die Cagoulards vor. Das heißt: Wir sind mit ihnen fertig geworden!« hatte er damals gesagt. Heute weiß Jacques, daß der Chefredakteur des »Journal de Paris« recht hatte, als er ihm widersprach. Die Verhandlungen im Justizpalast zeigten, daß die Gefahr, die vom Faschismus ausgeht, noch immer droht und daß es notwendig ist, sie zu bannen. Madeleines Erlebnis während der Anfahrt des Kronzeugen erhärtet diese Erkenntnis nur. Deshalb bemüht sich der Journalist, zu Ende zu führen, wofür Rochambeaux starb – die Kapuzenmänner mit ihren eigenen Waffen zu schlagen und an den Pranger zu stellen.

Jacques startet. Der Motor springt an ...

88

Die Glocken von Saint Esprit läuten. Der Turm der kleinen Kirche spiegelt sich im Schaufenster. In diesem Geschäft riecht es nach getragenen Kleidern. Der alte Meister lebt vom Ändern. Vor einem Ständer voller unmodern gewordener Damenkostüme, Herrenanzüge und Mäntel stehend, hört er sich Batissiers Frage an und schüttelt den Kopf: »Rochambeaux? Der Name ist mir ganz fremd, und ich bin immerhin schon dreißig Jahre hier ...«

Es ist erstaunlich, wie viele Schneider es rings um das alte Gotteshaus gibt. Der Journalist läßt keinen aus, auch die nicht, die im ersten Stock oder unter dem Dach winzige Werkstätten haben. Er läßt es sich nicht verdrießen, ferner die Hemdennäherinnen aufzusuchen, die in dieser Gegend tätig sind. Unmerklich verrinnt die Zeit; Batissier malt immer mehr Häkchen in sein Notizbuch, aber einen Erfolg hat er nicht. Trotzdem stattet er auch dem letzten Meister einen Besuch ab, der in seiner Liste steht.

Monsieur Garnier hat keinen Laden, er führt ein Atelier. Auf roten Läufern stehen zerbrechliche Stilmöbel aus der Zeit Louis XIV., damastbespannt, goldgelb. Dazu passende Spiegel bedecken die Wände fast vollständig. Der Journalist hat das Gefühl, sich von Doppelgängern umstellt zu sehen. Ein paar Kleiderpuppen lächeln ihn mit wächserner Kühle an – so lebensnah modelliert wie die Figuren im Musée Grévin. Der Eintretende könnte beinahe versucht sein, die überschlanke junge Dame mit dem strohblonden Lockenkopf und in dem mit weißem Pelz besetzten englischen Kostüm zu einem Cocktail einzuladen oder dem seriösen älteren Herrn im Smoking die Hand zu reichen und den Namen zu murmeln.

Ein Vorhang bewegt sich; Monsieur Garnier tritt auf. Samtjackett und locker gebundene Schleife lassen ahnen, daß er sich nicht zum Gewerbe, sondern zur Kunst berufen sieht. »Ich heiße Sie willkommen, Monsieur«. erklärt er mit Würde. »Bitte, nehmen Sie Platz. Es ist mir ein Vergnügen.«

Batissier bringt es fertig, vollkommen ernst zu bleiben. Er setzt sich vorsichtig auf einen der zierlichen Stühle. Der Meister zieht die Brauen hoch und mustert Jacques mit Kennermiene. Ehe der Journalist zu Worte kommt, gibt Garnier seiner Zufriedenheit Ausdruck: »Vortrefflich, wenn ich mir die Bemerkung erlauben darf! Monsieur sind gut beraten, in Ihrer Kleidung eine sportliche Note zu bevorzugen, obwohl Monsieur bislang offensichtlich unter dem Mißgeschick leiden. nicht von einem ‚Maison de haute couture' betreut zu werden. Ein wenig phantasielos, das Ganze! Ich würde Monsieur eine hochmodische Kombination empfehlen – die Hose im Ton des Novemberrauchs, allerbestes Kammgarn, versteht sich, und das Sakko schottisch kariert, kräftig in den Farben, heiterer Tatendrang! Sie finden das hervorragend, denke ich. Wir stimmen da vollkommen überein! Zur Komplettierung eine flotte Kappe aus Nappaleder und die schwarze Shagpfeife . . .«

»Ich bin Nichtraucher«. wirft Batissier launig ein.

Monsieur Garnier winkt großzügig ab. »Das macht doch nichts! Es läßt sich alles lernen. Das würde so vorzüglich zu Ihrem lindgrünen Wagen passen . . .«

Es kostet Jacques einige Mühe, sein Anliegen vortragen zu können. Der Meister – weniger enttäuscht, als der Journalist fürchten mußte – hört ihn mit schräggehaltenem Kopf an. Dann klatscht er dreimal in die Hände. Eine junge Dame erscheint, die sich unter die Kleiderpuppen im Atelier mischen könnte, ohne aufzufallen. »Bitte, Maître?«

»Danielle, wir suchen einen Monsieur Rochambeaux. Nehmen Sie das Register unserer Kartei zur Hand, und überprüfen Sie den Buchstaben R. Aber schnell! Wir können das Ergebnis kaum erwarten.«

Das Ergebnis ist negativ, Pierre Rochambeaux ist in diesem Salon unbekannt.

89

»Sind Sie sicher, daß es in der Nähe von Saint-Esprit war?« fragt Batissier eindringlich.

Kriminalkommissar Decourt nickt. »Ich kann mich auf mein Gedächtnis verlassen. Es ist dort gewesen.« Er nimmt eine Zigarette aus dem Etui. »Vielleicht war es falsch, nach einem Manne namens Rochambeaux zu fragen. Das haben Sie doch getan?«

»Ja.«

Decourt bläst einen dünnen Rauchstrahl in die Luft. »Heute wissen wir aber, daß dieser Kommissar Rochambeaux vom Militärischen Abwehrdienst in die Präfektur überstellt wurde. Bei Geheimdiensten ist es üblich, unter Decknamen zu arbeiten. Warum sollte Rochambeaux eine Ausnahme bilden? Folglich: Es ist durchaus möglich, daß Sie zwar bei dem richtigen Schneider waren, daß er aber Rochambeaux nicht als Rochambeaux kannte.«

Jacques schneidet eine Grimasse. »Dann müßte ich also die Rundreise noch einmal machen.«

Der Kommissar nickt gelassen. »Nehmen Sie ein Foto von ihm mit. Dann brauchen Sie die guten Leute nicht erst durch die Nennung eines falschen Namens zu verwirren. Sie haben doch ein Bild?«

»Ja!« sagt Batissier begeistert. »Warum bin ich nicht allein darauf gekommen?«

Decourt lächelt und lehnt sich behaglich zurück. »Sehen Sie«, entgegnet seine dunkle, sonore Stimme. »Auch Kriminalisten haben manchmal brauchbare Einfälle...«

90

Wieder parkt der lindgrüne Citroën in der Nähe der kleinen Kirche. Wieder steigt der Journalist unverdrossen treppauf und treppab. Wieder steht der Maître Garnier in seinem Spiegelatelier mit den Wachsfiguren gegenüber.

Der Meister hält das Bild mit ausgestreckten Armen vor sich. »Dieser Schnitt, die Hosenweite, solche Hüte... Das muß so um neunzehnhundertachtunddreißig herum gewesen sein«, kombiniert er. Diesmal klatscht er nicht. »Danielle!« ruft er ungeduldig. »Die Kartei von neunzehnhundertachtunddreißig Schrägstrich -neununddreißig! Das finden wir! Schlanke Figur, etwa einsachtundsiebzig – nun, Monsieur, da ist mir nicht mehr bange! Wenn er je mein Kunde gewesen sein sollte, dann haben wir ihn.«

»Ich wäre Ihnen unendlich dankbar, wenn Sie mir helfen könnten.« Er findet Garnier gar nicht mehr komisch.

»Seit Anbeginn meiner Tätigkeit führe ich eine Kundenkartei«, erläutert der Maître und reibt sich befriedigt die Hände. »Der Kunde spürt so mein Interesse für seine Wünsche, und das bindet ihn an mein Atelier. Stellen Sie sich vor: Vor vierzehn Tagen kommt ein Herr zu mir, der einen Schneider sucht und sehr wählerisch ist. Er nennt seinen Namen, und mein Gedächtnis gibt ein Signal. ‚Danielle', rufe ich. ‚Register von neunzehnhundertneununddreißig, die Karte von Monsieur Courtois!' Und zu ihm: ‚Bevorzugen Sie immer noch Homespun, Monsieur?' – Was soll ich Ihnen sagen? Monsieur Courtois fiel aus allen Wolken. Mich hatte er vergessen, ich ihn nicht. Drei Anzüge hat er sofort bestellt – Homespun, versteht sich.«

Die schöne Directrice stellt einen Karteikasten vor ihren Chef.

»Danke, Danielle! Also, dann wollen wir mal sehen.« Er streckt die Arme, daß die blütenweißen Manschetten hochrutschen, und greift mit spitzen Fingern in die Karten.

»Und, Maître?« drängt Jacques.

»Gemach, gemach! – Namen, Namen, Namen! Es ist eigenartig, aber sobald ich die Namen lese, sehe ich auch den Mann deutlich vor mir.« Garnier hebt mit einer Hand triumphierend eine Karte hoch, mit der anderen das Foto Rochambeaux'. »Das ist er! Ich habe damals eine Extrauniform für ihn gearbeitet. Die Reithose mit Ledereinsatz – er war Kavallerist... Dann kam er immer zu mir. Einmal bei Garnier – immer bei Garnier!« Er betrachtet das Bild mit Genugtuung. »Auch der Bart ist mein Werk; ich hatte ihm dazu geraten, wie ich Monsieur zur schwarzen Shagpfeife rate. Pierre Brunot war ein angenehmer Kunde, ein sehr angenehmer Kunde! Leider kam er auf einmal nicht mehr wieder – ein Jammer! Nun, wahrscheinlich ist er versetzt worden...«

»Brunot?« unterbricht ihn Batissier. »Sagten Sie Brunot?«

»Ja. Pierre Brunot habe ich hier zu stehen.«

»Und seine Adresse?«

»Auf meiner Karte heißt es: ‚Über Rue de la Douane, Nummer sieben, zweiter Stock.' Mehr kann ich Ihnen leider auch nicht sagen, Monsieur.«

Der Journalist notiert sich die Angaben. »Sie haben mir wunderbar geholfen, Maître. Ich glaube, ich werde auch bald zu Ihren Kunden zählen. Auf Wiedersehen!«

Garnier verneigt sich mit abgezirkelter Grazie. »Immer zu Ihren Diensten, Monsieur...«

Jacques hat es sehr eilig, in seinen »Laubfrosch« zu kommen. Jetzt fühlt er die gleiche Spannung wie damals, als er im Sattel der Indian nach Bagnoles-de-l'Orne fuhr und überraschenden Enthüllungen entgegensah. Das Seitenwagengespann war nach dem Krieg nicht mehr auffindbar und blieb spurlos verschwunden, und es ist nur alte Gewohnheit, die ihn auf Maschinen dieses Typs zugehen läßt, wenn er ihrer ansichtig wird, aber Batissier ist, wenn es Entdeckungen zu machen gilt, unverändert der alte. Wie er seinerzeit auf kürzestem Wege quer durch Paris jagte, wenn er ein Ziel sah, so steuert er jetzt den lindgrünen Citroën so schnell wie möglich in die Rue de la Douane.

Es ist eine alte, graue Straße schmuckloser Mietskasernen. Da und dort stehen hinter den schmalen, hohen Fenstern Blumen. Wo die Scheiben geöffnet sind, haben alte Frauen Kissen auf die Fensterbretter gelegt, stützen sich darauf und beobachten den spärlichen Verkehr. Ein Briefträger geht mit gleichmäßigen Schritten von Haus zu Haus. An einer Toreinfahrt lehnt ein halbwüchsiges Mädchen in sehr engem Pullover. Sie tritt mit dem Fuß den Takt des Swings, der blechern aus einem offenen Fenster klingt. Ein paar Jungen stehen um sie herum und lauschen verzückt den heißen Rhythmen. Das ist das Haus Nummer sechs.

Jacques Batissier öffnet die Nachbartür und geht in ein düsteres Treppenhaus. Im gekachelten Korridor hängt eine Holztafel mit den Namen der Mieter, ein stummer Portier. Danach wohnt im zweiten Stock eine Familie Jeune. Der Journalist steigt hinauf und klingelt. Eine Frau öffnet und trocknet sich die Finger mit einem Handtuch. Sie ist nicht mehr jung und wirkt verbraucht. Ihr Haar ist ungepflegt, ihre Gesichtshaut welk. Nur die großen braunen Augen sind noch schön.

Batissier mustert die Frau. Sie spürt seinen Blick und schließt den Blusenausschnitt; es ist kühl im Flur, und aus der geöffneten Küchentür dringen Wasserdampf und der Geruch von Waschmitteln. »Ja?« fragt sie.

Jacques nennt seinen Namen und erklärt wieder, daß er seinen alten Freund suche, der früher hier bekannt gewesen sein solle. Ob Madame Jeune sich erinnern könne ... An Pierre Brunot ...

Die Frau hört auf, sich die nassen Hände zu trocknen. Sie steht ganz still da und sieht den Besucher an, lange, abwägend. Batissier hält ihrem Blick stand, und dann sagt sie auf einmal: »Kommen Sie doch herein. Ich habe die Wäsche auf dem Feuer ...«

Die Küche ist eng und lichtlos und voller Feuchtigkeit. Madame Jeune rührt mit einem großen Holzlöffel in ihrem Waschkübel. Er ist randvoll, Wasser läuft über und verdampft zischend auf der heißen Herdplatte. »Was wollen Sie denn von ihm?« fragt sie über die Schulter. »Ich habe ihn schon gekannt, doch das ist lange her ... Es müssen zehn Jahre sein. Was er jetzt macht, weiß ich nicht.« Nach einer Pause fügt sie hinzu: »Ich habe nie wieder von ihm gehört. So ist das eben.«

Sie sagt das alles, ohne sich umzuwenden, mit einem kleinen Seufzen zwar, aber so, wie man über etwas Endgültiges spricht. Jacques nimmt ihre Ergebenheit in ihr Schicksal wahr, und deshalb erwidert er, um zu verhindern, daß sie sich wieder verschließt: »Er ist tot, Madame. Bereits neun Jahre.«

Langsam wendet sie sich um und schaut ihn groß an. »Ach?« sagt sie leise. »Das wußte ich nicht...« Mit einer gedankenlosen Geste glättet sie ihre Schürze. »Er ist gestorben ...«

»Nein«, berichtigt Batissier sofort. »Er wurde ermordet. Ich suche seine Angehörigen, Madame.«

»So.« Die Frau trocknet sich erneut die Hände ab. »Kann ich Ihnen einen Kaffee anbieten?« Sie rückt einen Stuhl zurecht. »Nehmen Sie doch Platz.«

»Wenn es Ihnen keine Mühe macht, Madame ...«

»Nein, das macht gar keine Mühe«, murmelt sie und setzt Wasser auf, holt die Kaffeemühle aus dem Schrank und beginnt, die Bohnen zu mahlen. Dabei vermeidet es Madame Jeune, Jacques anzublicken. Sie schaut zum Fenster hinaus. Der Journalist schweigt. Er hat den Unterton in ihren Worten nicht überhört und ahnt, daß Rochambeaux-Brunot dieser Frau einmal sehr nahegestanden haben muß. Er versucht, sie sich früher vorzustellen, als Mädchen, ehe sie sich gehenließ und füllig wurde, und am leichtesten fällt ihm das, wenn er ihre Augen sieht.

Sie stellt ihm den Kaffee hin und setzt sich ihm gegenüber. Ihre Wäsche auf dem Herd scheint sie ganz vergessen zu haben.

»Ich habe mich damals sehr gewundert, als er auf einmal nicht mehr kam«, erklärt Madame Jeune unvermittelt. »Wir haben uns gut verstanden; ich mochte ihn sehr. Ich sah früher ganz anders aus, vielleicht können Sie sich das gar nicht vorstellen. Nicht wahr? Ich habe noch ein Foto ...« Wieder läuft sie zum Schrank, kramt in Rechnungen, Zeitungsausschnitten mit Kochrezepten und leeren Tüten und kommt mit einer gelbfleckigen Amateuraufnahme zurück. »Hier, das sind wir bei einem Ausflug nach Versailles.«

Inmitten der blühenden Gartenanlagen steht ein junges Paar. Es ist schwer, in dem schlanken Mädchen im weißen Kleid Madame Jeune wiederzuerkennen, aber auch der Offizier daneben muß nicht unbedingt Rochambeaux sein. Der Mann sieht merkwürdig fremd aus mit Käppi und Schleppsäbel. Er hat keinen Bart, und nur in der Figur glaubt Jacques eine gewisse Ähnlichkeit zu entdecken. Er zieht das Foto heraus, das Madeleine in der Nähe von Bagnoles-de-l'Orne machte, und legt es der Frau vor.

»Erkennen Sie ihn auch auf diesem Bild?« fragt er erwartungsvoll.

Sie lächelt. »Natürlich, obwohl ich ihn nur glattrasiert und in Uniform sah. Aber der Bart steht ihm ... Darf ich die Aufnahme behalten, Monsieur?«

»Bitte, Madame. – Können Sie mir sagen, wo ich Pierres Angehörige finde?«

»Nein.« Sie zieht die Lade des Küchentischs auf, nimmt Zigaretten und Streichhölzer heraus und raucht hastig. »Pierre sprach von sich aus nicht darüber, und ich habe ihn nicht gefragt. Finden Sie das merkwürdig, Monsieur?«

»Nein, nur bedauerlich. Ich hätte so gern gewußt ...«

Madame Jeune hebt den Kopf. »Ich kann Ihnen nicht viel von ihm erzählen. Eigentlich gar nichts, außer daß ich sehr glücklich war, wenn er kam. Die Mädchen im Haus haben mich alle um ihn beneidet. Er war oft lange weg, manchmal ein paar Wochen, und ich wußte nicht, wo, aber das muß wohl so sein bei der Armee. Ich habe mich auch nicht erkundigt, was er zwischen seinen Besuchen bei mir getan hat – dort ist doch alles verboten, und ich war ja froh, wenn er wieder vor der Tür stand.«

Das klingt alles glaubwürdig, doch Batissier will sicher gehen und klopft auf den Busch: »Er lag in einer Kavalleriekaserne, nicht wahr?«

Sie zuckt die Achseln. »Ich weiß nicht... Aber ich habe ihn nie in Stiefeln gesehen, nur in langen Hosen. Er sah großartig aus; er legte auch großen Wert auf gute Kleidung. Weil er oft nicht in Paris war, hat er die Sachen zu mir schicken lassen. Ich hieß damals noch Gremillon; meine Eltern wohnten hier. Er hatte einen ganz ulkigen Schneider ... Ich glaube, er gehörte zu einem Ministerium.«

Der Waschkessel brodelt über. Madame Jeune geht zum Herd, ihn beiseite zu schieben. Unterdessen spricht sie weiter: »Ein paar Wochen, bevor der Krieg ausbrach, bekam ich die letzte Post von ihm. Er war schon lange fort damals. Ehe er ging, haben wir im Restaurant Viennois noch Abschied gefeiert. Pierre sagte, er würde diesmal sehr lange wegbleiben, aber ich sollte auf ihn warten ... Ich habe gewartet, Monsieur, und als er sich schließlich gar nicht mehr meldete, da ... Ich habe gedacht, wie Mädchen in solchen Fällen denken. Von seinem Tode erfuhr ich nicht. Ich bin Ihnen dankbar, daß Sie gekommen sind und mir eine Nachricht gebracht haben, Monsieur.«

»Erinnern Sie sich, Madame, woher die Post kam, von der Sie eben gesprochen haben?«

Sie kehrt an den Tisch zurück. »Warten Sie! ... Nein! Ich hatte die Karte noch, bis ich Jeune heiratete, dann warf ich sie ins Feuer. Wozu denn aufheben, dachte ich ... Es hätte alles anders werden können, Monsieur.«

Batissier steht auf. »Ich bin Ihnen jedenfalls sehr verbunden, Madame«, schließt er das Gespräch. »Kann ich irgend etwas für Sie tun?«

Die Frau schüttelt den Kopf. »Nicht nötig, Monsieur. Ich habe zwei Kinder, einen Buben und ein Mädchen, und einen Mann, der es gut mit uns meint. Was will ich mehr?«

91

»Sie können sich denken, wie enttäuscht ich war«, erzählt Jacques. »Ich hatte mich schon unmittelbar am Ziel gesehen – und nun das. Im Grunde war ich Rochambeaux noch keinen Schritt näher als vorher. Dann ritt mich der Teufel. Es gab noch einen winzigen Hinweis, einen lächerlichen und ...«

»Sie fuhren in dieses Restaurant Viennois«, ergänzt Decourt lächelnd.

Batissier sieht ihn verdutzt an. »Wie kommen Sie darauf?«

Der Kommissar hebt die Schultern. »Weil das der einzige Hinweis in dem Gespräch mit Madame Jeune gewesen ist.«

»Genau! Ich suchte dieses Weinlokal also auf. Zunächst erfolglos, wie nicht anders zu erwarten war. Aber ich gab nicht auf. Ich hielt dem Wirt das Bild unter die Nase. Da sagte er plötzlich. er könne sich an diesen Mann erinnern – meine Frau hatte eines der Fotos vom Tatort Sonelli retuschiert und Rochambeaux den Bart abgenommen. Der Wirt betonte, auch er habe ihn ausschließlich in Uniform gesehen; er sei mehrfach dagewesen, nicht immer in Begleitung, und dann eines Tages weggeblieben. Auf den Namen besann er sich nicht mehr. Als wir uns schon trennen wollten, habe ich noch gefragt, ob Brunot ein gebürtiger Pariser gewesen sei. ‚O nein, Monsieur', entgegnete der Wirt eifrig. ‚So sprach er nicht. Ich bin ein bißchen neugierig gewesen, und da hat er einmal fallenlassen, er stamme aus der Lorraine, aus Lunéville. Daran erinnere ich mich genau, weil ich eine weitläufige Tante in Lunéville habe.' – Ich müßte jetzt nach Lunéville fahren, Decourt, bloß: Viel habe ich mit dieser Angabe nicht gewonnen. Die Stadt hat über zwanzigtausend Einwohner ...«

Diese Bedenken wischt der Kommissar mit einer Handbewegung weg. »Einwohnermeldeamt«, bemerkt er lakonisch. »Die Leute in Lunéville heißen doch nicht alle Brunot. Nichts wie hin, Batissier! Ich glaube, jetzt wird das Rätsel um Rochambeaux bald gelöst sein.«

»Meinen Sie?«

Decourt nickt. »Davon bin ich fest überzeugt. Passen Sie auf, eines Tages stehen Sie vor den gefundenen Akten. Die hätte ich auch gern gesehen!«

»Sobald ich sie habe – wer hindert Sie daran?«

»Eine hochwohllöbliche Kriminaldirektion«, erwidert der Kommissar. »Ich bin für ein halbes Jahr nach Algier kommandiert. Schade; ich wäre gern weiter dabeigewesen.«

»Wenn ich fertig bin, bringe ich die Sache groß im ‚L'Express' heraus«, verspricht Jacques. »Ich schicke Ihnen die Zeitung ...«

92

Aus den Fenstern schweift der Blick über die Hallen und Schlote der Eisengießerei in Lunéville. Sie beherrscht die ganze Stadt und drängt auch das vor zwei Jahrhunderten erbaute Schloß in den Hintergrund, das jetzt als Kaserne dient. Batissier ist daran vorübergefahren, hat die von kahlen Bäumen gesäumten Promenaden überquert, die einst Voltaire zu einem Vergleich mit Versailles herausforderten, und sitzt nun in einer geräumigen Wohnküche dem Bruder Pierre Brunots gegenüber.

Die Ähnlichkeit ist unverkennbar – die Brüder sind von fast gleichem Wuchs gewesen, nur ist dieser hier schwerer, geht gebeugt und hat die verarbeiteten, sehnigen Hände eines Mannes, der sein Leben lang körperlich tätig war. Brunots Augen unter buschigen, vom Feuer angesengten Brauen blicken ebenso prüfend und ruhig wie die des Offiziers, den der Kriminalreporter unter dem Namen Rochambeaux kennen und achten lernte. François Brunot nimmt den Besucher freundlich auf; in Gläsern dampft frisch gebrühter Tee, und der Hausherr antwortet bereitwillig auf alle Fragen.

»... und dann kam eines Tages mein Bruder in Zivil«, erzählt er. »Das hat mich natürlich verwundert, aber Pierre tat so, als wäre alles in Ordnung, und da habe ich nicht weiter nachgeforscht. Es ist ja wohl auch nichts Besonderes, daß ein Offizier im Urlaub keine Uniform trägt.«

»Hat er Ihnen nicht gesagt, daß er nicht mehr bei der Kavallerie diente, Monsieur Brunot?«

»Mit keiner Silbe. Erst im Krieg habe ich dann erfahren, was Pierre wirklich gemacht hat. Als die Deutschen kamen ... Eines Nachts standen sie vor der Tür, Männer in Trenchcoats und mit Pistolen. Anfangs wollten sie wissen, ob mein Bruder hier sei. ‚Pierre ist lange tot', habe ich gesagt. Da durchwühlten sie die Wohnung. Anschließend verhörten sie mich.«

»Und was wollten sie wissen?«

»Sie redeten von irgend etwas, das mein Bruder versteckt haben sollte – schon vor dem Krieg. Bei mir haben sie nichts gefunden. Plötzlich wollten sie wissen, mit wem Pierre zu tun hatte. Sie schrien mich an, ich sollte nicht den Dummen spielen; sie kriegten sowieso alles heraus, und ich wüßte doch, daß mein Bruder Offizier beim Abwehrdienst gewesen sei ... Ja, Monsieur Batissier. auf diese Weise habe ich erfahren, was Pierre gemacht hat.« Er drückt gelassen mit dem Daumen Tabak in den Kopf einer Pfeife mit zerbissenem Mundstück und zündet ihn an.

»Haben die sich damit zufriedengegeben?« erkundigt sich Jacques atemlos. Jetzt ist er auf der Spur der Papiere aus Bagnoles-de-l'Orne, jetzt oder nie wird sich entscheiden, ob er sie jemals in den Händen halten kann! Die Gestapo hat die Akten gesucht – das bedeutet, daß sie bis zu jenem Zeitpunkt sicher verborgen gewesen waren. Die Cagoulards fürchteten ihre Entdeckung durch nationalgesinnte Franzosen und wandten sich hilfeheischend an die Besatzungsmacht – das ist ein neuerlicher Beweis für die große Wichtigkeit der Papiere!

»Sie haben sich damit nicht zufriedengegeben«, erwidert François schlicht. »Erst drohten sie, dann fingen sie an zu schlagen. Es war eine schlimme Zeit, Monsieur.«

»Ist die Gestapo auch bei Ihren Verwandten gewesen?«

Brunot hüllt sich in dicke Rauchwolken. »Ich habe hier niemanden mehr Vater ist dort drüben in der Eisengießerei umgekommen, bei einem Unfall. Mutter starb bei der Geburt von Pierre. Er war der jüngste von dreien. Meine Schwester und ich sind im Waisenhaus groß geworden, den Kleinen hat Mama Puget zu sich genommen. Sie war damals Hebamme in Lunéville, eine wunderbare Frau; sie hat ihn aufgezogen, auf die Schule geschickt ... Er hat immer sehr an ihr gehangen «

Batissier setzt das Teeglas ab. »War die Geheime Staatspolizei auch bei ihr?« fragt er.

»Bei Mama Puget?« François schüttelt den Kopf. »Eher hätte ich mir die Zunge abgebissen, als ihren Namen zu nennen.«

Der Journalist zieht sein Notizbuch heraus und läßt die Mine des Kugelschreibers vor- und zurückschnellen. »Zu ihr hatte Pierre volles Vertrauen, sagen Sie?« forscht er, heiser vor Erregung.

»Ja.«

»Lebt sie auch hier in Lunéville?« Jacques hofft, daß Brunot verneint. Wenn er jetzt die Antwort gibt, der Batissier entgegenfiebert, die er aber kaum zu erwarten wagt, dann ...

»Nein«, sagt François. »Schon lange nicht mehr. Sie hat später eine Anstellung in der Nähe von Paris gehabt und Pierre mit sich genommen. Mama Puget ermöglichte es meinem Bruder, in der Metropole die Militärschule zu besuchen – so ist er Offizier geworden. Keine leibliche Mutter kann mehr für ihren Jungen tun.«

Der Journalist hört vor allem das »... in der Nähe von Paris«. Es elektrisiert ihn. In Sekundenschnelle ziehen die Vorfälle jener Nacht in Bagnoles-de-l'Orne an seinem geistigen Auge vorüber – die Fahrt zum Schloß, das Eindringen in die Verwalterwohnung und das Warten dort, Rochambeaux' Gang in die Kapelle. Der Kommissar kam, am Zeitpunkt seines Anrufs gemessen, spät in seine Wohnung zurück, aber nicht spät genug, um weit von Paris entfernt gewesen sein zu können ... Nach seinem Tode hatten nacheinander die Cagoulards, die Militärische Abwehrorganisation Frankreichs, hatten Blanchards Kriminalpolizei, die Gestapo und der Sicherheitsdienst der Faschisten nach den Papieren gesucht und sie nicht gefunden. Jacques kann sich des Gefühls nicht erwehren, daß von all den Kriminalisten die der Geheimen Staatspolizei dem Versteck am nächsten waren – nur das Schweigen François Brunots machte es ihnen unzugänglich. Batissier ist überzeugt, daß Mama Puget das Rätsel um den Verbleib der Akten lösen kann – sie stand so weit außerhalb der Fahndung nach Verbindungen eines Pierre Rochambeaux, daß die Papiere nur bei ihr sicher sein konnten! Er, Jacques, wird Mama Puget aufsuchen …

Der Journalist springt auf. Seine Überlegung erscheint ihm bestechend logisch und einleuchtend. Es gibt nur einen Punkt, den er nicht einzuordnen vermag: Woher wußte die Gestapo, daß sich hinter dem Kriminalkommissar Rochambeaux der Capitaine Pierre Brunot verbarg? Dieses Geheimnis war unverständlicherweise sogar gegenüber Blanchard gewahrt worden … Auf eine entsprechende Frage erwidert François zögernd: »Das ist wirklich eigenartig. Ich erinnere mich aber, daß sie Pierres Namen auf einer Liste hatten, die sie immer wieder zur Hand nahmen. Vielleicht sind ihnen Personalakten der Abwehr bei ihrem Einmarsch in Paris von Kollaborateuren zugespielt worden, und sie haben einfach allen Offizieren dieselben Fragen gestellt …«

Das könnte die Erklärung sein. Es lag auf der Hand, daß der tote Rochambeaux die Papiere zuvor weitergegeben hatte. Was lag näher, als ihre Übergabe an die Abwehr zu vermuten und bei deren Offizieren danach zu suchen, soweit man ihrer habhaft zu werden vermochte? Die Gestapo hatte in Lunéville François Brunot nicht aufgesucht, weil sie die Identität des Kommissars Rochambeaux festgestellt hatte, sondern weil Pierre einer der möglichen Bewahrer der Akten sein konnte …

»Wo kann ich Mama Puget finden?« drängt Batissier.

François geht zum Küchenschrank und nimmt eine Ansichtspostkarte, die an der Scheibe steckt. Er reicht sie dem Journalisten. »Wenn ich Ihnen damit helfen kann – bitte! Der Absender steht darauf, und außerdem können Sie jeden Nachbarn nach Madame Puget fragen. Sie kennt jeder. Mama Puget ist jetzt weit über siebzig, und es geht ihr gesundheitlich nicht allzu gut. Aber sie kann es nicht lassen, immer jemanden zu bemuttern. Nun wohnt eine Studentin bei ihr. – Grüßen Sie Madame Puget von mir! Sie wird sich freuen, daß einer kommt, der mit Pierre zusammen war.«

93

Jacques holt aus dem lindgrünen Citroën heraus, was der Motor hergibt. Die Straße nach Paris ist gut; er kann mit Höchstgeschwindigkeit fahren. Der »Laubfrosch« überholt Wagen, die ihm an Kraft weit überlegen sind; seine

Maschine singt hoch und hell, und Batissier kann es kaum erwarten, der Frau gegenüberzustehen, die an Rochambeaux Mutterstelle vertreten hat. Für den Journalisten wird der Abwehroffizier immer Rochambeaux bleiben – mit diesem Namen ist für ihn die Erinnerung an unvergeßliche Stunden verknüpft.

Er muß die Scheinwerfer einschalten; es dunkelt schnell. Die Geschwindigkeit mindert er nicht, und er läßt ein Fahrzeug nach dem anderen hinter sich. Nur weit hinter ihm versucht einer mitzuhalten, aber er vermag offensichtlich nicht aufzuschließen, sondern kann eben gerade noch so den Abstand halten. Batissier sieht ihn ein paarmal im Rückspiegel, achtet jedoch nicht weiter darauf. Er rast den Lichtern der Metropole entgegen, deren Schein den Himmel über Paris erhellt. Der Eiffelturm wird wieder von Scheinwerfern angestrahlt und steht silbrig in der Dämmerung. Auch die Fassade und die Türme von Notre-Dame sind beleuchtet, und um sie herum brodelt das vielfarbige Meer der Lichtreklamen.

Es versinkt hinter den Häusermauern der Vororte, und Jacques muß nun doch den Motor drosseln und langsam fahren, um die Straße vor Madame Pugets Haus nicht zu verfehlen. Er fragt noch einmal, aber da ist er seinem Ziel schon sehr nahe. »Fahren Sie über die Kanalbrücke, Monsieur«, wird ihm gesagt, »und biegen Sie jenseits des Wassers scharf links ab...« Der Citroën rollt wieder an.

Die Gaslaternen spenden nur blasse, unnatürliche Helligkeit. Wären die Hausnummern nicht von innen erleuchtet, keiner könnte sie ohne Taschenlampe entziffern. Batissier findet ohne Mühe die schmiedeeiserne Vorgartentür, die Pierre Rochambeaux am Tage des Kriegsausbruchs zum letztenmal durchschritten hat. Nun steht der Journalist davor und blickt zu den erhellten Fenstern im ersten Stock hinauf. Sie sind mit Gardinen verhangen; kein Schatten gleitet darüber hin.

Heute abend ist es kalt, der Atem wird sichtbar, aber Jacques spürt die Kühle nicht. Er schließt energisch den Reißverschluß seiner Lumberjack und drückt die Klinke nieder. Seine Schritte hallen auf den Fliesen des Hausflurs; die geölte Treppe knarrt ein wenig, und dann schlägt die Klingel an. Die Schritte, die sich im Korridor nähern, werden vom gleichmäßigen, rhythmischen Aufsetzen eines Stockes begleitet. Batissier hat Herzklopfen, er schluckt erregt. Ein Schlüssel dreht im Schloß, die Tür wird geöffnet...

Der Journalist hat kaum das Haus betreten, da biegt in die Straße schleudernd ein zweiter Wagen ein und hält mit kreischenden Bremsen unmittelbar hinter dem Citroën. »Mensch!« sagt der Fahrer aufatmend. »Ich dachte schon, er hätte uns abgehängt...«

Der Mann neben ihm zischt: »Verrückt, was? Außer Sichtweite, Tempo!«

Das Auto schießt im Rückwärtsgang förmlich davon und kommt hundert Meter entfernt wieder zum Stehen. »Ich bin ganz durcheinander«, brummt der Chauffeur entschuldigend. »Haben wir ein Glück gehabt...«

Er bleibt sitzen, zwei andere steigen aus. Der eine, ältere, sieht mit halbsteifem Hut und Übergangsmantel wie ein Handelsvertreter aus. Dieser Eindruck wird durch den tiefschwarzen Menjoubart verstärkt. Die kantigen, grobflächigen Züge des Mannes wirken dunkel, als wären sie von der Sonne stark gebräunt. Sein Begleiter ist größer und schlanker, hat die schirmlose Sportkappe verwegen aufs Ohr gesetzt und trägt unter dem offenen Trenchcoat eine Maschinenpistole mit dem Lauf nach unten. Bei flüchtigem Hinsehen ist sie nicht wahrzunehmen.

Die beiden gehen auf die andere Straßenseite und langsam, als wären sie abendliche Spaziergänger, an Madame Pugets Haus vorüber. Der Mann mit der MPi wirft einen Blick auf die Armbanduhr. »Na also!« sagt er. »Er ist am Ziel, sonst wäre er schon wieder draußen. – Rufe den Boß an und sage ihm, wo wir uns aufhalten.«

Der mit dem halbsteifen Hut läuft eilig in Richtung Brücke. Sie sind da an einer Telefonzelle vorübergekommen. Der andere zündet sich, an einen Baum gelehnt, ohne Hast eine Zigarette an. Seine großen, etwas hervortretenden Augen beobachten unverwandt Madame Pugets erleuchtete Fenster ...

94

»Ich bin sehr froh, daß ich Sie endlich gefunden habe, Madame Puget«, sagt Jacques Batissier leise und glücklich. Er schaut von der gebrechlich gewordenen alten Dame mit dem weitmaschigen gehäkelten Schal um die Schultern hinüber zu Pierre Rochambeaux' Fähnrichsfoto an der Wand und liest die verblichene Widmung: »Mama Puget in Dankbarkeit. Pierre Brunot. Juli 1928.«

Die alte Frau, auf ihren Stock gestützt, mustert den Besucher.

»Mein Freund Pierre Brunot hat vor vielen Jahren Akten bei Ihnen gelassen, die er später abholen wollte. Das ist neunzehnhundertneununddreißig gewesen. Wie Sie wissen, ist Pierre tot. Ich bin gekommen, diese Papiere in Empfang zu nehmen.«

Madame Pugets faltige Züge bleiben unbewegt. Sie sieht den Journalisten ruhig an, als sie antwortet: »Es tut mir leid, Monsieur. Ich weiß von keinen Akten.«

Die Worte bleiben eigenartig in der Schwebe. Batissier ist überzeugt, daß sie nicht der Wahrheit entsprechen, daß die alte Frau die Papiere ihm gegenüber ebenso verleugnet, wie sie sie in all den Jahren zuverlässig und tapfer verleugnet hätte, wenn sie nach ihnen gefragt worden wäre ... Diese Hürde scheint unüberwindbar zu sein. »Madame Puget«, fleht er. »Hören Sie mich noch einen Augenblick an! Ich war dabei, als Pierre diese Akten unter Lebensgefahr an sich brachte. Sie waren für uns beide wichtig, für den Offizier der Abwehr ebenso wie für mich, den Zeitungsmann, der die Öffentlichkeit auf die Hintermänner der Cagoulards aufmerksam machen wollte.« Madame Pugets Miene spiegelt keine Regung, und Jacques, der voller Bewunderung für die Selbstbeherrschung der alten Frau ist, die als einzige das Versteck kennen kann, dringt weiter in sie: »Pierre wurde ermordet, ehe wir uns noch einmal sahen. Er konnte mir nicht mehr sagen, wo er die Papiere hinterlegt hat und wie ich mich Ihnen gegenüber ausweisen soll. Ich habe alles in Bewegung gesetzt, um zu Ihnen zu finden. Nur Sie können das Material verwahren ... Haben Sie doch Vertrauen zu mir!«

Die starre Haltung der alten Frau lockert sich ein wenig. Jacques nimmt es dankbar wahr. Sie sagt: »Setzen wir uns. In meinem Alter fällt das Stehen schwer.« Die Weißhaarige wählt ihren Platz unter dem großen, gerahmten Foto Rochambeaux'. Batissier bleibt stehen. Sie sieht zu ihm hoch, und zögernd, als richte sie die Frage vornehmlich an sich selbst, erkundigt sie sich: »Was gibt mir die Gewißheit, daß Sie Pierre überhaupt gekannt haben?«

Eben noch hatte er das Gefühl, nun beginne das Eis zu schmelzen; diese Worte machen seine Hoffnungen zunichte. Was soll er darauf sagen? Er hebt verzweifelt die Schultern. »Madame Puget ... Das einzige, was ich von Pierre habe, ist ein alter Schlüssel, und von dieser Sorte mag es Hunderte geben ...«

Ganz plötzlich verwandelt sich das Gesicht der alten Frau. Es ist nicht mehr abweisend, im Gegenteil, es verrät Anteilnahme und ungläubige Erwartung. Sie streckt die Hand aus: »Haben Sie diesen Schlüssel hier?«

Batissier sucht hastig in allen Taschen. Das Schlüsselbund ... Daran ist er nicht. Aber in der Lumberjack findet er ihn, und er legt ihn aufatmend in Madame Pugets Hand. Sie betrachtet ihn von allen Seiten. Ihre Finger gleiten über die rauhen Flächen, lange. Louise Puget schweigt, und in diesem Schweigen hört der Kriminalreporter sein Herz pochen. Er nimmt beinahe körperlich wahr, daß die Erinnerung auf die alte Frau einstürzt, daß sie um Fassung ringt und daß ihr in dieser Stunde der tote Pierre Brunot sehr nahe ist. Er regt sich nicht, er wartet nur und starrt wie sie auf den altertümlichen Schlüssel in ihren blaugeäderten, schmalen, knochigen Händen.

Endlich erhebt sie sich mühsam, hat ein freundliches Lächeln für den Besucher und sagt, als spreche sie etwas Selbstverständliches aus: »Das ist der richtige! Ich soll dem die Kassette geben, der mir diesen Schlüssel vorweist. Warten Sie! Ich hole die Kassette.«

Sie geht hinaus, und als sich die Tür hinter ihr geschlossen hat, merkt Jacques, daß seine Nerven nicht mehr die besten sind. Er muß sich setzen ...

Der Mann mit der Maschinenpistole unterm Trenchcoat steht immer noch auf der anderen Straßenseite und beobachtet das Haus. Der Fahrer und ein vierter Mann aus dem Wagen haben den Simca verlassen und vertreten sich drüben die Beine. Man könnte sie für bummelnde Freunde halten. Der mit dem halbsteifen Hut telefoniert immer noch.

Alle drei hören das Mädchen kommen, das Stakkato hoher Absätze auf den Granitplatten des Fußweges. Die beiden drüben blicken ihr entgegen. Das Mädchen ist hübsch; sie hat ihr langes blondes Haar in einen schweren Zopf gefaßt, der beim Gehen hin und her pendelt. Das Mädchen trägt einen Tennisschläger unter dem Arm.

Der Simcafahrer spricht sie an. »Verzeihen Sie, Mademoiselle! Wir suchen eine Familie Vitry, die in einem der Häuser hier wohnen muß. Ich habe nur ein Foto des Gebäudes gesehen. Dieses da könnte es sein.« Er weist mit einer Kopfbewegung auf das Haus, vor dem Batissiers lindgrüner Citroën parkt.

Das Mädchen bleibt stehen und überlegt. Sie öffnet dabei ein wenig die vollen Lippen und läßt die Zungenspitze zwischen ihren kräftigen Zahnreihen wandern. »Vitry? Diesen Namen habe ich nie gehört.«

»Aber das Haus müßte es sein . . .«

Sie schüttelt den Kopf. »Sie irren sich, Monsieur. Dort wohnt Madame Puget.«

»Ach?« sagt der zweite Mann, als überrasche ihn diese Auskunft. Um endgültige Gewißheit über den Zusammenhang der Fahrt des Journalisten nach Lunéville mit seinem Besuch hier zu erlangen, fährt er fort: »Madame ist aus Lunéville, nicht wahr?«

Sie drückt die Klinke der schmiedeeisernen Gartentür nieder. »Möglich wäre es. Sie bekommt manchmal Post von dort.«

»Kennen Sie Madame gut?« hakt der Chauffeur wieder ein.

»Ich wohne bei ihr. Gute Nacht, Messieurs!« Damit läuft sie ins Haus.

»Pardon, Mademoiselle«, murmeln die Männer noch. »Gute Nacht!« Sie gehen über die Straße.

»Idioten!« empfängt sie der mit der Maschinenpistole, der jedes Wort verstanden hat. »Konntet ihr nicht jemand anderen fragen? Jetzt weiß der da drin natürlich Bescheid!«

Der Simcafahrer breitet entschuldigend die Arme aus. »Wer kann denn riechen, daß sie auch hier wohnt? Aber wir sind vor der richtigen Schmiede. Die Alte ist aus demselben Nest wie der Mann, den unser Liebling besucht hat.«

Der mit der Maschinenpistole stößt den Begleiter an, der nach Lunéville gefragt hat. »Geh zur Telefonzelle. Lucien soll die Neuigkeiten gleich mit durchsagen . . .«

Madame Puget stellt die Kassette auf den Tisch und streicht mit einer liebkosenden Geste darüber hin, obwohl sie voll Staub ist. »Das ist sie!« erklärt sie einfach. »Nehmen Sie sie!«

Batissier berührt beinahe scheu das kalte Metall. »Sie können sich kaum vorstellen, was diese Stunde für mich bedeutet«, sagt er bewegt.

Die alte Frau nickt ihm herzlich zu. »Ich verstehe Sie schon, Monsieur. Nach so vielen Jahren ... Manchmal habe ich mich gefragt, ob es noch Sinn hätte, das Ding da aufzubewahren, aber schließlich hatte ich es Pierre versprochen ...«

Es klopft. Das Mädchen mit dem Tennisschläger tritt ein. »Guten Abend, Madame Puget. Guten Abend, Monsieur ...«

»Das ist Suzanne, meine Untermieterin«, stellt sie vor. »Monsieur Batissier.«

Suzanne lächelt dem Besucher zu. »Ich freue mich ... Gibt es in unserer Straße eine Familie Vitry, Madame? Da unten sind ein paar Herren, die diese Familie in Ihrem Haus suchen. Übrigens müssen diese Leute Sie kennen. Sie fragten, ob Madame Puget aus Lunéville wäre.«

»Hatten die Herren einen Wagen bei sich?« Die weiche Stimmung, die der Anblick der Kassette und die damit verbundene Erinnerung an Rochambeaux in Jacques hervorgerufen haben, ist jäh wie weggeblasen.

»Ja«, erwidert sie. »Vor unserer Tür steht einer, so ein grüner ...«

»Der gehört mir. Noch einen haben Sie nicht entdeckt?«

Suzanne sieht ihn verlegen an. »Ich habe nicht darauf geachtet, Monsieur.«

»Warum fragen Sie?« schaltet sich Louise Puget ein. »Glauben Sie, daß diese Herren etwa ..., daß sie Sie verfolgen?«

Der Journalist setzt ihr auseinander, es sei nicht unmöglich, daß man ihn beobachte. Bei sich denkt er, daß La Cagoule seine Fahrt nach Lunéville offenbar richtig gedeutet hat. Die Art, wie er in »L'Express« über den Prozeß berichtete und ihn kommentierte, der Umstand, daß er danach Urlaub nahm und sich als Lektüre Material über die Cagoulards aus dem Archiv entlieh, dazu die Kreuzfahrten bei der Schneidersuche – das alles könnte die richtige Vermutung genährt haben, er sei aufgebrochen, das seit Rochambeaux' Ermordung verschollene Beweismaterial gegen die Kapuzenmänner zu finden und ans Tageslicht zu bringen. Wenn dem so ist, dann wurde aus dem Jäger ein Gejagter ...

»Gibt es bei Ihnen noch ein Zimmer, das auf die Straße hinausgeht und in dem jetzt kein Licht brennt?« will er wissen.

»Meines«, entgegnet Suzanne sofort. »Gleich hier nebenan.«

»Kommen Sie«, bittet Batissier. »Vielleicht sind die Kerle zu sehen.« Das Mädchen führt ihn bereitwillig in ihr Zimmer ...

Lucien mit dem halbsteifen Hut kommt zurück. »Der Chef war sehr wütend«, erklärt er dem Mann mit der Maschinenpistole. »Unser Freund darf auf keinen Fall mehr in sein Auto kommen. Wir erhalten Verstärkung.«

»Wann?«

»Schon unterwegs! – Unser Freund hat eine Kassette bei sich, und nur auf die kommt es an. Der Mann ist dabei nicht wichtig.«

»Na also!« Der im Trenchcoat liebt klare Entscheidungen. »Und wer bringt die Kassette nach Paris?«

»Ein Kurier wird mitgeschickt.«

»Okay!« Er zieht die MPi ein wenig unter dem Mantel hervor, bringt ein Magazin aus der Tasche und läßt es hörbar einrasten. Beinahe betulich poliert er mit dem Ärmel den Lauf der Waffe...

95

Suzanne schaut Batissier fragend an. Er schließt die Gardine wieder und wendet sich um. »Sie warten auf mich«, sagt er lakonisch zu Madame Puget, die im Türrahmen steht. »Dann bleiben Sie hier«, schlägt sie vor.

»Nein, das geht nicht«, gibt er mit großer Entschiedenheit zurück. »Wenn ich das Haus in Kürze nicht verlassen habe, dann sind sie hier drin und haben die Kassette.«

»Um Gottes willen...«

Jacques versenkt die Hände in die Hosentaschen. »Allein komme ich nicht weg«, sagt er zur Decke hinauf. »Ehe ich den Wagen erreicht und gestartet habe – du liebe Güte!«

Die Untermieterin blickt scheu von einem zum anderen. »Wenn sie eindringen...«

»...dann muß Monsieur Batissier fort sein«, fällt ihr die alte Frau mit einer Entschlossenheit ins Wort, die Suzanne beschämt.

Jacques spricht seine Gedanken aus. »Ich muß Vernon verständigen, ‚Journal de Paris'. – Haben Sie Telefon, Madame?«

»Nicht mehr«, bedauert sie. »Aber im Nebenhaus, Monsieur Renard...«

Der Journalist steht schon an der Tür. »Wie komme ich dorthin?«

Das Mädchen drängt sich zwischen ihn und den Türrahmen. »Sie können doch jetzt nicht über die Straße gehen...«

»Ich muß telefonieren.«

Louise Puget hebt ruhegebietend ihren Stock. »Sie werden bleiben, Monsieur! Und Sie auch, Suzanne! Ich führe das Gespräch!«

»Das kommt gar nicht in Frage«, wehrt Batissier ab. »Ich dulde nicht, daß Sie sich der Gefahr aussetzen.«

Sie schüttelt lächelnd den Kopf. »Ich benutze die Straße nicht. Ich gehe hinten aus dem Haus und am Kanal entlang. Ich bin gleich zurück. Geben Sie mir mal die Nummer, und sagen Sie mir, wen ich anrufen soll...«

Die Federn des breitausladenden Chevrolet sind vorzüglich. Der große amerikanische Wagen verbeugt sich förmlich, als er scharf gebremst wird. Der Mann mit der Maschinenpistole unter dem Trenchcoat reißt beflissen den Schlag auf. Den Chevrolet fährt der Chef persönlich, ein bulliger Endvierziger mit kahlgeschorenem Kopf und schmallippigem, verächtlichem Mund.

»Was Neues?«

Der MPi-Schütze verneint. »Alles ruhig, Chef. Er ist noch drin. Hat sich bisher nicht gerührt.«

»Wer steht hinter dem Haus?«

»Niemand, Chef. Dort ist nur der alte Kanal. Da kann er nicht weg.«

»Dummkopf! Ist eine Brücke in der Nähe?«

»Hundert Meter hin. Am Ende der Häuserzeile. Aber er wird doch versuchen, mit seinem Wägelchen zu entkommen.«

Der Chef winkt Lucien heran. »Auf die Brücke! Wenn einer versucht, den Kanal zu überqueren – Feuer! Nimm dir 'ne Kugelspritze aus dem Wagen. Pistole reicht da nicht ...«

Lucien lacht. »Hör mal, Chef! Wer stürzt sich denn bei dieser Kälte ins Wasser ...«

Der Kahlgeschorene sieht ihn fest an. »Hau ab, habe ich gesagt! Dieser Batissier ist ein frecher Hund, der riskiert was.« Lucien öffnet den Kofferraum des Chevrolet. Der Chef fragt weiter: »Telefon im Haus?«

»Nein«, erwidert der MPi-Schütze. »Das hätte ich schon außer Betrieb gesetzt.«

Der bullige Mann aus dem amerikanischen Wagen hebt die Armbanduhr ins trübe Licht einer Gaslaterne. »Drei Minuten vor halb elf. Um elf gehen wir 'rein! Kurzen Prozeß, Männer! Der Kerl bleibt liegen. Nur die Kassette ist wichtig. – Na, wir haben ja Übung, was?«

Die anderen grinsen beifällig ...

Louise Puget kehrt zurück.

»Haben Sie etwas erreicht?« erkundigt sich Suzanne aufgeregt. »Hat Ihnen Monsieur Renard noch geöffnet, Mama Puget?«

»Es ist alles in Ordnung«, teilt die alte Frau mit. »Vernon läßt Sie grüßen. Passen Sie auf: Jenseits des Kanals befindet sich ein alter Holzplatz. In spätestens einer Viertelstunde steht dort ein Auto ohne Licht. Es soll ein sehr schneller Wagen sein. Monsieur Vernon läßt Ihnen sagen, der Fahrer heiße Martin. Er wird mit einer Taschenlampe drei Lichtsignale geben. Dann müssen Sie hinüber. Das Wasser wird sehr kalt sein ...«

Jacques macht sich darüber die geringsten Sorgen. »Ich schwimme ganz gut, und mein Herz ist in Ordnung. Kann ich ein Stück Wäscheleine haben? Ich binde mir die Kassette auf den Leib ...«

»Ich hole einen Strick«, sagt Madame Puget.

Suzanne betrachtet nachdenklich den Behälter. »Vielleicht«, empfiehlt sie eifrig, »sollten Sie das Ding noch einwickeln – damit kein Wasser hineinkommt.«

»Eine gute Idee ...«

Die Studentin zieht die Wachstuchhülle ihres Tennisschlägers ab und bringt sie herbei. Sie reicht gerade aus, die Kassette aufzunehmen. Mit Hilfe der beiden Frauen bindet Batissier sie sich auf den Rücken. Unter der Lumberjack ist sie kaum zu ahnen.

»Ich führe Sie hinunter«, bestimmt Louise Puget. »Sie kommen mit, Suzanne, und wenn wir das Lichtzeichen sehen, schalten Sie die Treppenbeleuchtung ein. Das wird die Männer draußen ablenken.«

Hinter dem Haus bewegt Jacques fröstelnd die Schultern. Ein kalter Wind pfeift über den Kanal. An seinem jenseitigen Ufer zeichnen sich silhouettenhaft Holzstapel ab. Der Journalist schätzt die Entfernung und beißt die Zähne zusammen. Er muß es schaffen! So dicht am Ziel darf er nicht versagen.

Sie stehen im tiefen Schatten eines Mauervorsprungs und warten. Am Nachthimmel verbergen dunkle Wolkenfetzen die Sterne. Nur zeitweilig geben sie einen trüben gelben Mond frei. Die Brücke mutet von hier aus an wie ein Scherenschnitt. Unsagbar langsam verrinnt die Zeit.

Zwischen den Holzstapeln erscheint ein grüner Lichtpunkt, erlischt und flammt wieder auf. Einen Wagen hat niemand kommen hören. Trotzdem – die Zeichen sind die vereinbarten.

»Machen Sie das Treppenhaus hell, Suzanne«, befiehlt Madame Puget leise.

Das Mädchen nickt und streckt Jacques zum Abschied die Hand entgegen. Als er danach greift, überlegt sie es sich anders, umarmt ihn und flüstert dicht an seinem Ohr: »Viel Glück!« Ehe er etwas sagen kann. verschwindet sie im Gebäude.

Louise Puget nimmt Batissiers Kopf zwischen die Finger. »Alles Gute, Monsieur! Sie erinnern mich sehr an Pierre ...«

Bewegt küßt er sie auf beide Wangen – behutsam und voller Dankbarkeit. »Leben Sie wohl, Mama Puget! Sie haben so viel für uns getan ...« – Dann wendet er sich zum Kanal. Der Journalist streift die Schuhe ab und läßt sich langsam, jedes Geräusch vermeidend, ins Wasser gleiten. Dessen Kälte nimmt ihm für Sekunden den Atem, aber er zögert nur kurz, ehe er die Füße gegen die Uferbefestigung stemmt und sich kraftvoll abstößt ...

»Achtung!« warnt auf der Straße vor Madame Pugets Haus der kahlköpfige Chef die Begleiter. Gleichzeitig zieht er seine Pistole aus der Manteltasche und lädt durch. Im Gaslaternenlicht schimmert matt das brünierte Metall der Waffe. Der im Trenchcoat entsichert seine Maschinenpistole und legt an. Die Mündung ist genau auf die Tür gerichtet, hinter der eben die Treppenbeleuchtung aufflammte. Der Kraftfahrer eilt zum Wagen und startet den Motor.

»Erst weit genug 'rauskommen lassen«, ordnet der Chef an und drückt betont ruhig den Lauf der MPi seines Nebenmannes nieder.

96

Jacques Batissier zwingt sich, mit ausgeglichenen Stößen zu schwimmen und ein verräterisches Plätschern zu vermeiden. Er kommt nur langsam vorwärts – die nasse Kleidung behindert seine Bewegungen. Die Kassette spürt er kaum.

Am Himmel ziehen die Wolken. Da und dort geben sie die Sterne frei, die kalt und frostig herunterblicken. Der Mond ist noch verdeckt, aber ganz in seiner Nähe klafft eine Lücke auf, und der Rand des an ihm vorübereilenden Gewölks hat schon einen helleren Saum.

Das jenseitige Ufer rückt näher. Das letzte Drittel des Kanals ... Eine lähmende Wirkung geht von dem eisigen Wasser aus, das den Körper wie mit Nadelstichen trifft. Die Glieder scheinen zu erstarren; jede Bewegung kostet ungeheuer viel Kraft. Jacques keucht, kämpft verzweifelt gegen das aufkommende Schwächegefühl, schwimmt nun doch weniger beherrscht.

Die Wolkendecke reißt auf. Das Mondlicht fällt in breiter Bahn auf den Kanal und macht ihn glänzen. Lucien, der gelangweilt am Brückengeländer lehnt, zuckt zusammen. Die schwache Helligkeit genügt, den dunklen Punkt im Wasser zu erkennen und die Wellenspur, die er nach sich zieht. Da schwimmt einer!

Der Mann mit dem halbsteifen Hut zerrt hastig die Maschinenpistole unter dem Mantel hervor, lädt durch und entsichert. Mit raschem Blick überzeugt er sich, daß kein Mensch in der Nähe ist, der ihn behindern könnte. Er legt an. Es zielt sich schwer in dem ungewissen Licht, das die Entfernung merkwürdig verschleiert. Lucien zieht durch. Die erste Schußserie liegt viel zu kurz, als sie eine Fontänenspur aus dem Wasser reißt. Der Schütze setzt neu an, schaut wieder nach links und rechts ... Das Rattern der Waffe erscheint ihm selbst erschreckend laut; es muß den ganzen Stadtteil alarmieren ... Lucien hält höher, schießt ... Blechern scheppern ausgeworfene Patronenhülsen auf das Pflaster.

Und da ist der Mann weg!

»Verdammt!« knirscht in der Straße vor Madame Pugets Haus der Chef. »Das Schwein hat uns verladen ... Los!« Er reißt die Tür des Chevrolets auf und schwingt sich hinters Steuer. Die anderen folgen ihm. Aufheulend schießt der riesige Wagen davon, zur Brücke hin.

Batissier, getaucht, schwimmt unter Wasser. Hier scheint die Strecke überhaupt kein Ende zu nehmen; noch berühren seine Finger das Ufer nicht. Er bleibt unten, so lange er kann, aber dann ist ihm, als wollten seine Lungen bersten. Für einen Augenblick durchbricht er die Wasseroberfläche, sieht die Böschung unmittelbar vor sich und hört in der gleichen Sekunde wieder das rasende Bellen der MPi. »Hierher, Batissier«, schreit zwischen den Holzstapeln eine Männerstimme, und da ist ihm, als treffe seine Schulter ein Schlag, der ihn in die Tiefe drücken will. Der linke Arm wird plötzlich gefühllos, aber er gehorcht noch, und Jacques schafft es, sich an den Faschinen hochzuziehen.

Mit einem Fluch nimmt Lucien die Waffe von der Schulter und setzt hastig ein neues Magazin ein. Der letzte Feuerstoß lag gut, er muß den Mann erwischt haben... Neben ihm stoppt kreischend der Chevrolet; der im Trenchcoat ist schon draußen und jagt dem Flüchtenden, der die Holzstapel gerade erreicht, den ganzen Inhalt des Magazins nach...

Batissier taumelt. Vor seinen Augen tanzen feurige Kreise, er hat keinen Atem mehr, er droht zusammenzubrechen. Neben ihm splittert Holz, und vor ihm springt ein Motor an, ein Motor, dessen tiefes, sattes Brummen eine ungeheure Kraft verrät... Auf dieses Geräusch stürmt er zu, ein Wagenschlag öffnet sich, er fällt mehr hinein, als er einsteigt, und in jäh aufflammenden Lichtkegeln sieht er ein geöffnetes Tor auf sich zurasen und zurückbleiben. Jacques schließt die Augen. Weiter wäre er nicht mehr gekommen...

Der Mann am Steuer schenkt ihm keinen Blick. Jung, breitschultrig und die Ruhe selbst, sitzt er da – ein wenig vorgebeugt, die Lider zusammengekniffen. Seine Hände am Lenkrad – Hände, in die Motorenöl und Schmiermittel ihre Spuren gegraben haben – machen keine überflüssige Bewegung. Sie beherrschen den großen alten Sportwagen mit dem übermäßig langgestreckten Motor und den Außenkompressoren souverän. Dieser Fahrer verschwendet kein Auge an das matt erleuchtete Armaturenbrett – das Geräusch der achtzylindrigen Maschine sagt ihm alles. Martin ist nicht nur der beste Mann jener kleinen Autowerkstatt, die die Fahrzeuge von »Journal de Paris« betreut, seine große Liebe sind die Rennpisten Frankreichs, die vielpferdigen stromlinienförmigen Silberpfeile, und in Sportwagenrennen der Amateure hat er mit diesem liebevoll aufgebauten alten Renner, seinem »Hai«, schon mehr als eine Ehrenrunde gefahren. Martin war sofort bereit, Batissier herauszuholen, als ihn Gaston Vernon darum bat...

»Ihm nach!« befiehlt der Chef. Der Chevrolet und der Simca fahren gleichzeitig an. Neben dem Kahlgeschorenen macht der Mann im Trenchcoat seine MPi wieder schußbereit. »Nur nahe genug 'ran, Chef! Damit ich ihm die Reifen wegfetzen kann...«

»Keine Bange! Ich habe ihn gleich! Den Chevrolet hängt keiner ab...«

Die Vorortstraßen sind um diese Zeit menschenleer. Still und beschaulich liegen sie im Licht der Laternen. Im Rückspiegel sieht Martin die Scheinwerferkegel der Verfolger. Da spielt ein kleines, mitleidiges Lächeln um seine Lippen. Das Geräusch seiner Maschine schwillt ein wenig an.

Jacques Batissier nimmt es nicht wahr. Er hat das Bewußtsein verloren. Die Lumberjack färbt sich unterhalb der Schulter rot...

Ohne Vorankündigung fährt der Kahlgeschorene plötzlich an den Bürgersteig heran und hält. »Steigt um und kümmert euch um euer Alibi«, sagt er knapp. »Ab!«

Er wartet, bis der Simca mit seinen Komplizen verschwunden ist. Dann zündet er sich eine Zigarette an und geht mit schleppenden Schritten zur Telefonzelle.

97

Der Arzt wäscht sich sorgfältig die Hände. Das Fließen des Wassers in der Nische, die gewöhnlich durch einen Vorhang vom Zimmer des Chefredakteurs getrennt ist, stellt das einzige Geräusch im Raum dar. Vernon selbst tritt heran und reicht dem Doktor ein Tuch.

»Wie steht es um ihn?« erkundigt sich Gaston besorgt, während sich der Mediziner die Finger trocknet. Beide blicken zu Batissier hinüber, der reglos und mit verbundener Schulter auf der schmalen Liege gegenüber dem Schreibtisch ruht. Madeleine hockt bei ihm und streicht ihm sacht über die Stirn, immer wieder. Ihre Lippen bewegen sich tonlos.

»Ich hätte ihn lieber im Krankenhaus«, entgegnet der Arzt. »Aber nach Lage der Dinge ist er hier wohl am besten aufgehoben. Ziemlicher Blutverlust bei glattem Durchschuß. Er hat noch Glück gehabt.«

»Wird er lange bewußtlos sein?« fragt Madeleine.

»Nein. Ich habe ihm eine Coronarinjektion gemacht, das wird ihm guttun. Er ist schließlich nicht mehr der Jüngste, Madame. Erstaunlich, wie er das alles überstanden hat. Ausgezeichnete Konstitution!«

Jetzt wirft Jacques den Kopf hin und her, unruhig, fiebernd. Und auf einmal schlägt er die Augen auf und richtet sich mühsam hoch. »Die Kassette ...«, stöhnt er. »Wo sind die Akten ...?«

Madeleine beugt sich über ihn und drückt ihn sanft auf die Liege zurück. »Jacques, mein Lieber ... Es ist alles in Ordnung. Die Kassette steht da auf dem Tisch«, beruhigt sie ihn zärtlich. In der Tat entspannt ihn ihre Berührung, sein Atem wird ausgeglichener, und als nehme er sie nun erst ganz wahr, versucht er ein Lächeln und flüstert: »Es ist nicht schlimm, Madeleine. Sieh mich doch nicht so an!«

Das ist so unverwechselbar der Mann, den sie immer geliebt hat, daß sie unter Tränen lachen muß und für einen Augenblick den Kopf an seine unverletzte Schulter legt. Batissier spielt mit ihrem Haar, während er Vernon ungeduldig fragt: »Was ist mit den Akten?«

»Wir wollten die Kassette nicht ohne dich öffnen ... Wenn du jetzt willst – es kann losgehen!«

»Fangt an!«

Vernon wendet sich zur Tür, verhält jedoch noch einmal. »Ich möchte Sie bitten, als Zeuge hierzubleiben, Herr Doktor ...«

»Gern!«

Gaston bittet Martin herein. Der Autoschlosser schleicht auf Zehenspitzen ins Zimmer und bringt einen Werkzeugkasten mit. Die Kassette betrachtet er mit Kennermiene. »Kein Problem«, stellt er verächtlich fest. »Wenn es nicht darauf ankommt, das Schloß unversehrt zu lassen ...«

»Uns liegt nur an dem Inhalt.«

»Gut!« Martin schließt eine elektrische Bohrmaschine ans Netz an und setzt den Bohrer auf den Stahl. Er frißt sich kreischend in das Metall. »Keine besonders gute Legierung«, bemerkt der Fachmann abwertend. »Ich bin gleich fertig ...« Zum Schluß seiner Arbeit hebt er den Deckel mit dem Schloß zusammen aus. »Bitte sehr, Monsieur Vernon!«

»Bleiben Sie bitte auch als Zeuge ...«

Martin nickt. »Gemacht!«

»Bitte, Jacques!« Gaston hält dem Journalisten die geöffnete Kassette hin.

Batissier zögert unmerklich. Wie lange hat er auf diese Stunde hingearbeitet, wieviel Ungewöhnliches mußte er erleben, ehe sie kam ... Ihretwegen fuhr Rochambeaux nach Bagnoles-de-l'Orne und starb, ihretwegen mußte er selbst sich in gefährlichen Situationen behaupten, ihretwegen ... Er streckt die Hand aus und nimmt zwei große, versiegelte Briefumschläge heraus.

»Madeleine ...«, bittet Vernon. »Die Aufnahmen ...«

Madame Batissier greift eilig nach der bereits vorbereiteten Kamera. Der erste Vakublitz flammt auf. Die Bildreporterin hat es übernommen, die Sichtung der Papiere in allen Einzelheiten festzuhalten. Am Anfang der Fotoserie, deren Veröffentlichung in den nächsten Tagen ganz Frankreich bewegen wird, steht ein Detailbild – das Siegel der Cagoulards. In schwarzen Lack gedrückt, zeigt es eine stilisierte Kapuze als Symbol.

Jacques bricht die Siegel. Schriftstücke, die er Gaston zureicht ... Geschäftsunterlagen der Organisation, Kontoauszüge, Quittungen und Einnahmebelege ... Bekannte Industrieverbände zeichnen als Spender ... Hohe Summen ...

Ein weiterer Umschlag ... Jacques zieht einen Bogen Pergament heraus und faltet ihn auseinander. Es ist eine Namensliste – antikisiert, altgemacht, mittelalterliche Urkunden nachahmend. Am Kopf des gelbbraun schimmernden Blattes steht in großen Lettern: »Der Geheime Rat.« Darunter, in etwas kleinerer Schrift: »Entscheidungs- und zeichnungsberechtigt sind ...«

Batissier sieht nur einen der Namen: »Gaston Blanchard.« Der Journalist fällt auf die Liege zurück. Ihm bricht der Schweiß aus. »Nein ...«, stammelt er. »Ich habe ihm gesagt, wo Rochambeaux damals war ... Im Lager wußten die Deutschen alles über mich, nachdem mich Blanchard gesehen hatte – und mir fiel immer noch nichts auf! Das ist furchtbar ... Dann bin ich schuld ...«

Im Zimmer ist es unheimlich still. Der Arzt räuspert sich erregt. Martin blickt von einem zum anderen und bemüht sich, die Zusammenhänge zu durchschauen. Madeleine nimmt Jacques' Hand und hält sie fest. Vernon beißt sich auf die Lippen. »Der Kampf geht weiter«, sagt er hart.

Quer durch den Raum geht der Chefredakteur zum Telefon und wählt. Er wartet lange, ehe sich jemand meldet. Dann verlangt er: »Monsieur Blanchard, bitte!«

Alle sehen ihn an. Sie verstehen nicht, was am anderen Ende der Leitung gesprochen wird, aber sie beobachten, wie Gaston Vernon die Brauen hebt und den Hörer langsam auf die Gabel zurücklegt.

»Blanchard ist nicht mehr telefonisch zu erreichen«, teilt er mit. »Er ist überraschend nach München abgereist ...«

1984 erscheint ebenfalls im Militärverlag der Deutschen Demokratischen Republik der spannende Roman von Janusz Meissner, Die Abenteuer des Jan Kuna, genannt Marten. Hier ein Auszug:

Der Chevalier de Belmont bewohnte ein Mietshaus mit Garten in der Nähe von Kensington. Das Haus hatte wahrscheinlich ein Baumeister erbaut, der ein Bewunderer der Liverpooler Vorstadtarchitektur war. In seinem Äußeren zeichnete es sich durch abschreckende Häßlichkeit aus. Dafür war der Garten, der mehr einem Park glich, schön und gut instand gehalten.

Marten kam kriegerisch gestimmt in Kensington an. Er hatte Belmonts Verhalten nüchtern geprüft und war zu dem Schluß gelangt, daß sich dieser ihm gegenüber unredlich benahm. Er hätte ihm die Herkunft seiner Gefangenen und die Tatsache, daß Blasco de Ramirez ihr Verlobter war, nicht verschweigen dürfen.

»Ein wahrer Freund handelt nicht so«, erklärte er, nachdem er Belmont alles, was er von Carotte wußte, vorgehalten hatte.

Der Chevalier fühlte sich nicht so sehr durch den Inhalt als durch den Ton des Gesagten gekränkt. Er richtete sich in dem Rohrsessel, in dem er im Schatten eines Baumes saß, auf. Marten ging auf dem Rasen hin und her, blieb manchmal vor ihm stehen und redete mit erhobener Stimme auf ihn ein.

»Wirklich?« fragte Belmont ironisch. »Und weshalb?«

»Weil wahre Freundschaft nicht wegen des ersten besten Unterrocks schwankt«, antwortete Marten. »Es wäre denn ...«

»Was?« fragte Belmont und erhob sich.

»Es wäre denn, den Narben in deinem Gesicht entsprächen ähnliche Narben im Herzen«, antwortete Marten und lachte gezwungen.

Belmont lächelte ebenfalls, aber es war kein frohes Lächeln, und in seinen Worten schwang wieder Ironie mit. »Ich bin weder so romantisch noch so für Liebe empfänglich wie du«, sagte er. »Ich könnte dich an Zeiten erinnern, da du selbst deine Freunde wegen eines Unterrocks oder, besser gesagt, wegen des Sarongs einer indianischen Schönheit vernachlässigt hast. Ich hegte deshalb keinen Groll gegen dich, obwohl du ihretwegen beinahe Kazike von Amaha geworden wärest«, schloß er verächtlich.

Marten erbleichte und legte unwillkürlich die Hand auf den Korb des Rapiers. »Wenn du das woanders gesagt hättest, würde ich mit der Klinge antworten.«

»Ich stehe dir zur Verfügung«, Belmont verbeugte sich leicht. »Mein Garten scheint mir ebenso geeignet zu sein wie jeder andere Ort. Falls du einen Zeugen wünschst ...« Er sah zum Haus hinüber und brach ab.

Marten folgte seinem Blick und gewahrte ebenfalls das schöne Mädchen, das sich mit den Armen auf die Balustrade des Balkons stützte. Er zweifelte keinen Augenblick, wer diese anmutige Erscheinung in dem duftigen Kleid aus weißer Seide war. obwohl er sie nicht genauer betrachten konnte, da Belmont den unterbrochenen Gedankengang wieder aufnahm, auf die geschorene Rasenfläche unter dem Balkon trat und laut sagte: »Wir könnten Maria Francesca bitten, Zeugin zu sein.«

»Wenn sie damit einverstanden ist«, murmelte Marten, warf sein Wams ab und schlug die Ärmel des Hemdes hoch.

»Ich nehme an, daß sie es sein wird«, antwortete Belmont. Er blieb mitten auf dem Rasen stehen und wandte sich unmittelbar an sie: »Señorita, ich stelle dir Kapitän Marten vor, über dessen Mut und Ritterlichkeit du nicht nur von mir gehört hast.«

Maria Francesca nickte und warf verstohlen einen neugierigen Blick auf den gefährlichen Korsaren, der sie finster anstarrte.

»Kapitän Marten«, fuhr Belmont in halb affektiertem, halb ironischem Ton fort, »sehnt sich so sehr nach deiner Gesellschaft, daß er jede Anspielung auf irgendeine andere Dame in deiner Gegenwart als Beleidigung empfindet. Da ich so unvorsichtig war, eine von ihnen zu erwähnen, verlangt er nach meinem Blut und wünscht es vor deinen Augen zu vergießen. Ich werde mich selbstverständlich zur Wehr setzen und bitte dich deshalb, Señorita, in meinem wie auch im Namen des Kapitäns Marten, zu beurteilen, ob der Kampf allen Regeln und Grundsätzen des Ehrenkodexes entspricht.«

Er verbeugte sich. Als Maria wieder zustimmend nickte, zog er den Degen aus der Scheide und verbeugte sich erneut, zuerst vor der Señorita de Vizella, dann vor Marten, der das gleiche mit blankem Rapier tat.

Sie maßen sich mit Blicken, Belmont ironisch lächelnd, Marten mit vor Empörung über die Spötteleien des Gegners hochrotem Gesicht.

Jan griff so ungestüm an, daß Richard zurückweichen mußte. Das Rapier pfiff in einer doppelten Finte durch die Luft, täuschte zuerst einen Schlag gegen den Hals, dann gegen die rechte Seite vor, blitzte gleich darauf über dem Kopf Belmonts auf und traf auf dessen Parade. Stahl klirrte gegen Stahl. Belmont entblößte lächelnd die Zähne, antwortete aber nicht mit einem Gegenangriff. Er beugte nur die Knie etwas mehr, als bereite er sich auf eine Riposte vor. Marten griff erneut an, und wieder traf sein Rapier auf eine rasche Deckung. Diesmal folgte blitzschnell die Antwort. Belmont markierte den Übergang aus einer Terz zu einer Quart, als wollte er einen Stich in den Hals ausführen, wich jedoch der Parade Martens mit einer kurzen Volte über dessen Kopf aus und versuchte. die rechte Wange zu treffen.

Es gelang ihm nicht Jan war auf der Hut. Eine kurze Bewegung seiner Hand genügte, und der Degen klirrte gegen die Klinge des Rapiers.

Nun mußte Belmont all seine Geschicklichkeit und sein ganzes fechterisches Können aufbieten, um nicht den heftigen Attacken seines Gegners zu unterliegen. Marten setzte ihm wütend und verbissen zu, seine Hiebe und Stiche prasselten wie ein Hagelschauer auf die Klinge seines Gegners nieder.

Der Chevalier zog sich zurück. Es blieb ihm keine Zeit zu einer Riposte. Er wußte, daß er nicht sicher und wirksam zustoßen oder schlagen konnte, ohne nicht wenigstens für einen Augenblick aus der Deckung zu gehen. Es war klar, daß Jan ihm dann bestimmt mit einem Hieb zuvorkommen würde. Er ging also weiter zurück und wartete auf den geeigneten Moment.

Auf einmal strauchelte er und sank, da er nicht stürzen wollte, in die Knie. Das ist das Ende! fuhr es ihm durch den Kopf.

Er hörte das Pfeifen des Rapiers, aber die Klinge berührte ihn nicht einmal. Marten gelang es im letzten Augenblick, den Bogen der Volte abzulenken und den Chevalier nicht zu verwunden.

Richard sprang sofort auf und senkte vor Marten artig dankend den Degen.

Belmont stand kaum in Ausfallposition, als Jan wieder angriff. Er fehlte jedoch um einen Zoll. Der kleine Fehler genügte Belmont. Die Spitze seines Degens schlitzte den Ärmel des schneeweißen Hemdes seines Gegners auf. Blut färbte es rot.

Es war nur ein Kratzer, nicht wert, ein Wort darüber zu verlieren. Marten hielt sich auch keineswegs für besiegt und wollte wieder zum Angriff übergehen. Da erklang vom Balkon herab die befehlende Stimme der Señorita: »Arrêtez vous, caballeros! Cela suffit! – Haltet ein, Caballeros! Das genügt!«

Belmont gehorchte sofort. Er senkte den Degen zum Gruß vor der schönen Schiedsrichterin, stieß die Klinge in die Scheide und wandte sich dann mit ausgestreckter Hand Marten zu. »Ich hoffe, daß du mir nicht mehr allzusehr zürnst«, sagte er mit gewinnendem Lächeln. »Du hattest Gelegenheit, mich auf diesen höllischen Bratspieß aufzuspießen, was durchaus nicht amüsant gewesen wäre. Da du es nicht getan hast ...«

Jan zuckte die Schultern, nahm aber das Rapier in die linke Hand und reichte Belmont die rechte. »Ich hatte nicht die Absicht, dich zu töten«, antwortete er halb besänftigt und zu einem friedlichen Vergleich geneigt. »Es ist nicht meine Art, solche Gelegenheiten auszunutzen.«

»Stecke also deinen Spieß ein«, sagte Richard, »und gestatte Maria, ihre elementaren samaritanischen Charakterzüge zu offenbaren. Ich zweifle nicht, daß sie solche besitzt, denn sie ist sehr fromm. Die Heilige Schrift verlangt doch, Verwundete, sogar Feinde, zu verbinden. Vielleicht irre ich mich, auf jeden Fall steht etwas über Barmherzigkeit und Feinde darin.«

Maria Francesca kam tatsächlich mit Verbandzeug herbeigeeilt. Ein wenig verlegen und, zu seiner Überraschung, bewegt, ließ sich Marten ihre Bemühungen gefallen.

Belmont, der lächelnd zusah, seufzte. »Wer hätte gedacht, daß solch eine wilde Katze zu soviel Zartheit und Güte fähig ist! Bon Dieu, guter Gott, weshalb hat dieser Kerl mir nicht den Bauch aufgeschlitzt!«